许开祯 著

关键运作

当代中国出版社

Contemporary China Publishing House

图书在版编目（CIP）数据

关键运作 / 许开祯著. — 北京：当代中国出版社，2014.9
ISBN 978-7-5154-0497-4

Ⅰ.①关…　Ⅱ.①许…　Ⅲ.①长篇小说－中国－当代
Ⅳ.① I247.5

中国版本图书馆 CIP 数据核字（2014）第 206431 号

出　版　人：周五一
选题策划：晋璧东
责任编辑：晋璧东　杨佳凝
监　　制：于向勇　康　慨
特约策划：秦　青
特约编辑：孟二波
封面设计：蒋宏工作室
出版发行：当代中国出版社
地　　址：北京市地安门西大街旌勇里 8 号
网　　址：http://www.ddzg.net　邮箱：ddzgcbs@sina.com
邮政编码：100009
印　　刷：三河市华东印刷有限公司
开　　本：715mm×995mm　1/16
印　　张：21
版　　次：2014 年 10 月第 1 版
印　　次：2020 年 9 月第 2 次印刷
定　　价：39.80 元

本 故 事 纯 属 虚 构
如有雷同，纯属巧合

关键运作

目录
CONTENTS

女人要是对女人有意见，那是很刻薄很尖锐的，一下两下根本缓和不了。职场中的斗争，多半发生在女人身上。要不怎么说职场对男人而言是疆场，随你怎么驰骋，对女人而言却如同卧房。卧房里的斗争，是最不好调和的，因为它是软斗争。

现实让温启刚变得聪明，经验和教训让他变得不再那么固执，尤其是如何处理跟政府的关系，温启刚真是长进不小。但搞企业，光是搞好跟政府的关系远远不够，还有各种协会、各种组织。温启刚记住一个理儿：凡是敢走进企业大门的，你都要视为上宾；凡是能给企业开罚单的，你都要尊为神。

男人其实都是些没出息的货，一个劲地叫喊心灵碰撞，可男人哪次是被女人的心灵搞乱的？女人只要稍稍穿得暴露一点，多露一下风光，哪怕是一头长发，也会让男人像撞了车似的头晕眼花。男人的武器则必须是财富或力量。

这些年，凡是对好力奇有过恩的，黎元清就拿各式各样的办法来报恩，有些既要报恩还要利用的人，黎元清就请他们来当董事。或者某方面的事情摆不平，搁不下去，黎元清就想方设法把那些有话语权的人拉进来担任董事，然后拿着董事会名单，在政府的各个部门里横冲直撞，就跟办了特殊通行证一样好使。

第八章　没有永远的朋友，只有永远的利益 / 126

东州药业跟好力奇翻脸是迟早的事，世界上没有哪种合作是永恒的，只要有利益分享，就有冲突，冲突发展到一定时候，就要崩盘，这是铁律。但黎元清没想到崩盘会来得这么快，或者说，对方提出的条件会如此苛刻。都是利益惹的祸啊！

第九章　做企业，杜绝不了"内幕" / 151

内幕无非就是钱，一方送一方收。搞企业的，谁愿意往浑水里蹚？企业挣的每一分钱，可都是血汗钱。再说好力奇是股份公司，不是国有，公司最后挣的，还不都是黎元清的，用得着搞那些见不得人的勾当吗？但这种事确实存在，谁也杜绝不了，谁都是受害者，谁也都是参与者。

第十章　做人不能太有浪漫情怀 / 162

他们一直强调，企业竞争应该在良性循环下进行，遵循优胜劣汰的原则。劣的，需要刺激，需要变，而不是被吞没、被掠夺。现实却总让他们的这种思想碰壁，所见所闻，几乎都是弱肉强食，竞争不但无序而且无底线，道德和伦理更是谈不上，哪还有企业遵循这些啊？

第十一章　挫折与失败是警醒我们的镜子 / 172

人生哪有不栽跟头的。一个企业家，是在百次甚至千次失败后才站起来的。想想好力奇，想想我唐落落之前创业，那些挫折、失败全都像噩梦一样，但它们成了财富，成了观照我、警醒我的镜子。面对失败，我们不应该选择逃避，更不应该流泪，我们要做的，是从失败中站起来，勇敢面对。

第二十章　游戏结束了，得有人背黑锅 / 302

这是某些人善于玩的一种游戏，也是平息风波惯有的手段。某件事引起的风波过大，必须出面制止或处理，于是就高调处理，果断亮剑，先造出大的声势，将人们的目光从事件造成的负面影响转移到对事件的处理上。大家都以为要深挖，要查出真凶或幕后，但最终，只会给你一个不伦不类的结果。

第一章
好力奇高层"艳"变

网络上的一条爆炸性消息，让身陷舆论旋涡的好力奇（东州）股份公司雪上加霜，其旗下凉茶品牌"宝丰园"再次成为焦点，凉茶市场烽烟又起。

消息来源于著名的天涯社区，爆料者是名叫"第一时间"的神秘人物。这家伙很可能就在本行业，这一年他的爆料都跟饮料行业有关，有些简直是海啸式的，爆炸力非常大。好力奇跟东州药业之间的品牌纠纷，是业界最大的新闻，一段时间以来双方控制得很严，各自采取了最为严密的防范措施，都不想让它传出去。结果不知哪儿出了错，消息还是被此人掌握，很快捅到了网上。一时间舆论沸腾，传言纷纷。好力奇被他搞得焦头烂额，疲于应对。东州药业也把自己推到了风口浪尖，成了大众围攻的对象。

市场上独占鳌头的凉茶"宝丰园"本来一路凯歌，所向披靡，有强劲的增长势头，因这场风波，市场受到重创。不到两个月，销售总额同比下降百分之十六点七，市场份额下降三个百分点。如果不是温启刚他们力挽狂澜，"宝丰园"恐怕会遭受灭顶之灾。这次这家伙更毒，没能借品牌之争打垮"宝丰园"，竟然另辟蹊径，爆起了好力奇高层之间的绯闻，用信誓旦旦的口吻说，好力奇高管层发生"艳"变，董事长黎元清和CEO温启刚由兄弟变为情敌，两人为一个名叫唐落落的女人争风吃醋，大打出手，好力奇高层发生裂变！

消息一出，马上引来围观。唐落落被人肉，这个来自香港的业界女强人、饮料行业一枝花，一时间成了人们最关心的人物。本来人们就对唐落落和黎元清的关系有种种猜测，这下可好，传言成为事实，很多内幕被挖了出来。硝烟弥漫、战火连连的饮料行业仿佛又被注入了兴奋剂，围观者有之，中伤者有之，趁火打劫者更有之。据最新的可靠消息，"宝丰园"在终端市场的销量再次下滑，北京、天津以及江浙的市场，已有销售商提出退货，或者强烈要求修改销售政策。好力奇在国内的几大生产基地也有消极的消息传出，由销售影响到生产，再由生产影响到全部。更可怕的是，别的品牌瞅准机会，乘虚而入，已经开始抢夺市场。

温启刚叫苦不迭。如今是传媒时代，传媒能成就企业，更能毁灭企业，一条消息看似事小，但对企业和品牌的杀伤力无限大，已经有不少企业倒在传媒的口水里。对网络上的恶意传播者，温启刚本来是有防范的，早在好力奇跟东州药业因"宝丰园"品牌发生纠纷时，温启刚就提醒黎元清，要注意有人利用网络搅浑水。黎元清呵呵一笑说："搅就搅吧，干企业还怕搅浑水？我们不就是在浑水中蹚来蹚去吗？"温启刚以为黎元清早有准备，凭他对黎元清的了解，黎元清不是那种遇事马虎的人。后来的事实证明，黎元清过高地估计了自己，小瞧了网络，更是低估了传言对品牌、对市场的杀伤力。东州药业跟好力奇的品牌之争，让好力奇蒙受了巨大损失，"宝丰园"遭遇了到内地后的第一次滑铁卢，市场份额至今还在下滑。同样，也正是品牌之争，让更多的竞争对手有了机会，"宝丰园"等于是把成熟的市场拱手让给了别人。每每想起这些，温启刚就心痛，就有一种强烈的失败感。好在好力奇跟东州药业的这场纠纷闹了一段时间就平息了，大家都不想把事情闹大，尤其是东州药业那边，随着前老总左翼民的倒台，东州药业发生了一场地震。有关方面意识到这是一场更大的危机，便紧急采取措施，将好力奇跟东州药业的纠纷强行"平息"下去。好力奇这才从一场危机中摆脱出来，有了喘息和疗伤的机会。

谁能料想到，合作关系一直很密切的东州药业跟好力奇会有翻脸的一天？这要放在几年前，放在两家最初谈合作的时候，简直就是天方夜谭。这事要说还是东州当时的一把手、市委书记顾元涛做的媒。顾元涛跟黎元清是发小儿，小时候就很亲密。后来大学毕业，顾元涛从了政，走了仕途，黎元清却想赚钱，想当企业家。顾元涛在仕途一路搏杀，官至市委书记后，跟黎元清开玩笑，你是不是也考虑借一下我的力，沾我点光，把企业往猛里推一把？发小儿之间，说话向来都不遮掩，顾元涛也是成心想拉黎元清一把。当时黎元清正在琢磨"宝丰园"这事，想做凉茶，就一五一十地将自己的想法讲了。顾元涛一听，这事靠谱、可行，马上表态，只要你把香港那边的工作做好，将配方和经营权拿到手，这边的事，我替你做主。

正是有了顾元涛这句话，黎元清的胆子才大起来，信心也足起来。他过五关斩六将，将"宝丰园"的配方及生产经营许可权拿到了手。可是，黎元清拿到的只是在香港生产与经营的许可，要进入内地市场，并在内地建厂，还有许多障碍。顾元涛为了兑现自己的诺言，亲自召集有关部门，多次商讨。一开始东州药业是不情愿的，反复跟顾元涛讲难处、讲理由，说"宝丰园"是无价之宝，是海药集团的看家秘方，这个秘方要是让外人拿走，东州药业的立厂之本就没了。

"扯淡，这么好的东西你们放着不开发，现在人家要开发，你们又阻拦。"顾元涛不是那种小格局的人，看问题从不局限于"自我"，能放得开。按官方的说法，就是能从战略高度去想问题。他给东州药业下命令："要么立军令状，你一家生产，但必须保证时间。什么时候能将凉茶推向市场，一年，还是三年、五年？我们不能等，也等不起。要么认真跟人家谈，双方本着风险共担、利益共享的原则，更本着挖掘和发扬光大传统文化的精神，好好谋划一下，把这个项目搞上去。"当时不知什么原因，东州药业没敢立军令状，于是只能按顾元涛说的，按双方合作开发的原则来谈。

事情过去了将近八年，当年的事却被人翻腾出来。有人说，顾元涛之所以支持黎元清，是因为有利益关系，所谓的利益共享是指他跟黎元清共享，而非东州药业跟好力奇共享。温启刚认为这是扯淡，无中生有。尽管当时的谈判细节他并不清楚，是由黎元清一人操作的，但说顾元涛一开始就是冲个人利益而来，完全不符合事实。但事实，谁又能说得清呢？当年谈合作的时候，顾元涛是东州市委书记。八年过去，顾元涛已成为海东省人大常委会主任，不再是东州地方官了。目前担任东州市委书记的是当年顾元涛非常看好的一员女将——乔叶华，现任市长是当年负责具体谈判、时任东州外经委主任的陈思达。而这两位，恰恰是当年受顾元涛委派，具体跟黎元清谈合作细节的人，尤其是陈思达，参与了整个过程。据黎元清说，当初合同的每一项条款，都是陈思达亲自把关、反复修改才定下来的。但这次风波发生后，第一个站出来谴责好力奇的，恰恰是这个陈思达陈市长。好在风波在顾元涛的干预下最终平息了下去，好力奇这才获得了喘息的机会。

风波虽是平息了，但温启刚对网络和传媒的杀伤力有了新的认识。公司为此专门设立了危机公关部，应对类似突发事件或公共危机。谁知，道高一尺魔高一丈，这边堵住了，那边突然又开了缺口。这一次，受伤的不只是品牌，还有他温启刚！

怎么办？

在突发事件面前向来有主意的温启刚这次明显乱了阵脚。也难怪，毕竟这次对方打的是他的另一个命门：情变。一个单身男人和一个美丽能干的女人，再加上公司大老板，这是多么富有想象力的故事。这年头，还有什么比隐私更能吸引人们眼球呢？温启刚如果是娱乐圈的大腕或明星，那倒好了，对方帮他赚了人气，可他是好力奇的CEO，是凉茶"宝丰园"的缔造者与捍卫者。如果你知道他为"宝丰园"、为内地凉茶付出过什么，你就能深深地懂得他此时的心情了。

"子非吗，查得怎么样？"温启刚抓起电话，打给危机公关部经理孟子非。

"老大，对方很狡猾，IP地址经常换，我们怀疑不是一个人所为，肯定是团队。"

"我要结果！"温启刚有点不满。孟子非跟温启刚一样，也来自香港。加盟好力奇前，他在香港的一家饮料企业担任大市场经理，大学学的是传播学，在应对媒体方面，应该算是有经验的，要不温启刚也不敢把如此重要的岗位交给他。可惜到好力奇后，孟子非的表现有点平庸。

"对不起，老大，我们还在跟踪，一有结果马上汇报。"

"扯淡!"温启刚恼怒地摔了电话。他不喜欢总是追着下属屁股讨债,他期望下属能走在他前面。现在看来,这有点痴心妄想。整个公司,除了品牌运营部的高静和许小田几个人能让他满意外,其他的人都让他摇头,包括这个孟子非。

给孟子非打完电话,温启刚又将电话打给了公司副总黄永庆。

"高静她们呢?永江那边情况怎么样?"温启刚问。

"一切顺利,就等您过去呢。"副总黄永庆是东州本地人,一个很忠实于自己岗位的人。

温启刚嗯了一声,想叮嘱黄永庆什么,却没说,挂了电话,头又埋在一堆报表里。

这是市场部送到他这儿的上个月"宝丰园"凉茶在全国各地的销售数据,还有"劲妙""健力露""茶师傅"等十大品牌的市场调查。看着这些数字,温启刚心里又开始发紧,形势不是不容乐观,而是危机四伏啊!

黑色五月!温启刚在纸上重重地写下这几个字,起身,想到外面透透气。再这么焦虑下去,会出事的。刚要开门,黄永庆急匆匆地进来了。温启刚见黄永庆脸色不好,正要问,黄永庆抢先开了口。

"温总,唐总离开了,去向不明,我找了她一上午都没找到。"

"没找到就是离开?"温启刚瞪了黄永庆一眼,今天他不想谈唐总唐落落。

"不是,她留下了这个。"黄永庆将一封信交给温启刚。温启刚接过一看,脸绿了,是公司主管财务的副总经理唐落落的笔迹,她说最近身体不好,想出去散散心,希望温启刚他们不要急,印鉴什么的放在抽屉里,她的权力暂时由温启刚代为行使。

"这是什么意思?"温启刚一头雾水,不知就里地问黄永庆。

"我问过财务,她们说唐总这几天心情实在不好,昨天一笔款差点审核错,她可能真的需要散散心吧。"黄永庆解释说。

"你也这么认为?"温启刚跟黄永庆向来是有啥说啥,其实他跟谁都是有啥说啥,拐弯抹角那一套他还没学会。再说,黄永庆是怎样一个人,他心里非常有底。

黄永庆被他一问，哑了。谁心里都明白，唐落落这样做或许是为了辟谣，或许是不想让公司陷入混乱，也或许是想找个地方认真想一想。有些事，真是需要认真去想的。

"现在这样子，就算把她追回来，她也不能全身心投入工作，毕竟她是女人。"黄永庆一边看着温启刚，一边小心翼翼地说。

"我让你追了吗？"温启刚打断黄永庆，踅回桌前。看得出，黄永庆带来的这个消息对他是有触动的，唐落落在这种时候离开公司，天知道是好事还是坏事。可他又没有时间多想，更不能把坏情绪带到脸上。略一思忖，温启刚抓起电话，打给财务部，非常镇定地说："财务部吗，唐总这几天外出，财务方面暂时由黄总代管，有什么事，直接找黄总汇报。"

"让我负责？"一旁的黄永庆傻住了。好力奇这些天连着发生怪事，让他这个从不多管闲事的人也变得好奇起来。

"这事还用得着商量？公司眼下有几个人，我还能指望谁？"

温启刚这句话，算是打心眼里说出的。黄永庆听了，不敢再问。他是一个非常清楚自己角色的人，一向中规中矩，这两年在温启刚身边更是学到不少。他默默站了一会儿，什么也没再说，转身出了门。

黄永庆一走，温启刚马上关上门，重新抓起唐落落的那封信，连着又看了几遍。确定信里没有其他任何信息，他的内心有几分失望，同时也有几分庆幸。离开？不打招呼就走人？她这是要演哪出啊，难道还嫌公司不够乱？

一张脸清晰地浮现在他眼前，那是一张美丽而又略带憔悴的脸，三十多岁，不太年轻，但依然有青春的光彩。一双黑黑的眸子，有时充满惊人的自信，有时又有深深的哀怨。是深，不是淡。温启刚以前恨过这张脸，尤其是在她公然在公司内跟自己作对，牵制他、挤对他，甚至想将他驱逐出好力奇时，他的恨是直接的、公开的，在老板黎元清面前也毫无顾忌地表达过。黎元清总是报以微笑，他说急了，黎元清会安慰性地劝他几句。

"时间久了，你就不这么说她了。落落我了解，她是为公司好，你们都是为公司好，在这点上，我有福啊。"

他是有福，可温启刚就惨了。这些年，温启刚跟唐落落可没少发生摩擦，红脸的事经常发生，唐落落那臭脾气，他算是领教够了。

可是，某一天，这一切都变了，唐落落对他不再那么凶了。看他时，眼睛里不再是火，也不再是怒，而是雾蒙蒙一片。跟他说话，语气也不像以前那样冰冷或火暴，多了一分柔，多了一分近似于蜜的甜。怎么会这样呢？温启刚觉得好生奇怪，但他没往深处想，更没往歪处想。

温启刚不是那种容易想入非非的男人，更不是那种四处留情的人。他的情早已留给了别人，再也不可能对谁心生涟漪了。况且对方是唐落落，一个感情上已经有归宿的女人。

可是，唐落落那眼神越来越复杂，也越来越火辣。以前唐落落很少主动到他的办公室，有事都是打电话叫温启刚过去。现在，唐落落几乎天天到他的办公室来。有时深夜加班，温启刚正在为某个方案发愁，唐落落却像幽灵一般飘了进来。来了，往门口沙发那儿一坐，谈谈工作，然后就转入不咸不淡的话题。温启刚最怕这种时候。唐落落谈工作的时候，你是感觉不到她的性别的，她在工作上表现出的强势与果断，常常让你忘了她是一个女人。就怕谈完工作扯别的，这时候的唐落落完全是另一副样子，温顺、贤达、聪颖、有趣，偶尔还有点小女人的矫情。说着说着，她会像小女孩一样咯咯笑起来，那张脸纯洁、洒满阳光，根本看不出岁月在上面撒了多少盐，倾了多少醋。笑完，她理理头发，乖巧地坐下又不动了，一双眼睛入神地看着温启刚，看得温启刚浑身发毛。有一次，温启刚实在是坚持不住了，冲她说："唐总，你不能老监视我啊，你这一监视，我啥都干不了。"唐落落抿了下嘴，说道："干不了就不干，坐在那里让我看个够。"

这话一出，温启刚就觉得有了问题。不管怎样，温启刚也是过来人，知道女人在什么心境下才能说出这样的话。果然，唐落落从沙发上起身，搬了把椅子，就放在老板桌对面，两只手托着脸，冲他发呆。从那天起，温启刚有了警觉，不管做事还是说话，都变得小心谨慎，生怕发出什么错误的信号让人家误解。还好，唐落落"古怪"了一阵子之后就不怪了，又恢复到之前的状态。就在温启刚长叹一声，庆幸"警报"解除时，骇人的一幕发生了。

半个月前的一个雨夜，唐落落突然在办公室抱住他，热烈而又含混地吐出一连串呻吟，外加一个十分敏感的词……

温启刚不敢想那个晚上，真的不敢，那个晚上发生的事真是太可怕、太荒唐了。自那个晚上起，温启刚发现，所有的一切都变了。他对黎元清，对唐落落，对好力奇，都不像以前那么单纯，那么没有保留。一种古怪而又复杂的情绪攫住了他，他慌张不安，混乱而又迷茫。多少年来，这种情绪从来没有出现过，哪怕是在人生最为黑暗的日子里，温启刚也觉得自己是理性且有方向的，永远知道脚往哪儿走，目光往哪儿看。可是这次，温启刚找不到方向了，有那么几天，他甚至想到了离开。对，离开好力奇，离开"宝丰园"，回到香港，重新回到起点。可真要把这个"走"字说出来，又那么难以启齿。他是真放不下"宝丰园"啊，这个由他一手缔造起来的饮料王国，怎么能说离开就离开呢？

温启刚感觉被唐落落逼进了死胡同，一个他突围不出去的黑洞。这两天，一想起唐落落，想起网络上的那些传言，他的心就跳，发出各种各样的尖叫。现在，唐落落居然不辞而别，跟他玩失踪。

这女人，疯了！

闷了半天，温启刚收回神，要不要将唐落落离开的消息汇报给黎元清？这事说不出口啊，这两天他极力回避跟黎元清通电话。网上的这些传闻，黎元清一定看到了，他出人意料地沉默，仿佛什么也没发生，这让温启刚更加不安。思来想去，温启刚还是决定不跟黎元清说了。唐落落去哪儿，相信黎元清会知道，说不定人家早就请示汇报了，自己还是淡定些、从容些，没必要太发神经。

这么想着，温启刚镇定下来。他反锁上房门，打开书柜，书柜里有个暗的开关，温启刚的指头一点，书柜突然转动，不多时，书柜后面的那堵墙上露出一个保险柜来。温启刚输入密码，目光下意识地朝门那边扫了扫，随即意识到自己刚刚锁了门，苦笑一下，拿出一沓资料来。

这些资料对温启刚来说都是顶级商业秘密，对好力奇同样是机密。温启刚每次拿出它，内心都有一股说不出的激动。要知道，好力奇在商业机密的获取和利用方面堪称强手中的强手。这要得益于温启刚早年在香港工作的经验，那时他虽然只开着一家规模不大的策划公司，但对商业情报情有独钟，仿佛这辈子他就为这而来。加盟好力奇后，温启刚首先建立的就是情报系统。可以说，"宝丰园"能在不到八年的时间里，由饮料行业的一名新生儿快速成长、突飞猛进，最终壮大为行业巨人，与温启刚能及时掌握对手信息，准确作出预测和判断有很大关系。受他的影响，好力奇内部，不管是普通员工还是中高层管理人员，都对商业情报十分敏感。有人戏称，好力奇是靠情报发家的，靠间谍手段做大的。温启刚听了，付之一笑，在他眼里，市场就是战场，你连情报都搞不到，还谈什么作战。

温启刚拿出一份上面标有"绝密"字样的文件，这是从一个极其隐秘的渠道搞到的关于粤州"劲妙"的内部资料。说起粤州"劲妙"，温启刚多半要摇头。说实话，这家企业一开始并没进入温启刚他们的视野，甭说跟踪，就连了解一下情况的欲望都没有。放在三年前，温启刚连这家企业的名字都叫不出，不是它不存在，而是它的竞争力实在是太小了。至于"劲妙"凉茶，那时还没有呢。但是现在，"劲妙"居然成了"宝丰园"最强劲的对手，它带给温启刚和好力奇的麻烦，真是比东州药业还要多。如果说东州药业是想从好力奇手中夺回"宝丰园"这个品牌，不让好力奇跟"宝丰园"再有任何关系，那粤州"劲妙"则是想彻底击垮甚至消灭"宝丰园"。二者相比，当然粤州"劲妙"的威胁更大。因为不管怎么说，东州药业也是为了"宝丰园"的继续发展与壮大，他们跟东州药业说穿了是利益上的争夺，再怎么着也还有调和的余地，可跟粤州"劲妙"，称得上是生死敌手。

第二章
区长的"金创意"

粤州"劲妙"原本也是一家老字号企业，粤州这地方，别的出不出温启刚不知道，但凉茶一定会出。这由两个因素决定：一是粤州属于亚热带季风气候，这种气候看似湿润，其实人是需要不断补充水分的；二来粤州人爱吃、会吃，尤其喜好油炸食品，这种东西吃多了，难免会上火，于是饮凉茶成了粤州人常年的生活习惯。

粤州凉茶历史悠久，品种很多。温启刚掌握到资料的就有"三虎堂""黄振龙""大声公"等不下二十个品牌，这些都算得上是老字号，跟"劲妙"差不多。唯一不同的是，"劲妙"之前不叫"劲妙"，叫"劲宝"，后来"劲宝"毁了，才改名"劲妙"。这些凉茶共同的特点是习惯于作坊式生产，不追求规模，不上量，没有大市场、大品牌的概念。按温启刚的说法，就是缺乏商业理想。"商业理想"这四个字，是温启刚率先提出的。那是在一次论坛上，有媒体追问，好力奇区别于其他凉茶企业的最核心的东西是什么？温启刚眉头拧了很久，才道出"商业理想"这几个字。一家企业到底能不能做大做强，关键看企业追求什么。都说企业要利润最大化，挣钱是企业的首要目的，但它绝不是终极目的，也不是唯一目的。企业是有理想的，对好力奇来说，一是建立一个良性循环、有序竞争的凉茶市场，二是积极培育或者说弘扬中国的凉茶文化。记得在那次论坛上，温启刚就中国凉茶的历史及发展现状做了一番论述，他用八个字概括了中国凉茶的特征：丰厚积淀，深度掩埋。他还说，中国凉茶要想长足发展，就得把埋在地层下的深厚文化挖掘出来，给它贴上标签，赋予新的使命。

温启刚打开文件，这是粤州"劲妙"最新制定的战略目标，还有市场攻略，包括下一步的品牌开发、广告战略及促销手段等。每每看到这些，温启刚就头痛，就想不通，一家默默无闻的企业，一个新开发的品牌，怎么能在这么短的时间内就成为"宝丰园"的对手呢？

轻敌啊，任何时候都不能轻敌，不能大意！温启刚重重地叹一声气，起身，踱步到窗前，看着窗外灰蒙蒙的天，还有楼下那几棵香樟。他记得，刚从香港到内地时，东州的天空没这么灰，楼没这么高，也没这么拥挤，大街上随处可见高高大大的树木，八年过去，一切都变了。他从当初三十出头，意气风发、血气方刚的青年，变成了一个遇事稳重，有思考、有辨别，更有担当的中年男人。当然，内心也多了一样东西，那就是怕。

以前温启刚是不怕的，多大多难的事，到他这里都一笑了之。有什么怕的呢？人生不就是冒险，不就是经历一次次的痛与苦吗？牙一咬，心一横，什么都过去了。他渴望变，在变中历练，在变中获得新生。可是现在的温启刚不一样了，眉头老是紧着、拧着，脸老是阴沉着，心里总有什么放不下的东西、驱不走的阴影。后来他明白了，那就是怕，对生活的怕，对岁月的怕，还有对人的怕。

是的，人。凡事都由人引出，也由人决定。对事的怕是小怕，对人的怕才是真正的怕。

温启刚又回到书桌前，重新拿起文件。最近他着了迷似地研究一个人，琢磨一个人，这人他从没见过，但感觉已跟他较量了无数次。对方在品牌运作中的招数、胆略，以及孤注一掷、破釜沉舟做一件事的勇气，还有对"宝丰园"每次市场攻略的判断与应对，都令温启刚好奇且生畏。这么说吧，温启刚遇上对手了，一个比较可怕的对手。"宝丰园"这些年在市场上遭遇的对手绝不止一个两个，不只是凉茶行业，饮料行业几乎稍稍有点知名度的企业，都和"宝丰园"都交过手。"可乐可口""茶师傅"这些顶级品牌，温启刚都没怕过，都能从容而理性地应对，但是文件中的这个人让他怕，怕得厉害。这人不按常规出牌啊，用的全是邪招怪招，有些甚至称得上损招毒招。市场始终是有规律的，市场也是有秩序的，在一个大原则下，大家共同行走，共谋发展，这是温启刚的认识，也是温启刚坚持的竞争规则。但是遭遇粤州"劲妙"，温启刚觉得这一套不灵了，行不通。不择手段，不计代价，不问后果，这是温启刚目前对"劲妙"做出的判断，就叫"三不"理论吧。正是基于这"三不"，温启刚对粤州"劲妙"的老总、现掌门人姜华仁有了"浓厚"的兴趣！

"劲妙"是粤州华仁集团旗下的一个品牌，走的也是凉茶路线。从历史上看，"劲妙"应该是一个老品牌，尽管它面世还不到三年。温启刚细心研究过华仁集团，这家企业的创始人生于1870年，是地道的粤州人。他自幼随父在广东佛山一带经营凉茶铺，兼医治疑难杂症。后来他又拜当地著名的中草药医生为师，潜心学习中医。应该说，劲妙老先生是一个在中医养生方面有极高造诣的人。可惜，他在四十二岁时给当地一位官家的女人医病时出了差错，十二剂药下去，不但人不见好，反把妇人的双眼给医瞎了，差点连命也没了。官家一心要追责，要拿老先生治罪。靠了当地许多人的调解，最后老先生将全部家产和两本医书拿了出来，作为给女人医病的赔偿，算是逃过了这场劫难。此后，老先生在江湖上消失，人们都以为他意志消沉，一蹶不振了。没想到数年后，佛冈一个不起眼的角落里多了一家凉茶铺，这应该就是"劲妙"凉茶的雏形吧。原来，遭遇那场灾祸后，老先生断然放弃从医，一门心思研究起凉茶来，他的理由是：医只能救人，茶却能养人；医有风险，茶却永无风险。自此，老先生的凉茶铺越开越多，越开越多。老先生去世时，给后人定下一个规矩：后代可以学医，但永不能行医。同时他留下这么一句话：生命在于养生，养生尽在品茶。

姜华仁是老先生的第七代传人。据温启刚目前掌握的资料，姜华仁一开始跟茶和医均无关。他是一个典型的商人，最早做渔具生意，也涉足船上的零件什么的，后来做过一段时间海运，出事了，出海时遭遇强台风，差点丢了性命。之后消沉了一阵子，后来他抓住一个机会，做期货赚了大钱，东山再起，华仁集团便做了起来。姜华仁涉足的行业很多，地产、公路、医药、保健品，啥赚钱往啥上靠，搞得人们都不知道华仁集团的核心产业是什么了，但它就是有钱。饮料一直是华仁集团最不起眼的一个分支，在华仁集团的产业中，饮料不过是个点缀。之前，华仁集团做的是一个叫"劲宝"的品牌，走的是功能性饮料路线，跟"健力露""红马"等类似，但市场反应平平，生产和销售都没上规模，每年的销售额不到一千万元。华仁集团真正进军饮料行业是在两年前，姜华仁突然发力，果断地退出地产和船舶行业，集中资金和人力，全力以赴开发起凉茶来。对他的突然转型，业界有很多传闻。有人说姜华仁被地产套住了，资金无法盘活，同时他也看到了地产业的危机，于是果断退出。温启刚查明，两年前姜华仁的确低价卖掉过手里两个正在开发的楼盘，还有一块地。但温启刚相信，姜华仁并不是看到了地产业的末路，他不具备这个能力。至于到底是什么缘由让姜华仁放弃利润丰厚的地产业，温启刚到现在也不得而知，这不是他关注的重点。温启刚必须要搞清楚的是，姜华仁进军饮料市场的动机和目的是什么？除了追逐利润，还有没有更深层次的动机？

以前温启刚的思维不是这样的，想事很简单，一就是一，二就是二，从不知道一的背面可能还有三或四。早期在香港创业的时候，他单纯到极点，一门心思就想着怎么搞好策划，出所谓的金点子，赢得对方的称赞，有时甚至连利润都不考虑。后来遇到恩师，虽然教了他许多，但也没让他变得复杂。真正走向复杂是到内地后，也就是加盟好力奇后。黎元清告诉他，在内地做生意不比香港，在香港或者世界的其他地方，生意就是生意，市场就是市场，没有其他附加的东西。我有好的产品，有市场需求，我遵循市场规则，认真去做，没有不赚钱的道理。内地不是，内地每一单生意的背后都有别的交易。或者说，在这边做生意，你得研究透几样东西。你在赚谁的钱？是谁允许你赚这个钱的？赚了钱后怎么办？温启刚一开始并不懂这些，或者说不想理会这些，觉得黎元清有点故弄玄虚，后来在"宝丰园"一系列的操作中，在长达八年的时间里，他才懂得这边的生意场真是有玄机的。那种玄机你摸不着看不到，但能深深感受到。现在的温启刚早已历练出来，按黎元清的话说，他成精了，能想到别人想不到的，能准确洞察生意场之外的神经，很敏感，很深刻。

深刻本身就是一门艺术，更是一种造诣。好在温启刚把这课补上了，不然，品牌怎么被人搞死，市场怎么被人横刀夺走，他都不会知晓。

温启刚认为，华仁集团进军凉茶市场有三个深层次原因：一是姜华仁遇到了麻烦，无法在地产和其他行业做下去，这是前提。尽管到现在为止，他还不知道对方到底遇到了什么样的麻烦，但这麻烦是存在的，绝不会是他的凭空猜测。二是国内的凉茶市场已经兴起，这个市场在某种程度上是他温启刚和黎元清复活的，不但复活，还打造得风生水起、一片繁荣，稍微有点头脑的人都能看到凉茶市场巨大的空间与利润。为利而逐，本来就是商业最原始的目的，加上凉茶与现代人养生的理念高度吻合，这个产业大得很，前景颇为广阔，诱惑当然也很大。市场往往是跟冒险连在一起的，或者说，市场总是为喜欢冒险的人准备的。而在生意场上打拼的人，性格中都有冒险的一面，温启刚是，黎元清是，姜华仁当然也是。第三，也是温启刚认为最重要的，政府扶持。

在内地做生意，什么时候你都不能忘了需要政府的指导。这是温启刚到内地八年感受最深的，也是吃过不少苦头、受过不少教训后才记住的一个真理。当然，黎元清也老这么提醒他。黎元清这人算得上老狐狸，什么都玩得精，什么都玩得滋润，是有境界的一个人哪，温启刚自愧不如，只能在认真和谨慎上超过他，而这恰恰成全了黎元清。黎元清常说，这辈子他能达到这样的高峰，得益于两样东西：一是"宝丰园"的配方，二是温启刚这个人。温启刚气得骂他，我怎么算东西，在你眼里，我居然就是一样东西？黎元清哈哈大笑，笑完开了一瓶洋酒，一边品尝一边惬意地说："人不就是东西吗，不，顶多算一个物件。像物件一样活着，才能活出我们的本质来。"

"胡扯！"温启刚有时候是敢跟黎元清针尖对麦芒的，说话也不像别的CEO对老板那么客气。他对黎元清的敬重是骨子里的，无须用其他方式来证明，于是嘴上温启刚就不大给黎元清面子。好力奇这家公司，老板跟CEO之间有说有笑，有吵有闹，甚至温启刚对黎元清拍桌子、摔板凳。这种有趣的关系成为业界的一个热门话题，人们在研究好力奇和"宝丰园"的神话时，不得不抽出一定的精力和时间，来研究这二位的奇妙关系。受此影响，好力奇内部也变得没有正形，下属们，包括普通员工见了温启刚，也是嘻嘻哈哈，没有禁忌，没有避讳。整个公司像一个娱乐场，什么不能说偏说什么，哪里有禁区偏往哪里闯。奇怪的是，好力奇并未因这样一种管理模式而损失什么，相反，员工团结，上下齐心，公司红红火火。

黎元清一副好脾气，温启刚怎么说他都不恼，他就记着一件事：把品牌做起来，做大做强，做到让人流口水的地步。

"扯一扯是有好处的，如果不是当初我跟你乱扯，能扯出今天来？"黎元清诡秘地一笑，端着他的洋酒走了。他现在越来越像个甩手掌柜，这么大的摊子，扔给温启刚，自己则像个世外高人，不是请人喝茶，就是陪朋友到庙里拜佛。对了，黎元清现在信佛，信得厉害，自誉为佛门弟子，担任了不少佛教界的职务，让人觉得生意做到一定程度，就会把老板做进庙里。

乱想了一会儿，温启刚又将思维拉回到粤州"劲妙"上。

温启刚认为，华仁集团这三年将主要精力用在凉茶上，同时将原来的品牌"劲宝"换成"劲妙"，是政府某种导向的结果。他到内地后，多了两个兴趣，一是天天坚持看新闻，如果没有十万火急的事，每天晚上七点，他会雷打不动地坐在电视机前，这个爱好以前是绝没有的。另一个就是跟政府领导交朋友。时间容许，精力容许，他一准会请上几位领导，要么品茶，要么吃饭。正是在跟领导们的交谈中，温启刚发现，粤州那边政府的导向变了。

重点发展凉茶产业，正是天塘区区长沈新宇的"金创意"。沈新宇不愧是一个嗅觉灵敏的人，也许这跟他来自北京有关，见识多，思路宽。温启刚掌握到，沈新宇到粤州任职后，雄心勃勃，一直在想怎么才能让过了快速增长期的经济发展速度再来一次加速或提升。他拿了许多方案，也动过很多行业的念头，可都没能付诸实施。一个偶然的机会，他知道了姜华仁是姜劲妙的后人，手中握有"劲妙"这样一个颇具文化价值和商业价值的品牌，便一下子来了劲。这时他已跟姜华仁很熟了，两人的关系从饭桌上发展到饭桌下。姜华仁这些年一直不注意跟区上搞好关系，眼中少有区一级的领导，有事没事老爱往市里、省里跑，以为跑通了上面，下面自然就通了。可实践证明，有些事不是这样。上面固然能给你撑腰，但真正给你办事的是下面。沈新宇的前任叫林培安，这人性格极其古怪，仕途里有他的不少段子。比如说他在天塘区为官，只认两个人，一是省里某副省长，二是前任市委书记。除此之外，哪怕再有背景的领导跟他打招呼，他都一概不理。姜华仁恰恰跟这两位没搞好关系，于是他在天塘区的日子可想而知，到后来几乎是寸步难行。华仁集团一开始势头很猛，不然也不会打白石湾的主意，可惜就是地方不支持、不给力，跑到一半，跑不动了。也许是前车之鉴，也许不是，总之，沈新宇到天塘担任区长后，姜华仁主动找上门来，各种方法都用尽，陪吃陪喝陪玩，硬是陪出了一段不一样的感情。沈新宇呢，也想尽快给华仁集团出点力，回报一下，可白石湾太敏感，敏感到沈新宇也不敢轻易去碰的地步。沈新宇只好另辟蹊径，让姜华仁走凉茶路线。

凉茶是广东一个积淀深厚的产业，随便翻开广东一本有历史的书，都能看到凉茶的影子。市场上风风火火的凉茶，几乎都源自广东，细细追溯起来，个个都有不平凡的历史，或者说是传奇。传奇就是文化，就是内涵，就是凉茶得以立道的根本。守着这样一座富矿，政府不会没有作为，更不会把这么一块大蛋糕拱手让给别人。沈新宇如此精明，如此有政治头脑，岂能放过这大好机会？在沈新宇眼里，温启刚他们来自香港，尽管打着内地的旗号，但"宝丰园"毕竟是沾着香港味的。沈新宇想亲手打造一家正统的内地凉茶企业，并将其推向巅峰，那他这个区长，政绩可就非同寻常了。

好了，就这三点，足矣。温启刚用不着再去细究，一家企业进入某个领域，理由并不是最重要的，重要的是如何作为，如何在市场上展示自己。

这方面，粤州"劲妙"真是不能让温启刚佩服啊。温启刚的困惑或者说纠结也因此而来，如果"劲妙"是凭借正常的竞争手段或一流的营销追上"宝丰园"，成为"宝丰园"不可忽视的对手，那他倒也能坦然面对。竞争总是存在的，没有哪个行业是一家企业在玩，你做大的目的就是把对手引进来，与狼共舞才是真正的市场法则。可惜，温启刚引来的不是狼，"劲妙"也不是跟"宝丰园"共舞。"劲妙"简直就是跑来砸市场的，是掠夺，是毁灭，是无耻！

激动了一阵，温启刚重新坐下，但他的心思是无法集中起来了。"劲妙"对"宝丰园"的杀伤力太大，大约十天前，温启刚得到消息，粤州"劲妙"正在联合国内十大凉茶品牌，想趁好力奇跟东州药业闹纠纷之际，对"宝丰园"来一次合围。相关媒体也受到蛊惑，提前出动，玩起了烧火游戏，形势对"宝丰园"极为不利。更可气的是，东州药业背信弃义，居然也在背后下黑手。据市场反馈来的信息，东州药业正在违反合约，不听任何方面的劝阻，开足马力生产"宝丰园"，这对好力奇来说更是雪上加霜。如果真有那么一天，市场上出现两种"宝丰园"，不用"劲道"它们动手，"宝丰园"自己就会完蛋。

自取灭亡！

温启刚的心一下子掉进了谷底。这些天他之所以提不起精神，整天忧心忡忡，不只是因为媒体爆了他跟唐落落的绯闻，那点事固然对好力奇有伤害，但绝不会伤到大动脉，归根结底，他怕的还是东州药业和"劲妙"啊。不行，得加快行动，必须先发制人，抢在对手之前打出一张牌来。温启刚抓起电话，就要打给高静。

高静是好力奇品牌运营部经理，两天前，高静跟品牌运营部副经理许小田一同被派往另一个城市永江。永江是好力奇新开发的又一个生产基地，也是目前好力奇最大的生产基地。针对"劲妙"和东州药业最近的一系列诡异行动，温启刚决定，在永江那边搞一次大的营销活动，同时推出第三代"宝丰园"，刺激一下市场，也算是给对方一点颜色看。

下午高静打过电话，说那边一切都好，正按方案有条不紊地进行。温启刚听了很满意。对高静，温启刚十二分放心，凡是交代下去的事，高静从没出过错。但是此刻，温启刚有种莫名的烦躁，心思一个劲地往永江那边跑，生怕即将在永江举行的活动出现纰漏。这次活动是温启刚精心安排的一次大反击，也是品牌纠纷发生后，"宝丰园"面向媒体、面向消费者的一次比较大的活动，一丝纰漏都出不得啊，稍有闪失，就会给"劲妙"制造机会。温启刚想跟高静再强调一下媒体，高静别的方面都好，独独跟媒体的接触会显出她的不足来，这也是他把许小田一同派往永江的一个原因。许小田看似比高静憨厚，决断力差一些，但亲和力强，尤其是搞外联，有种先天的优势，再难搞定的媒体，只要许小田出马，没有不露笑脸的。温启刚是怕高静固执，高静在很多方面跟唐落落有点相似，尤其是骨子里有一股男人的狠劲、犟劲，看不顺眼的人和事，常常会莫名其妙地甩脸子。而对那些被企业惯坏了的媒体，高静更是有看法。

媒体惹不起。干企业，没有你能惹得起的，但凡跟你有点关系的，都是上帝，必须忍着、让着，笑脸赔着。一个企业家首先学会的是什么？别人可能要罗列出一大堆，温启刚却只认一条，那就是装孙子。这也是他在内地干了八年后另一个深刻的感受。

好了，不想了，抓紧干事。

温启刚正要把电话打过去，手机在这时候响了，一看号码，竟是黎元清打来的。温启刚好不吃惊，心突然就慌起来。

"董事长，我是启刚。"温启刚接通电话，努力压制着心情，装作正常地说。

"启刚啊，累坏了吧？"电话那头的黎元清跟往常一样，一上来就是大嗓门。

"还行，不是太累。"

"我可累坏了，这帮爷，不好陪啊，连着三天不让休息。"

黎元清最近在陪饮料行业协会的领导在香港转悠呢。这帮人的确不好陪，去了，吃喝玩乐一条龙，稍稍陪得不好，就怨声载道，回来给你随便找点事，你就折腾去吧。

"董事长辛苦了。"

"应该的，应该的嘛。怎么样，启刚，家里都正常吧？"黎元清喜欢称公司为家，问起公司的事，都说家里如何如何。

"还行吧，都在轨道上。"温启刚说着话，眉头忽然拧起，唐落落走了的事，难道黎元清不知道？

不大可能吧？

黎元清又说："启刚，最近怎么听不到李汉森的消息了，这老狐狸是不是又跟咱玩捉迷藏?"

饮料行业有两只狐狸,一只是黎元清,一只就是李汉森。相比黎元清,李汉森进入业界的时间短,他是左翼民出事后才接管东州药业的,资历当然比不了黎元清,但做狐狸的手段和狡猾程度远在黎元清之上。黎元清常叹,都说我是老江湖,那是在遇到李汉森之前,现在,我只能甘拜下风了。

"我也纳闷呢,前阵子他们吵得很凶,最近忽然又哑了。不过凉茶,他们是铁定了,交涉根本不起作用,而且这次是李汉森亲自督阵。"温启刚说。东州药业跟好力奇发生品牌之争后,一段时间以来,温启刚一半的精力都用在了对付东州药业上。其中甘苦,只有他知道。黎元清在公司待的时间不多,好力奇步入正轨后,温启刚跟黎元清之间有了明确的分工。黎元清主外,公司的事,基本由温启刚和唐落落做主。黎元清有时一个月来一次,有时几个月脚步都不往公司迈。除了好力奇外,黎元清还有别的产业,这一点温启刚跟唐落落没法跟他比,对他们来说,好力奇是全部,也是唯一。黎元清不是。最近半年,黎元清回来的时候更少。一是他在新加坡和马来西亚的投资出了问题,受国际大气候的影响,他被那边的投资拖住了,麻烦一大堆。二是他的佛事活动越来越多,不只中国香港,就连泰国、马来西亚、新加坡,只要有大的佛事活动,也都请他参加,他将大把大把的时间都送给了寺院。

本来好力奇跟东州药业的纠纷已被政府压了下去,两家谁也不能再提,媒体更不得报道。东州政府的说法是,历史形成的东西,不再细究,也无法细究。双方本着共同发展的原则,在原来合同的基础上维持现状,各做各的事,互不干扰。这对好力奇来说,无疑是最好的。温启刚也从繁重的事务中解脱出来,能专门应对市场变化了。谁知不到半年,东州药业这边忽然违约,李汉森不顾好力奇的反对,一意孤行,非要跟风出凉茶。这是好力奇坚决不允许的。当初两家协定,"宝丰园"这个品牌由两家共享,共同开发,但东州药业以"药"为主,只能生产和销售绿盒"宝丰园",产品定位也跟好力奇生产和销售的"宝丰园"有区别。一个是药用加食用,走保健路线,销售渠道重点在药店;一个是纯凉茶,走饮料路线。

　　得知消息后，温启刚第一时间就跟李汉森交涉。李汉森口气硬得很，什么话也听不进去，一口一个"宝丰园"是他们的，好力奇只是许可使用，现在合同期满了，东州药业完全有理由收回商标使用权。一提商标使用权，就把温启刚这边堵住了。这事不但敏感，而且非常麻烦。没有办法，温启刚只能搞曲线救国，通过其他关系给李汉森施压，希望李汉森能顾全大局，不要再生事。

　　但目前看来，李汉森并未收敛，好几个渠道提供的信息，都是说东州药业在加足马力，准备生产凉茶。孟子非还拿来一堆照片，是东州药业新的生产线。一看那照片，就知道他们接下来要做什么。

　　温启刚婉转地向黎元清表达了自己的担心。当然，他把话题限制在东州药业上，也是怕黎元清突然问及唐落落，这事还真有些尴尬，至少现在是，温启刚不想在这时候面对。

　　黎元清听得很认真，刚才还嘻嘻哈哈的他突然安静下来，温启刚甚至能看到黎元清那张肃穆的脸了。这些年，"宝丰园"能在市场上走这么远，除了品质及文化，就企业而论，与黎元清和温启刚之间的高度默契、精诚团结是分不开的。这一对人，在企业界真是少有。一个敢放手，敢信任，一个呢，总是能以最好的结果来回报。

　　"没这么可怕。"黎元清说。这次他的口气明显跟前面不一样，是认真的，"麻烦虽有，但也不至于吓倒我们，要相信自己，启刚你说对不？"

　　"这个我知道。"温启刚回答得也认真。

　　"对了，启刚，你看过斗鸡没？"黎元清忽然换了话题。

　　"斗鸡？"温启刚一愣，不明白黎元清为什么要问这个。

　　"启刚，你不要整天心里只有公司，这世上有很多乐子，有空的时候不妨关注关注。"

　　"董事长说得对。"

　　"斗鸡很精彩，也很热闹。"黎元清又恢复了先前的轻松与幽默，话风趣起来，"启刚啊，如果我们把一只鸡抱走，这热闹还有吗？"

　　"这……"温启刚顿住，半天才明白黎元清在说什么。他的心并未因黎元清的幽默而变得轻松。温启刚跟黎元清在很多方面还是不同的，黎元清是大手笔，凡事拿得起也放得下，如果让他做斗鸡之人，他肯定能在特殊的时候抱鸡而走。温启刚却不行，他是那种一旦迈开腿就要走到底的人，他的生活中缺少很多幽默，干起事来更是一根筋。比如此时，他就想不通抱鸡逃走的理由。黎元清了解他，知道一时半会儿是说服不了温启刚的，再说他打电话的目的也不是跟温启刚讨论怎么对付东州药业。黎元清向来不认为东州药业会是他走向大市场的羁绊。他自信有办法对付李汉森，就跟以前对付左翼民一样。他们有共同的弱点，抓住了，他们就会俯首称臣。于是他话题一转，又谈起粤州"劲妙"。

"启刚啊，我最近在琢磨姜华仁，这人跟左翼民不一样，跟李汉森那只老狐狸完全是两类人。你说，我们能不能找到他的软肋呢？"

黎元清跟对手过招，总喜欢先找准对方的软肋。他说这是他成功的法则，若干年来，他跟任何人打交道，都要先研究出对方的软肋。他有一句非常经典的话：上帝创造人，总是给他一根最硬的骨头，再给他一根最软的骨头。我们跟对手竞争，千万别碰那根硬的，只需在软骨头上下功夫。有一次温启刚喝了酒，谈得兴起，忽然就问出一句："董事长觉得我的软骨在哪儿？"

这句话问得黎元清有点尴尬，他呵呵笑了一声："启刚，你怎么能这样说话呢？我跟你不是对手，是一个拳头，一个拳头当然不需要对付了。"

温启刚比较固执："我还是想听听董事长对我的评价。"

"好吧，我知道启刚你没别的意思，可能是想找到你的软骨。过于理性，这就是你的死穴。我们是搞市场的，不是搞理论的，更不是当道德模范。启刚，我懂你的心，你是想培养出一个有秩序、文明、规范的市场，大家在一块棋盘上下棋，没有台前幕后、桌上桌下那一说。难啊，启刚，理想不等于现实，被理想左右的人成不了大事，永远成不了。千万要记住，这是内地，不是你起家的香港，更不是英美。"

黎元清那天说了很多，这符合他的性格，不说则已，说就说彻底。反正在温启刚面前，他是透明的，红的黑的全展现出来，不怕温启刚笑话，也不怕温启刚弃他而去。"我们是合作，不是恋爱，所以嘛，没必要掩藏。"

温启刚那天真的被黎元清说动情了，黎元清看他看得很准，他也承认黎元清抓住了他的软肋。一个总知道抓什么的人，他这样评价自己的老板。

"我也在研究他，但是我找不到他的软肋。"温启刚实事求是地说。下午他反复看粤州"劲妙"的资料，连同创始人姜老先生的许多传闻和历史资料也一一研究了，就是想找到对付姜华仁的办法。每一个品牌后面都站着一个人，品牌是人的灵魂，是人在市场上的幻化，什么样的人就会打造出什么样的品牌。在这一点上，温启刚跟黎元清的认识完全一样，研究品牌必须得研究透背后那个人。

"人总是有软肋的。"黎元清说。这话有点像废话，也证明黎元清被姜华仁困住了，"都怪我们，太轻视他们了。昨天还有人问我，怎么能坐视'劲妙'做大。我说我们真是大意了，没把它当回事。"

"董事长说得对，是我们给了它机会。"

"现在我想把这个机会收回来！"那边，黎元清突然加重了语气，话听着轻松，里面却有股狠劲。

"我明白。"温启刚道。

"有件事怕你不明白。"黎元清说。

"什么事？"温启刚问，他已感觉到黎元清话语背后的力量了。

"这次我们被他耍了。"

"什么？"温启刚一下子绿了脸，声音也变了。

"启刚，跟你说件事，昨晚跟领导喝茶，无意中听说，'劲妙'根本就没有联合其他品牌，他们是在做销售商的文章，这次我们可能上当了，被人家耍了一把。"

"销售商，不可能！"温启刚失声叫道。

那边黎元清静了静，可以想见，此时黎元清是什么神情。他在遇事的时候总是比温启刚镇定，老江湖了嘛。这么多年，温启刚几乎没见过黎元清被什么事搞慌张过，他总是有一种慢条斯理的从容。业界称他是"温老虎"，意思就是温暾暾地吃人。但是今天，黎元清慌了。

　　果然，黎元清接着说："启刚，你别这么肯定，智者千虑，必有一失，有时候我们还是会犯错误的。你马上落实，如果对方真跟我们玩阴的，后天的活动就要变，必须变！"

　　黎元清话里的硬度出来了，温启刚抱着手机愣在了那儿，半天不知怎么回答。他的脑子乱作一团，怎么可能，怎么可能嘛！消息是他从绝对可靠的渠道得来的，十家联手的企业，温启刚都有名单。如果真有假，只能证明是渠道出了错！

　　渠道！温启刚差点叫出这两个字。等他镇定下来要跟黎元清细细汇报时，黎元清已挂机了。

　　每个人都是有个性的，黎元清的个性就是一件事绝不重复，说话点到为止。企业家不但做事要有效率，讲话更要有效率。

　　温启刚木在了那里。

第三章
了解对手就是了解自己

果真如黎元清所说，温启刚他们被粤州"劲妙"放了烟幕弹。

温启刚这次是通过媒体了解到的，粤州那边有个记者，叫曹彬彬，《消费导报》的，跟温启刚关系不错。曹记者热心公益事业，创建了一个公益组织，搞民间公益，温启刚很是支持。温启刚打电话找他了解情况，曹记者就将自己知道的全说了。

粤州"劲妙"也不是有意给温启刚他们放烟幕弹，按曹记者的说法，"劲妙"一开始确实是走品牌联合路线，姜华仁这次野心大得很，胃口更大。他在其他行业栽过跟头，差点一蹶不振，这次进军饮料行业，目的就是称霸。可惜他在业界影响力小，话语权有限，费了很大劲，虽联系了一些企业，但都不太知名。后来经高人指点，认为此举愚蠢，市场不是打群架，联合几个品牌就能搞掉"宝丰园"？据说是这位高人给姜华仁出了一条锦囊妙计，"劲妙"才修改策略，从销售商着手，想断掉"宝丰园"的翅膀。

高人？曹彬彬说了一大堆，有用的没用的全提供了，温启刚把其他的都自动过滤了，独独对这位高人产生了兴趣。温启刚早就感觉到，粤州"劲妙"有点反常，"劲妙"近期采取的一系列举措，不管是对付市场变化还是产品更新换代，都跟以往不太一样。尤其是"劲妙"死咬住"宝丰园"，"宝丰园"做什么，"劲妙"便做什么；"宝丰园"怎么做，"劲妙"便也怎么做。这种无节制的跟风虽说是姜华仁一贯的风格，但在细节上，"劲妙"还是表现出跟以往的不同。温启刚注意过"劲妙"的两个细节，一是

"劲妙"以前喜欢在央视大把地砸钱，挑黄金时段播广告。一个月前，"劲妙"突然撤下央视的所有广告，地方台的也撤了不少。与此同时，粤州、东州等地出现了大批"劲妙"的营销队伍。这些青春靓丽的男女穿着统一的服装，身披绶带，在超市或街头热闹的地方一边起劲地叫卖"劲妙"，一边宣传环保。目的很明显，就是将"劲妙"跟环保联系起来，往品牌里注入内涵。此招虽然老旧，看着也过时，但对饮料行业的促销极其有效。当年"宝丰园"就是凭借这一传统又"落后"的营销手段，才把铁桶一般的市场里拱出一个缺口的。照搬"宝丰园"的模式，这不奇怪，奇怪的是"劲妙"暗暗把宣传跟环保结合起来，这里面是非常有文章的。企业的成功看似要积蓄庞大的力量，但有时候，一个奇妙的点子或创意就能为企业带来意想不到的巨大收益。作为曾经的点子公司的创始人，温启刚对这种"金点子"有本能的敏感。果然，"劲妙"后面的宣传就有环保的深意了，现在"劲妙"索性打起了环保牌。温启刚不相信这是姜华仁的创意。姜华仁这种暴发户，鲜明的特征就是从不相信文化的力量，他只相信两样东西，一是钱，二是权。文化这玩意儿，在他眼里不但酸臭，而且太嫩。但是"劲妙"在这个阶段越来越重视文化，这就不能不让温启刚多想。直觉告诉温启刚，姜华仁后面肯定有别人出主意，帮忙搞策划，而且这人力量奇大。能让一个骨子里没文化的人崇尚文化，绝非一般人能做到的。第二个细节是，"劲妙"半个月前推出一部专题片，虽然目前还没引起啥反响，但引发了温启刚很深的思考。

专题片从讲述"劲妙"的历史开始，从几百年前讲起，很有厚重感，很有文化分量。尤其是对"劲妙"创始人姜老先生的挖掘，真是下了一番大功夫！温启刚不怕"劲妙"来横的，凉茶这东西不是地产，也不是煤不是钢铁，你越横，它离消费者就越远。姜华仁那种财大气粗的做法不是在成就"劲妙"，而是在毁掉"劲妙"。温启刚就怕"劲妙"来雅的，一雅，就对路了！

对路很可怕！

"宝丰园"为什么能在内地市场扎下根来？有根！这根跟凉茶大王，不，严格说是凉茶鼻祖白先汉有关。

　　"宝丰园"凉茶由白先汉（又名白冠丰）创始于清道光七年，至今已有近两百年的历史。1949年后，白氏家族分成两支：一支留在东州，先是成立了华夏养生堂，后又变成东州养生药业，简称东州药业，后来公私合营，成为国有支柱企业，掌门人是白海生。另一支白氏后人到了香港，经营"宝丰园"香港及海外业务，成立了香港宝丰园国际有限公司。1995年，白氏后人白港生出任该公司执行董事。白港生接掌香港宝丰园大权后，"宝丰园"凉茶在香港的生产与销售并没有多大起色。这里面原因很多，一是凉茶并不是香港宝丰园的主营业务，香港宝丰园的重心不在此；二来白港生虽接手了香港宝丰园，但他本人的志向并不是成为一个企业家。黎元清敏锐地看到了这些。出生在粤州后来又在香港发展的黎元清具有商业天赋，认定凉茶是未来相当有前景的产业，于是不辞辛苦，数次找到白港生。按他的说法，是软磨硬泡，终于从白港生手里取得"宝丰园"商标及秘方的使用权，以元清集团的名义在香港生产和销售罐装"宝丰园"。

　　由于历史原因，白氏家族将"宝丰园"的经营归属权规定得很清楚，香港和内地各自经营，互不侵犯。但黎元清看上的是内地市场，而内地这边"宝丰园"的商标和配方的使用权在东州药业手里。经过艰苦卓绝的努力，黎元清终于跟东州药业达成协议，签订了商标许可使用合同，东州药业准许元清集团的子公司好力奇在内地使用"宝丰园"商标。当然，这都是过程，是好力奇和"宝丰园"进入内地市场的前奏。"宝丰园"能在内地占领市场，核心因素只有一个，那就是它里面几百年的凉茶文化！

　　大打文化牌、寻根牌，是"宝丰园"得以生存与发展的关键所在，也是温启刚对"宝丰园"做出的最大贡献。现在，"劲妙"在市场上七转八转，竟也转到了这条道上，这不能不令温启刚防范和警惕。

　　以其人之道还治其人之身，温启刚猛地想起这句话。

　　曹彬彬又说："这位高人来自香港，是香港商界的奇人。"

　　香港？温启刚一惊，眼前嗖地晃过一个影子。

　　"男的还是女的？"他紧接着就问。

　　"女的。"曹彬彬回答得很干脆。

温启刚猛地一拍大腿，差点就说出一个名字。

"怎么，温总知道是谁？"曹彬彬狐疑地问。

温启刚否认。

感觉，只是一种感觉，虽然很强烈，但温启刚还不能断定就是她。商场之争，绝不能仅凭感觉。

曹彬彬继续说，"劲妙"放弃了十家生产商，意外地选择了近百家销售商，原定近日在粤州举办的新产品推广会也改变了主题，由新品面市改为厂商联谊，规模更为宏大，号称饮料行业的"武林大会"，"劲妙"将在会上宣布饮料界从未有过的巨额让利政策。

温启刚懂了，"劲妙"要打价格战！

价格战的目的，就是彻底颠覆饮料行业已经形成的价格体系和销售政策体系，从而将整个行业引入混乱。

一身冷汗袭来，温启刚连着打了几个冷战。真是怕什么就来什么，相比"劲妙"原来的计划，这招真是太损、太阴狠了，直捣好力奇命门。为建立这两个体系，温启刚付出了多少努力，"宝丰园"又牺牲了多少利益！一个好的市场环境是品牌健康成长的关键，是土壤，是养分，可现在……

温启刚越发坚信，专程从香港跑来给"劲妙"当幕后指挥的，是林若真！除了她，没人能这么精准地了解"宝丰园"，也没人会这么损、这么狠！这不是打"宝丰园"，在某种程度上，这是冲着他温启刚来的。

林若真目前是香港盛高集团董事长，盛高集团是香港知名的饮料加工与销售企业。三十年前的香港，盛高的牌子几乎无人不知、无人不晓，那时候它旗下有三大品牌：碳酸饮料"大力神"、功能性饮料"乐百泉"，还有天然矿泉水"碧潭水"。盛高的创始人叫林秉达，是林若真的父亲。温启刚一开始就在盛高工作。那时他二十来岁，风华正茂，干劲冲天，是林秉达最中意的年轻人，深得林氏夫妇的信任。林秉达看中了他的商业天赋，还有忠诚耿直的品格，加上他应对复杂问题的能力，一度拿他当接班人来培养。温启刚在盛高那些年，不但提升速度惊人，业绩也了不得，权力更是大得离谱，年纪轻轻便能独当一面，盛高的很多大型商业活动，还有合作项目的洽谈签约，他都参加，英气逼人地陪在林秉达身边，俨然是林秉达最得力的助手。他在商界的名气就是那时候闯出来的，业界曾称他为"少帅"。可是好景不长，就在温启刚最得意的时候，盛高传出家丑，已经嫁为人妇的林家宝贝女儿林若真忽然高调对外宣布，她爱上温启刚了，她要离婚，要跟心爱的人在一起。

对于当年的盛高和温启刚，林若真的这句话无异于一声惊雷。即使是在整个香港，林若真此语也是非常骇人的。

要知道，林若真的婚姻绝非一般。

林若真的老公叫汪铭，关于她跟汪铭的婚事，在当年可是轰动全港的。当时汪铭三十岁，已经在香港财政司工作，他的头上罩着一大堆光环，这些光环一半是其议员父亲给的，另一半则来自香港化妆品大王——他的母亲。当然，汪铭也非等闲之辈。他曾是香港财经学院的副教授，后来在父亲的帮助下，参与过港府财政政策的制定，从而被港府看中，进入政界。这个家族在香港享有极高的声誉，汪铭也一直处在媒体的聚光灯下。他天生有一副诱人的面孔，皮肤白净，鼻梁高挺，金边眼镜下一对深褐色的眸子里充满忧郁和彷徨，时而又特别明亮，偶尔还能散发出男人的不羁。多数时候，那双眼睛是在发出诱惑的光芒，那光芒一旦覆盖在女孩子脸上，女孩子不丢魂都不行。这绝不夸张，在香港，关于女孩子迷恋汪铭的故事很多，温启刚就听到过不少。有人将他誉为小张国荣，这不过分，他忧郁起来，的确有"哥哥"的神经质。他的头发是卷曲蓬松的，极富光泽。他身材偏高，应该在一米八五以上。良好的教养加上罕见的气质，使得汪铭比别的男人总是多出些什么。但在婚姻问题上，汪铭表现得很沉闷，三十岁时尚未传出他与谁牵过手，与谁眉目传情过，更没有什么夜店新闻，害得那些小报记者天天候在汪家门口，就是抓不到花边新闻。有那么一段时间，外界甚至怀疑汪铭性取向有问题，或者说他是典型的恋母。香港那地方，这种事常有，不足为怪。汪铭的生活也很单调，除了上班，就是陪在母亲身边，为母亲的事业当形象代言人。他母亲曾自信地向外宣布，有了这个儿子，她的公司几乎不用再请影星、歌星做广告。这话不假，汪铭那张脸的确为母亲的公司带来不少效益，甚至有女粉丝呼吁他辞职，专做女性用品代言人。让一个男人做女性用品代言人，可见他的魅力到了什么程度！

这是闲话，重要的是他跟林若真的婚姻。汪铭是在陪议员父亲视察盛高时突然对林若真生情的。当时林若真只有二十一岁，待字闺中，还没谋职，在家里看看书玩玩游戏，然后抱着脑袋想未来，实在想不出的时候，就去父亲的公司，她不是去工作，完全就是好奇。她跟工人们说说笑笑，兴致好的时候还帮一线工人干活，当然这种干活基本上是添乱。但林秉达喜欢女儿添这个乱，还特意交代，只要女儿来，各部门必须通力配合，只要不是太违规，就尽可能让着女儿，浪费点时间也没关系，前提是必须安全，不能出任何安全差错。在生产线上玩腻了，林若真会回到装修奢华的办公大楼，这儿摸摸，那儿蹭蹭。遇见顺眼的管理人员，不管男女，她都会停下步子，要么斗斗嘴，要么故意使一下坏，让人出一身冷汗。在别人的慌张里，她却咯咯笑着远去了。但是那一天，她笑不出来了，刚搞完一个恶作剧，猛一抬头，就被一双眼睛攫住了。

攫住她的正是这个汪铭。

对汪铭而言，在盛高发现林若真也是很致命的。自此，他的生活轨迹变了。男人有时候真贱，守了三十年，却被一个未谙世事的小女孩击中，听着怎么都叫人不服气。但事实就是如此，三十岁还未谈过恋爱的汪铭自那天被青春四射的林若真击中，就开始丢魂。按他母亲的说法，儿子眼里有了东西，心里更有，走路的样子都不一样了。消息传出，香港媒体界一时哗然，记者们大呼小叫，称终于捕捉到重量级新闻。这个时代荒唐事很多，娱记们的荒唐更是没有底线。但少了这些，世界又索然无味得很。所以，娱记们依旧荒唐，依旧在荒唐中带给我们脑残式的热闹。时代特色这东西，你真是没有办法。汪铭跟林若真的恋情经媒体一助燃，就再也挡不住了。汪铭自己更是兴奋，打那天起，他发动了凶猛而密集的攻势，几乎隔一天就来盛高一次，来了便含情脉脉地看着林若真，那眼神，专注、入迷，让二十一岁的林若真既兴奋又慌乱。少不更事的林若真被那火辣辣的眼神、帅气逼人的身材以及谦谦君子式的气质撩得心慌意乱，却又不知该不该迎接那目光，便红着脸问父亲母亲。父亲林秉达是一个经验丰富的人，从汪家父子走进盛高集团那一刻起，他就知道，盛高的机会来了。不管是香港还是内地，要想做好企业，断断少不了跟政府搞好关系。盛高需要发展，需要大规模扩张，更需要从某些危机里走出来，这就必须掌握更多的资源与人脉，获取更多神奇力量的支撑。所有这些，汪家父子都有可能给他。于是他毫不犹豫地给了女儿意见，大胆接受吧，这样的爱情不接受，还接受什么？

林家独女林若真听了父亲的话，几乎没怎么犹豫，信心满满地嫁给了汪铭。二十一岁的林若真跟所有青春女孩一样，对婚姻抱着极大的幻想。原以为嫁进汪府是她这一生莫大的荣幸，孰料婚后不久，便传出她跟汪铭分床而卧的消息……

悲剧还是源于政治，其实说穿了这门婚姻是政治婚姻。这门婚姻中首先得益的是盛高集团，盛高集团能在短短数年发展成为港界数得上的大企业，跟林若真的婚姻是分不开的。其次，是林若真。林若真嫁给汪铭后，也有过一段美妙的日子，虽然短暂，但的确美妙过。汪家的光环罩在她头上，一度让她成为跟明星差不多的公众人物。不久之后，林若真工作了。单位当然是汪家找的，在香港一家公益机构做宣传，这份工作不但体面，而且出镜率极高。然而温启刚发现，林若真的性格在不知不觉中发生了变化。记忆中，他所认识的林若真是一个单纯善良、爱搞点恶作剧但品质绝对可靠的人，但后来再见到林若真，就发现她变了，一天天变得陌生而且可怕。她的脾气古怪，动不动就发火，不分场合，不分对象，一旦发作起来就不可收拾，摔桌子砸板凳的事常有。有一次温启刚去林秉达家，正碰上林若真回娘家，父女俩不知为啥事闹得不开心，林若真当着温启刚的面发了飙，将客厅砸了个稀巴烂，林秉达一直当宝贝的一对花瓶也未能幸免。林若真砸完还不罢休，手叉在腰间，无比凶恶地诅咒她父亲："我活不好，你们一个个也休想活好！"温启刚吓坏了，眼见着一个淑女变成泼妇，却一点办法也没有。正发呆，林若真突然转向他："你也一样，甭以为我离开了这个家，你们就可以高枕无忧。我还会回来，回到公司，回到你们眼前，到时候你也休想逃过，一个都别想逃过！"

　　天哪，这女人中邪了。瞧那眼神，瞧那凶悍劲。温启刚印象中的林若真，除了小姐脾气偶尔重一点，自我意识强一点，人还是蛮可爱的，至少不是一个暴戾女。嫁出去才几天，就变成这样了？

　　更可怕的是，打那天起，林若真缠上他了。那时候温启刚正春风得意，一切顺风得可怕。林秉达几乎把所有的重要事、秘密事都交给他办，盛高的重大决策他也都参加，他俨然是盛高的二把手、智囊中的智囊。林秉达的妻子、林若真的母亲蒋婉仪更是对他十分欣赏。有一段时间，蒋婉仪甚至拿他当儿子看待。蒋婉仪说，她这辈子是很想有个儿子的，可惜老天不作美，未能成全她。幸好，现在有了温启刚。"启刚啊，往后你就把公司当自个儿的家，千万甭见外。"说这话时，蒋婉仪一双美丽的凤眼楚楚动人地看着他，眼里充满了母爱。温启刚也确实拿公司当自己的家，拿林氏夫妇当自己的亲人。如果不是林若真三天两头跑来找他，向他倾诉，向他发泄，进而放出那样的狠话，说爱他，要嫁给他，他在盛高的前程真是不可估量的，自然也就不存在离开盛高自己创业这档子事了。

　　往事不堪回首。这些年，温启刚有两样事不敢去碰，不敢去想，一是林若真和盛高，二是他的婚姻。但是现在，他不能不碰。如果真是林若真杀回来，找他的麻烦，那好力奇和"宝丰园"可就遇着大麻烦了。

　　这麻烦一点也不比东州药业小。

　　必须采取措施！

　　温启刚不敢犹豫，刚和曹彬彬通完电话，立马又抓起电话，连着打给十几家销售商。他要一一求证，"劲妙"到底想做什么，背后是不是真的站着林若真和盛高？电话里这些销售商都很客气，但也只是客气，问及跟"劲妙"的合作，全都笑而不语地回避，似乎多谈一点就泄露了天机。温启刚的心情越来越暗，担忧越来越多。再谈下去，十几家销售商不约而同地聊到同一个话题："宝丰园"下一步的销售政策！

　　清楚了，什么是信号，这就是。"劲妙"还未出手，已经有经销商开始敲竹杠。

　　搅局，纯粹是搅局！"劲妙"不缺钱，这种赔钱的买卖它敢做，也只有它能做！华仁集团的底子，温启刚还算了解，十多年的房地产，加上几条高速公路，赚得可谓盆满钵满。至于它在一项投资上的失误，虽然伤了一些皮肉，但绝不会伤及根本。虽然外界说那项重大失误差点让华仁集团陷入绝境，但温启刚认为里面炒作的成分比较多，言过其实，或者是华仁集团转型期采取的一种策略，不可信。华仁集团如今集中力量发展"劲妙"，加上有政府在背后支持，"劲妙"根本不缺钱。在市场上搏久了，哪家企业实力如何，一出手便可知，这一点很难有人骗得过温启刚。了解对手就是了解自己。拿钱砸掉一个市场，把竞争伙伴和对手全赶出去，市场就乖乖地到了它的手中！

这一晚，温启刚没回住处，饿着肚子熬了一夜。跟经销商通完电话，温启刚马上调出所有关于"劲妙"的文字和视频资料，包括"劲妙"面市以来每次市场推广和产品促销的信息，还有三年来的销售业绩，以及"劲妙"经销商那边的情况。天亮时分，他又把精力集中到华仁集团上。一条消息引起了他的注意，半个月前，华仁集团管理层发生了小变化——财务主管易人，原来分管财务工作、在华仁集团有"一支笔"之称的吴雪丽离开财务岗位，到集团通联部工作，新任财务主管是一个叫蔡晓程的年轻女人。

这消息若放在平常，温启刚根本注意不到，但在关键时刻，温启刚变得非常敏感，更加细腻，知道从细微处入手了。这样的消息的确能帮他打开思路，让他想到平日想不到的。

早上八点，他叫来副总黄永庆，以不容商量的口气说："打电话给永江那边，活动取消，人员以最快的速度撤回。"

"取消？"黄永庆丈二和尚摸不着头脑，犯傻似的望着温启刚。看到温启刚的两个黑眼圈，才知道他又是一夜没睡，遂心疼地说："不能老熬夜，身体吃不消的。"

温启刚像是没听到，继续道："速度要快，让高静她们全回来，善后工作交给敏杰和华峰。"

"这……"副总黄永庆犹豫了，他不明白温启刚为什么突然取消永江的活动。永江的活动是高管层会议研究通过的，也是董事长黎元清首肯了的，昨天温启刚还过问那边的工作呢。

"永庆啊，情况有变，没时间再开会商量了，按我的意思抓紧办。我还有事，先走一步。"温启刚说完，抓起包，边打电话边出去了。

黄永庆想了一会儿，还是按温启刚说的给永江那边传达了指令。当然，他挨了骂。品牌运营部经理高静刚一接电话，马上就质问："当我们是猴子呀，说取消就取消，请来的客人怎么办？"

"该咋办就咋办，这是你们老大说的。"黄永庆脾气也坏起来。

老大就是温启刚。在好力奇，没人叫黎元清老大，或者说，中层和下属跟黎元清见面的机会少，"老大"这称号自然就送给了温启刚。

温启刚当天就赶往粤州。

天下着雨，刚出机场，瓢泼大雨就朝他砸来。温启刚心情有点糟糕，不糟才怪。怪事一桩接着一桩，急事也是一桩接着一桩，这鬼天气，又成心跟人过不去。接机的是记者曹彬彬，还有一个个子高挑的女孩。温启刚在粤州不是没熟人，但他还是想从曹彬彬这儿开始。曹彬彬三十来岁，穿着随意，在温启刚的印象里，他几乎很少穿正式的衣服。永远的休闲服，身上恨不得到处开洞，口袋多得他自己都数不清。那件马甲他穿了有五六年了吧，仍在穿。温启刚看着都急，问他是不是没钱买衣服。曹彬彬笑说，艰苦朴素，艰苦朴素嘛，共产党人的本色，干咱这行的，越朴素越好。温启刚鼻子里冷笑一声，曹彬彬一点也不朴素，有时糟蹋起钱来，挺吓人的。这天曹彬彬仍旧穿着短衫，外面还是那件破旧得已经发黄的马甲，下身是又长又宽的休闲裤，到处挂着兜。女孩儿却非常亮眼，长长的头发焗了油，蓬松地披在肩上。一双眼睛非常性感，弯弯的睫毛虽然是假的，但确实好看。穿着简单但很时尚，黑色紧身T恤，胸前有个大图案——很恐怖的骷髅，脖子上挂着一串象牙项链，一看就是真货。温启刚心里掂了一下，这项链价值不菲呢。女孩的腿又细又长，皮肤白得耀眼，只穿一条刚刚包住臀部的白色短裤，两条修长性感的腿非常耀眼地呈现在雨中。膝盖以下，是一双很有特色的长筒靴。

"您老还真来了啊？"曹彬彬一面递伞，一面开玩笑。

"没办法，情况紧急，不得不来。"温启刚一边说，一边将目光从女孩身上移开。这么盯着人家看真不礼貌，可是曹彬彬身边总有稀奇古怪的女孩。

"至于吗，一个'劲妙'，能把老大吓成这样？"曹彬彬笑着，又指指女孩，"小山子，粤州十佳模特，很崇拜老大，嚷着要来。"

"是吗？"温启刚又看了看女孩，女孩冲他甜甜地笑笑，说了声"温总好"。温启刚应了一句，又将目光转向曹彬彬："你不懂的，这跟写稿子不一样，快找地方，我要跟你细谈。"

车子迅速离开机场，曹彬彬带着温启刚住进酒店。酒店不在市区，这是温启刚要求的。这次来，他不想热闹，也不想引起外界的关注，他要按自己的步骤行事。住下后，曹彬彬问温启刚想吃什么。温启刚说："哪还有心思吃饭。"曹彬彬说："天塌下来饭也得吃，走吧，饭局我已操办好了。"

温启刚跟曹彬彬的关系，既有点合作伙伴又有点战友的味道。这些年，曹彬彬在企业宣传与品牌拓展上没少给温启刚出主意，温启刚呢，对曹彬彬的公益活动以及他所供职的《消费导报》贡献也不小，但这绝不是他们成为莫逆之交的原因。两人之所以能有深厚的关系，关键还是思想上的相通、志趣上的相投。

曹彬彬硬拉着温启刚下楼，模特女孩小山子也在一旁吆喝。温启刚只好听他们的，一同往楼下去。这中间，他知道了小山子姓王，是粤州去年选出的十佳模特，目前在一家模特公司供职。温启刚不明白曹彬彬把她拉来做什么，只以为是曹彬彬新交的女朋友，也没多说。到了吃饭的地儿，曹彬彬才说，这次你来，目的怕只有一个，就是搞清华仁集团的所有背景，包括这个香港幕后高人。我把小山子叫来，是因为她知道一些内幕，或许能帮你。接着他又说，王小山在去年的模特选拔赛中本来能稳拿第一，结果被人从中作梗，另一名排名在后的模特猛地蹿了上去，最终夺了魁。

"当然，小山子不是来寻仇，也不是借机说人家坏话。我交的朋友，请老大放心。"曹彬彬又补充一句。

原来如此！温启刚这才很感激地看了王小山一眼，同时跟曹彬彬道谢。他在脑子里已经将模特事件跟姜华仁联系到了一起。

三个人边吃边谈，曹彬彬将这些天新掌握的情况告诉了温启刚。"劲妙"这两天动作很猛，除了全力以赴准备大型厂商联谊会外，还加班加点生产新产品。

"这次上市的新品'劲妙'，包装全是模仿你们的，猛一看，简直就是'宝丰园'，而且广告词也差不多。"曹彬彬说着，眼睛冲王小山一挤，王小山利落地从包里拿出一罐凉茶来。温启刚一看，差点笑出声来。像，像绝了。都知道华仁集团是靠模仿和照搬发财的，可没想到它会照搬声名赫赫的"宝丰园"。温启刚接过凉茶，仔细把玩了一会儿，说道："这功夫不得了啊，姜华仁真是做啥像啥。"

"这都是次要的，还有一个重要的信息，最近姜华仁跟官方接触非常密切。以前他是不在乎跟官方打交道的，财大气粗，认为自己牛得不行，老给官方冷脸子，最近却热衷得很。"曹彬彬拿出一沓照片，全是姜华仁跟领导吃喝玩乐的场景。温启刚扫了一眼，上面的领导有他认识的，也有不认识的，但相信这些人地位都不低。

"行啊，大记者，连这套也敢用了，越来越有间谍的风格了。这位就是沈新宇沈区长吧？"他指着照片上一张相对年轻的面孔说。

"这不都是为了您老人家嘛，不过照片不是我拍的，找人。"曹彬彬诡异地笑了一下，说道，"正是他，沈新宇，天塘区新任区长，一个看似官不大但非常特别的人物。"

"怎么个特别法？"

"背景呗，现在除了背景，还能有啥特别？"曹彬彬说着，又拿出一沓资料，上面是关于沈新宇背景的调查。温启刚看完，心里竟然打出一连串哆嗦来。他到现在还不认识沈新宇，因为好力奇从没想过有一天会跟天塘区打交道。但这些天来，沈新宇这个人天天在他脑海里闪现，温启刚除了琢磨姜华仁，就是琢磨他了。温启刚在内地干了八年，有个最基本的认识，就是内地领导有两种人你得"敬重"，得怕。一是土生土长的人，在本地有深厚的土壤和盘根错节的关系。他把地方变成了一条河，他就是河里最大的蟹。还有一种就是如沈新宇这般空降型的，以前你可能听都没听说过，更不知道他的背景，但是他一出现，格局可能就全变了。

温启刚相信，沈新宇就是一个能改变格局的人物。刚才看到的那些背景资料，还有显赫的关系，不管是传言还是真相，都令人对他刮目相看。

"谢谢你啊，这些资料对我来说太重要了。之前真是对他不重视，这下吃到苦头了。"温启刚冲曹彬彬说。他的话里有一丝无奈，也有一丝怅然，曹彬彬当然听得出："放心吧老大，这次我们一定查个清楚。对了，让小山子也跟你说说吧，她那边还有好多新鲜事呢。"

"好！"温启刚愉快地应了一声，现在他是什么信息都需要，只嫌少，不嫌多。

王小山要说的是一件看似跟"劲妙"和"宝丰园"关系不大的事。她说，最近粤州模特界都在传，有人在秘密组建一支模特队，或者叫模特公司。这家公司的名字叫"火凤凰"，招的是清一色青春靓女，对长相、身材要求极严，尤其是三围，都是拿尺子量的，一点都做不得假。她最好的一个朋友险些就要被招进去了，可惜胸脯小了点，最终被淘汰。这家公司招了模特，在天塘区一家私人会所训练，课程五花八门，啥都有。

温启刚被王小山的一番话吓了一跳，瞪眼看着她。

王小山的脸猛地红了，一层胭脂色从她眼角处涌出来，又往四下散开。温启刚躲开目光，佯装喝水，脑子里却在想，王小山告诉他这些，到底有啥意图？

"小山子，别羞，大胆说嘛，让温总长点见识。"曹彬彬在一旁给王小山鼓劲。王小山这才冲温启刚嗯了一声，接着将话讲完。

王小山怀疑，"火凤凰"的背后老板很可能是姜华仁，目的哪是训练模特，真正的模特不需要那样训练。她把心一横说，要么是色情，要么是给需要伺候的人准备的，有人需要这些！

这顿饭，温启刚吃得算是有价值，尽管曹彬彬和王小山提供的信息有点乱，有些还需要进一步考证，但他对姜华仁及其旗下的公司有了更清晰的了解。回到宾馆，温启刚没像往常那样急着冲澡，而是拿出笔记本电脑，在一个秘密文档里将今天听来的和自己琢磨到的一并记录下来。时间过得很快，温启刚做完这些功课，已经凌晨一点了。他拿出手机，想打给高静她们，问一下永江那边是不是已经全部撤离，又一想，这么晚了打电话，会让下属不满。何况高静对永江的活动，那可是信心满满，忽然让她们撤下来，还不知有多大怨气呢。

唉！温启刚叹了一声，做企业有太多难言的苦楚。比如这次，温启刚就不能把真实意图讲给她们，讲了，效果会大打折扣；可不讲，又会落下满地抱怨。

"洗澡！"温启刚扒掉衣服，把自己泡进了热水中。

温启刚决定，接下来自己要做几件事：一是迅速厘清华仁集团跟政府这边的关系。眼下脉络基本清楚了，剩下的就是把最核心的东西掌握到手。第二，温启刚越来越觉得，华仁集团的经营出了问题，这问题不是指"劲妙"，而是华仁集团大盘子上的，是产业结构层面的。甭看姜华仁依然表现得老子天下第一，内心说不定早就凌乱了。温启刚是从两个细节判断出这一点的。一是姜华仁在沈新宇身上下如此大的功夫，完全颠覆了他以前的形象，证明姜华仁目前急于寻求政府的支持。还有，一个企业家弄个模特公司做什么？绝不是好玩，也不是姜华仁自己好这口。姜华仁除了老婆外，情人、小三多得吓人，精力好啊，仅温启刚掌握到的，就不下十位。有人讲现在的企业家都是狼，这话不错。可狼有狼道，而在姜华仁眼里，模特算什么，就是影星、歌星，只要他看中，照样有办法，去年还风传他跟某电视剧女主角轰轰烈烈呢。如果这家模特公司真是姜华仁操纵的，原因只有一个，就是上面有人好这口，而且不止一人。姜华仁绝不会只为一个沈新宇就搞这么大动静，用不着。看来他的网络伸得很长。所有这些，都证明他的企业出了问题，温启刚必须搞清华仁集团到底发生了什么变故。第三，也是最关键的一点，林若真！

但是事情并不像温启刚想象的那么容易。第二天，温启刚开始约见方方面面的人，他把曹彬彬和王小山打发走，自己单独行动。温启刚排在约见名单上的，有领导，也有行业协会的，更有同行业的老板和朋友。饭局连着摆了几次，茶也喝了不少，信息量却一点也没增加。让温启刚非常纳闷的是，这次来粤州，整个气场变了。以前他到粤州，迎接他宴请他的人几乎是在排队，大家在饭局上气氛异常活跃，谈什么都毫无禁忌，天上地下，海阔天空，海量的信息朝他喷。这次完全不一样，宴请的人倒是来了，饭局也热闹，但就是不谈。大家坐在那里，说些不痛不痒的话，比如粤州的天气啦，去年某次的台风啦，再就是网上那些乱七八糟的新闻和段子。温启刚心里急，请他们来可不是漫无边际地乱聊一气的。他急着把话题往"劲妙"上引，但人们一下子就噤声了。刚才还嘻嘻哈哈的包间，瞬间变得鸦雀无声。

怎么回事？

这天晚饭后，温启刚单独约了工商联的一位领导，这位领导是黎元清的至交，小时同学，这些年好力奇和"宝丰园"没少得到他的帮助。两人在一家茶室品茶，温启刚吸取教训，不敢太唐突，就想聊滋润了再往话题上靠，或者期待领导先把话题说破。可领导就是不说，一个劲捧着茶盅，品茶声令人心烦。最后还是温启刚耐不住了，试探说："这次来，就是想多了解一点信息，好力奇最近遇到麻烦了。"

"信息，什么信息？"领导刚品了口茶，差点被呛着。

"还能有什么呢，您也知道，'劲妙'盯上'宝丰园'了，动作很大。"

"'劲妙'啊……"领导又捧起茶盅，茶的热气遮住了他的脸，温启刚看不清领导脸上是什么表情。领导将茶盅对在嘴上，不饮，也不放下，就那么对了足足五分钟。就在温启刚快要耐不住的当口儿，领导腾地放下茶盅，道，"启刚啊，你来得不是时候，饭还是别请了，茶也别喝了，没用！"

"究竟怎么回事？"温启刚紧接着问。

"没事，什么事也没有。"领导突然仰起头，自顾自地笑起来，那笑让温启刚毛骨悚然。这位领导最终还是什么也没告诉他，不过，临别时送了温启刚一番话，"启刚啊，不是大家不帮忙，大家都有难处。你搞企业的，不懂我们这些人的困境。有时候，不让你讲话，半个字也不能讲，真不能。

大家也急啊，可急有啥办法，只能憋着。憋着滋味不好受，真不好受。"说完，领导居然拍拍屁股准备走人。

走就走，他竟然把单也埋了。温启刚哪能让他埋单，一个劲往自己怀里抢，领导又说了一句话："这个单还是我来埋吧，无功不受禄，你埋我羞啊。"

这话说得温启刚立刻哑巴了。他木讷地陪领导出了门，送他到车上，眼看着车子离自己而去，那根神经就是扭不过来。

从他到内地以来，跟领导喝茶吃饭，啥时他们主动埋过单？

这不是个好信号，真不是。温启刚感觉自己来到了一个很陌生的地方，陌生得让人出汗！

很快温启刚就知道了，这边的领导们之所以高度紧张、高度敏感，问题出在区长沈新宇身上。沈新宇到天塘区以前，天塘区这边的空气还算透明，原区长跟区委这边关系正常，有事请示汇报，区委呢，也积极支持区政府的工作，对政府提出的事，区委这边也能放手。沈新宇到天塘区后，一切都发生了变化，一开始是微妙的，不知不觉的。沈新宇爱说话，爱揽权，有意无意就要触碰红线。区委这边呢，书记卢少波本来也是位干将，但在政府换届后，他的积极性突然受挫，似乎没以前那么有雄心壮志了。据说，政府这边换届时，区委那边原本也要换，卢少波要去省里，担任省委办公厅副主任一职。结果就在换届中途发生了变故，办公厅副主任另有人选，卢少波变动的计划落空。后来又传卢少波调到市里担任副书记，这似乎更理想。就在卢少波充满激情地等待时，这一许诺再次变空，市委副书记从另一个市调来，卢少波继续不动。不动倒也罢了，但最近风传，卢少波可能要离开书记一职，提前退居二线，而且是原地退。这样的消息着实令人吃惊，现在的领导干部几乎没这样着地的。而所有这一切，都是因为沈新宇。沈新宇这人太能上蹿下跳了，自他到了天塘区，天塘区就没安稳过，先后有两名副区长因为跟他作对被调离岗位，安排得很不尽如人意。区人大常委会主任因为跟他吵架，对政府工作提了批评意见，尤其是对沈新宇个人的一些做法进行质疑和批评，结果沈新宇直接到省里告状，人大常委会主任被提前免职。最近沈新宇又四处告卢少波的状，说天塘区正是在卢少波多年主政中变得死气沉沉，各项指标掉到全市最后，干部队伍一潭死水，不见活力，经济建设四平八稳，没有创新。总之，在沈新宇眼里，卢少波和前任区长所在的这几年，天塘区一无是处。区长告书记状，按说很少能成功，但这次成了特例。最近一个阶段，卢少波到处挨批，情绪低到不能再低的程度。正是因为他的低落，区里干部才个个自危，谈沈色变。沈新宇借机树立自己的威信，打压和排挤异己，对干部画圈，凡是对他不恭者，一律被划入另册。

除了这一点外，造成市区及省里领导集体对沈新宇和华仁集团嗫声的，还有另一个重要原因。温启刚得知，最近围绕着沈新宇的大抓项目、大铺摊子，省里形成了两派意见，一派认为应该支持，没有项目就没有增长，就没有GDP。在一个全民追逐GDP的年代，沈新宇的做法没什么不妥，只能说他顺应时势，敢搏敢拼，省里应该对这样的干部给予大力扶持。另一种相反的意见却说，沈新宇是在胡搞，盲目追求速度，不顾及天塘的事实。这种只问速度不问效益，更不问社会效益的做法，看似是推动经济发展，实则会对经济造成巨大破坏，是典型的泡沫制造，一旦整个大环境发生变化，泡沫破灭，不但天塘区的经济受损，整个市里甚至省里的经济都会遭受毁灭性的打击。两派争执不下，主要领导又不急着表态，结果矛盾步步升级。就在双方僵持不下时，反对的一方忽然另辟蹊径，抓住白石湾开发项目大做文章。温启刚这次来粤州，最大的收获就是对白石湾有了新的了解。以前，白石湾在他脑海里不过是一小水域，一风景区。虽然听说白石湾大搞开发，但由于开发项目跟他所在的饮料行业不沾边，所以关注得很少。没想到这一次，他听到了许多关于白石湾的神话。白石湾很敏感啊，原以为姜华仁那两个项目是白石湾的重点建设项目，错！据知情者讲，白石湾大大小小的项目不下百个，滚进去的资金能买下整个粤州城。姜华仁那两个顶多算是中等规模，压根还排不上号呢。可见，这潭水深得跟啥一样。可小小的白石湾能装得下那么多项目吗？温启刚很是怀疑，等弄清原委时，他笑了。什么叫特色，什么又叫超前，也许，白石湾在当今内地经济的神话中算是一例。据温启刚目前掌握到的信息，白石湾一半以上的项目都是空壳，根本不存在，只是打着白石湾的旗号，搞一个非常诱人的开发主题，再将这个主题延伸扩展，一个神话般的项目就登场了。奇怪的是，这样的"影子"项目居然能越过条条红线，取得政府立项，并能在银行搞到贷款。粤州这边目前已形成一个关于白石湾的地下市场，一大批人围着白石湾，做空手套白狼的生意。炒来炒去，"白石湾"三个字是炒响了，牵扯进去的资金据说有几百个亿，但真正能看得见的项目，十分之一都占不到。

姜华仁之所以成为敏感点，居然是因为他这两个项目真实存在，看得见摸得着，而且据说即将动工。

你说奇怪不奇怪。

更奇怪的是，这样一部荒诞剧，有关部门居然视而不见，批文一个接着一个，项目论证会一场接着一场，不明真相的外来投资者被诱来一批接着一批。据说最近省里宗源副书记突然对白石湾发了火，跟当初强力支持白石湾项目的一位副省长拍了桌子。还有一种说法，宗源副书记在省委的一次会上立下誓言，不揭开白石湾这个盖子，他就向中央辞职。此话一出，整个省里的空气陡然变紧，大家都感觉一场风暴将要降临。可就在此时，那位副省长突然去了趟北京，回来后，省里的空气变得更为紧张，"白石湾"三个字忽然成了禁忌，谁也不能再提，包括宗源副书记好像也不再提了。

受此影响，天塘区甚至市里，对白石湾，对经济发展，对项目建设，一时都噤若寒蝉。谁也不敢乱讲乱评，生怕在这节骨眼上讲错一句，引祸上头。

弄清原委，温启刚心里反而不太急了，他原以为大家的沉默和缄口是因为好力奇和华仁，现在清楚了，不是，那就好。既然是大环境的，那就证明，华仁并无特别，而且只要上面有异议，华仁就会处在风口浪尖上，裂变也许是早晚的事。温启刚调整策略，一开始他是想见卢少波的，想跟他认真谈一次。温启刚跟卢少波的关系，说深也深，说不深，也可算是君子之交。前年，有关方面组织了一次企业家跟地方领导的交谊会，温启刚有幸认识了卢少波。两人一开始都很客气，彼此彬彬有礼，谈什么也是浅尝辄止，并不往深里去。但两人都能感觉到，他们是对味的，是属于能谈到一起的那类。不要以为这个世界上谁跟谁都能谈得拢，更不要以为天下领导都喜欢跟企业家做朋友，不是那么回事。人跟人之间的关系，要看气场，气场相投，交流起来就滋润，气场不投，下多少功夫都是扯淡。要不怎么说人以群分、物以类聚呢。温启刚跟卢少波算是少有的那种投缘之人。温启刚对行业形势的把握、对经济政策的解读，以及对过快过热发展中的诸多问题如何防范、危机如何化解的看法，对卢少波启发很大，卢少波非常喜欢听他谈这些。温启刚也不客气，既然卢少波爱听，他就将自己这些年的所思所想毫无保留地道出来，请卢少波批评。卢少波真诚一笑："批评不敢当，权当学习。温总啊，我们这些为官的，有时脑子空得很，看似什么都懂，什么都能在会上讲，但都是空话大话，要求别人去做的话，真正遭遇问题，尤其是经济问题，不怕你笑话，我们是两眼一抹黑啊。""怎么会呢？"温启刚礼貌地笑笑，为卢少波的坦诚和直率所感动。从领导嘴里听到这些，不容易。领导最大的特点是什么？不懂装懂，什么都懂，什么都要他们说了算。卢少波如此谦虚，如此能把自己的心亮开敞开，让温启刚看到空白的地方，证明他在领导里是个另类。后来接触多了，温启刚更是发现，在他认识或交往的区一级领导干部中，卢少波是非常特别的一个。一个有头脑、有抱负、有思想，也有作为的地方官，缺点就是不善钻营，别的领导热衷的那些，卢少波一项也热衷不起来。当然，温启刚跟卢少波关系的发展还得益于另一个人——东州市工商联前秘书长、现已调到全国工商联任职的霍筱琪。温启刚有次在饭桌上跟霍筱琪说，他去粤州，结交了一位新朋友，这人非常有特点，于是将他对卢少波的看法说了出来。没想到，霍筱琪听后哈哈大笑。"是他呀，我以为温大老板又认识了多大的领导呢。一个仕途里的寂寞者，一个对现实有点灰心、想改变却很乏力、现在有点悲观也想放弃的人，时代的弃儿。"霍筱琪说。"你认识他？"温启刚当时好不惊讶。"我的师兄啊，大学时代我们的学生会会长，我当时是宣传委员，嘻嘻。"霍筱琪扮了个鬼脸。温启刚差点重重地给霍筱琪一拳："怎么不早说啊，我还在为怎么跟他深交煞费苦心呢。"

温启刚跟霍筱琪是很好的朋友，他们的关系超出了男女之间、官商之间的沟沟坎坎，有时候他们像哥们儿，有时候又像师生，更多的时候是一对无话不谈的益友。霍筱琪告诉了他卢少波的仕途历程，以及许多跟眼下的仕途格格不入的言行。霍筱琪还告诉他，卢少波是她的第一个暗恋对象。可惜呀，人家当时心里没我这个小学妹，连正眼都不瞧一下呢。有了这些基础，再加上霍筱琪几次做东，将温启刚跟卢少波拉在一起，他们就有了深度了解的机会。这次来粤州前，温启刚在电话里征求霍筱琪的意见，问能不能跟卢少波见个面，请他助好力奇一臂之力。霍筱琪当下就触电般地高声警告："温总，你千万别，我师兄最近正有难处呢，心情极度不好。"

"难处？"温启刚当时并不理解，诧异地问。

"谁说不是呢，那边最近风云变幻，神秘得不行，种种传闻都有，师兄好像遭人暗算，怕是要离开舞台了。"

"啊？"

现在温启刚明白了霍筱琪说的风云变幻是什么，他能想到，在这样的背景下，卢少波的处境可想而知，遂打消了约见卢少波的念头。

第二天，温启刚突发奇想，要见沈新宇。这个念头把他鼓舞了，是啊，与其这样毫无作为地乱碰乱撞，不如直接去会会这个被传闻包裹着的神秘区长，见见他的庐山真面目。想法一出，温启刚便加紧行动，这次他没找地方领导给他牵线搭桥，既然沈新宇来自北京，那就直接让北京的领导说话。很快，温启刚有了消息，北京的一位私交很好的官方朋友给他回电话："见面的事我跟他谈了，人家好像不大积极，不过你温总的面子他还是得给。我把电话给你，明天你跟他秘书联系。"温启刚说行，记完电话，朋友又多了句嘴，"怎么想起跟他见面呢，不会有事求着人家吧？"温启刚赶忙说没有，只是礼节性拜访。朋友又说："我就说嘛，堂堂的好力奇CEO，全国叫得响的企业家，有事也不会求到一小区长头上。既然你非要见，我也不拦你。不过我要提醒你一句，这人很无趣，自高自大，恶习很多，你要做好失望的准备哟。"

温启刚说不至于吧，朋友说到时你就知道了，祝你好运。

第二天，温启刚主动跟沈新宇的秘书联系。秘书先是客气一番，说："区长有事，中午下午都有安排，今天怕是没时间见您。"温启刚说："不要紧，我等，麻烦您给惦记着，啥时区长有空，一定通告一声。"秘书嗯了一声，挂了电话。温启刚算是领教了沈新宇的厉害。一般来说，像这种情况，上面的人已经打过招呼了，沈新宇就该积极些，这也是游戏规则的一部分。沈新宇故意摆谱，温启刚分析有两个原因：一是沈新宇知道好力奇是华仁的劲敌，到底能不能跟他见面，沈新宇还在犹豫。二是沈新宇在装。但凡在装的人，一般来说没什么实质性的分量，这是温启刚这些年对此类人的基本判断，很准，没出过错。

温启刚等了两天，快要没耐心了。这天下午五点四十，秘书突然打来电话，说区长晚上在丽景山庄跟几个朋友用餐，温启刚可以过去。

"跟朋友用餐？"温启刚非常纳闷，跟朋友用餐，他跑去凑什么热闹？秘书说："没事，温总如果想见，就去，区长说非常欢迎温总跟他一起就餐。要是觉得不方便呢，就不用去了，不过区长怕是没时间单独见您。"

既然如此，温启刚只能去。一看时间差不多了，草草整理了一下自己，临出门时又想，要不要再带一个人呢？但这边又没合适的人带。曹彬彬显然不行，吃饭带个记者去，跟砸场子差不多，再者曹彬彬一向无拘无束惯了，很难守那些规则。温启刚明白，跟沈新宇这种人见面，只能带地位比他高的人，绝不能随随便便带个人去见他，这不只是关乎礼节，更关乎以后他跟沈新宇之间的较量。是的，从某一时刻起，温启刚已经将沈新宇摆在了较量对手的位置。

温启刚赶到丽景山庄时，天色已晚。丽景山庄坐落在美丽的淡水湖边，左右被山环抱，绿色层层叠叠包裹着它，将它掩隐在一片葱郁中。秘书候在门外，看见温启刚，稍稍愣了一下，然后清醒过来，迎上来问："您就是温总吧？"温启刚点点头，热情地向秘书问好。秘书话不多，态度也是公事公办那种，很矜持、很有分寸，将温启刚引到一间叫丽人阁的包间门口，轻轻叩响了门，等门打开，又做了请的姿势，自己并没跟着走进去。

包间里已经很热闹了，温启刚扫了一眼，一共五个人，坐在正中的那位一定是沈新宇。沈新宇穿着一件白色衬衫，袖口挽起来，露出粗壮的胳膊，留着常见的那种背头，头发梳得溜光。他边上坐着两位美女，年龄大约在二十五到三十岁之间。一位长得白皙，戴金边眼镜，留齐耳短发，很干练的那种；一位略有点黑，但黑得特别有味，而且很文静。不是模特阿馨。阿馨的照片温启刚见过，比边上这位更年轻，也更有野性。两个女的边上，坐着两个中年男人。温启刚进去后，最右边的男人起身，礼节性地迎接他，说："您是温总吧，欢迎欢迎"，同时自我介绍道，"我是招商银行的武锋"。温启刚哦了一声，客气地握过武锋的手。武锋这名字他听过，原先在市招商银行，好像是去年，下派到天塘区这边担任分行行长。武锋说："久仰温总大名，今天得见，非常荣幸"。温启刚知道这些都是客套之词，便也学他们那样客套一番。这中间，温启刚发现，坐在主位上的沈新宇一直固定着一个坐姿，屁股也不挪动一下，一双眼睛审贼一样地盯着他。温启刚主动走上前，说道："您就是沈区长吧，冒昧打扰，实在不好意思。"沈新宇往前挺了挺身子，用一种调侃的语气说："我一直想，国内大名鼎鼎的好力奇，会是怎样一位传奇人物执掌帅印，今天得见，果然非同寻常啊，诸位是不是啊？"边上两个女的马上应声："是啊，能见到赫赫有名的温总，太荣幸了。"其中一位还鼓起了掌。这时温启刚已经知道，鼓掌的女子姓墨，叫墨池，是这边一家企业的老总。另一个女的姓贺，是位律师。后来温启刚才知道，这位贺律师在地方上很有名，代理过不少棘手的案子，赢率很高，尤其是企业之间的经济纠纷，比如三角债啊，合同诈骗啊，商业欺诈啊什么的。贺律师目前是女老总墨池的法律顾问。

沈新宇又耍了几句嘴上功夫，可能觉得给温启刚的下马威给得差不多了，冲武锋说："武行长，温总今天是我请来的客人，也算是我们天塘区请来的贵宾。尽管今天请的方式有点不礼貌，但相信温总不会计较。这样吧，今天啥事也不谈了，好好招待温总。温总可是大财神，你这个行长不能只想着给人借钱，还要想着从温总这样的大企业家身上取经，银行也需要管理，也需要做大做强，是不是啊，温总？"

温启刚实在搞不清楚沈新宇玩哪招，但他的敌对是明显挂在脸上的。有那么一秒，温启刚后悔不该来见沈新宇，这不是自己找上门讨不自在吗？但他很快淡定下来，既来之则安之，他倒要看看，沈新宇究竟怎么跟他过招。

武锋倒是很热情，急忙向沈新宇表态，一定好好跟温总请教，说着将墨池边上的椅子动了动，请温启刚落座。温启刚倒也客气，跟墨池让来让去，非要坐在最下边。另一边坐着的中年男人是天塘区外经委主任，也起身让座，非要温启刚坐到墨池边上。温启刚只好坐下。墨池脸上一直挂着矜持的笑，看上去极为不自在，能想到她见了温启刚的紧张，她此时碍着沈新宇的面子，也不敢对温启刚表现得太热烈。

这天的饭局其实是沈新宇帮墨池跑贷款，帮她打通武锋这个环节，协调更多的资金。后来温启刚才知道，墨池的企业规模并不大，是搞电子产品的，前两年产品还销得动，去年以来企业忽然走下坡路，订货量锐减，产品积压，资金链出现问题。墨池目前在搞技术改造，想转产，给风力发电厂生产零部件。目前风力发电在国内是热门，这行情温启刚知道，全国各地尤其是西部地区争相上马项目。墨池能把方向转到这上面，证明她还是有点能力的。按说企业找银行借钱，墨池应该恭恭敬敬地侍候武锋才对，可温启刚看到的情景倒像是武锋找墨池借钱。这里面原来暗藏着一个机关，沈新宇垂涎墨池，帮墨池是假，借机将墨池变为身边尤物才是真。基于这样一种关系，这天的主次就有些颠倒。

菜刚布齐，沈新宇便张罗着让武锋他们敬酒。温启刚不善饮，尤其是在这种陌生场合，他是极少饮酒的。以前陪领导，温启刚都是带几个"酒家"，好力奇还专门招聘过一批陪酒专员呢，企业内公的开职位是接待专员，其实就是专门跟着温启刚他们喝酒的。他知道领导吃饭是其次，拼酒才是他们的强项，也是他们战胜对手的法宝。领导拼起酒来，有一种置人于死地的快感。温启刚一开始不明白他们为什么要这样，见得多了，才感悟出，这是权力在另一种场合的辐射，或者说，饭桌是另一个权力场，酒是权欲的膨胀液。

温启刚本还想客套一番，可他哪里知道，这天的沈新宇是有意给他摆这场鸿门宴的。沈新宇为啥要在这样一种场合跟温启刚见面，这也是沈新宇深思熟虑的结果。其一，沈新宇知道，不能在办公室里约见温启刚，但凡在办公室里约见的，都是有求于他沈新宇的人，也是能摆到工作日程上去公开谈论的事。温启刚显然不是。沈新宇知道，温启刚和黎元清绝不会对天塘这种地方感兴趣，好力奇这样规模的豪门企业是不会向他抛橄榄枝的，他压根就没产生过这种幻想。温启刚主动托关系要见他，一度还令他惶恐呢，后来他反应过来，人家有上门讨伐的意思。不就是他支持了姜华仁，拿"劲妙"这样一个地方品牌跟著名的"宝丰园"死磕了吗？既然是讨伐，他就得做好应对。选择在办公室见面显得隆重了点，而且弄不好还会惹出笑话。地方政府跟大企业的关系不是那么简单，应该上升到政治高度，可沈新宇不想上升，遂决定将它降格为私人见面。既然是私人见面，场地和环境就不重要了。其二，沈新宇其实还是很怕跟温启刚这样的企业家见面的。甭看他们这些领导个个肚子挺着，腰粗圆着，但心虚啊，更多的时候，他们需要在别人的助威下完成一些事情。比如今天，沈新宇就是想借在座几位的手，给温启刚一点颜色看。领导的威风更多的时候是借助下面的人来展现的，缺了这些帮场的，领导立马会矮下去一大截。所谓领导喜欢造势，喜欢借势，喜欢前呼后拥，就是这个理。

"温总，既然来了，我们就好好喝一场，你可千万不能嫌弃我天塘区没好酒啊，你看看，为欢迎温总，我特意把两位美女请来，她们可是轻易不给别人赏脸的哟。"沈新宇笑眯眯地看着温启刚，肚子里已经想好怎么让温启刚走出这道门了。

酒局一拉开，就像开闸泄洪，再也控制不住了。温启刚几乎还没反应过来，就让几位灌得头脑里轰轰作响，眼也开始冒金星。酒桌上的文化是最复杂的文化，酒桌上的礼节又是最难以把握的礼节，而酒桌上的恶毒更是笑里藏刀的恶毒。武锋倒还行，不是那种下手多狠的人，这天的温启刚倒霉就倒在贺律师和外经委主任两人身上。这两人玩起酒的花样来，那才叫精彩纷呈，新鲜百出。尤其是贺律师，虽是女人，但喝起酒来既猛又干脆。她给温启刚敬酒，都是自己先干，满满一大杯下去，然后眼角溢出很专业的笑来："温总，如果看得起妹妹，就干了吧，妹妹也挺辛苦的，讨口饭吃不容易，今天沾区长的光，认识温总，以后就不愁活路了。"话说得多动听，可话里全是毒。温启刚只好干，可他哪有酒量啊，让人家连敬六杯，就天旋地转，脚下安摇摆器了。接着是外经委主任："温总是大企业家，是我仰望的对象，今天我真是太兴奋了，没想到能见到温总这样的大人物，我自干三杯，温总随意，要是看得起我这个小弟，就赏个脸吧。"说完咣当咣当，三杯下肚，目光温和地看着温启刚的杯子。温启刚心想，这哪是敬酒，分明就是罚，就是打，但他还是硬逞英雄地喝了。

一片掌声。

是沈新宇带头鼓的。

"温总爽快，到底是大企业，敢做表率。真是受教育啊，我不敬都不行了。温总，咱俩这样，你端一杯，我喝两杯，不计数，一直端，只要温总今天能让我倒下，我沈新宇以后就听你的。你说不让哪家企业发展，我就让它关门；你说不让哪个产品进天塘，我就让它滚蛋。甭说是'劲妙'，就是'可乐可口''茶师傅'，只要你温总看不过眼，我照样让它走人。天塘人民以后只喝一个品牌，'宝丰园'！"他在真真假假中就把温启刚启不了齿的话全给说破、说开了。这叫啥？功夫！你温启刚找我什么事，不就是有人抢你的摊吗，不就是想跟我讨价还价让"劲妙"收敛吗？行，先喝酒，一切靠酒解决，你能喝，我就能让他们退。这种豪迈，纵是黎元清这样能玩转大市场的企业家也不敢有，可沈新宇敢。为何？人家是领导啊，酒对他们来说早已不是一种液体，而是权力的另一部分，是他们控制这个世界的另一种利器！

温启刚没敢接招，也不可能接这种招。他抓起酒杯说："实在抱歉，知道区长是好意，可我不胜酒力，今天已经喝得太多了，如果有机会，我再请区长喝，手中这杯，就当我谢罪吧。"说完，一口，将杯中酒饮了下去。

这当口，温启刚见边上女老总墨池的脸色紧了一下，看他的眼神也一跳一跳，像惊着了似的。前面贺律师硬要给他灌酒，墨池是暗暗帮过他的，还要替他喝酒，被外经委主任叫了停。见他不接沈新宇的招，墨池显得很紧张，可又不敢多说什么，一双眼睛在温启刚脸上扫了扫，马上又去看沈新宇的脸色。

沈新宇的脸色突然变得黑青，这是正常表现，在他们眼里，是没有人敢拒绝他们的。他们说什么，别人都得响应。哪怕喝死，你也得接他的招。温启刚居然不接，居然不给他面子！沈新宇动了下屁股，身子往斜里坐了坐。"温总就是温总，大企业啊，这气概，让我真心学习了，我把这两杯喝了。"他抓起酒杯，正要喝，又突然放下，看着温启刚说，"不过有句话我要提前告诉温总，免得这两杯下去，我醉了，让温总白来一趟。"

"洗耳恭听。"也许是酒精的缘故，温启刚的话语里也有了一股酒劲。

沈新宇听出这酒劲了，越发带了狠劲说："温总这趟来，不就是想让'劲妙'退出市场吗？我在这里明确告诉温总，不可能！我沈新宇虽然不才，但也不是让哪个企业吓大的。地方企业是小，正因为小，政府才要扶持。天下不是哪一家的，温总能做到的事，我想华仁也能做到。说穿了，饮料是啥，不就是塑料瓶里装虚伪吗，号称文化，号称祖传。我不知道温总祖上是干什么的，也不知道你们黎老板祖上卖过什么，但我相信肯定不是卖饮料的。可据我了解，姜华仁祖上是千真万确卖过凉茶的。哪个该扶，哪个不该，温总这下该明白了吧？"

说完，沈新宇爆出一声大笑，然后起身，突然用力打翻两只酒杯，让杯中酒洒了一桌。"好啦，你们替我招待一下温总，我还有事，先走一步。"

他还真就走了。

温启刚被彻底晾在了那儿！

温启刚不知自己是怎么回到宾馆的，他吐了，吐天吐地，隐约记得，是墨池在照顾他。贺律师和外经委主任对他的行为表示出相当大的反感，他还在呕吐时隐约听到贺律师抱怨了一句："什么素质嘛，好好的场子愣是给搅了。"

是，他搅了人家的场子。他该死，他怎么能去这种场合见沈新宇呢？但是，第二天酒醒之后他明白了，他只能在这种场合见到沈新宇，人家不肯给他其他场合。

就在他懊恼和追悔时，手机突然响了。一接，居然是墨池打来的，问他好点没，温启刚说了一大堆"谢谢"。墨池说："该道歉的是我，昨晚把您喝成那样，实在遭罪啊。"温启刚说："别，是我不识趣，不该跑去搅你的场，弄得你事也没谈成，抱歉啊。"墨池沉默了一会儿，幽幽地道："哪是我的场，我们这些人，永远没场，设场的是他们，搅局的是他们，砸场子的最终还是他们。我们既没那资格也没那雅兴，我们只是器皿。"

"器皿？"温启刚觉得这话有点新鲜。

墨池没多做解释："算了，不说这些堵心事了，但愿昨晚没伤着您。要不要去医院打点滴？身体要紧。"

"别，我没那么脆弱。"

"那行吧，您温总是久经摔打的，这么一下也碎不了。对了，下午您没应酬吧，少波书记想见您。"

"谁？"

"少波书记啊，刚才我去他那儿，跟他提起您，一听您温总来了，少波书记马上让我安排，说今晚必须跟您吃饭。"

温启刚有点不相信，以为自己还醉着，半天才反应过来，回答了一声："好。"

高静和许小田回来了！

高静真是一肚子怨气。要知道，这次永江的活动可把高静和许小田累坏了。两位美女原以为永江建了最大的基地，凡事就跟东州这边一样，轻松顺利，哪知去了才知道，麻烦一大堆。加上基地总经理武华峰又是个性格诡异的人，仗着是温启刚的嫡系，不把高静放在眼里。高静在好力奇，也算个特殊人物。一则她有名牌大学的学历，还有在国有大型企业工作过的经历。加盟好力奇后，她又深得温启刚和唐落落两个人的欣赏与厚爱。别人都是讨一方的好，高静两方都讨，还不是她自己刻意，是温启刚和唐落落都能看中她，都把她当骨干培养。高静自己也很争气，在国企那些年，等于是为她积蓄了力量，积累了经验，完成了锻炼。到了好力奇后，她如一头母豹子，在商场里横冲直撞，频频创造佳绩，引得同事和竞争对手早就对她刮目相看。高静在活动中指挥惯了，到哪儿都容不得别人给她的方案打折扣，偏偏这次武华峰不听她的，找了不少碴儿。好不容易磕磕绊绊地把现场准备好，这边一个电话又要取消，高静差点崩溃。她路上不停地说，回到公司，一定要跟温启刚算这笔账，让他吃不了兜着走，惹得许小田不停地笑。在许小田眼里，高静这次去永江，实在是反常，跟平日的"高大侠"判若两人。发无名火、挑无名刺倒也罢了，反正她是有名的脾气王，火气大得很。关键是不能提网上那惊爆眼球的绯闻，一提，高静立马像吃了枪药，噼里啪啦就炸你一顿。许小田是个多事鬼，管不住嘴，也管不住思想，啥都觉得新奇，啥都想议论议论。公司出了这么大的绯闻，闹得尽人皆知，到哪儿都有人问她，连永江基地的总经理武华峰和副总尚敏杰也神神秘秘地打听，唐落落到底是谁的女人。呸！这些人吃得不多心操得多，谁的女人碍你们什么事啊，就算黎董和温老大全出了局，也轮不到你们啊。不过私下里，许小田也纳闷，也偷偷问自己，到底是谁的啊，不会一个要完另一个又要吧？这想法把她吓了一跳，顿觉自己很是卑鄙，不厚道，只好讪讪地跟高静说："外面这些人，说这话也不嫌牙疼，我看我们老大眼光挺高的啊，咋会看上唐落落那种女人。再说了，一碗剩饭有啥吃的，你说是不？"

"管住你的嘴，少乌鸦！"高静恶狠狠地训了许小田一句。

训完，自己却像有了心事。

高静跟别人不一样，她很少有心事。她是一个把世界看得很透彻的人，很少像许小田她们那样，为某件事想不开。在高静眼里，世界的怪象都是正常的，不正常的事还从未出现过。这有点像萨特所说的存在就是合理的。高静还真读过萨特，她说自己大学期间一度很迷哲学，成了哲学狂。除了萨特外，她还读了培根、尼采，包括弗洛伊德，她也很着迷。不过，高静最终没成为哲学家，成了一名商人。高静给自己的解释是，哲学是空的，只解决形而上的问题，形而下的问题，还得在生活中解决。

她喜欢生活。

高静是工作狂。工作狂的思维往往是简单的、透明的，因为他们受不了复杂。人一复杂，行动就迟缓了，这是高静的原话。她喜欢快刀斩乱麻式的工作方式，所以不想让复杂的思想来困扰自己。与其被思想困住，不如放开脚步冲上去，这也是高静说的，当教科书一样传授给许小田。高静像个老师，她喜欢把自己的感受讲给许小田。许小田却烦这些。许小田觉得自己像个诗人，诗人就喜欢乱想，喜欢追根究底，可惜她不会写诗。不会写诗的许小田很敬重高静，更佩服她的能干，但有时候她又那么渴望高静出点丑。

许小田不认为这是卑鄙，世上哪有那么多卑鄙，她就觉得好玩。

许小田发现一个秘密，高静这种看似没有心事的女人，一旦真被某件心事困住了，就装不住、压不住，表现得比她们这种人还强烈。

许小田喜欢看高静被心事折磨的样子，哼，让你装！

高静不想听许小田瞎扯，许小田偏扯，好像唐落落向温启刚示爱是一件多么有趣的事。高静终于被她扯烦了，瞪圆了眼说："许小田我警告你，你到永江是打前站搞活动的，不是当长舌妇的，你最好给你那张破嘴安道防盗门。"

"破嘴，高大侠你什么意思，这话太损人了，知道不？"许小田佯装委屈地大叫，边叫边对着镜子看自己的嘴巴。她的嘴巴是大了点，可这怪得了她吗？难道她不想有一张小巧性感的嘴巴？

高静一看许小田又照镜子，边照边描唇，就气不打一处来："犯骚啊，越描越黑，知道不？"

"我怎么骚了？"许小田这下真被戗着了，扔了唇笔，奔高静面前，两只小拳头忽地抢了起来，眼里更是喷着火，两人眼看就要打架。对自己这位小上司，许小田是又敬重又气愤，尤其是这次，莫名其妙就给她找差错，当着基地那么多人的面数落她。

许小田却没敢把小拳头砸上去，不敢啊，她眼里汪着泪委屈地叫道："死高静，吃枪药了啊，我说温老大跟唐美人，关你屁事，这事影响工作了吗？要影响也是他们影响的，你听听，哪里不是在谈他们啊，我听着都脸红！"

高静这下被许小田说痛了，表情扭了几扭，半天才有点捍卫权威似地说道："有完没完，干活去，再敢提他们一句，我撕烂你的嘴！"

高静真的发火，许小田就不敢多嘴了。高静不是没撕过她，有一次开玩笑，许小田拿高静的男朋友跟温老大比，结果高静扑上来，真就撕住了她的嘴。

不过许小田也不示弱，一边装臣服，一边暗暗抹用了一下高静的眼影。高静这次带的眼影据说是男朋友乐晓松送的，专程从法国带回来的，单是听听品牌，就令人咋舌。以前这些东西高静是不分你我的，只要许小田看中，抛一个媚眼，高静就大方地相送了。这次许小田眼巴巴盼了许久，高静却一点送的意思都没有，每天早晨化妆都神神秘秘地避开许小田，生怕许小田揩她油。

让你小气，你个女葛朗台！许小田报复完，兴高采烈地出了门。

对这次永江之行，许小田给高静打了负分，对武华峰，许小田却有了新的认识。这哥们儿不错，好几次替她解围，帮了她不少忙。还有，她发现武华峰跟温老大一样，是个有思想、有抱负的男人。怪不得温老大要把他强行拉进好力奇，人家这是志同道合啊。联想到之前唐落落对武华峰的意见，说温老大是在培植亲信，想把好力奇变成自己的王国，许小田就觉得唐落落很不厚道。

变了才好呢。许小田就是看不惯唐落落那副二奶嘴脸，凭什么啊，不就是胸大一点，小嘴巴性感一点吗，哼，老女人！

女人要是对女人有意见，那是很刻薄、很尖锐的，一下两下根本缓和不了。职场中的斗争，多半发生在女人身上。要不怎么说，职场对男人而言是疆场，随你怎么驰骋，对女人而言却如同卧室。卧室里的斗争，是最不好调和的，因为它是软斗争。

从永江回来，见不着温启刚，高静和许小田都有些泄气。换作以前，只要搞完一项活动，回到东州，温启刚第一件事就是组织她们讨论分析，找出活动的成功与不足之处，然后带上所有参与者，胡吃海喝一通，完了还要K歌。对了，温启刚的嗓音不错，典型的男中音，苍凉悲壮，唱到动情处，很具有英雄气概。这次倒好，回到公司静悄悄的，没几个人理她们。副总黄永庆是个小心至极的人，这可能与他的经历有关。他曾是国有大型企业的副总经理，老总手下的得力干将，也是呼风唤雨的人。可惜那家企业改制了，被政府卖给了一位地产商。刚开始时老总不同意，僵持了一年，死活就是不改制，还鼓动黄永庆他们带工人上访。结果有一天，纪委突然来人，带走了老总，进去后就再也没出来，稀里哗啦，密集式调查，闪电式审判，十二年，没收财产四千多万。当时风传黄永庆也要进去，纪委也确实动了一番脑子，后来证明他是清白的，才得以脱身。不过从那以后，黄永庆的性格变了，沉默寡言，见人就躲。到了好力奇后，虽然性格有了变化，可他还是奉行不越雷池半步的原则，公司里不该他过问的事，一律不问，不该说的话，半句也不说，尺度掌握得有点可怕。跟这样一位上司共事，底下的人当然不快乐。好在高静和许小田不归他管，平日见了也只是点个头而已。但是这次，高静没来由地就冲黄永庆发了火。

"搞什么搞啊，忽而这样忽而那样，定下的事你们能不能不变？这是活动，不是过家家，别拿我们的汗水不当汗水行不，下属也是人！"高静这个炮筒子，回到公司，上上下下找不到温启刚，便一头扎进黄永庆办公室，不由分说地发了一通牢骚。

黄永庆静静的，任由高静发泄。他虽然低调，但下属比如高静他们没来由地冲他叫嚣时，他也会为自己争辩几句，至少会提醒对方注意尺度，再怎么着他也是前辈。但这天的黄永庆很怪，当高静噼里啪啦炮筒子一般往外泻火时，他站在窗前，什么也不说，眼睛也不看高静，瞅着窗外。五月的东州是最美的，天空是一年里很难得的那种蓝，这天还有几朵白云飘在空中，像一朵朵棉花浮在水面上。楼下的香樟这几天又绿了不少，叶子肥大，旁边的花池里又有几种花开放。

"你说完了？"等高静发泄完，他才转过身，像才发现高静似地问了这么一句。

高静有点沮丧，干吗要冲一个没血没肉的男人发火啊，真败兴。

"算了，我找唐总去！"高静扔给黄永庆一句，转身就要出门。

"她不在，离开公司了。"身后的黄永庆有气无力地甩过来一句。高静猛地收住步子："什么？离开公司，去哪儿了？"

"没有人知道。"黄永庆声音低沉地说。

"离开？这时候不坚守，到处跑什么跑，是不是真要散伙啊？"

高静这话完全是气话，她急于想知道活动取消的原因，又没地方问，都快憋疯了。但是黄永庆紧跟着的一句话，让她傻了眼。

"不是跑，这次跟往常不一样，她可能要永远离开公司。"说着，黄永庆把唐落落留下的那封信给了高静。

"这……"高静的脸色顿时难看起来。

离开？她这是出走！疯了，这些人全疯了！高静险些撕掉那封信。

从黄永庆办公室出来，高静的步子忽然趔趄起来，身上的劲一下子少了许多。她很奇怪自己有这样的变化，更奇怪的是，她的眼里竟无端地浸了泪。

臭老大，臭……女人！

骂温启刚容易，顺口就来。骂唐落落，高静还是有点张不开口。

许小田跟高静完全不同，一听唐落落出走了，她心里当下就涌出一层窃喜。原来还怕温启刚不在，唐落落又要把她们叫去，没事找事地挑出一大堆毛病，训她们半天。女人总是要比男人爱多管闲事，尤其是手中有点权的女人，这种毛病更大。许小田尽管也是女人，但还是最烦唐落落唠叨。走了好，清静啊，不用玩命地干活，更不用看脸色。可是没高兴几分钟，她不安分的脑子又想，唐落落为什么要走呢，难道是因为绯闻？

第二天下午，高静正在整理活动日志，许小田进来了，很神秘地说："我搞清她离开的真实原因了，想听不？"

高静抬起头瞪了许小田一眼，本来想说"快点整理你的活动日志去"，结果话到嘴边却成了"你是福尔摩斯啊"？

许小田听出高静还是想知道的，心里暗笑，压低声音道："真有情变，唐老鸭真是爱上老大了。"

唐老鸭是许小田几个背后送给唐落落的"雅号"，原因就是唐落落爱唠叨。

"啊？！"高静尖叫一声，手里的笔不听使唤地掉了下去。

"你慌什么啊，莫不是——"许小田发出一阵坏笑，感觉自己的猜想又往真实这边靠了一小步。

"死人，滚一边去，人家正用心做日志呢，你鬼一样跑来，不吓着才怪！"

"是吗？"许小田的笑声更诡异了，接着话题道，"都怪老大太优秀，是个女人都想爱。我许小田就是嫌他太老，不然……"

"不然咋的，也想当小萝莉？"

"我是没那个福气哟，这么久了，老大都没正眼瞧过我一次。我是担心有些人，白恋了人家一场，现在连表白的机会都没有，可怜哪。"

"许小田，你乱扯什么，没事干给我走开！"高静猛地起身，整个人像是着了火一般，又急又恼。许小田看着她呵呵笑。

"咋，又吃枪药了啊。我怎么发现，一提老大跟唐老鸭你就发火，我可警告你，这事咱玩不起，你要对得住乐晓松啊，就冲那眼影，你也得对人家忠诚点。"许小田不依不饶，非要把高静往墙角里逼。

"敢提眼影，许小田，我跟你拼了！"高静真的像是让许小田说痛了，几步扑过来，就要打许小田脖子，吓得许小田大呼救命。

正闹着，办公室的门推开了，让她们万万想不到的是，进来的人居然是唐落落。

在好力奇，你要说唐落落不漂亮，那绝对是口是心非，是一个不敢面对美丽的人。唐落落出生在苏州，后随母亲去了香港，在那边读完大学。上天除了赐给了她一副白皙干净、美若处子的面孔外，还赐给了她娇小玲珑却又发育极好的身子。那身段，高处高凹处凹，一米六三的身材错落有致，要山有山，要水有水。良好的教育加上少时优越的环境，让她练就了从容淡定、超然自信的气质。这种气质一旦放在职场里，是超级迷人、超级镇人的。记得高静第一次来好力奇，面试她的就是唐落落。高静原以为自己是男人眼里的西施，美人坯子，到哪儿都自信着呢。等往唐落落面前一站，差距一下子就有了，那一瞬间，她被压得喘不过气来。倒不是长相上输给了唐落落，是气质，是那份淡定，那种超乎外物的从容。

"你就是高静？"那天唐落落问，目光平视着高静。

"是，我叫高静。"高静有点气短，但还是努力保持着镇定。

"说说你对爱情的看法。"唐落落微微笑着，问了高静一个跟职场毫无关系的问题。高静一下结舌，爱情——职场招聘居然问爱情？但人家问了你就要回答，高静轻轻咳嗽一声，迅速调动脑子里关于爱情的种种知识与经验。可现实残酷得很，读了四年大学又在职场打拼三年的高静，爱情经验居然近似于零。她在大学里有过一次短暂的恋爱，严格讲那不算爱情，是系里一个男生对她有好感，约她散步、打球。对了，高静喜欢打球，这是她工作之外唯一的乐趣。她先是打羽毛球，后来又迷上网球，是大学网球协会的联络员，在大学里拿过冠军。可约会没几次，她就发现了男生的缺点。高静是个有心理洁癖的人，容不得别人有缺点，一双眼睛又特别毒，总是在看到优点之前先看到缺点，这样的女人是很可怕的。结果，她跟男生分手了，当时他们最出格的举动就是牵手，连拥抱也没有一个。后来在富远外贸，一家老字号的国企，高静暗暗喜欢过一个大她十多岁的男人，是富远集团分管外事的副总。那个男人也喜欢她，两人单独吃过饭，出过差，进过酒吧。可是除此之外，就没有什么了。不敢有——男人有家室。高静顽固地认为，对有家室的男人不可动心，就算忍不住动了心，也只能把它掐死。结果一年后，那个男人被她狠狠地掐死在心里。除了这些，高静真的没有了。那时高静跟乐晓松还不认识，"爱情"两个字对她来说如同空白，是一场没有体验过的豪华旅游。

高静结结巴巴，讲了一堆，全是从书上或电视里看来的，听得唐落落差点笑出声来。

"入职就跟恋爱一样，你得有感觉。"唐落落说。

"感觉？"高静这才明白唐落落为什么问她这样一个问题，心里似乎有些认同，不过，她还是不服气地回敬了一句，"可还有先结婚后恋爱的呢。"

"瞎猫碰上了死老鼠，这样的事好力奇不干。"唐落落回答得干净利落。高静暗叫不好，看来面试要砸锅，不由得埋怨起温启刚来。高静舍弃富远集团来好力奇，是温启刚做的工作。他从猎头手里要来资料，两次约谈，让她动了心。可温启刚说，要进好力奇，他说了不算，必须经过面试这一关。对程序上的规定，高静是遵守的，这是职场人必须有的一个素质，但面对唐落落居高临下的审视和奚落，高静那颗心受不住了。就在她打算接受败局时，唐落落起身，优雅地朝她走来，边走边说："好吧，我反感装纯的女人，不过我觉得你不是。你可以留下，但有一条，以后裙子别那么穿，还有这双鞋，我不想公司的美女们连自己的脚都打扮不漂亮。好力奇是在做文化，不只是做饮料，希望你能记住。"

高静那天的脸真是红透了，她哪里受过这样的教训啊，简直就是侮辱。唐落落说完就走了，高静那个窝火啊，恨不得一头撞在某个地方。后来，她审视了一下自己的鞋子，发现并没什么不妥。为了面试，她特意在商场里买了那双鞋。等进了好力奇，观察了唐落落许久，高静才明白那一天问题出在了哪儿。

人要简单，不能太复杂，穿着是，心态更是。这是高静很久之后才明白的道理。

市场更要求简单，所有的冗长和繁复在市场里都会碰壁。消费者需要以最明快的方式、最简捷的通道，在最短的时间内掌握信息，他们不会为买一瓶饮料而深思半天。

这话是唐落落说的。唐落落在公司负责财务，是董事长黎元清从香港带来掌管财务大权的，但她对品牌的了解以及对市场的认识，绝不在高静她们之下。相反，她判断市场的观点很是独特，总是给人耳目一新的感觉。

还是说那双鞋吧。唐落落的鞋子从来都是简单的，色调质朴，款式考究，但绝不累赘。高静从没发现唐落落穿款式复杂的衣服或鞋，她通身流畅，就像是几笔勾勒出来的。一开始，高静认为唐落落是个简单的人，什么也不讲究，后来她发现自己错了，自己对简单的理解还很浅。简单不是单调，不是不追求品位，而是一种更加高级的审美。一个人如果能在简单中富于内涵，能把简单深化成自己的生活哲学，那这人就很了不起。

人们总是在追求复杂，总是让日月把自己搞得很累，往心里填进不该填的东西。高静虽然还在打拼的初级阶段，但已经被很多东西压得喘不过气来。回头再想想唐落落，差距大得她都不敢往下想了。

高静那天穿的鞋子虽是经典版的，看似稳重，但多了不少点缀。从美学的角度讲，那双鞋显得老气，缺少活力。尤其是鞋口太深，让一双脚只显出三分之一，看上去是鞋子把整个人装了进去。穿鞋的目的是衬托脚，而不是让鞋子遮盖住脚的美丽。要让脚有个性，鞋子必须有个性。同理，广告的目的是突显品牌，而不是让广告的内容淹没品牌。生活的逻辑跟市场有时候惊人地相通，这也是高静这几年悟到的一个道理。从生活中找寻灵感、找寻答案，是一条最简单也最可靠的路。

当然，仅仅用美丽来形容唐落落还远不够。有美貌的女人太多了，职场上从来不缺美女，但缺有头脑的美女。

对唐落落，高静是另有想法的。

唐落落猛地推开门，出现在高静和许小田面前，着实把两位美女吓坏了。高静的拳头已经抡起，正要砸在许小田身上，许小田夸张的动作以及大声呼救的尖嗓门让推门进来的唐落落怔了一下。不过，唐落落没像往常那样马上沉下脸来，她静静地看了一会儿，等高静和许小田恢复正常，才说："看来你们兴致不错呀，活动取消，真是解放了你们。"

高静没说话，愕然地怔在那里，心里发问，这人不是走了吗，怎么会突然出现？许小田倒是眼疾手快，马上整了整乱了的衣衫，往唐落落这边走了几步："唐总，你回来啦，我们可想念你呢。"

"回来，我从哪儿回来？"唐落落白了一眼许小田，又看向高静，足足看了有三分钟，才道，"你们俩到我办公室来一趟。"说完，一摔门走了。

妈呀，高静一身冷汗，心都贴到了后背上。直到唐落落走远，她才转身瞪住许小田："闹啊，怎么不闹了？"想到刚才许小田对唐落落的那个贱劲，她又讽道，"无耻，没骨气！"

许小田自然不服气，强辩道："我爱贱，怎么了，总比被人家当场罚工资好吧？"

许小田以前让唐落落罚过工资，就因在背后说唐落落坏话，被唐落落听到，罚得很狠。打那以后，许小田见了唐落落，就开始一个劲地送笑脸。

什么东西也没钱重要，这是许小田的逻辑。当然，她这么想有她的道理，谁让她家境不好呢，现在还供着弟弟上大学，还要负担父亲的药费。

两人出了门，往唐落落办公室走去。

好力奇的办公大楼是三年前建的，地处东州最繁华的公安路，二十二层。大楼一开始想以黎元清的名字命名——元清大厦，后来黎元清觉得不妥，太张扬，再说"元清"两个字做大楼名没啥气势。一番斟酌后，改成了环球大厦，这里面有把"宝丰园"做成全球性品牌的意思。大楼建成后，先后租出去一部分，跟好力奇合作密切的《东州商报》就在这幢楼上。唐落落的办公室在十九层，跟温启刚的办公室紧挨着。据说在香港，十九是个吉利数字。也有人说是黎元清的个人意见，大楼建成后，到底要在哪层办公，黎元清费了一番脑筋，后来请高人指点，才确定在十九楼。因为《周易》中的第十九卦，上卦为坤为地为顺，下卦为兑为泽为悦，顺悦相和，所以是亨通的。而塔罗牌的第十九张牌"太阳"，可说是所有牌中最好的一张，象征知识、活力和幸运，也代表值得受人尊敬和回报。

到了楼上，唐落落办公室的门敞开着，隔壁温启刚那间，门紧紧地闭着。看着那扇紧闭的门，高静的步子突然慢下来，脸上也浮出一层忧虑和失望。许小田用胳膊肘捅捅她，示意她快走，高静没有反应。等许小田敲响唐落落办公室的门时，高静才从恍惚中猛地醒过神来，几步蹿到许小田前面。

"请进。"唐落落在里面说了一声，声音仍旧那么优雅。等进去走近后，高静才发现，唐落落跟前些日子不像了，整个人明显瘦了一圈。以前的唐落落总是风姿绰约、神采奕奕，那气度，那精神头儿，完全是业界领袖的范儿。可此时坐在老板桌后的唐落落，分明是憔悴的、暗淡的。一双眼睛往里深陷着，两个黑眼圈更是明显，平时精心要补的妆，今天也懒得补，发型有点凌乱，嘴里居然还叼着一根烟，感觉跟酒吧里那些大牌女郎有几分相似。看见高静她们进来，唐落落并没马上掐灭香烟，反倒狠吸了几口，吐出一串青烟圈，悠悠的，荡在空中。那烟圈仿佛带着某种暗示，让高静暗着的心又晃悠几下。高静想，传言看来真不是空穴来风，唐落落一定是让某种叫爱情的东西伤着了。

"坐吧。"唐落落又抽了一口，将烟掐灭，说道。

高静没坐，许小田倒不客气，在离唐落落很近的一张椅子上坐下，眼睛里放着光，嘴巴更是甜得要死："唐总真潇洒，抽烟的动作迷人死了。"

"是吗？"唐落落无精打采地瞅一眼许小田，并没把许小田的恭维放在心上。她的心思显然不在许小田这边，许小田在她眼里一向就是个傻大姐。"水在那边，想喝自己倒。"见高静冷着脸不说话，她又说了一句。许小田便屁颠屁颠地忙着去倒水。唐落落翻了下手里的文件，问高静："永江那边情况怎么样？"

"活动取消了，唐总难道不知道？"高静的话有点生硬。说来也是奇怪，以前高静在唐落落面前说话不是这样的，不但尊敬，而且膜拜。当许小田她们在背后说唐落落坏话，拿唐落落的私生活消磨时间时，她总是站出来制止，好像唐落落是她心中的女神，不容别人调侃。可今天，她的态度竟有点不像她了。

"我问的是生产。"唐落落也感觉到了什么，困惑地抬起头，陌生地盯住高静。

高静避开唐落落的目光，那目光她有点正视不了，她低下头，装作思考状。

"难道你们没了解基地的情况，不可能吧？高静，你做事不是这样的。"唐落落追问一句，阴着的脸更阴。

高静这才道："时间紧张，跟基地那边也没多交流，工作都是围绕活动做的，活动取消，我们就赶紧回来了。"

"市场呢，永江可是市场的前沿，你们两位是公司骨干、核心成员，去了那么重要的地方，不会一点信息都带不回来吧？"

"这……"高静被问得低下了头。她不得不承认，唐落落就是狠，太狠了——似乎知道她这次去永江，一点额外的工作也没做，所以进门就捅她软肋。

永江位于东州跟广东的交界处，这些年兴起的城市中，永江别具一格。它不但地理位置独特，靠着大江，将周边的五六座城市连在一起，而且因为周边的繁荣，自然而然成了一处枢纽，成了向粤州、深圳乃至上海、苏州等地输送新产品或人才的新兴基地。这座城市更大的特点在于它具有广泛的包容性，它比上海显得大气，当然不是指建筑，而是它所具备的人文精神与情怀。它比粤州内敛，比深圳温厚，又比苏杭多那么一点前卫与开放。这里的人，一大半来自外地。有人说，永江是创业者的第一码头，闯世界者的栖息地。两年前温启刚正是看中这些，才放弃杭州，毅然决定将好力奇在国内的第四个生产基地建在这里。自那天起，高静和许小田就隔三岔五地往这边跑。一来这边是好力奇目前在国内建的生产规模最大的厂子，比最初建在广东东莞的基地，生产规模翻了两番，员工数也多出近一倍。永江生产基地，除了担负"宝丰园"凉茶的生产包装任务外，还担负起市场前哨的重任。二来永江已经成为国内饮料生产及销售的重要基地，三个新建的工业园区，两个是清一色的冷饮。"可乐可口""健力露""一统"等国内外驰名的冰红茶品牌，都在这里建厂。有些甚至将公司的大本营搬到了这里，永江眼看就要成为中国饮料第一城。这里汇集的市场信息、行业内幕比任何一座都市都多，它是饮料市场的最敏感地带，是业界触摸市场变化、打探市场信息、给市场把脉的一个关键地。

有人说，要想赢得饮料市场的天下，就必先赢得永江。

说永江，就不能不说武华峰。武华峰是"宝丰园"永江生产基地的总经理，也是温启刚掌管好力奇大权后，在公司内公开推举的自己人。武华峰跟温启刚是中学同学，温启刚初来内地时，两人在北京的一次会议上相遇后，就再也没分开。再后来，"宝丰园"要在内地扩大生产规模，建设基地，武华峰大力推荐永江，一口气讲了永江不少优势，观点跟温启刚高度一致。温启刚便说，建在永江可以，但你必须来给我做管理。武华峰一开始还有点为难，他是原公司的骨干，在业界威望极高，那边给的条件也很有诱惑力。无奈温启刚软磨硬泡，武华峰牙一咬，向老东家递了辞呈，跟温启刚干了。

事实证明，当初选择在永江建厂，是一项非常英明的决策，"宝丰园"能有今天，跟在永江建设基地有很大关系。

高静自叹倒霉。这次去永江，她真是精力不集中，干工作的信心也不足。高静的恋爱出了问题，不是乐晓松对她不好，是高静根本投入不进去。高静很痛苦，她三十出头了，父母催，姥姥更催，她自己也知道，婚姻问题不能再耽搁，必须解决。可恋爱这事真不是硬着头皮谈的啊。想想，跟乐晓松认识也有大半年时间了，两人在一起的机会也不是太少，乐晓松各方面都好，高静挑不出什么，但内心就是缺那么一股激情，感觉谈恋爱跟完成任务一样，机械死了。高静渴望一种有激情的生活，当初舍弃富远集团的优厚条件和国有大型企业的招牌来好力奇打拼，除了温启刚的个人魅力外，更重要的一点就是国企那边的生活太平静，工作太教条。高静信奉一句话：人生是要疯狂的。她已三十而立，再不疯狂更待何时。甭看高静外表沉着稳重，内心却燃着火，她喜欢那种激情勃勃的生活，喜欢全身心的投入，更喜欢冲动和冒险。好力奇满足了她这方面的需求，但是，恋爱这件事真伤人哪。在永江的时候，乐晓松再三打电话，要到永江陪她，反正乐晓松干的是媒体，时间自由，随便找个理由就去了。再说《东州商报》一向跟好力奇关系不错，乐晓松又负责快消这一块，是"宝丰园"的宣传者，去永江理由当然很充足。但高静坚决地拒绝了，她不想在永江见到乐晓松，更不想在永江跟乐晓松谈情说爱。她给乐晓松的理由是，工作很忙，根本没时间干别的，希望他能理解。乐晓松倒也听话，没硬去。原想乐晓松不干扰，她的心情会好一些，工作会投入一点。可是没有，在永江的那些天，她像丢了魂似的，怎么也打不起精神，而且火气非常大，看什么都不顺眼，遇事就来脾气，以至基地总经理武华峰骂她提前进入更年期，不可理喻。

她是不可理喻。网上的传闻跟她有什么关系呢，唐落落跟黎元清也好，跟温老大也好，跟她有几毛钱的关系，凭什么要让这样的绯闻搅乱自己！

永江的活动取消，高静算是松了一口气，尽管她跟黄永庆发火，可她知道，内心里她是松了一口气的，如果真要按计划把活动搞下去，弄不好哪个环节就会出问题。到时，她怕没脸跟温老大和唐落落交代，更没法给自己交代。对一个追求完美的人来说，任何闪失都是对自己的否定。自己给自己抹黑，这对高静来说十分残酷。回来的路上，她也想过怎么跟公司汇报，对她和许小田而言，调查市场、掌握生产基地的情况，是不用上司交代的，理所当然要在工作计划中。她原想把这一切推到武华峰身上，反正她跟武华峰是吵过架的，那么多人可以做证，相信温启刚不会过分责怪。可是谁知，这么点小心计还是被唐落落看穿了。

面对唐落落的追问，高静只能低头挨训，机关算尽太聪明，反把自己逼进了死胡同。奇怪的是，唐落落并没深究，破天荒地冲两个犯傻的女下属叹了口气，带着安慰的口气说："好吧，这次不怪你们，怪只怪公司准备不足，永江那边的情况改天再说。"

高静长长地舒了口气，谁知许小田又急不可待地摇起小狗尾巴来。

许小田这张破嘴，根本就没个管住的时候，人家唐落落刚给了个台阶，她马上兴奋地贴上去："谢谢唐总，这次真是我们不对，没尽好责，我们检讨，下次一定注意。"结果惹得唐落落又犯神经："下次，你们还想要下次？"幸亏高静反应灵敏，马上接话说："唐总找我们来，一定是有新的任务吧。这次永江的活动突然取消，我们都有些想法。眼下公司正处在关键时刻，市场这一块不能毫无作为。旺季马上到来，我们不抢，别人就会顺势而争，'宝丰园'辛苦打下的江山，不能就这么拱手让给别人。"

一席话，说得唐落落心里泛起了苦。谁也不知道唐落落为什么要悄然离开公司，更不知道她为何又突然杀回来，可唐落落自己清楚得很。唐落落难受哇，她是爱上了不该爱的人，更不该向他表白，不该拿一张热脸去贴冷屁股，自取其辱。她离开公司，是想让自己静一静，也让温启刚静一静，更让整个公司能静下来，不被传言所伤，不被他们个人之间的纠葛伤了元气。不管怎样，她是深深地爱着好力奇的，让公司因她受损失，这种事唐落落不干。她原本是想去一个叫水云间的地方静心思过，给自己疗伤，情伤。谁知在途中突然听到一个消息，好力奇遭暗算，有人从香港专程而来，带着足够的野心与仇恨，要置好力奇于死地。

她能不回来吗？

好力奇摊上大事了，而且这一次，唐落落预感不会比东州药业那事小。

唐落落心里虽然有很多想法，但又不能告诉面前的两人，算了，还是按自己的计划来吧，没必要跟她们兜圈子。

"找二位来，真是有事，这样吧，这几天温总不在，你们那边的工作呢，也可以放一放。二位抽点时间，集中查一家企业——香港盛高集团。"

"查它干什么？"许小田的话总是比高静快。

"不干什么，我要你们搞清这家公司，不放过任何细节！"唐落落突然恨恨地说。

出了门，高静一言不发，默默地走在楼道内。换作平时，许小田刚才那表现一定会招来高静的一顿臭骂，什么不识相啊，没脸皮没脑子啊，自己往枪口上撞啊，总之，想起什么骂什么。可今天，高静就跟哑巴了似的，心事重得很。

"唐老鸭的话好有深意啊，大侠，你品出什么味来没？"回到办公室，许小田说。

高静依旧不吭声，脑子里反复想着一件事：去香港，查盛高。

她为什么要查盛高？

"盛高是家什么企业，干吗要我们去查？"许小田真是连一分钟都管不住自己的嘴，一点也不在乎高静此时的心情，凑上来又问。高静还是不吭声，许小田终于急了："说话呀，大侠，她到底让我们查什么？"

"我哪知道，有种你问她去！"高静突然爆发了。

第五章
凡是能给企业开罚单的，都得尊为"神"

粤州的夜晚总是那么美丽，不，不是美丽，是绮丽。走在霓虹闪烁、流光溢彩的街上，温启刚却一点也感受不到这种美。

温启刚觉得，自己走进了一座迷宫。

来粤州快一周了，关于华仁的调查进展缓慢，关于"宝丰园"的负面消息却是一条接着一条。先是说，东北和东南几个大市场的"宝丰园"突然滞销，几家大型超市强行将其下架，"劲妙"却有抬头趋势，大街小巷摆得到处都是。接着又说，有几家媒体发表了对饮料市场的批评文章，说个别品牌打着文化的牌，其实是在搞伪文化。说文化不是消费品，不是快餐，更不是牟取暴利的捷径，其指向分明就是"宝丰园"。还有媒体公开质问，借文化的壳下市场的蛋，这种营销方式到底是在重构文化还是在毁灭文化，一个来自香港的品牌要替内地人搞文化寻根，反而把内地最好的凉茶文化弃置不顾。温启刚看了这篇文章，记者的意图非常明显，就是要否定"宝丰园"是中国凉茶文化鼻祖这一说，毫不掩饰地将粤州"劲妙"提为凉茶文化之正宗。看来，"劲妙"是全方位展开攻势，从各个层面剑指"宝丰园"。温启刚指示手下，不要慌，越是这种时候越要沉得住气。超市下架，可以，但必须结清所有款项，退回的产品一律要在保质期内，而且要严把验收关，坚持提防个别销售商或大型市场拿假货冲账，当无赖。

以前好力奇就遇到过这样的情况，让人家拿假货顶包，企业损失不小。

安顿完这些事，温启刚正要去见某个领导，莞东这边的生产基地突然打来电话说，工商和税务联合进入基地，要对"宝丰园"生产和销售的各个环节进行全面检查。

"不是刚查过吗，怎么又要查？"温启刚觉得这事蹊跷，上个月税务部门才查过基地的账，怎么这么快又要去？

"说是对饮料行业进行大检查，有人检举我们偷税漏税，生产环节也存在以次充好。"

"笑话！"温启刚气得摔了电话，什么以次充好、偷税漏税，分明就是有人做局，借权力部门之手封杀"宝丰园"。

姜华仁，你玩得狠啊，这些招都用上了，看来地方政府在为你清场了。温启刚感觉自己的神经快要被粤州"劲妙"搞错乱了，几股奇怪的力量正从不明处来，好力奇正在遭到不止一股力量的算计。人怕出名猪怕壮，中国这句古话，放在哪儿都有警示作用。自从"宝丰园"纵横市场，成为凉茶第一品牌后，"宝丰园"每年总要遭遇这样那样的"黑手""红手"，有些是公开的，比如隔三岔五的质量抽查、工商和税务造访、政府部门名目繁多的检查与"指导"，温启刚都得赔着笑脸应付。一家企业真正要做大做强，做得长远，该重视的必须重视，这点自觉性温启刚有，他相信好力奇也有。但别人不见得相信，就算相信了，也得一次次上门给你提醒。温启刚一开始哭笑不得，现在不一样了，现实让他变得聪明，经验和教训让他变得不再那么固执，尤其是如何处理跟政府的关系，温启刚真是长进不小。但搞企业，光是搞好跟政府的关系远远不够，还有各种协会、各种组织，有时候你都不知道那些组织是干什么的，但它们都有权对你说三道四，冲你指手画脚。温启刚记住了一个理：凡是敢走进企业大门的，你都要视为上宾；凡是能给企业开罚单的，你都要尊为神。不是罚几个钱就能把企业灭掉，而是但凡敢罚你钱的人，就有能耐给你挑各种刺。挑刺不可怕，怕的是他拿刺做文章。

企业折腾不起啊，可没有一家企业能逃开被折腾。

温启刚不是抱怨，干企业，如果总是抱怨，那你是绝对干不好、干不久的。你得改进自己，适应以前适应不了的，认同以前无法认同的。先把自已融进某个环境，再想办法改变环境，这是温启刚给自己定的规矩，也算是经验之谈吧。但不是所有的东西都来自明处，更多的，连温启刚都搞不清它来自何处，可它突然就来了。比如几个月前，就在好力奇跟东州药业为"宝丰园"三个字争执不下时，温启刚突然接到某地消费者协会的公函，要求他火速去该地处理一起消费者举报。类似的情况根本不用温启刚出面，当地的销售分公司就能代表好力奇应诉，解决纠纷。可温启刚还是亲自去了，他从对方的公函里闻到一股味道，这味道是要靠经验闻，靠灵敏的嗅觉。去了后才知道，当地消费者连续投诉和举报，在几家超市买到质量不合格的"宝丰园"。温启刚看了一眼被"投诉"的产品，心里就清楚是怎么回事了，"宝丰园"遇到李鬼了。如果换作刚来内地那会儿，温启刚肯定会义正词严，说这产品不是好力奇生产的，是假货，并要求地方工商和消费者协会一起打假，保护市场。现在温启刚不那么傻了，打假是企业自掘坟墓。温启刚马上采取一系列公关措施，先是搞好跟媒体的关系，求他们不要将事件曝光，捂一捂，再捂一捂。接着又安抚"投诉"者，按他们提出的条件，赔。等事态平息下去，温启刚才跟有关方面谈到了正题。正题有两个：一是假货从何而来，是谁大批量投放市场的；二是假货怎么办？没想到对方只给了他一句话，假货的事他们管不着，他们只管投诉。温启刚真是别扭得要哭了，这中间他已查明，假货就产自本地，是该地一家饮料企业违规生产的，但这家企业的老板是该市的政协委员，在市里很风光，势力很强大。所有的销售渠道他也查清了，几乎是一条龙的。面对这样的情况，温启刚一点也不敢强硬，反倒像自己违了规一样，处处赔着笑脸，又是请吃又是陪玩，最后还答应地方的条件，捐资修一条公路。那条公路最初是那家企业的老板捐资修的，后来企业不景气，修不了了，成了烂尾工程放了一年多，市里、县里脸面上都不好看。等把修路的资金落实了，那边也开了口，他们在短期内把假货处理掉，不让"宝丰园"再背恶名。不过，以后"宝丰园"在该地区的销售，温启刚不得另选销售商，而是由他们指定的销售商代理。

莞东是黎元清的老家，也是"宝丰园"进入内地后建立的第一个生产基地。"宝丰园"正是从这里起步，飞往全国的。尽管现在"宝丰园"的生产基地已发展到六个，但莞东这个大本营绝不能出事。对方冲莞东基地下手，意图非常明显，莞东不是你的大本营吗，我把你的大本营搞乱，看你在其他地方还能撑得下去？

温启刚本打算紧急赶往莞东，亲自处理这事。曹彬彬提醒了他："你这一去，不正中对方下怀吗？对方可能知道你来粤州了，他们也怕，所以……"曹彬彬没把话讲完，但后面的意思，温启刚很清楚。

"我倒觉得，对方这是个圈套，工商和税务进去，未必是真查，当然查也查不出问题，他们就是要分散你的精力，让你顾不上市场。"一直不怎么讲话的王小山说。

温启刚觉得他们两人讲得有道理，遂听从他们的建议，在电话里跟莞东那边一一做了交代，要他们沉着，注意三个环节：一是认真配合检查，不管那些人查什么，都要积极对待。二是特别注意安全，越是这时候，安全生产越不能放松。第三，也是温启刚最担心的，莞东的市场不能丢，如果"宝丰园"连莞东这块市场都保不住，那就根本别指望做大市场了。

"要让'劲妙'在莞东一罐都销不出！"温启刚近乎咬牙切齿地说。

直到把莞东的事安排妥当，温启刚的心才稍稍平静了些。曹彬彬晚上有事，吃过饭，草草说了几句就走了，他的意思是让王小山陪陪温启刚。"温总这几天太累，小山子，你就替我尽尽地主之谊，不能让温总的神经老绷着，想想办法，让温总放松下来。"王小山很配合，也很热情，但温启刚还是坚持推开了。让一个模特跟在身边，他不习惯，再说了，这天的王小山打扮得实在是艳，吃饭的时候温启刚都不敢多看她一眼，让她陪他，等于是杀他。

他想一个人在街上走走，顺便理一下思路。走着走着，温启刚的思路又回到姜华仁身上。

要说这几天完全没有收获，那也是假话，再怎么着，温启刚也不是无能之辈，就算"劲妙"布下了金刚阵，他一样能撬开一个洞。

粤州"劲妙"的确有强大的政府背景。

这一点，温启刚算是查清了。

温启刚同时获得信息，华仁集团放弃主业，全力进军饮料业，并不是姜华仁志向在此，而是迫不得已。

"劲妙"有苦衷！

"知不知道姜华仁跟谁发生了过节儿？"那天吃饭时，温启刚请的一位领导说。

"谁？"

"说出来怕会吓着你，天海集团。"他苦笑着说。

这位领导目前还在实职上，论职务，远在区长沈新宇之上；论实力，更是不输给沈新宇。一开始他是不肯出来的，温启刚这次来粤州，最难见的就是这位。后来温启刚动用了北京的一个关系，才把他请出来。当然，这样的领导只要出来，就不会有什么保留了。按他的话说，大家怕说话，是怕丢官帽，其实官帽这东西，越怕丢，它越戴不住。

"再说了，他姜华仁能管住众人的嘴？他算老几，不就一跳蚤嘛！启刚呀，所有这些，都是另一个人策划的，乔建军这人你听过吧，听说是他盯上了姜华仁。"

"乔建军？"温启刚吓了一跳，紧接着问，"您的意思是，华仁集团跟乔建军干上了？"

领导呵呵一笑，活动了下筋骨："不是干上，姜华仁还没有资格跟乔建军干。乔建军对华仁旗下的两个项目很有兴趣，但凡乔建军看中的，别人只能拱手相让，这就是规则。"

"横刀夺爱？"

"业界不这么叫，你是行家，应该懂得习惯性的叫法是收购或控股。"

"哪两个？"

"华仁最赚钱的白石湾水城，还有金龙高速四号段。"

天哪，温启刚连着倒吸了几口冷气，感觉脊背一阵凉。

乔建军是天海集团掌门人，粤州十大杰出青年、优秀企业家、全国五一劳动奖章获得者、全国人大代表。这个人，神秘啊！而白石湾水城，正是外界风传的让姜华仁遭遇困境的项目。都说姜华仁在这个项目上栽了，具体怎么栽的却不得而知。温启刚也仅仅是对这个项目有些初步了解，该项目放在全国地产界也是数一数二的，大到令人无法想象。不但填海造田，还要在海上建一个超豪华度假村，整个工程分三期，单是一期投资就有五十个亿，还是用美金来计算的。

"这事确凿？"温启刚感觉被这些事压得有些喘不过气来。

领导往后靠了靠，摆出一副苍凉的样子说："温总啊，谣言不是谁都可以造的，你请我来，不就是为了了解这方面的情况吗？今天我把知道的都告诉你，不过出了这个门，我可就什么也不负责了。信不信，全在你。"

"信，信。"温启刚赶忙表态，生怕领导一犹豫，什么也不说了。领导这张嘴，不好撬。

领导又说出一连串的事实，听得温启刚心里翻江倒海。这些事实如果换了别人的口，他是怎么也不信的，不敢信。

华仁跟天海，这简直就是神话嘛！

商场上，有些公司听着名头很大、很响，老板出门，常常是前呼后拥，就差警车开道了，但这样的公司往往是装腔作势，演戏给人看，一点都不用怕。而有些公司在业界根本没有名气，甚至很多人都没听过，但它的生意大得惊人，老板的背景和能量大到令你不敢去猜测。

天海属于后者。

有了跟领导的这次交谈，再结合其他方面的信息，温启刚就能判定对手在玩什么了。从政府层面上讲，粤州已将饮料业确定为另一个主打产业。液体经济在别处早已是主导产业，政府重视，民间努力，做得风生水起。粤州慢了半步，主要原因是这地方经济太发达，能当支柱产业的东西太多，政府有点看不上这行。现在形势不一样了，经济滑坡，原来的支柱产业不景气，政府又不想放慢脚步，所以必须重视另一些有可能支撑起经济发展的产业了。

这是对华仁有利的一面。

但凡某个产业得到政府的确认与重视，商家都可以发狠了玩，这也是当下秘而不宣的一条规律。这样一想，华仁所有的举动就都好理解了。

现在又多出个天海。天海看上了华仁的项目，华仁不敢不给，姜华仁再牛，再有地位，他也只是姜华仁，跟天海相比，跟乔建军相比，姜华仁就什么也不是了。天海想灭华仁，也就一句话。不过，将那么黄金的两个大项目拱手让给天海，天海不可能一点也不回报。

华仁真正的力量，来自这里！

天海！温启刚重重地吐出这两个字，他知道，好力奇这次算是遇上硬骨头了。如果天海真给华仁做靠山，好力奇可能连继续玩下去的机会都没有！

温启刚想，好力奇现在只有一个机会，那就是天海并不是真的在帮华仁，依照天海的背景和乔建军的做事风格，不可能真心实意去帮华仁。他只是做个顺水人情，借政府的手支持一下华仁，让华仁高兴一下，把两个项目交得快一点。

可是，怎样才能探得天海的底呢？温启刚一下子又茫然了。温启刚想到了黎元清，以前遇上这种事，黎元清总是有办法。温启刚也承认，跟政府层面的接触，还有平衡各种关系，黎元清就是比他有经验，有招数。但是，黎元清在哪儿？

不是温启刚不想联系黎元清，跟唐落落那点事早过去了，至少他心里不再有太大的负担了。温启刚更不会笨到因这事影响公司的未来，可是他找不到黎元清。自从左翼民出事后，黎元清的行踪变得越来越诡秘，到现在几乎就是神秘了。

算了，还是靠自己吧。

在街上转了两个小时，温启刚回到宾馆，时间已经不早，快到夜里十一点了。温启刚打开电脑，上了一阵网，看看白日里有没有关于好力奇的负面新闻，还好，找了半天没找到，不过正面的也没有。以前可不是这样，在跟东州药业发生纠纷前，"宝丰园"一路驰骋，你随时打开电脑，都能被那些激动人心的消息鼓舞、振奋。那是多么好的一段日子啊，清澈、透明、令人亢奋。温启刚闭上眼，再一次陶醉起来。没有哪个人不喜欢成功的滋味，温启刚也是，每每想起那段日子，温启刚就觉得自己特别有成就感。就在他眯着眼兴奋地回忆时，电话响了，温启刚拿过手机一看，竟然是黎元清打来的。

这个老家伙，找不到他，居然这半夜的找上门来！

"启刚啊，你在粤州？"

"我在粤州，董事长，您在哪儿？"不知为什么，温启刚用了"您"这个称呼，这在平时是很少有的。也许，他是太急切地想听到黎元清的声音了。

"我刚下飞机，跟惠心师太到了泰国。"

好兴致啊，别人在这边急得像拿火熏烤，他倒好，不是陪师太就是跟方丈四处看庙。温启刚虽然心里闹着意见，但说出的话是："董事长对佛事是越来越有兴趣了。"

那边黎元清呵呵地笑："启刚，你还别说，我下半辈子可能真的离不开佛了，这一路大开眼界啊，有机会也引见你跟师太认识。跟着师太，能长不少学问呢。"

温启刚怕他谈佛，黎元清如果跟你谈起佛，是能谈到天亮的。人就怕没信仰，一旦有了，人就不是原来的那个人了。

"怎么样，我听说最近硝烟弥漫啊。"黎元清终于把话题落到了工作上。温启刚赶忙应声，将近期发生的怪事挑重点汇报了一番。没想到，黎元清听完后问："这就难住你了？"

温启刚差点噎住，尴尬地笑笑："难倒是难不住，只是'劲妙'这通迷踪拳打得有点猛。"

"我就说嘛，你启刚也是大风大浪闯过来的人，啥稀奇事没见过，一个姜华仁，不就是只土耗子吗，还犯得着你伤脑筋？"

"情况不一样啊，现在又搅进来个天海，乔建军，我搞不清他的底。"

"你是说乔四啊，这人倒有点琢磨头。"黎元清那边依然是轻松诙谐的笑声。可以想见，跟师太的此趟旅行真让他受了益。一个美丽的中年女人，曾经是香港演艺圈的超级巨星、天后，突然有一天看破红尘，削发为尼，然后又在僧俗两界大红大紫。是英雄，真的处处是舞台。

"可我琢磨不了。"温启刚收回心思说。

"这个乔四啊，我这么说吧，他玩什么你别在乎，也甭考虑太多。不管他怎么玩，都跟咱不沾边，懂不？"

"董事长的意思是？"温启刚似乎听出点什么，他相信，黎元清虽然人在国外，但这边发生的事一点也没漏出他的耳朵。

"啥意思也没。启刚啊，有时候事情没那么复杂，乔四这人我还是有点了解的，他不会跟别人一起蹚浑水，你也别把事情搞得太复杂了，简单最好。乔四这边你甭管了，他爱咋咋去，人家犯得着跟咱们斗？咱们还没那个资格啊！"黎元清的声音里突然有了种苍凉。温启刚正要发问，黎元清又说："最近我还是回不来，杂事多，师太这边呢，还需要我陪一阵子。公司的事就全仰仗你和落落了。对了，落落最近怎么样，有些日子没她的消息了。"

温启刚心里陡然一紧，感觉被蜂狠狠蜇了一下。他最怕黎元清提这事，黎元清偏偏就提。

"她啊，呵呵，老样子，一切照旧。"温启刚只能打哈哈。

"那就好，我还怕她继续给你耍性子呢。女人性子都大，漂亮女人更甚。这边师太也是，都出家多年了，发起火来还是蛮吓人的，机上就训了我一顿，说我六根不净，难修正果。我要是六根全净了，还要不要赚钱了？"

黎元清东一句西一句，一点主题都没，温启刚却很警惕。这是黎元清向来就有的说话风格，看似不着边，其实句句弹在弦上，就怕你没那个悟性，不懂他话里的况味。每一个成功者身上都有极为新鲜的东西，就看你捕不捕捉得到。温启刚在这方面不笨。果然，黎元清扯了一阵，又道："我把落落交给你，可不能让她受委屈哟，这女人最近有点心事，你好好开导开导她。"

这下温启刚不只是紧张，而且是茫然了。黎元清大晚上的打电话，难道是为了唐落落？要我开导，开导什么？难道……

温启刚不敢想下去。有些事不发生时大家都很坦然，一旦发生，整个格局就变了。比如此刻，一听到"唐落落"三个字，他就浑身发紧，脑子里一下子就缺氧了。平日能听出味道的话，这时候也听不出了，要么就是听出的味道太多。

"请董事长放心，我们之间不会有什么的。"

糟糕，怎么能说这样的话呢？岂不是不打自招，此地无银三百两！

"有什么也没关系，大家共事，哪有勺子不碰碗的。再说了，跟美女碰，你还不乐意啊。别老是计较，大男人，能放下的尽量放下，甭对一个女人耿耿于怀，再怎么着，她也是你小妹嘛。"黎元清的话说得温启刚一阵脸红，好像他真犯了小心眼的毛病。就在他哼哼哈哈打马虎眼时，黎元清转移了话题："好啦，不谈她啦，说正事吧。我听说'劲妙'正在策划一期活动，规模很大，前期宣传也很厉害，香港这边的同行都知道了。启刚，这事不能马虎，你在那边一定要亲自去看看，相信有彩的地方会很多。"

黎元清还在说，温启刚脑子里的线却怎么也连不上。他是被唐落落困住了，直到黎元清挂了机，他还没从前面的话中醒来。

不管怎么说，这个电话对温启刚还是有帮助的，至少对天海，他重新有了定位。既然黎元清说没事，那就肯定没事。黎元清掌握的信息远在他之上，格局也比他大得多。对了，温启刚忽又记起，被黎元清称作乔四的乔建军也是佛教徒，温启刚不知什么时候还看到过乔建军跟惠心师太的合影呢。记起这件事，温启刚立马轻松不少。只要天海不搅浑水，不给好力奇施压，好力奇这道难关，渡过去并不是句空话。

第二天，温启刚打电话叫来孟子非。他让孟子非来粤州的目的有两个：一是"劲妙"活动在即，好力奇必须对活动全程进行观察。这一点不用黎元清提醒，他也会做到。孟子非在公司负责这一块，观察对手、学习对手是他的本职工作。还有一点，孟子非是温启刚拉进好力奇的，这些年也一直在培养。但温启刚总觉得，他在孟子非身上的付出与得到的回报不成正比，或者说孟子非目前的表现并不是太令他满意。让他来，也是有意多给他一个机会，让他拿对方的镜子观自己的脸。

孟子非到达粤州之前，温启刚离开曹彬彬给他开的宾馆，重新开了一家。温启刚这样做，一是不想让孟子非知道他到粤州后的行踪，再亲近的人，该保留的地方也得有所保留，人最怕把什么都暴露给别人，尤其是下属。大家都骂别人装，在下属面前你还真得装，不然，你的威信和神秘就全都没了。当然，他急于离开这家宾馆，还有一个不便说出的理由。这两天温启刚有种怪怪的感觉，总觉得曹彬彬这次给他介绍王小山，理由不像他说的那样。王小山已经两次单独约他吃饭，尤其是昨天晚上渴望陪他的眼神，很让温启刚警觉。温启刚不想惹什么事，更不想惹出什么花边新闻，一个唐落落已经让他焦头烂额，再出什么桃色事件可就害了他了。当然，这只是温启刚自己想的，自作多情也说不定。

谨慎总比不谨慎好。温启刚带着孟子非来到了他订好的那家酒店。路上，孟子非问，要不要跟粤州这边的办事处联系一下？温启刚说不必。他跟孟子非再三强调，这次让他来粤州完全是保密行动，不得向任何人提这事。

孟子非嗯了一声，一双小眼睛挤了几下，有点摸不着头脑地看着温启刚。

孟子非今年二十九岁，这家伙脑子够用，干工作也有魄力。温启刚之所以看上他，就是因为喜欢他那双小眼睛。长着小眼睛的人鬼点子多，如果把这些鬼点子用到正经事上，就成了创造力。当然，这不是关键。温启刚重用孟子非，还有另一个原因。孟子非是他妻子孟君瑶叔叔的儿子，也算是他的小舅子。尽管君瑶早已不在，但她活着的时候对孟子非非常好，再三要求他有机会多照顾照顾子非，这孩子不容易啊。

孟子非是不容易，他父亲是名警察，母亲是中学教师。十四岁前，孟子非跟香港所有的孩子一样，有一个幸福的家庭，也有美好的未来。但是十四岁那年的冬天，所有的梦都破碎了。他父亲因为破获一起走私案得罪了不少人，结果被人做局，夫妻俩开车回家的路上遭遇离奇车祸，没了。打那天起，孟子非就成了孤儿。好在他还有个姥姥，孟子非此后几乎就是跟姥姥在一起生活的。

孟子非到了好力奇，一开始是在基层，温启刚也是有意要打磨他一下，后来才将他调到总部，干了一段时间后，委任他为危机公关部经理。这个部门也是在温启刚的坚持下新设立的，其职能不言而喻，就是在特殊时候派上关键用场。好力奇跟东州药业之间爆发的那场品牌危机，孟子非算是起了重要作用。

他们入住的是粤州花园酒店，这家酒店对面就是"劲妙"大本营华仁集团。站在窗前，华仁集团那幢二十七层的大楼非常有气势，也很有个性。据说这幢大楼当时是请香港的一名设计师设计的，大楼快要开工时，又说风水不对，需要调整坐向，后来又请台湾的设计师修改了部分设计。温启刚不懂风水，当初建环球大厦，黎元清从新加坡带来一名风水师，说是玄空派的，让温启刚陪，并暗示大师很了不起，一幢楼的风水选好了，公司的前程基本就定了。温启刚呵呵一笑，他对待这些大师和这些学问的态度是：不信，但也不批。看着眼前这幢高楼，还有上面闪烁的"华仁集团"四个镀金大字，温启刚突然又想起那位玄空派大师来。大师曾经警告他，如果有一天公司地位不稳，千万莫怪这幢楼，应该是世界上某个地方出现了另一幢楼，二者相冲了。大师还告诉他，解决相冲的办法只有一个：联姻。完了大师又给他讲了许多古时的事，包括皇家跟边关小国的联姻，都是化解风水相克相冲。

无稽之谈！难道让他去娶对面大楼里的一位？或者把他们公司的某一位嫁过去？这么想时，他又想到了唐落落，一个复杂的女人，身上开满了伤之花、恶之花。

他摸出手机，突然有种冲动，想打电话问一下唐落落现在何处，也想告诉她，此刻他就站在华仁集团对面。偏在这时，孟子非进来了，问道："我们要不要先找几个经销商了解一下情况，摸摸对方的底？"

"找经销商做什么？"温启刚边问边拉上窗帘，回到沙发上。

温启刚并没把真实意图告诉孟子非，有时候你的意图只能藏在心里，不能向任何人透露，包括跟你很亲近的下属。这关乎商业机密，关乎下属的培养与发掘。下属是干什么的，不是按领导的意图去办事，而是在特定的背景下能主动走到领导的节拍上。这里面有天赋，有努力，更得有对事物的判断。如果每次都告诉他，可能他会离你的要求越来越远。

温启刚只告诉孟子非，"劲妙"要搞大型活动，让他去活动现场，但行踪必须隐秘，不能让"劲妙"发现，更不能让媒体记者或同行有所察觉。

"记住，这次叫你来，最重要的一条就是保密！不管你看到什么、听到什么，都只能对我一个人讲，明白不？"

孟子非盯着他看了半天，道："知道了，老大。"

孟子非一直称温启刚老大，从来没叫过一声姐夫。温启刚不允许。好力奇内部，恐怕除了黎元清和唐落落，再没人知道他们两人的关系。这种关系对企业是有杀伤力的，这一点温启刚非常自觉。他对孟子非也绝无偏袒和护佑，就是想让他跟着自己学点东西。

跟孟子非交代完，温启刚就忙自己的事去了。眼下他心头还有两个结没解开：一是"劲妙"为何要全力围攻好力奇。不管是黎元清还是温启刚，跟姜华仁都并无过节儿，好力奇跟华仁更不存在过节儿，也就不存在华仁报复这一说。同行是冤家，但同行也会成为朋友，竞争归竞争，关系归关系，还没见哪个竞争对手用如此代价、如此大范围的动作跟一家企业对着干。温启刚必须搞清这里面的内幕，弄清华仁的背后是不是还站着别人，尤其是林若真！如果是，他必须果断采取措施。第二，除了这些之外，温启刚还想多掌握一些华仁的内部信息。摆脱别人的围攻后，剩下的就是还击，最有力的还击就是从内部去瓦解。

温启刚再次记起一个名字：吴雪丽。这次来，温启刚无论如何也要见到这个吴雪丽，对姜华仁的这位财务管家兼情人，温启刚很有兴趣。

孟子非到来的第二天晚上，温启刚约请两位领导吃饭，一位是行业协会的，另一位是天塘区人大常委会主任。温启刚是打着黎元清的旗号请他们出来的，黎元清这个名字到了粤州还真管用。餐桌上没聊多少，温启刚怕领导烦，只说是时间久了，礼节性地拜访一下。两位领导呵呵笑着，其中一位说："温总啊，不要老是这样客气，大家都是朋友，没必要每次来都这样。"另一位接着说："在这边有啥事需要我们通融，温总只管吭一声，能尽的力，我们只管尽到就是。"温启刚说："太谢谢二位了，'宝丰园'能有今天，全凭领导们的帮忙，黎董和我心里记着呢。这次真没啥事，就是日子久了，想二位领导了。黎董特意交代，到粤州，别的领导可以不见，您二位必须见。"说着话，温启刚从桌下拿出两盒礼品。两人连忙推辞。温启刚笑着说："二位不用担心，不是啥贵重东西，就一补品，提神用的，二位还是收下吧，不然我又得大老远地拎回去。"说话间，行业协会的领导已打开礼盒，见果然是补品，但这补品显然跟平时领导们收的补品不一样。这是温启刚专门托关系从西藏带来的，中老年男人壮阳用的，用藏区的牦牛鞭以及藏羚羊的鞭和羊角为原料，经藏传秘制配方研制而成。这种补药市场上根本见不到，温启刚之前也只见过两次；一次是在黎元清办公室，黎元清平时吃这个；还有一次是去北京，在一位老部长家里见过。但他知道这东西怎么弄来。好力奇在西北设了两名总经销商，西安一个，兰州一个。兰州这位总经销商负责西藏、甘肃和青海市场的销售，之前他在西藏当过十年兵，婚也是在西藏结的，他老丈人是位藏医，很有名。温启刚就是通过他老丈人弄到这礼品的。越是见不到的东西，越招人喜欢。那位领导嘴上说不要，脸上已经放射出异样的光芒。温启刚趁热打铁，说了一大堆这补品的好处。人大常委会主任接话说："这礼我们收，收。老啦，哪个部位也不行了，补一补，补一补没啥坏处，你说是不是，温总？"

"领导千万别说不行，男人说啥都行，就是不能说不行。你们不是有句话嘛，让它行，它不行也得行。"

说得两位领导哈哈大笑，行业协会那位说："好，让它行，它敢不行！"

礼是收下了，两位领导的嘴巴仍然很紧。说荤段子很带劲，讲网络笑话也是一个接一个，但就是不提"劲妙"，不提姜华仁。温启刚也没想让他们提，请两人来，就一目的，在两人的闲谈中，捕捉一些粤州这边政府的政策走向。这很容易，温启刚有意识地引出那么一两句，两位领导也觉得这种话谈谈无妨，于是结合自己的工作，有一搭没一搭地说开了。说者无意，听者永远有心。甭小看这种闲聊，很多重要的信息正是在这种闲聊中无意识地透出来的。一顿饭，聊了很多，也扯了很多，温启刚得到两个重要信息。

第一，政界对粤州大力支持和发展液体经济持不同意见，反对者不在少数。粤州啥地方，啥样的经济没有，哪个做支柱产业不行，为什么偏偏选择一个不起眼的饮料？所以，目前的情况是，媒体造的势大，但市里区里怕还真没这么想，即便想了，将来也未必这么干。说的跟干的永远不一样，这才是政治。第二，华仁现在成了空架子！这个信息太重要了。尽管两位领导一防再防，还是在闲扯中说漏了嘴。先是那位行业协会的领导发牢骚，对眼下整个行业的不景气大发感慨，发着发着就说，都指望姜华仁闹出点动静，这人能闹出动静来？我看是典型的瞎折腾。人大常委会主任这时大约也松了脑子里的那根弦，接话说，这个姜傻子啊，每年都在折腾，不折腾光那点家底，真是不罢休，最近又跟乔四打得火热，唉！主任长叹一声，道出关键性的一句："乔四这种人，吃人不吐骨头的货，华仁我看是今年都撑不过去了。"

好话不需要多，一两句就足够。什么叫信息，这就叫！

温启刚没再纠缠两位，热热闹闹地吃完，客客气气地送他们上了车，紧接着就往回赶。回到酒店，孟子非还没回来。温启刚自己泡了茶喝，同时等一个电话。下午，他跟这边的关系说了想见吴雪丽的事，那人先是问他怎么突然对这女人有了兴趣。温启刚撒了谎，说早就听说吴雪丽在财务上精明过人，特能干，所以想拜见拜见。

"你温总还缺人啊，财务方面你们可是强项，一个唐总怕是能顶十个吴雪丽吧。"对方显然不信。

"一码归一码，这不是听说她被排挤了吗，认识一下，探探口风，如果人家有意向，好力奇当然不避嫌，我们一向都是求贤若渴啊。"温启刚说得非常自然，一点听不出有其他意图。

对方只好道："行，我马上联系，温总交代的事不能不办，等我电话就是。"

此人是粤州这边税务部门的一位处长，这样的关系对温启刚来说一抓一大把。温启刚发现，领导的职务跟领导的政治敏锐性是成正比的，职务高的领导，一有风吹草动，马上就开始自保，上面咳嗽一声，他们都能紧张好几天。如果上面感冒了，他们的病就大了。职务低的就不一样，不是这些人不敏感，而是他们跟敏感没有太大关系，或者说，那些敏感事离他们远。比如这次，温启刚一开始把目标锁定在那些位高权重者身上，结果费了不少劲，得到的却极少。人家怕丢了官帽啊，平时你孝敬得再多，那也只是他们的附加值，他们不肯为这点附加值去玩冒险游戏。后来温启刚的策略变了，目标降一级，找这些中不溜儿的，情况立刻就变得不一样了。这些人照吃照拿，该说的不该说的照样往你耳朵里灌，仿佛上面那根红线没把他们圈进去。这其实才是圈子特色。圈子的约束力永远只对部分人，或者是两头紧中间松，对中间这些小角色来说，他们是最自由的。

风险跟权力成正比，或许也可以这么理解。

温启刚后来得到的大部分信息，都来自这些中不溜儿的小官，他觉得这些人办起事来才可靠。比如让税务部门的人找吴雪丽，吴雪丽能不给面子吗？

温启刚等了一小时，电话还没来，茶也喝淡了，喝得肚子里咣里咣当，难受。去了趟洗手间，看看表，十点半。孟子非那边还没动静。怎么还没动静呢？下午饭前，温启刚交代过孟子非，自己晚上有饭局，让他单独解决。孟子非说他还在展馆那边，晚点回来。现在都啥时候了，居然还不回来。

孟子非是有不少毛病的，这一点温启刚早就知道。一是自大，进入好力奇后，仗着有温启刚撑腰，轻易不把别人放在眼里。关于这一点，温启刚反复跟他强调过，要他低调，用真本事服人。还有，内地环境跟香港那边不一样，香港强调个人能力，强调独创；内地强调团队。在一个团队里，一定要懂得尊重，懂得欣赏别人，老是孤芳自赏，就把自己孤立了。孟子非嘴上说听进去了，但从表现看，远没听进去，或者根本没把这些理解透。还有一点更可恶，这人好色！

好色是男人的本性，没有哪个男人是不好色的。温启刚是男人，虽然这方面他把自己管得紧，但也绝非圣人。但孟子非好色跟别人不一样，他是乱好。他以为自己来自香港，又在好力奇担任要职，优越感强得很，在公司内部也敢胡来。温启刚曾发现他对许小田动手动脚，有几次还拉着许小田去酒吧，就问他是否真心爱许小田。你猜孟子非怎么说，他佯装吃惊，很不在乎地跟温启刚说："爱？我干吗要爱她，都啥年代了，谁还谈爱？再说爱是要付出代价的，我孟子非才懒得跟谁谈恋爱呢。快餐，这个时代一切都是快餐！"

温启刚差点被这话呛死。从那天起，孟子非在温启刚眼里开始变得陌生，变得复杂，也变得可怕。

为防意外，温启刚把许小田叫来，跟她认真谈了一次。许小田这孩子，表面上乐乐呵呵的，一副马大哈的样儿，其实心里细致着呢。她承认对孟子非是有那么一点意思，但她总感觉他不踏实，飘在空中，抓不住。

"他有一种高高在上的感觉。"许小田如实地跟温启刚说。

"抓不住就别抓，离他远点！"温启刚近乎命令道。

许小田倒是听话，打那以后，温启刚没再见过他们在一起。不过，孟子非又对公司的另一个女孩下了手，两人差点玩出事。孟子非把人家肚子搞大，却不负责，还非常歹毒地说，天知道她肚子里的孩子是谁的。女孩受了辱，要自杀，幸亏被同宿舍的室友发现，才避免了一场更大的悲剧。

这样的人到了外面，温启刚当然不放心。事实上，他也听到不少有关孟子非的传言，花花事一大堆。有段日子，他甚至对唐落落垂涎三尺。有一次唐落落陪客人，喝了不少酒，让他去送，结果他就把人家摁倒在床上！

色胆包天！如果不是曾经跟妻子承诺过，温启刚真不想让他继续留在好力奇。

又等了半小时，楼道里有了动静，一听就是孟子非回来了。温启刚打开门，看见孟子非摇摇晃晃，喝得酩酊大醉，狗果然改不了吃屎，喝成那样，膀子上还吊了一个女的。温启刚只瞅了那女的一眼，就知道孟子非又去了夜店。

唉……

他沮丧地将门关上，心里一阵难过。听着对面屋里叮叮当当，好像把什么东西撞翻似的，温启刚差点就扑过去。最后他还是忍住了，拿出一瓶红酒，给自己倒了一杯。温启刚捧着杯子，却喝不下去，脑子里忽而是孟子非，忽而又是唐落落，到最后，竟把那张藏得最深的面孔给翻了出来。

孟君瑶！

温启刚知道，今晚又是一个难眠之夜。但凡出差，但凡在这种孤独绝望的时候，孟君瑶的影子就会跳出来。这么多年过去了，很多事他都忘了，那张脸，那个阴郁的眼神，却始终忘不掉。忘不掉就要折磨他，一折磨，就再也难以成眠。

君瑶！温启刚喃喃地叫了一声，一把推开酒杯。出去走走吧，他跟自己说。

夜色浓郁，此时已近半夜，而对粤州这样一座城市来说，时间一点也不晚。对那些精力饱满的人来说，他们的夜生活才算开始。大街上四处是人，街巷深处，树荫下，到处可见搂着抱着的情侣。

温启刚有进酒吧的习惯，要说这习惯还是林若真培养出来的。

林若真嫁给汪铭不久，大约半年吧，两人的矛盾就爆发了。汪铭开始不回家，空荡荡的豪宅，每夜都是林若真一个人。林若真受不了这份寂寞，也受不了汪家对她的轻视。当初，他可是在万人的羡慕和关注下娶的她啊！她开始以泪洗面，人很快憔悴下去。这些都是林若真那次在家中发完脾气后，告诉温启刚的。林若真其实很可怜，在汪家受了气，回到家里闹，父母不支持她。父亲林秉达说，人家汪铭可是有教养、有身份的人，对盛高帮助也不小，怎么会欺负你呢？真儿，你不能说谎，你要知足，人得有感恩之心哪。林秉达长长地叹气，然后用冷漠的眼光看着自己日渐消瘦的女儿，看一阵，又说："我和你妈把你惯坏了，你现在是汪家的媳妇，凡事当然不能跟在父母跟前比，你这火暴性子要改一改了，不然，我跟汪铭一家不好交代。"听听，到这时候，林秉达还在替女婿一家考虑。可见，这个女婿在他心目中，地位是非常了不起的。林秉达说得不错，做议员的汪父还有当女婿的汪铭的确对盛高帮助不小。温启刚记得很清楚，当时盛高主要有两大危机：一是涉嫌贿赂商业代表，被人抓住不放，炒得沸沸扬扬，林秉达夫妇压力很大。香港不比内地，一件小事就很可能毁掉一家企业。尤其是贿赂丑闻，更是了不得。这事是做议员的汪父出面摆平的。二是盛高涉嫌偷税，林秉达指使财务人员在年度报表中作假，少缴了一亿港元的税，结果被稽查部门发现。竞争对手和媒体抓住这事不放，弄得林秉达很狼狈。若不是汪铭利用港府对他的信任出面协调，盛高很可能过不了那一关。有了这两次帮忙，汪家父子在林秉达心目中当然成了至高无上的人物。女儿受点委屈，那又算得了什么？

林若真不这么想，她对婚姻的幻想太美好了，对汪铭更是投入了全部热情。没想到婚后才几个月，两人之间的裂痕就大到了不能修复的地步。

"他不碰我，就算回家，他也不碰我，这个变态！"

在一家叫冰岛的咖啡屋，林若真泪流满面，跟温启刚哭诉。林若真找不到第二个哭诉对象，她没有朋友，不，曾经有一个，可是那人背叛了她，那人就是唐落落！林若真当然不肯把这些事告诉唐落落，那时候，她跟唐落落已断了关系，成了见不得面的仇人。她同样不想告诉母亲，在林若真眼里，母亲是一个没有思想的枕头、一块冰、一块废了的玉。总之，母亲什么也不是。别人家都是女儿跟母亲亲，她们不，母女俩从某一天起很少再说话，即便说，也是很损人的话。那时温启刚并不知道内情，还一个劲劝林若真，实在有苦楚，就跟母亲道道吧。女儿的苦楚，娘懂。

"呸！"林若真突然呸了一声，嘴里的咖啡呸到温启刚的脸上，也不说对不起，大声骂起母亲蒋婉仪来，"她懂？她懂什么啊？她就一废物，任人宰割、逆来顺受的废物，我才不告诉她呢，见都懒得见。"

的确，打那次大闹家里后，林若真就很少回娘家，有事径直闯进林秉达的办公室，咆哮一通后，再跑来找温启刚。不管温启刚忙着还是闲着，一把拽起来就说，"我要跟你说话，跟我走！"也不管温启刚走得了走不了，反正只要她有烦恼，只要她有需要，温启刚就得陪着她！

酒吧的瘾，就是那个时期染上的。几乎每周林若真都要拉他去一次酒吧，有时是刚下班，有时是饭后。还有一次，快到凌晨一点了，温启刚的电话突然响了，他没接，但电话响个不停，吵得他根本睡不了，又不敢关机，怕林若真半夜杀上门来，这样的事林若真真能做得出。后来林若真发来短信，说她要死了，如果十分钟内温启刚不出现，她就跳楼。结果，温启刚还是被她拽去了。

那次是在一家叫兰桂坊的酒吧，很有些名气。温启刚赶去时，林若真已喝得烂醉，面前摆了不下十只啤酒瓶，还有喝残的鸡尾酒。

"你喝酒，你居然喝酒？"温启刚气得一把提起她，真想扇她几个耳光。林若真软绵绵地拉住他，卷着舌头说："过瘾啊，我要飘起来了，要飞了！啊，我看见蓝天了，看见白云了，我要坐到白云上去！"

"回家！"温启刚用力一拉，想把她拉出酒吧。没想到林若真突然发了飙："你算老几，凭什么管我，我要酒，再来一瓶威士忌，我要喝！"说着，她冲空中打出一个漂亮的响指，就有服务生殷勤地过来，问需要什么。温启刚说她醉了，不能再喝了，慌忙拉起她走，林若真猛地给了他一拳："你这浑蛋，敢说我醉，连你也欺负我，滚，你给我马上消失！"

那晚，温启刚陪林若真到了凌晨三点半。兰桂坊酒吧是不夜酒吧，三点多的时候，人们还进进出出，热闹得很。喝醉的被一个个搀出去，想醉的又一个个涌进来，酒精麻醉着一切，也燃烧着一切。温启刚看到，有单身女人捧着酒杯，冲男人撒野或抛媚眼；也有男人睁着狼一般的血眼，幽幽蓝光扫在那些性感而又疯癫的女人身上。中间有那么一会儿，他被林若真彻底激怒了，发誓要走，再也不管她。步子迈了没两步，就看见一个醉醺醺的男人一手提着酒瓶，一手拿着染了酒味的玫瑰，冲林若真走来。这人还用酒话警告他："这小姐不错，今晚属于哥们儿了，不想惹事你赶快走。"温启刚抡起拳头，就要教训这个没眼色的货。酒保跑过来说："先生别激动，这里啥都能干，就是不能打架。"

"啥都能干，强暴也能？"温启刚把火发到酒保身上。

"那当然不能。"酒保很有素养地笑笑，"先生怕是不常来吧，你看看，这里有强奸的吗？用不着哟，先生如果看中哪个小姐，送束花，今夜人就归你了。"说完还真有一女人走了过来，年纪很轻，醉笑着看着他说："先生寂寞了呀，妹妹陪陪你吧。"

"滚！"

也是那晚，温启刚听到一个令人极度震惊的消息：汪铭果然对女人不感兴趣！

"他是大变态、大恶心，他带男人到家里来，还让我在边上观看！"

这是林若真那晚酒稍稍醒了点后跟他说的。

林若真跟汪铭的故事，几乎全是林若真在酒吧里讲给他的。温启刚这才知道，林若真跳进了深坑，一辈子就这样毁了，毁在了汪家手上。老谋深算的汪铭那天并不是一眼相中了林若真，不，是相中了，但相中的不是她的爱，而是她的单纯、无辜。汪铭需要这样一个人来掩护他、成全他。事实上，跟着议员父亲走进盛高时，他就吃定了林秉达。林秉达的那两件事，分量有多重，他清楚得很；林秉达目光里流露出的急切，他更是看得明白。于是，假借爱情的名义，汪铭以交换的方式替盛高灭了火，也替自己灭了火。要知道，当年汪铭的性取向已经成为威胁他进入政界的一个关键因素，汪铭替母亲的公司做宣传，真实原因是他喜欢那些东西，喜欢把自己装扮成一个女人。婚后，仅仅伪装了几个月，他就伪装不下去了。于是他跟林若真坦言，林若真可以有别的男人，但绝不能惹出口舌，不能让外界嗅到任何气息。

"我要离婚！"林若真叫嚣。

汪铭阴阴一笑："离婚？你以为离婚两个字这么随便就能讲？我汪家的门，进时容易出时难啊——"

汪铭取下他夜里穿的行头，讥笑着走了。汪铭在夜里喜欢把自己打扮成油粉味十足的女人，还喜欢化上浓妆，据说这化妆术是从他母亲那里学来的。

林若真疯狂了，她感觉整个世界坍塌下来，但她扛不住，也不想扛。她跑去找父亲，求父亲帮帮她，让她离开这个魔鬼，离开这个假模假样的大变态、伪君子。父亲林秉达闭上眼沉思良久，最终给了她这么一句："真儿啊，这世界上的事稀奇古怪，啥事我们都可能遇到。遇到了，要安静，要有耐心，不要动不动就拿出势不两立的样子，吵得满世界都知晓。再说了，人家已经够大度了，你还想怎样，难道你要毁了父亲？"

林若真狠狠甩了父亲一嘴巴，她知道父亲话里有话。变态，都是些变态！二十一岁的林若真实在受不了这个世界了，近乎歇斯底里地叫道："你等着吧，你们都等着，我活不好，你们一个个也休想活好！迟早我要让你们后悔，让你们一个个跪在我脚下！"

天哪，她居然这样跟父亲讲话，居然这样诅咒她的父亲。

这不怪林若真。后来，温启刚知道更多时，就一点也不怪林若真了。他在内心深处，禁不住一点点地向林若真靠近。

汪家是有秘密的，林秉达照样有。这个世界，哪个角落没有秘密？但有些秘密真是让人承受不起。直到温启刚离开盛高，自己创办公司，那些掩藏了很多年的真相才被他一一掀起盖头。林若真恨父亲，该恨！跟她最亲最近的闺密唐落落，也该积下宿怨。这些宿怨和恨叠加起来，就促成了林若真的不幸。只是温启刚没想到，纷乱的世事和错综迷离的情感纠葛把他也搅了进去，最终让他背负上再也卸不下的包袱！

温启刚的脚步迈进了酒吧。

酒吧是一个放纵的地方，更是一个疗伤的地方。在林若真一次又一次的述说和倾听中，温启刚喜欢上了这个地方。等后来自己遭遇丧妻之痛时，孟君瑶猝然离他而去，命运犹如一把利刃，硬生生地把他已经走向幸福的生活砍成两段，时光如断线的珠子，再也接不上时，酒吧就成了他再也离不开的一个地方。

再后来，温启刚发现，不只是他对酒吧有瘾，黎元清有，唐落落也有，而且都是深夜一个人去。"宝丰园"在国内并不是一帆风顺的，市场有跌落的时候，他们的夜晚几乎都跟酒吧连着。他们在酒吧中寻求慰藉，也寻求灵感，有时候就要有那种一醉方休的感觉，什么也不去想，什么也不去发愁。让酒精在体内熊熊燃烧，让人生的种种失意在烈性酒的刺激和酒吧的喧嚣中，离他们远去。

温启刚有时候想，他们这些人该怎么评价呢？说不成功吧，鲜花、掌声、镁光灯、各种艳羡的目光、荣誉、地位，似乎都有了；说成功吧，他们一个个都比别人空虚，比别人害怕。内心深处常常布满了凄绝，布满了无助。尤其是夜深人静的时候，孤独感、凄厉感袭来，能瞬间把他们击垮。黎元清曾说，他们是狼，白日里追逐、奔跑，一到夜晚，便对着空荡荡的天和地长嗥。

是的，长嗥，那种感觉真能把人的心掏空。温启刚就曾经站在深邃诡秘的黑夜里，发出过那种比掏心还难受的声音。

　　这个夜晚，温启刚就这样杂七杂八地瞎想着，将自己孤独的身子送进了酒吧。

　　没想到却惹出一场艳遇来。

第六章
财富和力量是男人的武器

　　这家叫北极星的酒吧，位于天塘区城北时代大厦的东侧，丽达广场西边的角落，门脸不大，但一看，风格很特别。温启刚走进去时，几个醉醺醺的男女正从酒吧里走出来。他们年纪不大，二十来岁，留着稀奇古怪的头发，其中有个女孩个子很高，足有一米八以上，穿白色T恤，染着一头棕色的长发，两条瘦长的腿让温启刚瞬间想起那个王小山来。女孩完全喝高了，眼里放着异光，那是看不清东西的表现，走路七扭八歪，根本站不住，可她手里还拎着一瓶XO，看见人就说："来，跟本姑娘干一杯，本姑娘请你喝。"温启刚怕被她缠住，往里躲了几步，就听见两个男的在他后面嘀咕："我们把她带走吧，今晚干掉她。"温启刚本能地将目光扭过来，那两个男的都是二十出头的样子，一看长相还有打扮，就知道是混社会的。有人出来了，那女孩高声尖叫，意思是让那人去开车，然后就趴在花园边呕吐起来。

　　温启刚怕那种味道，没敢停留，紧着步子往里去了。

　　酒吧不大，但很深，曲里拐弯，走过一段又一段。这个时间，酒吧的热闹劲已过，摇滚啊什么的已经结束。留下的人，要么是无家可归，要么是有家不想回。总之，黑夜留住了他们的脚步，酒吧特有的气氛和放纵中的忧伤，成了这些人竞相抓住的一股温暖。脚步移动中，就有影影绰绰的画面闪进温启刚眼里，布局巧妙的隔断里，接近于帷幔的帐子下，或有男女在拥抱，或有情人在喁喁私语。缠绵的情形看上去像两条将死的鱼，都想从对方身上捞到希望，可又捞不到。于是，拥抱或缠绵就演绎成一种痛苦。这种痛温启刚没有过，他的爱是平淡的，平淡到根本没感觉出爱或者不爱，就拥有了她。结婚成了那个阶段他必须完成的一件事，也成了林若真的母亲蒋婉仪必须去掉的一块心病。那就结。至于爱，那是以后的事。他跟妻子孟君瑶一次这样的地方也没来过，直到孟君瑶遭遇不测，离他而去，他才发现，三年的婚姻，他们连一次像样点的浪漫都不曾留下。

服务生走过来，是一个少年，顶多也就十五六岁吧，剪着干净整齐的平头，穿着发白的牛仔裤和红色T恤，脸上流露出硬撑出来的江湖气，可惜那双眼睛还是稚气未退。他领着温启刚到一个角落坐下，温启刚喜欢这样的角落，安静，离喧嚣和杂乱稍远，但又不幽暗，能看清酒吧的一切。每次进酒吧，他总是逃开那些灯光闪亮、热闹扎堆的地方，找一处清幽，把自己装进去。

温启刚要了一份冰激凌、一杯"新加坡司令"、一杯"玛格丽特"。他喜欢烈酒，喜欢烈酒穿过喉咙在器官里游走的那份刺激和痛苦。当然，"玛格丽特"是他进酒吧必点的。哪怕不喝，也要摆放在那里，每呷一口，都要跟那杯子碰一下。这种鸡尾酒诞生于1949年，它是全美鸡尾酒大赛第一名的作品。以墨西哥特产的龙舌兰为基酒调制出这杯鸡尾酒的简·杜雷萨先生，用他不幸死亡的情人玛格丽特来命名自己的作品，清淡爽口的酸味，带着悲伤恋情的苦味。

温启刚以前并不迷恋它，只是君瑶走后，他无法释怀，只能拿这酒来纪念。

借服务生拿酒的空当，温启刚朝酒吧扫了几眼。正对面，几个眼里藏着不安分的大学生在玩掷骰子的游戏，年轻的大学生们总是这个世界的佼佼者，在哪里都能吸引人的目光。但温启刚对这些将大把时间泼洒在所谓的灯红酒绿中的骄子没有兴趣，目光几乎没有停留，很快便跳了过去。一对女子背对着他，看起来像是一对出差的白领，在嘈杂中忘我地交谈着什么。她们是推销什么的呢？温启刚犯神经地乱想。就在温启刚打量她们的时候，其中一个大约是被什么激着了，发出咯咯的笑声，身子一颤一颤的。再过去，就有些幽暗得看不清楚了。后来温启刚看到了舞台，这家酒吧的舞台藏在甬道的深处，那是一个硕大的空间，离温启刚有八九米的样子。借着朦胧幽暗的灯光，温启刚看到，一个孤独的歌手不甘心地站在舞台上，用接近嘶哑的嗓音倾诉着对旧情人的怀念。但是他的歌声引不起任何人的反响，大家都沉浸在自己的快乐或忧伤里，把他遗忘在舞台的中央。舞台下面的吧椅上有位姑娘，可能受了什么打击，坐在那儿纹丝不动。

服务生捧着托盘来了，可惜不是刚才那位少年，是一位戴着太空人面具的高大男生。他问温启刚还需要什么，温启刚说了声"谢谢"。男生弓下腰，从口袋里掏出一盒绘有美国牛仔的长方形火柴，替温启刚点燃了蜡烛。

蜡烛一亮，视线比刚才亮堂了许多，温启刚的心情似乎也好了一点。就在温启刚端起酒杯的一瞬，酒吧里突然爆出一声脆响，有人把东西摔碎了，接着响起几声尖叫，是那伙大学生发出的。温启刚循声望去，发现离他四五米远处，有个昏暗的角落，那里还有一个座位，被硕大的芭蕉叶遮挡着。摔碎东西的是个女孩，温启刚首先看到的是她的一头长发，非常飘逸。女孩摔碎酒杯的一瞬，站了起来，脖子往后猛地一仰，那头长发就缤纷地飘舞起来。说它缤纷，是因为温启刚看不清女孩头发的颜色，好像是橘黄色，又像是橙色，还有几缕红，也可能是灯光的作用吧。总之，温启刚把目光投了过去，呷酒的动作也停住了。高啊，真高，温启刚被女孩的身材惊住了。他也算是见过世面的人，各式各样的女子——模特、演员、歌手、职业陪酒女等等，在他眼里早已不稀奇，但这时，他还是被远处那颀长而又非常动感的身姿给惊了几下眼。温启刚目测了一下，这女孩的身高起码在一米八三以上，加上她穿了条白色的牛仔裤，脚上是棕色长靴，上身又极其特别地穿了件带有图案的马甲，越发衬托得身材修长。她发火的时候，脚、腿、上身、脖子以及那一头飞瀑般辨不清色泽的长发，扭成几道弧线，有一种九曲十八弯的妙景。她肯定是嫌酒没调好，摔碎了酒杯，服务生急忙奔过去。她指着服务生的鼻子，用一种非常有质感的声音质问服务生："酒怎么调的，这是'血腥玛丽'吗？"温启刚看见，跟她道歉的服务生正是自己刚进来时为自己服务过的少年。少年战战兢兢，连着跟她说好话。温启刚听不见少年的声音，但从少年客气而卑微的态度看，一定是向她赔不是了。

"我要的是正宗的'血腥玛丽',血腥,血腥,你懂吗?"

她的声音很高,加上此时全酒吧的人目光都被她吸引了,温启刚听得很真。

"血腥玛丽"是一个令人不安的名字,这款鸡尾酒是以十六世纪迫害新教徒的英国女王玛丽一世的名字来命名的,鲜红的番茄汁胭脂一样地铺洒在晶亮的液体中,让人看一眼都觉得血腥。这款酒温启刚品过,是在法国巴黎,那是一位资深的调酒师花了将近半个小时才为他调出的,味道确实令人震撼。打那以后,温启刚才知道,这款酒对调酒师要求极高,不是技艺的问题,而是调酒师心里必须有一股血腥,或者说是对血腥的仇恨,否则,它就成了一杯令人作呕的番茄汤。

温启刚纳闷,这是怎样的一个女孩,为什么情迷"血腥玛丽"?

年少的服务生可能是提出给女孩换一杯别的,女孩不依,用更高的声音说:"我就要这款,叫调酒师来,调不出地道的'血腥',我砸了这场子。"

一听"砸"字,温启刚对女孩所有的臆想都退了潮,他失望地收回目光,专心品起自己的酒。

这中间电话响了两次。一次是孟子非打的,温启刚没接,心想孟子非这会儿可能是醒了酒,跟那浓妆艳抹的夜店女子完了事,才想起他这个老板了,遂狠狠地摁了拒听键。另一次是粤州这边的一位女领导打来的,女领导以前跟温启刚关系很好,帮了好力奇不少忙,好力奇在广东的另一个生产基地就是在她的倾力帮助下建成的。但是女领导胃口太大,好力奇该回报的,悉数回报了,女领导仍然紧抓住温启刚不放。这次来粤州,温启刚没跟女领导联系,一则女领导现在到了"休闲"岗位,退居二线了,当然这不是主要理由,不联系的真正原因是女领导的外甥女要出国,要温启刚担保。之前,温启刚已经将女领导的儿子儿媳弄到了国外,一切费用都由好力奇出。温启刚觉得人应该知足,哪怕你是领导。可女领导偏不知足,没完没了地向温启刚交代事情,温启刚有点烦。盯着电话看了半天,温启刚还是没接。

"先生,能请我喝一杯吗?"

温启刚正捧着酒杯出神,两道白晃了过来,紧接着就是一个柔柔的声音。他抬头一看，竟是刚才那女孩，两道白是她亮白色的紧身牛仔裤，裹着两条修长的腿。讨厌，温启刚立马有点不舒服，他在男人中也不算矮小，可这女孩往他跟前一站，他竟得把脖子往后弯九十度才能看清她的脸。

是一张非常清秀的脸，可惜染了酒后，她的静美被破坏了，不过又多了几分野性。总体来说，很有诱惑力，温启刚给她打了九分。

女孩站着，野性的目光毫无顾忌地投在温启刚多少有些尴尬的脸上，她的高度以及丰满的胸部让温启刚有点喘不过气。温启刚暗叹，如此瘦高的身材，竟然还有那样傲人的胸，上帝的确不大公平，常常会错误地把好零件集中到某一个人身上。

温启刚屁股稍稍动了动，给女孩腾出一个座。酒吧里这事不奇怪，单身男女乱搭讪的很多，有时候这也叫艳遇的初现。

"先生不常来吧，我没见过你。"女孩一屁股坐下，一股酒味袭来，她果然喝了不少。温启刚没说话，只是饶有兴致地看着她。

年轻，漂亮，暗藏着几分妖媚，静中透着野，野中掩着秀，或者是外秀内野，很暴力的一种美，是那种看一眼就能点起男人欲火的女人。

"我叫高高，先生怎么称呼？"女孩显然常来这种地方，她的大方和热情反而让温启刚有了一种少见的拘谨。

"高高？"温启刚对这个名字感到好奇，目光再次盯住女孩的脸。

"高高，姓高，名也叫高。怎么，先生觉得我说假话？"

温启刚摇摇头，目光下意识地往远处看。酒吧还是老样子，并没人因刚才吵过架的女孩主动走向他而投来诧异的目光。这里天天有各种各样的事发生，大家早已见惯不惊。

"模特？"过了一会儿，温启刚问。

"先生好眼力，一看就是老江湖。说吧，想要本小姐做什么，本小姐今天烦得要死，坐哪儿都不舒服。"温启刚刚还怀疑这女孩没喝醉，刚才是故意找碴儿，这会儿又感觉她真是醉了，最起码过了量。

"那就回家。"温启刚冷冰冰地说。

"回家，家在哪儿？"女孩翻了几下眼睛，硬邦邦地反驳温启刚，那神态，好像她得了什么理似的。见温启刚也用冷硬的眼光瞪着她，女孩怒了："你说回就回啊？那好，你带我回，回啊！"

"叫什么叫，生怕别人不知道你喝多了？"温启刚没客气，他不想让女孩错以为他是一个见了色就迈不动步子、嘴甜成蜜的人。

"付不起钱是不是，看你衣冠楚楚的，是不是想白玩？本小姐没那么贱，请我喝酒！"女孩突然拔高了声音，同时打出一个极其响亮的酒嗝来。

"无聊！"温启刚不想多事，也后悔刚才给她让了座。不过，他还是递给女孩一张纸巾。女孩的确喝多了，说话一句清楚一句不清楚，口齿也一下利落一下不利落。

"我还以为是美金，原来是纸啊，谢谢，本姑娘自带。"女孩又打了个酒嗝，脖子一歪，差点吐出来，温启刚吓得赶忙往里一躲。女孩从坤包里拿出纸巾，干呕几声，没吐，但她的眼泪下来了。借着蜡烛的光，温启刚看得很清楚。

温启刚不想再理她，目光四处搜寻，想换个座位。孰料女孩见他半天不请酒，突然抓起茶台上那杯"玛格丽特"："你小情人的啊？她没来，放你鸽子了啊？哈哈，放得好。来，本小姐临时陪一下你，干杯！"说着，跟温启刚的杯子咣地一碰，就要拿起来喝。

"放下！"温启刚猛地发了威。

女孩翻了几下眼睛，有点看不清温启刚似地说："放下，为什么？人家都放你鸽子了，你还这么痴情？哥们儿，你有点出息好不好，女人多的是，何必啊你！"说着话，腾地将酒杯对到嘴上，抿下去一大口。

"好酒！"她叫了一声，胸腔里长长地舒了一口气。

"你敢喝它！"温启刚火了，噌地起身，一把提住女孩，"你敢动这酒杯……"温启刚本来还要说，知道这酒是为谁点的吗，可是他太过愤怒，后面的话竟气愤得没有说出来。

女孩也噌地站起来，身子晃了几晃，不过还是站住了："有病啊你，酒放着不喝，你点它干什么？放开我，你弄疼我了！"

"你敢动它，我，我……"温启刚另一只拳头已经抡起来，却只在那里乱抖，根本没力量砸下去。

"臭男人，你捏着我的胸了，拿开你的猪手，不然本姑娘不客气了！"女孩咧着嘴，好像真是被弄疼了。

温启刚低头一看，果然抓到了女孩的胸，吓得慌忙松手。可是，一股异样的感觉还是从他的手心滑过，在身上蒸腾起来。女孩的胸很大，也很美，尤其是露出的乳沟，发散着一道久违的光芒。

温启刚打了个哆嗦。

女孩推开温启刚的手，整整衣衫，说道："好吧，扯平了，我喝你一杯酒，你摸我一下胸，两不欠。"女孩顺手拉过一只小凳，把两条腿扔上去。温启刚的视线里有了两条优雅而性感的"蛇"，再一想到刚才无意中碰到的胸前那片粉光，整个人就有点被女孩搞乱了的样子，慌张而不安，呼吸也变得急促。

男人其实都是些没出息的货，一个劲地叫喊心灵碰撞，可男人哪次是被女人的心灵搞乱的？女人只要稍稍穿得暴露一点，多露一下风光，哪怕是一头长发，也会让男人像撞了车似的头晕眼花。上帝其实是袒护女人的，女人的身体是武器，而男人的武器则必须是财富或力量。

女孩露出一脸鬼笑，得胜似地端起那杯"玛格丽特"一饮而尽，仿佛那是她的战利品。饮完还不甘心，继续看着温启刚，意思是再叫啊，一杯哪够？温启刚气得浑身发抖，这酒是为逝去的君瑶点的。温启刚总感觉，当他一个人的时候，就有一双眼睛在某个方向盯着他，那是君瑶。可这个讨厌的女孩，竟敢把君瑶的酒夺了。

他愤怒而起，拿上手包，想从女孩的腿上跨过去。女孩反倒来劲了，腿一抬，膝盖便正好顶在了温启刚的裆里。哈哈，看你往哪儿逃？女孩兴奋了，她用嘲笑的口气说："怎么，摸完就走啊？你也太绝情了吧，亏你长得还像个老板，也太抠门了吧，还没请我喝酒呢，坐下！"

女孩的膝盖暗暗一用力，你猜怎么着，温启刚腰一弯，双手赶紧护住那里，乖乖地把腿收了回去。

"你……"

"你什么你，坐下！"女孩又喊了一声，打了个响指，把蜡烛拿起来晃了晃，喊了声服务生。那个少年很快奔过来，轻声问："二位需要什么？"

"这位先生要点'玛格丽特'，六杯。"

"这么多？"少年不放心地问。

"让你点你就点，啰唆什么，不想挣钱呀。"

少年退步走了，温启刚似乎还没反应过来，一回味，六杯？

"你疯了，那是烈酒！"

"我喜欢烈，不烈跑这儿做什么，喝汽水到幼儿园去喝。"

温启刚知道遇上难对付的角色了，又不敢强行走开，生怕叫高高的女孩突然抓住他，说出什么难听的话来。好吧，就算遇见了瘟神，他倒要看看，她能疯到哪儿去。

等服务生把六杯"玛格丽特"送来，温启刚拉开手包，女孩又说话了："行啦，知道你从没给女人埋过单，我请你，一杯赔六杯，还让你白摸，这下赚了吧。"说着，女孩将一沓钞票递给服务生，"不用找了，告诉调酒师，他调的'玛格丽特'比'血腥'正宗多了，我喜欢这口感。"

温启刚哭笑不得，不过也觉着这女孩好玩，有点意思，不如就拿她打发时光吧。

温启刚错了，接下来他才知道，女孩根本没酒量。前面她摔酒杯，是因为她以前根本没喝过"血腥玛丽"，不知道那酒有多么难咽，却装成老手在那里指责。"玛格丽特"的口味要淡一点，咽起来少了那股火辣辣的味道，再者女孩也不想在温启刚面前认输，于是抓起就喝，连着灌下去三大杯。这酒哪是这么喝的啊，得细品，得轻轻啜，品的是它滑过喉管的那个过程。温启刚以为她真的能喝，也没阻拦，自己又点了两杯开胃酒，边跟她闲扯，边应付着喝。女孩不到四十分钟就将五杯酒灌了下去，温启刚才觉得不对劲，正要提醒，女孩的头猛地一歪，倒在他身上呕吐起来。

女孩压根就不会喝酒，她哪知道这酒有这么毒。她是常来酒吧，但多是蹦迪或慢摇。

"我还要喝，刺激，好刺激哟，快给我酒！"女孩一边吐，一边拿小拳头揪温启刚。温启刚这才知道，女孩醉了。

好不容易挣脱开女孩的手，温启刚去洗手间把衣服清理了一下，回来见女孩趴在椅子上，难受得一塌糊涂。

"让你逞能！"温启刚想走，打了个手势叫来服务生过来，告诉他女孩喝醉了，让他们关照点。哪知服务生说："先生，你还是把她带走吧，这里不能留人。再说这场合，她一个姑娘家，万一……"服务生面露难色，后面的话没说。

"带走？"温启刚感觉怪怪的，他带她去哪儿？

"是啊先生，你看这种地方，她一女孩子，醉成这样，你也不放心吧？先生是好人，看得出她也喜欢你，还是请你把她带走吧……"

"胡扯！"温启刚打断服务生的话，在女孩包里摸了半天，想拿出手机打给她的熟人。哪知女孩的手机早就没电了，都开不了机。

这时，女孩又挣扎着说话了："我还想喝，我难受，我要死，你管不管我啊？我要喝酒！"

"喝你个头！"温启刚气呼呼地，试着将女孩挪了挪。女孩趁势往他怀里一钻，抱着他的脖子，狠狠地在他下巴上亲了一口，声音含混地说："亲爱的，让我喝嘛！我难受，我要哭，我要喝酒，喝死我就什么也不想了。滚他的模特队，滚他的区长，本小姐才不稀罕呢！"

女孩这两句话，电一样击中了温启刚。温启刚一把拉起她："你说什么？再说一遍。"

"我要喝酒，舍不得钱啊你，姑奶奶钱包里有！"

女孩吼了一声，头一歪，又倒在了温启刚怀里。

这天，温启刚把叫高高的女孩从酒吧里弄出来时，已是凌晨三点十二分。没办法，她醉得一塌糊涂，又是叫又是闹，根本压制不住。温启刚想让她在沙发上小睡一会儿，她竟跟跟跄跄地跑去要酒，中间一头栽在一张台子上，差点磕破头。有个不知好歹的男生走过去跟她搭讪，想趁机揩油。她一靴子踢过去，差点把那男生给废了。然后，她就在酒吧耍酒疯，冲那些好奇的男女嚷："想揩油是不是，想占便宜是不，来呀，本姑娘不怕。"说着，故意掀了下衣襟，露出一大块白来。酒吧里爆出一片尖叫，有人高声喊："脱了，脱啊，不脱不爷们儿。"

"你娘才爷们儿，你姐才爷们儿，你家全是爷们儿。"高高一边骂起哄的人，一边扭着屁股。酒喝成那样，她还能扭得动。屁股晃成无数条虚线，每条虚线都引诱着人们的目光；双手高高举起，形成一个倒三角，胸前两团结实的风景，晃在酒吧摇曳的光里。扭着扭着，她一头倒了下去。温启刚不能不出手，几步奔过去，将她抱起。她忽又大叫："老公，他们欺负我，让我下去揍他们！"

一听她叫温启刚老公，没人敢起哄了，几个已经起身想往她跟前凑的半大小子也止了步。温启刚不敢再在酒吧待下去，连抱带拖，将她弄出了酒吧。

"你家在哪儿，我送你回家。"温启刚一边问一边拦车。

"本姑娘四海为家，漂哪儿算哪儿。你干吗要送我，我让你送了吗？放开，干吗这样抱着我？我要回酒吧，我要喝酒！"女孩这会儿是真醉，前面在酒吧多有装的成分。

"喝你个鬼，都醉成这样了，还喝！快说，你家在哪儿，不然我把你扔街上。"

"扔街上，哈哈，扔街上让他们强暴我？你舍不得，你把我带走吧，你老婆不在家吧？"

出租车过来了，一看是孤男寡女，男人把女人灌成那样，司机摇了摇头，恶毒地瞅了温启刚几眼，一踩油门，走了。

"浑蛋！到底说不说，天晚了，不许再折腾了！"温启刚连哄带骂，想从女孩嘴里掏实话。女孩哪有实话啊，一会儿说她家在上海，一会儿又说在内蒙古，总之，没个正形。温启刚急了，狠狠掐了女孩一把，想让她醒过酒来，没想到她哇地一声哭开了。

"家，我哪有家啊？你这浑蛋，你这老男人，明明知道我是漂泊一族，在讨生活，还非要把我灌醉，这下你满意了吧，我出丑出够了吧……"

"哇——"女孩忍不住又吐起来，但她吐出的全是酸水、胃液。女孩说她下午没吃饭，到酒吧是会朋友，朋友没来，结果撞上了温启刚这倒霉鬼。

"我不能喝酒，我哪喝过这么多酒啊？我的衣服弄脏了，裤子弄破了，你赔我，还有鞋！"女孩又哭又叫，叫完，虚弱无力地倒在了草坪上。

温启刚没招了，他还是第一次遇上这种情况。想打110，又怕警察来了给女孩找麻烦。再说，他要打了110，就得跟人家去做笔录。温启刚可不想惹这种事，万一女孩反咬他一口，就成大新闻了。

得，不犹豫了。温启刚一把抱起女孩，女孩居然很轻，虽然酒精让她失去了自制力，但她的身体重量完全超乎温启刚的预想。怕不到一百斤吧，这么高的个儿，轻得像棉花一样。温启刚越发相信女孩就是模特，脑子里无端地冒出王小山来。对了，何不问问她呢？温启刚又放下女孩，掏出电话打给王小山。女孩前面提过模特队，提过区长，应该跟王小山是一路人。王小山手机关机，连拨几遍都是关机的提示音。温启刚这下是彻底没招了，心一横，将女孩抱上了出租车。

"花园酒店。"他跟出租车司机说。

到了酒店，温启刚让大堂值班的保安帮他把女孩弄上去。保安邪乎地看着他，不搭手。温启刚来了气，让女孩折腾了这么久，他实在是没力气了。又不能打电话让孟子非下来，若要让孟子非看到这一幕，他多年的声誉就算是毁了。

"看什么看，不就喝多了嘛，帮忙扶到房间，她是我的助手！"温启刚佯装发火，给保安施威。

"鬼才是你的助手，想带我开房啊，我要报警！"叫高高的女孩突然冒了怪声。

保安伸出的手又缩回去，警惕地看着温启刚。

"走开！"温启刚一把推开保安，不管三七二十一，将女孩抱进了电梯。

"带我开房，你胆子不小啊，知道我男朋友是谁吗？姜跃，华仁老总的儿子，我把他叫来，他会废了你！"

姜跃？温启刚脑子里又是一惊，这女孩竟是姜华仁的准儿媳？好诡异啊，今夜这酒吧，进得真邪乎。可温启刚不想放手，一种好奇心和冒险的冲动驱使着他，他决意往某个黑洞里再进进。

"你给我闭嘴，再叫，我真的强暴你！"温启刚没想到自己会说出这样的话。

"真想啊，哈哈！"女孩强撑着，身子歪歪扭扭地靠在电梯里，说道，"是这里还是房间，我现在脱衣服？"

温启刚移开目光，好在电梯很快到了十六楼，女孩却不下，双手放在纽扣上，挑衅似地看着他。

温启刚没理，几步蹿出电梯。女孩果然急了："等等我，你这老男人，怜香惜玉你懂不懂？"

温启刚开门的一瞬，听见孟子非那边的房门响了一声，等他扭过头去看时，那门倏地又合上了。

糟了，这小子根本就没睡！

温启刚有点气急败坏，孟子非居然盯他的梢！

女孩跟跟跄跄地走进来，一头倒在床上。

"姜跃，你个王八蛋，竟敢不要我，竟敢耍我，老娘这辈子不放过你！还有你家老杂种，老色狼，我呸！恶心死本姑娘，有钱了不起啊，有钱就可以欺负人啊！"女孩骂了一阵，又哭起来。这次的哭像哀号，是从骨头里发出来的，温启刚听到了悲。

"帮我把鞋脱掉，你也不是好东西，跟他家老色狼一样，也想吃嫩草是不？"她又冲温启刚吼。

温启刚走过去，帮她把长靴脱了。

"还有裤子，勒死我了，快点！"

温启刚不敢了。女孩见他犯怵，自己扒了长裤，灯光下，两条白得晃眼的长腿露出来。温启刚咽了口唾沫，扭过脸，短促地呼吸着。

"放水，我要冲澡！"女孩完全是命令式的，忽而让温启刚做这，忽而又让温启刚做那。温启刚给她放了热水，倒了一杯温开水，她又要吃水果。温启刚忙活半天，给她削了一个苹果，她却抓起衣服进卫生间了。

一阵窸窸窣窣的声音传来，接着是哗哗的水声。温启刚坐不住，来回在房间里走，可那声音跟着他，根本摆脱不了。她是姜跃的恋人，姜跃现在是华仁集团销售总公司董事长兼总经理，也就是跟好力奇死磕的人。她被姜跃甩了，好像还被姜华仁非礼过。可我怎么会跟她在一起，怎么就能遇上她呢？温启刚站住，把今晚的前前后后想了一遍，确定里面没诈，不像是阴谋或陷阱，才又放开思绪，任它乱想。

女孩那两条光滑洁白、如玉如蛇的腿冒出来，还有胸前那一大片白，看一眼都令人把持不住的深深的乳沟……

温启刚是男人，正值壮年的男人，对女人没想法，那是怪谈，况且是如此漂亮、如此大胆的模特。热，屋子里一下子充斥着某种气味，是女孩带来的。温启刚的目光没地方搁，搁哪儿都是性感，都是诱惑；屁股也没地方搁，只能来来回回地走。

女孩终于洗完了，出来时，用浴巾结实地裹住了自己，脸上的酒气也少了点，抓起杯子狂喝一通，然后看看温启刚。

"你怎么还不睡？"

温启刚讪讪地笑笑，站在窗子那边没敢乱动。

"是不是想听姜跃的故事？"

温启刚点了下头，忙又摇摇头，目光迷乱地撞在女孩身上，又被撞回。

"我困了，要睡觉。对了，你睡地上吧，别对我动歪脑筋。"

女孩突然不叫嚣了，说话的声音归于正常。温启刚搞不清，这晚的女孩到底是醉了还是没醉，但很快，女孩发出了轻微的鼾声。再看，她两只手环抱着胸，非常踏实地睡了。

她真是困了。

大约过了半小时，就在温启刚躺在地毯上快要入睡时，床上突然说："想知道我跟姜跃的故事吗？想知道他们父子是怎么欺凌女人的吗？把灯关掉，我告诉你。"

第七章

权力是"通行证"

孟子非告诉温启刚，"劲妙"这次活动规模很大，盛况空前。

孟子非这两天天天去现场，看到不少新鲜事。"劲妙"的活动正式举行这天，孟子非全程"观摩"了"劲妙"与经销商的大型联谊，回来后更是感慨万千。他跟温启刚讲了两点，一是粤州"劲妙"这次的活动刻意选在刚刚建好的国际会展中心主楼，场面大得惊人。单是请来的迎宾小姐，就足以惊了与会者的眼。孟子非说，这六十名身高清一色在一米八以上、三围和体重均在严格控制范围内的迎宾小姐并非来自粤州，也不是从北京或上海的哪家学院请来的。三天前，一架波音747飞机载着她们，从香港飞到内地，专程为"劲妙"的这次活动添彩增色。这些清纯而又靓丽的姑娘是清一色的港姐，有四名刚刚参加过全球小姐选拔赛，获得了不错的成绩。还有好几位在香港那边已大红大紫，出场费早已在六位数以上。能将这样一支独领风骚的队伍带到粤州，可见"劲妙"为此次活动花了多大心血。孟子非说这些时，神情极为夸张，尤其是谈到港姐时，眼里全是红光，兴奋极了。除了这六十名港姐外，"劲妙"还拿出了自己的秘密武器。孟子非说，不知啥时候，粤州华仁组建了一支名为"火凤凰"的模特队，专门为自己的产品做宣传。这次活动，"火凤凰"选拔了四十名嫩模。孟子非用了"嫩模"这个词，嘴里叹道："啧啧，那个嫩哟，个个汪着水！"温启刚斜过眼去，只见孟子非嘴角果真在流口水。

没出息！温启刚心里骂了一声，脑子里闪出两个人来——王小山和高高。这支叫"火凤凰"的模特队，果真如王小山和高高所说，是姜华仁和姜跃父子的杰作，它的用途恐怕不只是在这种庆典上给"劲妙"撑撑面子，孟子非用秘密武器来形容这支模特队，也算是还有点想象力。

孟子非接着汇报，说与会嘉宾不管是记者还是经销商，都有一份礼品，孟子非也领了一份。这人真是奇葩，这种小便宜都有办法讨到。他说，拿到手后才知道，是一部迷你iPad，还有几瓶名酒、一件老人头衬衫。送礼品的事常有，好力奇也常这样做，不过对方这次出手还真是阔绰，大手笔啊。要知道，这天的参会人数少说也在四百以上，这笔开支可不小。此外，"劲妙"这次活动，该来的政府要员都来了，省里的、市里的，区里四大班子悉数出席，孟子非粗算一下，单是领导就有上百人。这样的场面，在好力奇是从没有过的。

第二点，就是销售政策了。

孟子非像讲故事一样，把最大的悬念留在了最后。没想到温启刚轻轻摆了摆手，打断他："这个留着回去说，现在不急。"

温启刚的态度有点消极，情绪也不大好。他不是不想知道"劲妙"到底出台了多大的优惠政策，这问题绝不是听听就能满足好奇心的，他要孟子非回去再说，自然有回去说的道理。温启刚一直想调整好力奇的销售政策，想对原来的销售政策做个大手术，方案拿出过几次，都被否决了。好力奇在销售方面越来越保守，越来越有吃老本的思想。尤其是那些董事，都认为"宝丰园"的销售状况已经很不错了，连续五年力压群雄，稳居行业第一。看着年报上那些喜人的数据，他们哪里还能想到"改革"两个字，说目前的销售政策已经很不错了，不然哪来这么大成绩？就连黎元清也是这样的认识，他几次跟温启刚强调，不要老是想着变，变有两种可能：一是破茧而出，变出新天地来；二嘛，可就不好说了。唐落落更是对温启刚提出的那一套持反对意见，她认为好力奇的销售模式仍然是全行业最先进的，目前好力奇的中心工作应该是清除外围，而不是在内部动手术。

但温启刚知道，好力奇的销售模式尤其是跟经销商的合作方式，是创业初期就建立的，随着市场的变化和"宝丰园"品牌认知度的提高，这种模式已显落后，好力奇要想继续往前走，就必须大胆创新，锐意改革。但改革说起来容易，实施起来难啊。尤其是好力奇这种企业，组织结构既不是严格的股份制，也不是完全符合《公司法》的有限责任制。它是黎元清诗意化的产物，也是这么多年摸爬滚打中不得已的所为。表面看来，好力奇就他们三个大股东，黎元清是当然的老大，唐落落第二，他第三。实际上，股东数远不只这些。公司内部有配股、赠股，还有很多拿干股的，当然多是政府领导和行业协会的领导。董事会就更不规范，把董事当赠品，怕也是黎元清这样的人才想得出来的。这些年，凡是对好力奇有过恩的，黎元清就拿各式各样的办法来报恩，有些既要报恩还要利用的人，黎元清就请他们来当董事。或者某方面的事情摆不平，搁不下去，黎元清就想方设法把那些有话语权的人拉进来担任董事，然后拿着董事会名单，在政府的各个部门里横冲直撞，就跟办了特殊通行证一样好使。温启刚反对过，说这样下去会留下后遗症，好力奇不是做一年两年，不是掠一把就走，这些神请时容易送时难啊。黎元清哈哈大笑，指着温启刚说："这你也反对啊，不就是聋子的耳朵——当摆设，做给上面看的吗，哪个董事还敢反对你温总不成？记住，在好力奇，就我和你说了算，不对，还有落落，她说了也算。别人嘛，只管说，听不听可就全在我们了。"

黎元清把这些看得简单，他也的确掌控得了。但温启刚不行，他是那种立了规矩就必须遵循的人，越过规矩行事，他自己首先做不到。就说这董事会吧，黎元清多次跟他说，可开可不开，有事呢，就找几个人议一下，统一统一口径；没事呢，别叫他们，不是舍不得红包，关键是来了也不可能给你建设性的意见，反而添乱。叫一百人来，主意还得你启刚一个人拿，这话可是我说的哟。但温启刚就是做不到"偷工减料"，愣是把一个不正规的董事会按正规的去运行，结果还真如黎元清说的那样，自己给自己找麻烦。那些董事和所谓的股东不求变是有道理的，他们对好力奇的未来不负任何责任，他们只关心眼下的利益。变，有可能损害眼下的利益。

不知为什么，温启刚打破旧有销售政策、改变原有销售体制的冲动越来越强烈，决心也越来越大。尤其是"劲妙"不惜代价大规模跟好力奇争夺销售商的野心暴露之后，温启刚觉得，好力奇变革的机会来了。

借坡下驴，不失为妙计。

孟子非说起领导，又让温启刚想到一件事。

姜华仁前段时间频繁去香港，跟香港的几家大企业谈合作，打的旗号是为地方招商引资，也确实招来了商。一个在政府部门当副秘书长的朋友告诉温启刚，天塘区已经将华仁集团纳入未来区政府重点扶持的五家企业之一，区长沈新宇尤其看好华仁集团，不止一次在会上讲，各部门各单位一定要像关心自己的孩子一样关心华仁集团。培养一家企业不容易啊，沈新宇在会上发着感慨。姜华仁最近一次去香港，是沈新宇点名让去的。温启刚随后就跟香港那边联系，果然证实，这次姜华仁是专门冲盛高去的，姜华仁一行人在香港基本是天天围着盛高转。天塘区最新的招商名单上，也出现了盛高集团的名字。

种种消息汇总到一起，温启刚感觉，自己离要寻求的真相越来越近了。

对了，"劲妙"这天的活动，温启刚去了现场，他不能不去，很多疙瘩他必须解开。当然，这些都是瞒着孟子非的，孟子非汇报的这些情况，温启刚基本都看到了。之所以不明着跟孟子非讲出来，是因为他对孟子非这个人越来越失望。他甚至后悔，当初不该把孟子非拉到好力奇，更不该让他担此重任。

这人用得别扭。

温启刚去现场，是奔着林若真和乔四去的。温启刚已经断定，林若真就在粤州！她跟乔四联起手来，给粤州华仁挖了一口井，下了一个足够阴险的套。

这是一个阴谋，或者说，是一个惊天骗局！

这是温启刚这两天才有的答案。这答案，一半是那个叫高高的女模特告诉他的，一半是他综合多方面的信息分析后得出的。

那晚，那个叫高高的女孩终于疯累了、疯够了，躺在床上，跟温启刚讲了一个故事。

她是姜跃的小情人，像她这样的小情人或女朋友，姜跃很多，但她是比较特殊的一个。还在东州职业学院上学时，高高就跟姜跃认识了。姜跃是富二代，整天开着豪车，带着一帮哥们儿姐们儿，出入各高等院校，目的就是猎艳。作为姜跃最早猎到的女人，高高一度很兴奋，觉得在同学面前很有面子。天天有豪车接送，穿名牌衣服拿名牌包，出入高档酒店、夜总会，生活就像万花筒一样，变戏法般地惊着她年轻好奇的双眼。大学还没毕业，姜跃就鼓动她当模特。高高身材超级棒，一米八六的身高，三围更是诱人，晚上洗澡，对着镜子看到魔鬼一样的身材，高高隆起的乳房，又细又性感的小蛮腰，还有光滑细腻、弹性十足的肌肤，自己都羡慕。尤其是两条又长又光滑的美腿，更令她骄傲。这样的资本，不当模特真是可惜了。于是，她毫不犹豫地进了一支模特队，在那儿一干就是四年。这四年，她跟姜跃的感情很好，尽管姜跃也常在外面找女孩子，可像他们这样的富二代，哪个不找呢？甭指望他会全心全意爱你，那是梦，高高说。尽管年龄不大，涉世也不算深，但关于男女间的事，她看得很开。如果不是后来发生的事，她不可能跟姜跃闹翻。

可是，后来发生了令她想不到的事！

高高是狠着心说的，当然也与喝了酒有关，不然，那些话她真说不出口。

姜华仁看上她了！这个老色鬼，居然打他儿子女朋友的主意！更可怕的是，姜跃得知后居然一副无所谓的样子，甚至有点兴奋地说："好啊，那你去陪他，反正老爷子的钱比我多，说不定功夫也比我厉害。"

我呸，天下哪有这样说话的！

"姜跃你放屁，这话是你说的？"高高怒了，差点甩给姜跃一耳光。可她不敢，她再怎么横，也不敢甩姜跃耳光。"他们这些人，一旦翻脸，什么事都干得出来。"这是高高的原话。高高说，曾经有个女孩，就因不听姜跃的话，跟姜跃讲条件，结果被姜跃打个半死，两天没给她吃饭，完了还让马仔给轮奸了。高高可不想那样，她是个有野心的女子，她也把这个世界看穿了，什么爱啊情的，全他妈是假的。这个世界只有利用，互相利用，互相出卖。她把青春和肉体给了姜跃，剩下的，就是借姜跃的势，实现人生梦想。

高高是有梦想的，她的家庭背景非常简单，平民的孩子，她想鲤鱼跃龙门，活出自己的精彩，活出自己的洒脱。可难哪——

很快，姜华仁就向她伸手了。是在饭局上，那天她跟另外三个模特作陪，姜华仁请区长沈新宇和区政府秘书长等人吃饭。姜跃将她们派去，再三叮嘱不能耍小姐脾气，必须让领导们吃开心玩开心。这话的意思再明白不过，她们几个也不是没陪过这种场子，高高运气好，大家都知道她是姜跃的女朋友，不会对她太过分。但那天情况不一样了，饭局上酒喝得太猛，尤其是沈新宇，不知遇到了什么喜事，酒兴高得很，几个女孩很快就被沈新宇灌高了，站都站不住。高高也喝了不少，是替姜华仁喝的。姜华仁跟沈新宇他们猜拳，输了就把酒拿过来，边上坐的秘书长不断起哄，喝呀，快帮你未来的公公喝了。沈新宇也说，高高啊，你这未来的媳妇可要把我们姜老板照顾好，他可不能出问题，他出了问题，华仁这么大的摊子可就撑不下去了，整个天塘区可都靠他呢。说完，冲姜华仁阴邪地笑笑。高高一开始不觉得这是阴谋，等发现其他几个伙伴都喝醉了，被秘书长和另一个手下相继扶到楼上的客房时，才感觉有些不对劲。但这时迟了，姜华仁起身说："高，我和你把区长扶上去。"高高不敢不从，但她留了心眼。跟姜华仁搀扶着沈新宇往楼上走时，姜华仁借机捏她的胸。高高躲闪，姜华仁露出不快说："把区长扶好，要是摔了，没人能担待得起。"高高用力搀扶着沈新宇，姜华仁却腾出手，摸到了她的腰上。

等把沈新宇送进房间，高高说要回去。姜华仁说："她们都没走，你一人走了算什么事？"说着，让高高进另一间房。高高不进，姜华仁一把拖过她："今晚一个也不能走！"

一进屋，姜华仁就把高高抱住了，一边喘粗气，一边用嘴啃她。高高感觉恶心死了，那张老脸一凑到她跟前，她就想吐。但她喝了酒，身子摇摇晃晃，没有多大力气反抗。姜华仁一把将她摔到床上，说："今晚你侍候我，侍候好了，我让你到华仁接班，接吴雪丽的班。"

一听吴雪丽，高高愣住了。高高刚跟姜跃好的时候，就知道他爹有个旧相好，叫吴雪丽，不但人长得俊俏，财务上也是一员悍将，是姜华仁的大管家。姜华仁为何要在这时候说让她取代吴雪丽？她又不懂财务。就在她发愣的空当，姜华仁更加凶猛地扑来，两只手狠狠地抓住她的胸。高高被抓疼了，大骂一声"流氓"。姜华仁哈哈笑着说："对，骂得对，我就是流氓，这世界，我不流氓谁流氓？"说着，就要解高高的裤带。高高不依，嚷着要给姜跃打电话："让你儿子来教训你，你个不要脸的！"

姜华仁笑得更欢："让他来救你，傻去吧你，你还真想嫁给他，做我家少奶奶啊？就你这货色，轮流给我爷俩铺铺床，就很高看你了，脱！"

那天，高高是在极其羞辱与愤怒的状态下脱身跑出来的，她用尽全身力气推倒姜华仁，衣服都没来得及穿好就往外跑。但是她的灾难来了，第二天，她被姜跃抓去。姜跃用皮带抽了她，用凳子砸了她，扬言再不听话，就废掉她这张脸。

后来高高才知道，沈新宇喜欢模特，喜欢到变态的程度。听说他两天不玩模特，就没心思工作。受他的影响，天塘区这帮领导也都有了模特瘾，比如那个秘书长，一有空就往这边跑。姜华仁父子投其所好，这家"火凤凰"，说穿了就是为这些人提供猎物，也为他们父子搜寻新的目标。高高说，沈新宇在众模特中独独看中一个叫阿馨的，阿馨长得并不好看，但床上功夫很别致，很讨男人喜欢。刚刚举行的模特大赛，本来王小山夺了冠，就因沈新宇看不中王小山，冠军就成了阿馨。

那天，温启刚问高高，既然知道他们父子靠不住，为何还要在这里。高高凄笑一声说："早不干了，算是被他们父子赶出来的吧。没办法，想继续混，就得跟老家伙睡，可我一想到那味道，就受不了。"

"那你下一步打算干什么？"温启刚同情这些女孩子，多问了一句。

"混呗，我们这些人，还能干什么。"高高眼里有了泪，过了一会儿，她说，"命好的，能找一个像样的老板，就算是包养吧，包养几年算几年；命不好的，就去夜总会呗。"

"那种地方去不得。"温启刚紧接着说。

"那你包养我啊，我现在就给你脱。"

一句话，又把温启刚吓住了。

温启刚对高高说的这些不感兴趣，姜家父子如何玩女人，对他意义不大，商界这种事多如牛毛。这些人有了钱，似乎就知道往两个地方砸，一是赌场，二是女人身上。但他对高高后来说的一段话很在意。高高说，姜家父子以为做得很妙，可他们哪里知道，这家"火凤凰"还有阿馨惹恼了另一个人——天海集团的乔建军乔四爷。高高她们称乔建军为乔四爷。依高高的说法，乔建军早就看上阿馨了，只是下手慢了些，被姜家父子当礼物送给了沈新宇。乔建军为此恨得咬牙切齿。

王小山、阿馨、高高、吴雪丽、乔建军，这些人联系到一起，温启刚就能触摸到一条线。温启刚见过阿馨，在"劲妙"的推广会上，她是最抢风头的一个，一袭黑裙，红色的高跟鞋，身披绶带，陪在沈新宇身边。个子没王小山高，比高高也矮一点；长相嘛，不是中国人传统审美的那种类型，好像有点外国血统，要么就是少数民族，带着一股野性，冲击力很强。这种女孩现在比较走红，从男人的角度来看，温启刚也认为，阿馨是独特的。

温启刚在活动现场果真没看到林若真。"劲妙"如此大规模的活动，省、市、区的领导都出席了，沈新宇更像是自家办喜事一样，打扮得像个新郎，忙前忙后的样子让人感觉他成了华仁集团的新老总，唯独不见盛高的影子。林若真不出现还好理解，连她的副手或企业代表也不捧个场，这就有点奇怪了。

乔四这边同样没来人，甚至连一条祝贺性的横幅也没悬挂，那么多五颜六色的条幅，几乎把国际会展中心那幢雄伟的大楼给挂满了，就是找不到天海一条。

可见，外界所说的华仁背后站着天海，完全是一句假话！

温启刚越来越坚信，这场看似是由华仁对好力奇发起的进攻，其实是在几个人的导演下完成的。林若真自然不会对姜华仁感兴趣，姜华仁算老几啊，在林若真眼里，他们父子根本排不上号。她到内地，最起码也是找乔四这样的主，况且她跟乔四原本就是有交情的。两人根本不需要多磨，就能达成一致。这样一想，很多疑问就清晰起来，甚至乔四看中的那两个项目，也不是他自己真心看中了，而是林若真。林若真一步步地给华仁做局，把华仁逼向一个绝境，通过天海，先砍掉华仁的一条条臂膀，把华仁逼得只有一条道可走——疯咬好力奇，她坐收渔利！

而且他还相信林若真的目的，绝不只是吞并华仁，而是吞并整个凉茶饮料行业！

她是在玩大的！

就在温启刚暗暗高兴，自己总算从乱麻一样的现实中厘清一条思路，知道下一步该怎么应对时，随行的孟子非突然打来电话说："老大，情况不妙，姓唐的回来了，正把公司搞得乌烟瘴气。"

"她回来我知道，你紧张什么？"温启刚对孟子非称呼唐落落为姓唐的不大满意，碍着是在电话里，没教训，但心里又给孟子非记下一笔。

一家好公司，绝不容许下属在任何时候诋毁或中伤上司，上司就是上司，你可以提意见，但绝不能不尊重。一个不尊重上司的人，他的道德规范肯定有问题。

"不是我紧张，我刚跟许小田通电话了，问她们最近在干什么。臭丫头一开始吞吞吐吐，不肯说，让我一顿教训，总算说了。"孟子非仗着跟温启刚近，又有特殊关系，谈起公司的人来，总是显得他很"老大"。

"说什么了？"温启刚对这些口舌没兴趣，随口问了一句。孟子非变成现在这样，说穿了还是他惯的。这些天他也在思考，公司里跟他近的这帮人都有这样那样的问题，这是不是说，过去这些年，他在下属的管理上犯了错误？

有些毛病不及时纠正，会让他当成个性。错误的个性会带来错误的习惯，进而影响到人的行动，久了就会成为性格中不可取代的一部分。性格即命运，温启刚对这话深信不疑。

"老大，姓唐的让高静和许小田查香港盛高。"孟子非在那边高叫。

"什么姓唐的，换个称呼！"温启刚没好气地臭了孟子非一句，忽又像想起什么似的问，"你说什么，盛高？"

"是啊，两人现在还在香港呢。听许小田的口气，高静这黄毛丫头还真拿了棒槌当针，给老大您挑事呢。"

温启刚脑子里轰的一声，感觉眼前有些黑，努力了几下才站稳。

"这帮人，我们在外面赴汤蹈火，她们倒好，搞起窝里斗来了。"孟子非不甘心，继续添油加醋道。

温启刚站在那里，愣了几秒钟，突然变得失去了理智。

"查盛高，她还想查谁，马上回去！"

当天，温启刚和孟子非就回到了东州。公司里不见唐落落，黄永庆说，唐落落就回来了一天，跟高静她们交代完事就又不见了。

"没跟你说去了哪儿？"温启刚问。

黄永庆苦笑一声："温总，我知道自己的身份啊。"

温启刚摇了摇头，外围还未清理干净，才理出个头绪，公司内部又乌烟瘴气，这算哪门子事啊。还有，唐落落要查盛高，她到底想干什么，林若真是她碰得了的吗？难道她忘了过去，忘了跟林若真那切齿之恨？

这个唐落落，她到底想怎样啊？

温启刚呆住了。他原本想，这段时间把唐落落忘掉，不要让她来打扰自己，分自己的神，好集中精力应付"劲妙"，应付林若真。谁知唐落落不安闲，非要把他的注意力往她身上引。

这女人！

温启刚脑子里突然闪出那个夜晚来。那是一个有点浑蛋的夜晚，离谱得很，在它来临前，温启刚一点知觉都没有。怎么会有呢？在好力奇内部，唐落落跟黎元清的关系哪个不知、哪个不晓，他们可不是一天两天啊。早在香港时，黎元清还没拿到"宝丰园"的配方使用权，元清贸易也还只是一家普通公司，黎元清就跟唐落落认识了。那时唐落落刚刚经历过一场人生打击，黎元清认识她是在江边。大学毕业后在盛高集团工作了一年的唐落落，在那个秋天遭遇了一件了不得的事。这事到现在还不能说，还不能面对。她活不下去了，就想鼓起勇气去自杀。她坐在离尖沙咀天星码头不远的地方，把自己短暂的人生想了一遍，把她生命中那场离奇的爱情故事想了一遍，然后泪流满面。她想死，真的想一头栽进江中，让汹涌不息的江水冲走她，冲走她生命的无知和荒诞，也冲走她内心的悲凉与绝望。可那个黄昏的景色太美了，坐在江边，看晚霞血一般地泼洒在江面上，把整条江染得五颜六色。远处的码头，近处的船舶，还有跟她一样坐在江边看落日的人，无一不吸引着她的目光。这些美丽的景物干扰了唐落落，让她暂时忘记了要跳江的事。年轻的她像饿极了暴食一样贪婪地呼吸着江边新鲜的空气，拼命地将江边好奇的事一一揽进眼底。就在她快要被黄昏、被美丽的江水陶醉时，一个声音问她："遇到什么伤心事了吗？"

问她的人就是黎元清。

被黎元清从忘我中拉回现实，唐落落很生气，一看从远处跑来"骚扰"她的又是一个中年男人，就更气不打一处来，不客气地说："你才遇到伤心事了呢，我看江边晚霞，关你什么事？"

黎元清讨了没趣，并没马上离开，其实他在远处观察唐落落好久了。黎元清有散步的习惯。这习惯跟别人不同，别人一般是晚上或者下班后，用散步来健身；黎元清不，他散步没有规律，什么时候想散步什么时候就出来了，从不受时间限制。有时是下午两三点钟，有时是晚上八九点，他还在凌晨一点多到江边散过步呢。当然，那一次是被夫人曾子歌赶出来的。曾子歌从他包里搜到两张机票，一张是黎元清的，另一张是公司一位年轻的女下属的，曾子歌醋意大发，不让他上床。黎元清觉得冤，当老板哪能不带下属飞呢，下属又哪能全是男的呢？他在江边走了一小时，回去告诉曾子歌，以后再也不跟女下属一起出差了，如果非要出，就带曾子歌一块儿去。曾子歌破涕为笑，忙放热水帮他冲澡，然后软软地偎着他上了床。

黎元清散步的目的也和别人不同，别人是健身，是休息，他是思考。像哲学家一样去思考问题，像诗人一样去面对生活，这是黎元清的座右铭。很多关于经营的问题，比如投资啊，产品开发啊，都是在散步中获得灵感的。但那天他散步，不是思考这些。他的一个朋友没了。朋友很年轻，二十几岁就出来创业。结果创业失败，朋友承受不了，跳江自杀了。黎元清心情不好，就到江边来走一走，无意中发现江边有个女孩，以为也要自杀，就慢慢走过来，想劝几句。

人怎么能随便死呢，生命多么可贵啊，哪能因为生活中的挫折与失败就付出生命的代价呢？

黎元清就这样跟唐落落聊了起来。起先只是想劝劝唐落落，不管遇到啥难事都不要往心里去，轻笑一声，甩甩头，就把昨天甩过去了。聊着聊着，他发现这是一个有思想、有个性的女孩。于是，黎元清夯着胆子邀唐落落去吃夜宵。唐落落那天也是真的饿了，她在江边坐了四个小时，怎么能不饿呢？

等吃完夜宵，两人竟像老朋友一样熟络起来。不久，唐落落就到元清贸易上班了。

那时候，黎元清跟夫人曾子歌的感情还很好，业界有什么活动，两人都是成双成对地出席。包括一季度一次的行业季会，黎元清也是偕夫人参加。他的夫人曾子歌在业界很有名气，这个出身于法律世家的女子，长得眉清目秀，端庄典雅，天生的美人坯子。加上家庭条件优越，自幼就接受良好的教育，她身上的气质是一般女人无法比的。可是不久，黎元清就跟唐落落搞在了一起。按黎元清的话说，一切很自然，水到渠成嘛。男人跟女人，太投缘了不出事才怪，我也不想上床，可由不得自己啊。她那么年轻，性感得如同一头豹子，又那么懂得疼男人，黎元清哈哈笑着说。温启刚听了，心里很不是滋味。那时候，温启刚还没跟黎元清合作，在香港某个角落里创办他的成业公司。等后来加盟元清贸易，跟黎元清合力创办好力奇时，唐落落跟黎元清的关系已经基本上公开化了。黎元清一开始并没想着让唐落落到内地，后来曾子歌发现了，为图省心，才迫不得已将唐落落派到好力奇。

当然，也有一说，黎元清让唐落落到这边来，重点是监视温启刚。黎元清欣赏温启刚的才华与能力，但也怕温启刚的才华与能力，有唐落落在这边，他就放心多了。这叫既用人又防人。对这些，温启刚听了往往是付之一笑。他既不怕黎元清怀疑，更不怕唐落落监视，他做人的原则向来是以光明换光明，以磊落赢得磊落。

可是，唐落落最终还是把他逼到了不仁这一步。

那晚，唐落落突然抱住了温启刚。

那个谜一般的夜晚啊。温启刚摇摇头，不敢去回想，更不敢细细咂摸。

这段时间，温启刚再三告诫自己，那晚的唐落落是真醉了，人在酒后是会乱性的，温启刚自己也犯过同样的错误。当年，他就是因酒后乱性，表白了不该表白的，才惹得林家大乱，让林若真误以为他心里是有她的，一直有；才让林若真发疯发狂，坚决要跟汪铭离婚，坚决要做他温启刚的新娘；也才让林母痛下决心，急急忙忙把自家侄女拉来，愣是促成了他跟孟君瑶的婚姻。

往事不堪回首！

"好吧。"他这么跟黄永庆说了一声，掏出电话，一咬牙，直接打给唐落落。

唐落落接得倒是快："启刚，是我。"

听这口气，她没有一点不自在，反而显出一股等待后的兴奋劲来。温启刚平静了下自己，问："唐总，你在哪儿？"

"唐总？启刚，我不想听你这样叫，叫我落落好不？"唐落落的声音又娇又柔，仿佛他们之间早已进入某个程序。

温启刚心里又复杂起来，怕，但又……唉，怎么说呢，温启刚有时也很恨自己，他并没有自己想的那么强大、那么淡定，什么刀枪不入，太吹了。

但落落这个称呼，他还是叫不出，也不是他能叫的。他这辈子，这样亲热的称呼只给过两个人。一个是林若真，那时温启刚叫她若真，后来他发现自己错了，男人不该对一个压根不可能属于自己的女人生情，更不该跟这样的女人走得近。有时候近也是一种错误，还是致命的。省悟之后，温启刚果断地改回了以前的称呼，见了林若真，再也不肯亲密了，以公事公办的口吻唤她林小姐或林总，结果又把林若真刺激着了，真是深不得浅不得。林若真见他想逃，马上变了脸，变本加厉地折磨他、欺负他。第二个就是他妻子君瑶。哦，君瑶。这两个字突然又在温启刚心里活跃起来，他差点要唤出这亲切的称呼了。

但他忍住了。他把心一狠，硬着头皮叫了声"落落"，不过后面多了"小姐"两个字。

他这样做，完全是不想弄僵了跟唐落落的关系，不管从哪方面讲，他跟唐落落的关系都僵不得。

唐落落好不兴奋，似乎这一声称呼立刻唤回了她什么，马上激动地说：
"启刚，我在北京，元清那边交代了事，我得处理一下。你把永江的活动取
消，怎么不跟我说一声，这可是公司的大事啊。"

换作以前，温启刚会觉得唐落落这是在奚落他、抱怨他，今天温启刚却
不愿多想。他简单地说了说取消永江活动的原因，时间紧，没法跟她打招呼。

"好吧，我原谅你。"唐落落咯咯笑着说，那声音，听上去不像是在谈
工作，而像是在调情。

温启刚再次定了下神，不能乱，绝不能乱。他咳嗽一声，用公事公办的
口吻说："唐总，你还是回来吧，公司一大摊事，我和永庆根本拉不开栓。"

"又叫我唐总，怎么，要我每句都提醒你啊？"唐落落斥道。

"对不起，我……我……实在不习惯。"

"我要你习惯！"唐落落突然加重了语气。

"唐总……"

"好啦，不跟你斗啦，打电话有事？"唐落落还是咯咯笑着。温启刚不
得不佩服，唐落落就是唐落落，发生了那晚的事，在他面前居然还能如此轻
松，而且一边派人查他，一边又在电话里跟他亲密。

这女人，老江湖啊。

"你把高静她们派哪儿去了？"温启刚不再绕弯子，单刀直入地问。

"高静？启刚，你不问我还给忘了，最近市场混乱，我让她们到那边去
搞调研。对了启刚，你难道没嗅到什么味吗？很诡异啊。"

"不诡异我就不打这个电话了。高静她们是维护品牌的，有自己的工
作，市场调查应该让市场部去，再说调查市场也用不着跑香港啊。"

"启刚，你是说这个啊，我解释一下，香港那边只是临时有点事，她们
马上就回来。"唐落落居然不结巴，回答得异常利落，说着说着，突然问，
"怎么，你怪我调配你的人？"

"什么我的人，这是公司，不是谁的家。"

"要真是家，那该多好。"唐落落那边叹出一声，温启刚听出一丝幽暗
来。心还没动，唐落落又说，"启刚，你误会了，我哪敢拆你的桥，有什么

事等我回来再说吧，我这边很快就忙完了。"

两天后，唐落落回来了。意外的是，好力奇这边又出事了。

跟好力奇合作的三家经销商受粤州"劲妙"的蛊惑，忽然向好力奇提出非常苛刻的条件，要求修订销售政策。销售部经理岳奇凡跟对方谈了几次，三家销售商压根不松口，摆出一副吃定好力奇的架势。温启刚早就想到，好力奇跟经销商的矛盾迟早要发生，但温启刚不想就范，至少目前不能。

三家销售商中，两家是好力奇合作多年的骨干销售企业，每年都有好几千万的销售额呢。另一家是去年温启刚亲自发展的，叫华宇，之前这家企业专门销售"可乐可口"，业绩非常好。不幸的是，在华宇最风光的时候，销售经理和业务人员跟不法商家暗中串通，销售假冒的"可乐可口"，使华宇陷入了一场"造假门"，声名扫地，讨伐声一片，几乎在业界存活不下去了。就在这时候，温启刚找到华宇的老总伊和平，跟他展开了一场对话。温启刚看中了华宇在江浙及华中一带的销售网络，还有销售团队的青春活力，当然，那些与黑厂家沆瀣一气的除外。他想，这支团队如果好好打造一番，会有更大的作为。温启刚费了很大的心血，甚至不惜代价帮华宇挽回声誉、重建诚信，最终打动了华宇，将华宇拯救过来。华宇重新起航后，就变为专营"宝丰园"的公司了，算是好力奇的合作伙伴中比较上规模的一家。没承想，一年不到，华宇就上门跟他讨价来了。

"具体谈了没，他们什么条件？"温启刚耿耿于怀地问。

"谈了，根本不能接受。'劲妙'给他们的条件已经是在赔本赚吆喝，他们提出的条件竟然比那边还低。"

"这很正常。"温启刚笑笑。商场就是这样，有人布局，有人就得掉入局中。"劲妙"这次在粤州出台的跟经销商的合作政策，温启刚回来后组织销售和相关部门的人员开会研究，已经让孟子非在会上说了。大家除了惊，还是惊。目前，饮料行业没谁敢这么做。说白了，华仁不是为了把"劲妙"销出去，而是以超乎异常的条件"喂"销售商，将销售商的胃口弄到足够大，这样其他产品将不战而死。占领市场的方法无非是两个：一是凭借产品质量和特性，积极寻求自己在市场中的位置；二是干掉对手，让市场成为空白。华仁采取的显然是后者，很下作，但很管用。仔细一想，国内品牌哪个不是这样？温启刚做市场多年，感触最深的就是国内企业不是在做品牌，而是在相互打市场战，你掠一把我夺一块，谁都在想利润，但谁也不知道长线利润从何而来。一个不成熟的市场，是被诸多疾病困扰着的，百病缠身。温启刚以前还有治病的勇气和信心，现在，他得面对最现实的问题。

"这样吧，你让其他两家回去，什么也不答应。做，继续供货；不做，马上进入结算程序。我就不信，它们能把市场吞了。"

"华宇呢？"岳奇凡问。

"这家企业我要亲自见见，把把脉。"说着话，温启刚仰起头，双目微闭，陷入了沉思。华宇在他心里不一般啊，当初为了这家销售商，他花了多大的心血啊。他原来认为，就算所有的经销商都背叛好力奇，华宇也不会，没想到这才一年工夫，华宇就上门翻脸来了。人心难测，欲望这东西，怎么就总也填不满呢？温启刚一边斥责华宇，一边反思自己。每次跟合作伙伴出现矛盾，温启刚都要先从自己身上找问题，要把自己的所作所为深刻检讨一番，因为合作伙伴有可能是短期的，但你自己是永远的。

半天，温启刚睁开眼，冲岳奇凡说："对了，华宇这次来的是哪位？"

"他们的大老板亲自来了，说是路过，我看是专程。"

"伊和平，他亲自来了？"这倒真是出乎温启刚预料。

"是啊，派头比以前足，架子也大了许多，换作以前，他敢这样？"岳奇凡明显是受了刺激，心情很不好，情绪也颇为激动。不能全怪他。这几天，"宝丰园"的销售接连出问题，业绩下滑，退货量加大，来自经销商队伍的背离与挑衅更让人头疼。跟三家企业谈，岳奇凡算是领教了什么叫被人欺负。"宝丰园"还没成落架凤凰，别人就敢叫板了。岳奇凡是在替自己的企业鸣不平。

"别，人家是客，既然有条件，那就放到桌面上谈。你安排一下，我请他吃顿饭。"

"温总，你请他？"这次轮到岳奇凡惊讶了，能让温启刚请吃饭的客商，不多啊。

"怎么，我就不能请他了？这想法要不得，快去落实。"温启刚微笑着说。

岳奇凡还没跟姓伊的约好时间，唐落落的脚步就到了。

温启刚原想，他跟唐落落见面，要么尴尬得要死，要么两人会很快谈崩，唇枪舌剑一番后，唐落落拂袖而去。

事实不是这样。

唐落落回来后，压根不急着谈工作。甫以为她是工作狂，对一个单身女人来说，永远有比工作更重要的事。对不起，唐落落现在认为，自己又属于单身女人了。公司人多，她没急着去见温启刚，装模作样应付了下工作，又打了几个电话，然后把黄永庆叫来，过问了一下行政部的事。最近好力奇要进一批员工，这事黄永庆负责。黄永庆似乎也知道她只是在消磨时间，有一搭没一搭地应付着她。时间消耗得差不多了，温启刚那边应该没人了，唐落落打发走黄永庆，步子优雅地去见温启刚。

到了门口，唐落落又暗暗斗争一番，说实在的，甫看她步子优雅，内心还是很紧张、很有些想法的。有那么一刻，唐落落甚至有点怯场，想夺步而去，那晚的场景再次跳出来，她脸有些红，心也越变越虚。不能这样，绝不能，唐落落一边给自己打气，一边咬牙敲响了温启刚的门。

门开了，两人的目光遇上了。

两张脸都有些惊慌，都有些不自然，谁都在调整，又都调整不好。短暂的僵持后，唐落落这边占据了主动。她挪了下脚步，将身子换成斜倚的姿势，把两条腿上的重量调整过来。她目光坦然地、大气地看着温启刚，从头到脚打量了他好几遍，然后说："你脸上一点惊喜都没有，我可有点失望哦。"

温启刚的目光愣是让她逼了回去，他垂下了头，人也比往常拘谨不少。

"等你说话呢，就想让我这么站着？"唐落落绽开笑脸，语气也变得俏皮。她把身子往前挪了半步，这样就跟温启刚很近了。温启刚嗅到她说话时哈出的热气，还有从她身体里飞出的味道。那味道很怪，很名贵，温启刚想，她一定又用了非常名贵的香水。

唐落落换了发型，一头乌黑飘逸的长发不再，剪成了齐耳短发。那长发她可是留了多年啊，打第一次见她，就没再变过，现在却剪成了短发。你还别说，她留这种短发更精神，女人的妩媚一点不减，反倒多了几分干练，多了点青春气息，把她的精明强悍全显了出来，而且看上去比留长发时年轻了几岁。

"怎么样，好看不？"发现温启刚盯着她，唐落落歪了歪头，甜甜地问。

"好看啊，人就要年轻，年轻是资本，怎么变怎么漂亮。"温启刚此时已淡定了许多，跟唐落落说话，也显得从容起来。他请唐落落进了屋，指了指沙发，客气地让她落座。唐落落却不急，像第一次走进温启刚办公室似的，这儿看看，那儿望望，一副好奇的样子。看够望够了，回过头："真心话？"

"嗯，真心话。"

"那就再说一遍。"

"说什么？"

"说我好看啊，这发型，这体形，还有我身上的味道，我想听。"

"你呀……"温启刚摇摇头，笑了。

"我怎么了，哪个女人不这样？快嘛，人家等你夸呢，你要不夸，我可不高兴。"唐落落故意噘了下嘴，又任性起来。

"好吧，我夸，我们的唐总是越来越年轻，越来越漂亮，越来越潇洒了。水开了，快坐，我帮你沏茶，算你有口福，这次在粤州淘到了好茶。"

"不行！"唐落落一把拽住温启刚，"敷衍了事，认真点。"目光直直地看着温启刚，等他说话。

面对唐落落的霸道和任性，温启刚缺少办法。事实上，这么多年，在女人面前，温启刚一直缺少办法。他曾给过自己这样的评价，过得了千沟万壑，却过不了女人这一座桥。不是说他花心，见了女人走不开，如果是那样，他倒是轻松了。是他面对女人时，总是想到她的不幸处，想到女人的艰辛与苦难。上帝也像是成心给他制造困境，几乎每个向他走来的女人，都有一条洒满泪水和不幸的河。

"先坐，坐下再说，我去泡茶，真的有好茶啊，正山堂金骏眉。"

"别打岔，我要你把刚才的话说完，快说。"

唐落落像个淘气的小女孩，两只手抓着温启刚不放，脸上是火辣辣的希冀，半个身子几乎贴在温启刚身上，那对酥胸几乎要挨在温启刚的胸脯上。性感的丝质内衣露出的那一大片粉白，晃得温启刚不敢睁眼。

"落落，不，唐总，你坐下听我讲话行不？"温启刚感觉有点喘不过气，他想推开唐落落，一双手却变得无力。

"你叫我落落了，你终于肯叫我落落了。启刚，我爱你！"唐落落突然用双臂钩住他，紧紧地钩住，脸上一下子浮出大片的红色来，呼吸粗了，整个人兴奋起来，尤其是挨着温启刚的那对胸乳，也像是得到暗示似的，猛地活跃起来，瞬间又饱满了许多，说话的语气也变得急促，"还不亲一下，人家可是专门为你剪的。"

温启刚没想到会这样，赶忙挣扎着往外扭："落落，别这样，咱谈正事好不？"

"正事？难道这不是正事？"唐落落才不管呢，那声"落落"，她等了许久，温启刚终于叫了，当着面叫，她兴奋啊。唐落落双手又往里面去了点，这样整个身子就全贴在了温启刚怀里，两条柔软的手臂像两根热烈的绳子，用力地箍住温启刚。温启刚想脱身，已由不得他了。

"吻我……"唐落落又回到了那晚，不，比那晚更热烈，更急迫。"吻我……"她喃喃低语，充满期待地闭上眼，等待幸福的时刻降临。

温启刚哪敢吻啊。他夸唐落落，一来唐落落是真的漂亮。他原以为受了那晚的打击，唐落落会一蹶不振，会没想到半个月不见，唐落落一点没憔悴，一点水分没少，反而越发水汪汪，越发娇艳。二来，他也是替那晚的自己补回点什么。不管爱与不爱，那晚他确实有些残酷，有些不近人情。女人是经不住这种伤的，这一点温启刚懂。女人受得住相爱已久的人的背叛、无耻，那是生活已让她有了足够的准备，但女人受不住刚萌芽、刚怒放的情感被冷酷地浇灭。说穿了，女人是感性的，是靠自己的感情活的。所以温启刚就想多说点好话，多讨好一下她，好让唐落落在他面前能找回点优势。哪知唐落落会顺竿而上，被他点燃！

"唐总，不能这样！"温启刚一边拒绝，一边朝门那边看，刚才唐落落进来，他没关门，那也是有意。这会儿门还开着条缝，楼道里的一切都能看在他眼里。

"我不管，我要你吻我。"唐落落那根筋上来，也是头转不过弯来的犟驴，"吻我，你听见没！"唐落落说着，性感的嘴唇贴上来，就要牢牢地盖住温启刚哈着大气的嘴。她的双手、双腿，还有腰，全部用足了劲，人变得像条蟒蛇，要把温启刚缠死。

"落落！"温启刚再次叫了一声，双手猛力地往外推唐落落。

"你怕了，是不？"唐落落不吻了，嘴巴稍稍远离温启刚，一双眼睛突然充了血，"告诉我，你其实是爱我的，只是怕，只是还不适应，是不是？"

"不是这样的，落落，你听我说，我们之间根本不可能！"温启刚终于咬咬牙，跟唐落落说了实话。

是的，不可能！

怎么可能呢？爱情不是这样的，温启刚到现在都还没弄懂爱情到底应该哪样，但对唐落落，他是真心不能爱，也无法爱得起来。

那个诡异而荒诞的夜晚是改变了他和唐落落的关系，让他对唐落落有了一种新的认识，以前对唐落落的那些成见正在慢慢地消失。偶尔，他也会替她着想一番，感叹一下她的生活，为她发出一阵阵叹息，并在心里一遍遍告诫自己，以后不能伤她，要对她好一些，再好一些。但仅此而已，再往深，就什么也没有了。现在唐落落重新抱住他，让他吻她、爱她，温启刚就觉得很滑稽、很搞笑，男人怎么可以随便去吻、去爱一个女人呢？他做不到！

"落落，你坐好，眼下都什么时候了，我们不能这样！"

"什么时候了？"唐落落再次受了刺激，语调高了很多，几乎是尖叫出来的，"你告诉我，什么时候了，说呀你！"

温启刚哪里知道，唐落落的内心有多苦，有多煎熬。这个看上去刚强

无比、什么也不在乎的女人，其实是遍体鳞伤。那晚，她疯子般地跟温启刚
说，她爱上他了，爱得不能自拔，爱得体无完肤，只要他一出现，她就会
乱，彻底乱掉。"我都不知道我怎么会这样，真不知道，启刚我完了，完全
被你占有了。"那晚她用了"占有"，而不是别的词！说完，扑通一声跪下
去，就跪在温启刚膝下。

那不是信口开河，更不是一时冲动。唐落落是真心爱上温启刚了，爱情
这东西，太无厘头，你根本搞不懂它啥时会来，来了会把你侵犯成什么样。
唐落落很痛苦，她知道过去将近八年的日子里，她对温启刚是有内疚的，很
不公平。为了黎元清，也为了她自己，她用过不少不该用的招数，有些是怪
招、暗招。比如在温启刚身边安插眼线，监视温启刚的一举一动；比如在温
启刚主张的许多活动中，利用职权故意刁难或设障，不让温启刚在公司里过
于得心应手。有段时间，她甚至打小报告，无中生有地编派一些事实，挑拨
温启刚跟黎元清的关系，不让黎元清过于信任温启刚。更损的是，她竟然将
一作风不太好的女下属安排在温启刚手下，就是以前许小田那个位子，想让
温启刚跟她搞出风流韵事，进而抓到温启刚的把柄。没想到这一切都没管
用，温启刚在好力奇的影响力一天比一天大，业界号召力和人气指数如日中
天，跟黎元清的关系，不但没因她从中作梗而生出裂变，反而像互相握紧的
两只拳头，更加亲密。不幸的是，她的精神世界随着跟温启刚的斗法，竟出
人意料地往温启刚这边移动了。直到有一天，她突然发现，一天见不到温启
刚的影子，听不到他的声音，她就变得失魂落魄，那种六神无主的日子真是
难熬。这中间，只要黎元清来，她总要以这样那样的理由推托，要么不见，
要么少见，至于过夜已经很少了。就算在一起，也根本没了以前那种激情，
完全是在应付。黎元清多聪明啊，任何细微的变化，他都能感受出来。不过
他没点破，只是有点遗憾地说："没想到，你我也有缘尽的时候。好吧，
我不难为你，如果有真心爱的，可以跟，但对公司绝不能有二心。你在公司
的地位也不会因这而改变。"说完这话，黎元清就再没碰过她。

一次也没。

想想，人家也挺君子的。奇怪的是，打那天起，唐落落猛然有了一种解

脱感，就跟赎身了一样，一下子轻松起来，对温启刚的思恋也是与日俱增，砍不断更放不下，只好任它疯了般地生长。直到那个夜晚，唐落落觉得自己实在是撑不住了，如果再不说出来，她就会死掉，会被他折磨死，于是借着酒劲，就不管不顾地说了出来。

说出来痛快啊。唐落落这一生，似乎从没像那个夜晚那么痛快过。尽管遭到了温启刚强硬的拒绝，可内心里，她是无比地惬意，还有幸福的。奇怪，都这时候了，竟然还有幸福感生出，可见女人是多么奇怪的一种动物！

惬意过后，痛就来了。唐落落不知下一步该怎么办，怎样才能赢得他的心，她知道这很艰难。温启刚不像黎元清，如果说黎元清对女人是来者不拒的话，那温启刚对女人则有点苛刻，有那种曾经沧海难为水、除却巫山不是云的感觉。黎元清是一张大网，永远兴高采烈地等待或欢迎那些主动投进网的女人。尽鱼者捕，这是黎元清。温启刚不同，温启刚是一道闸，永远合着，不让任何水流进他心灵内部，他把心灵牢牢地封闭着，很难让哪个女人走进。

但唐落落不管。唐落落现在只有一个心思，不管不顾，她就是要冲开这道闸，决掉这道堤，让自己滚滚的爱之水、情之水奔进他的心田。

唐落落受不了煎熬，本来她是想离开公司一阵子，给自己也给温启刚一点时间，好好想想。可是不行，离开公司后她马上就后悔了，她不是那么淡定的人，从来不是，如果能淡定，跟黎元清也就不会发生那么久长的故事了。如同十八岁第一次爱上那个男人，也如同跟那个男人断绝一切关系后又扑进黎元清的怀抱，唐落落总是将自己的爱演绎得轰轰烈烈，火热难抵。

"爱我！"唐落落用命令的口气冲发呆的温启刚说。

"落落！"温启刚厉声打断她，强行将她推开，"落落，你坐下，公司有重要事商量。"

"我不听公司，我要听你说话！"

"我没心情！"

"你没心情，启刚，你居然对我没心情？你知道吗？这些天我是怎么度

过的？"唐落落叽里呱啦就把话匣子打开了，连哭带喷，把她离开公司这段
时间的所有感觉都讲了出来。温启刚呆住了，彻底呆住。好多事，他真没想
到。他以为他想到了，但没有。或者，事实不是他想的那样。

　　生活的荒诞与离奇远远超乎我们的想象，我们在生活面前，更多的时候
不是智者，而是白痴。

　　此时此刻，温启刚唯一想做的，就是逃！

第八章
没有永远的朋友，只有永远的利益

黎元清来了。

温启刚根本没有想到，黎元清会在这时候出现。副总黄永庆告诉他时，他还说："永庆你开什么玩笑，我好久都联系不上董事长了，他怎么会突然来公司呢？"黄永庆赶紧说："温总，我没开玩笑，这事哪能开玩笑，董事长真的来了，这会儿在唐总办公室。"

"已经到公司了？"温启刚这才感到事情不大对头，急忙收拾起手头的资料就往外走。

"温总，你先别急，董事长刚才交代过，他跟唐总有点私事要谈，让你和我候在会议室。"

"这样啊。"温启刚收住步子，脸上的表情复杂起来。过了半天，他问黄永庆，"董事长这次来，没跟任何人提前打招呼？"黄永庆说："没有，我这边不知道，公司行政部好像也不知道，如果说，可能也只跟唐总那边说了。"

"哦。"温启刚长长地哦了一声，冲黄永庆摆摆手，"行，你先去会议室，我这边准备一下，马上过去。要是董事长提前下来，立马给我电话。"

"好的。"黄永庆知趣地出去了。温启刚合上门，感觉双腿在发颤，站立不住，身子一斜，靠在了门上，脑子里不住地想，黎元清这时候跑来干什么，为什么一点消息也不提前透露？难道……温启刚还是把他和唐落落这事想到了前头。想了一会儿又觉得不可能，绝不可能。再说了，他跟唐落落也没什么啊，真没什么！温启刚把自己搞乱了，就这一会儿的工夫，脊背上已经有了汗。后来他镇定下来，假如黎元清真为这事而来，那他也不隐瞒了，怎么发生的就怎么说，既不虚构也不隐藏。他决计把全部实情讲给他，如实而说，别无选择。他不喜欢跟别人玩捉迷藏，这事也没必要玩捉迷藏。

等到了会议室，温启刚才发现，黎元清不是为他和唐落落而来。

黎元清一改往日慵懒的样儿，也破例没了以前那种古里古怪的打扮。黎元清喜欢随意，喜欢无拘无束。大多数时候，他穿那种颜色比较陈旧的中式马褂，摆很长，下面粗布裤子，又宽松又休闲，脚上一双老式布鞋；头发很长，从中间分开，倒向两边。他的打扮不但在好力奇显得怪，就是在业界也独具风格。有人说他是鹤立鸡群、桀骜不驯，也有人说他不伦不类、标新立异。他自己从不以为然，就这样坚持了十多年。可这天，黎元清打扮得很庄重、很体面：笔挺的西服，面料和做工都很考究，一看就不是内地货，也不是香港那边的，说不定是专门请设计师为他量身定做的。只是里面穿了一件不大配套的红色衬衫，多少还能让人看到一点他以前的风格。发型也变了，两边倒的长发往短里剪了许多，基本上跟内地公务员的那种发型很接近了。第一眼看见他，温启刚心里怪怪的，他到底在跟他们玩什么啊，穿成这样，难道是想去做官？再看发型，温启刚就觉得有点搞笑，这两人，换发型都差不多同步。等他纳闷完了，黎元清说："对不起二位，这次来得急，没跟你们打招呼，不觉得吃惊吧？"

黄永庆摇头，温启刚实话实说，是有点吃惊，董事长向来不这样的。

黎元清笑了两声："别怕，不是突然检查哟，特殊原因，特殊原因啊。本来呢，我想去澳门，最近手痒，想赌赌机会，你们知道，我这人现在越来越不务正业。结果呢，突然听到一件事，就急匆匆赶来了。"

两人都未应声，也不知道该怎么应，坐在那儿等黎元清往下说。温启刚甚至调动了对黎元清的全部印象和把握，来破解此时他脸上的表情和说话的语气。他在想，既然是有事要说，为何不让唐落落参加？

"是这样的，那个东州药业，唉，我本不想提这家企业的，可不提不行，这帮人太可恶了，我都搞不清他们到底想干什么！"黎元清突然发起了火，嗓门很高。温启刚悬着的心扑通一声落地，原来是为东州药业啊。

"启刚，你上次跟我说的饮料，我真没当回事，我以为他们不敢，毕竟合约在先嘛，怎么能违约呢？他们可是堂堂的国字号企业！你猜怎么着，他们真就生产了，还马上要上市。我不回来咋办，你们说，我不回来咋办呢？"

"啊？！"这话同时吓着了温启刚和黄永庆。虽然他们在这边，离东州药业很近，可是近期关于东州药业，他们是一点消息也没有，精力全被销售和粤州"劲妙"占去了。

两人正等着挨批，黎元清却说："这牙不拔不行，必须拔。启刚，你记得不，上次电话里我跟你说过斗鸡的事。"

"记得，董事长是拿斗鸡来提醒我。"

"不是提醒，真就是这么回事，我这次回来，就是抱鸡。我把这只令人厌恶的鸡抱走，看谁还能跟好力奇玩得起游戏！"黎元清说着，竟得意地呵呵笑了起来，刚才还是一脸的愤怒，这会儿却变得既诡异又好玩。这人真是活宝啊！温启刚和黄永庆被他俏皮滑稽的样子逗乐了。

"好啦，再没其他事了。我跟二位呢，就是简单见个面，打声招呼。"他抬起手腕，看了看表，"时间差不多了，二位忙你们的，我就不多打扰了，我得赶着去抱鸡，这只令人厌恶的鸡。"

就这么着，黎元清统共说了不到十分钟的话，走了，把温启刚和黄永庆留在了那间宽大的会议室里。黎元清都出去好一阵了，两人还缓不过劲，你瞅瞅我，我瞅瞅你，不相信董事长风尘仆仆地赶来，就是为了跟他们说这几句话！

黎元清果真是来抱鸡的，按他的说法，东州药业这档子事因他黎元清而起，就必须因他黎元清而灭。事实也是如此，这么多年来，在"宝丰园"品牌如何租赁、如何跟东州药业合作等重大问题上，黎元清都是一人在操作，怕是唐落落也插不了手。

东州药业跟好力奇翻脸是迟早的事，世界上没有哪种合作是永恒的，只要有利益分享，就有冲突，冲突发展到一定时候，就要崩盘，这是铁律。但黎元清没想到崩盘会来得这么快，或者说，对方提出的条件会如此苛刻。都是利益惹的祸啊！每每想起这些，黎元清就有一种被人宰割、被人煮熟了囫囵吞掉的悲凉感觉。先喂肥，再宰杀，这就是黎元清看到的现实。

可他又能怎样呢？

要说他还是比较幸运的，到现在还自由着，没进去。其实，在有关方面着手调查左翼民的时候，黎元清就知道，自己自由的时间不多了，也许几个月，也许更短。打那天起，黎元清就开始做一件事：打理自己的资产，该卖的卖，该捐出去的捐出去。他不是一个悲观的人，真不是。对该来的结局，他早做好了迎接的准备。有什么呢，不就是进去吗？不就是终结他现在的人生，换一种活法吗？这一点他受得了，在河里游走的人，淹死是很正常的一件事，尤其是他这种经常在深水区闹腾的人。

黎元清到现在还没进去，得益于两个人，一是左翼民，这人够哥们儿，够义气。外界都以为，只要左翼民进去，所有的黑幕都会在最短的时间内被抖出来，不只是他黎元清，怕是跟"宝丰园"这个品牌沾过的所有人，都会迎来一个寒冷的冬天。现在的事实证明，左翼民并没如这些人的愿，他像一个哑巴一样蹲在里面，愣是不张开那张装满秘密的嘴，这让很多人失望，太失望了。另一个人就是原东州市委书记、现省人大常委会主任顾元涛。这是一位令人尊敬的领导，黎元清在内地跟无数领导打过交道，也做过交易，从没哪个人让他这么敬重，不，是敬仰。他有一个记事本，以前是纸质的，现在是电子的，上面详细记录着他在内地经商，培育和发展"宝丰园"这个品牌，做大做强好力奇这家企业的过程中，跟内地所有领导的联系，以及五花八门、形形色色的交易。小到普通办事员、税收人员、质检人员，甚至是街道办的临时工作人员，大到部级干部，独独没有顾元涛的名字。不是他网开一面，没记，而是他跟顾元涛之间真没什么交易，没有！其实，掀起好力奇跟东州药业之间的风波，让两家原本能走到一块儿，能形成合力的企业分道扬镳，互相撕咬，闹得你死我活，不是为了经济，也不是为了"宝丰园"这个品牌，是有人想借这事干掉顾元涛！政治永远是经济最大的杀手，也是经济的死敌，但政治这玩意儿的生命力太强大了，所有的东西碰到它都得死。这是黎元清奋斗多年后得出的一个结论。但黎元清觉得，政治有时候很搞笑。比如这次，他本来在外面跟师太一起搞法事，也算是公益活动。师太有个大想法，想借他的手把五家已经被地震毁了的寺院重新建起来。反正他现在不需要钱了，挣那么多钱，得做点事。谁知就在他们现场勘察时，他突然接到这边的一个电话，要他火速回内地一趟，有件事必须由他善后，若要来晚了，后果不堪设想。

打电话的不是别人，正是东州现任市长陈思达。

对这个人，黎元清真是不想提。好力奇跟东州药业的合作当初是经了陈思达的手。也正是因为这一点，陈思达这些年进步很快，从部门负责人快速上升到市长位置，不简单。但是，东州药业跟好力奇之间的矛盾，以及前后一系列的纠纷，也绝对是因此人而起。成也是他，败也是他，成败皆因贪心。

也怪黎元清，发现陈思达人品不好，不是他愿意结交的那类人后，他主动放松了跟陈思达的联系，细想起来，这两年他都没单独约请过人家，更不要说烧香磕头了。以前他还把陈思达当个人物，逢年过节，好力奇给各路神仙送年货送礼包时，他还特意提醒自己，千万不要把这人忘了。可是最近两年，他真是把这人彻底忘了。不但自己不理，还要求温启刚、唐落落他们也离他远点。

陈思达急着叫他回来，说是为了调解两家矛盾，其实不是，黎元清太清楚陈思达叫他来的用意了。黎元清在澳大利亚有处房产，很大，两千多平方米，典型的豪宅、别墅。以前陈思达是不知道的，前段时间黎元清正想把这处房产处置掉，打算捐给澳大利亚一个公益组织，不知怎么让陈思达听见了。于是电话一个接着一个，短信更是不断。黎元清没理，后来陈思达竟打发人追到澳大利亚去，非要黎元清当场表态，将此处房产贱卖给陈的一个亲戚。说是贱卖，其实就是白送。更荒唐的是"亲戚"二字，明明就是情妇嘛，非要用叔侄这样一个掩人耳目的关系。有侄女跟叔叔搂着睡的吗？黎元清当时就拒绝了，把接受房产的人叫去，当场就要签合同。

那幢房子黎元清最终没能捐掉，因为接受方也是中国人，陈思达通过特殊关系找到了这个人，竟用奇特的手段恐吓了此人，说这幢房子来源有问题，有关方面正在调查，如果真属于非法所得，不管谁接受了，都会依法没收。那人也害怕国内这种政策，更害怕陈思达这种领导，跟黎元清道了一堆歉，消失了。

你说怪不，他处理他的房产，竟要陈思达同意！

好吧，既然你想要，我就送你吧，省得这样折腾来折腾去。

抱着这样的想法，黎元清去见陈思达。两人在约定地点见了面，陈思达带着他的"侄女"——一个才出来混的电影学院毕业生，说是要在某剧中担任女一号。黎元清说"恭喜啊恭喜，接着又说其实不用演你就是女一号"说得那"侄女"两颊绯红，非常开心。

谁不想做一号呢？谁都想！

"说吧，叫我来，到底有何急事？"黎元清开门见山，他不想在这里浪费时间。

陈思达先是婆婆妈妈讲了一大堆，无非就是东州药业李汉森这边如何紧逼不放，非要把"宝丰园"商标的使用权收回去，他做了多次工作都无效。眼下，李汉森已经不把东州市放在眼里，直接找到省长那里去了。省长对此事很重视，详细看了之前好力奇跟东州药业的合作协议。不公平嘛，明显有营私现象。

"省长要查啊——"陈思达重重地说。

"查好，查好啊，那就让省长查吧。"没想到黎元清给了陈思达这么一句。

"你黎老总不怕？"陈思达笑嘻嘻地看着黎元清，不怕的人他还没见过。

"怕啊，咋能不怕，坐牢的事你不怕啊？"

"那不就对了，叫你来，就是抓紧商量一个办法，看如何应对，如何改变省长的主意。还有，怎么才能让李汉森这边动作小点，不要太逼人了。"

"这办法应该你市长想。"

"我想？"

"是啊，你不想，难道让顾主任去想？"

一句话差点把陈思达噎住，陈思达傻笑半天，话又回过来："多年的合作关系了，大家都不需说暗话。办法呢我想，省长这边呢我也尽力去做工作，不过，你也是知道的，现在……"

"缺钱是不是？"

"黎董就是痛快。"

"要钱还是要房？"黎元清直接把话给过去。

"黎董啊，怎么是要呢，这不都是为了大家嘛。我陈思达不是一个吃独食的人，你如果觉得我有那种想法，那这事咱免谈，就让他们折腾去吧。"陈思达突然做出高姿态。

黎元清笑笑，这种把戏在他面前早就不灵了，他缓缓说道："我知道市长惦记着澳大利亚那套房，侄女要住嘛，好东西谁不爱。现在呢，这套房也捐不出去，不如我就做个人情，把它送给大侄女吧。至于跟东州药业的事，我不想谈，也不想管，天要下雨娘要嫁人，随它去吧。哪天要我黎元清坐监牢，他们通知我就行了，无所谓的。"

"话不能这么说，真不能这么说，哪能让你黎老总去那种地方呢？就算我陈思达进去，也不能让你黎老总去。"陈思达一边说这种虚伪话，一边笑吟吟地接过黎元清手里的钥匙，还有一堆房屋转让合同。

陈思达接到手的，原来根本不是什么转让合同。当他跟"侄女"心花怒放地回到一个秘密住处，打开那堆东西时，两人傻眼了。

炸弹！

那才是炸弹。

看似是房屋转让合同，其实是一堆索命的证据，是黎元清这多年来做下的记录。陈思达看得心惊肉跳，魂都没了，天哪，这人，这人怎么如此恶毒！

末了，黎元清还附了一封短信，内容大约是：你觉得这东西你能承受得起吗？万一哪天这些材料到了该到的地方，你陈市长能担起这么大的责，能对这么多人的政治前途和命运负责吗？好好想想。

黎元清在"好好想想"四个字下面加了着重号！

陈思达哪还敢想啊，全部材料还没看完，就已吓得魂飞魄散。他抓起电话就打给黎元清："黎董，这房我不要了，你老人家快过来，咱们好好谈谈。"

"还要谈？"

"要谈，真要谈。"

"你可想好了，这次不要，我可真就把它捐出去了！"

"捐吧，捐吧。"陈思达不顾"侄女"在边上又咬他又用眼瞪他，对黎元清左一声"老人家"右一声"老人家"地叫着，就差给黎元清下跪认罪了。

这包炸弹若真的传出去，不只是东州仕途，怕是高层也会有人被炸得血肉横飞。在仕途浸淫多年的陈思达，别的不懂，这方面的利害还是很清楚的。

"那就谈吧。"

于是谈。陈思达很快叫来了东州药业方面的代表，李汉森没来，但能代表他的人来了。黎元清亲自出面，跟对方讨价还价。

两天后，黎元清回来了。搞笑的是，他又变回了以前那身打扮，暗红色的唐装，粗布裤子、粗布鞋，只是发型再也回不到以前那种长度，不过依然坚持往两边分开，可惜头发一短，风度看上去就打了折扣。

"抱走了，抱走了，这只令人厌恶的鸡，这次让我彻底抱走了。"黎元清又恢复了以前的大嗓门，进门就高声讲，看上去喜气洋洋，"快去，把落落几个都叫来，我有重要事叮嘱你们。"

温启刚打发人把公司核心层的几个成员叫来。他发现，唐落落进门的时候，先是把目光投到了他身上，很短促，然后又移向黎元清，不过也很短促，接着就很规矩地坐在了一边。自打那天说完"不可能"后，温启刚一直回避跟唐落落见面，这两天更是不敢见。他很奇怪，这种心虚怎么会出现在自己身上，但就是心虚，没有一点办法。

见人来齐了，黎元清坐下说："好吧，时间紧张，我也没工夫跟大家啰唆，就几样必须做的事分头交代一下，剩下的呢，该怎么办还怎么办。"

众人竖起耳朵，听他吩咐。温启刚不争气地又往唐落落那边看了一眼。唐落落似乎是瘦了点，脸色很不好，皮肤的光泽没了，水分去了一大半，眼角似乎也多了一层黑青。一层担心爬上心头，温启刚觉得心的某个地方狠狠地动了一下。

"鸡呢，我是抱走了，强抱。不过，鸡留下了一堆蛋，都是坏蛋、不好的蛋，这些蛋不能流进市场，否则会坏了'宝丰园'的名声。我跟他们协商后，达成了一项协议。东州药业那边，取消凉茶的上市计划，仍然维持合约的严肃性，只生产和销售绿色盒装凉茶。他们为上罐装生产线所有的投入，还有已经生产出来的产品和半成品、原料等，都由好力奇收购。启刚最近忙，这事呢，我想让唐总和永庆二人负责，其他部门配合，力争在最短的时间内，一周，把这些后续工作搞完。"

温启刚脑子一大，原以为黎元清真把鸡抱走了，没想到只是高价把鸡收回来了。就在他凝神思考的时候，黎元清开口了："这样做，我承认公司是要受一些损失，不，损失很大，人家敲竹杠嘛，这谁都能想到。不过，我要告诉各位的是，能做到这一步，我已经是尽全力了。"

黎元清说着，垂下头去。这时再看黎元清，突然就觉得他变成了另一个人，苍老、精疲力竭，那股潇洒劲没了，乐观劲也没了，整个人像一摊泥，瘫在了那儿。是啊，这个结果看上去是好力奇吃了亏，受了损，可真能谈到这一步，多不容易！温启刚甚至能想到这两天黎元清是如何周旋在各路人马之间，周旋在权力和资本之间，赔着笑脸，用苦苦哀求的姿态，才算保住"宝丰园"这个品牌暂时不受到内部冲击。

"好吧，完全按董事长说的做，各部门全力配合，以最快的速度，不得有任何延误。"温启刚率先表态。唐落落看看他，目光似乎微微变得清澈了些，头一扬，跟着说："我当尽全力完成这项工作，请董事长和各位放心。"

"谢谢，谢谢啊。我有点累，要休息，就到这儿吧。"

黎元清连着睡了两天，中间还到医院打了点滴，他是真累了，说是这两天死掉的脑细胞，比平常一年时间死掉的还多。蹊跷的是，这次看病或休息，他没让唐落落陪。要换作以前，他的身体稍稍出点问题，唐落落就会尽心尽力地去侍候。

两天后，黎元清要离开了，外面一大摊事，哪件也轻松不得。离开前，他又一一跟温启刚、唐落落、黄永庆单独见了面，谈的时间长短不一。跟唐落落谈得最短，跟黄永庆时间反而最长，这在以往是很少见的。

黎元清跟温启刚大约谈了半小时，两人先是聊了一段过去的事，温启刚奇怪，黎元清怎么有心情跟他聊以前那些事呢？包括第一次找温启刚，黎元清还记得温启刚最初办公的地方，一幢破旧的楼上租了三间房，就是他的成业公司。"那时候好俭朴啊，你那公司不到五个人吧？"温启刚点点头，当时真不到五个人。后来又聊到黎元清三次登门，请他出山，一起为"宝丰园"这个品牌搏一把。两人都有些激动，也都有些伤感。"变了，都变了。你看看，现在公司有多大，产品有多少，市场占有率更是令人兴奋。"黎元清好像已经从疲累中摆脱出来，话语里透着兴奋。温启刚迎合着他，两人又对好力奇的未来做了一番畅想。黎元清突然说："启刚啊，你我合作了这么多年，不是亲兄弟也应该比亲兄弟还亲了吧？"

温启刚一愣："黎董，你这话？"

"哈哈，感慨，都是感慨。老啦，岁月不饶人啊。"

温启刚觉得黎元清这话有所指，想问，又不便细问，只好装糊涂："是啊，一晃都把这把年纪了。"

"不，启刚你还年轻，风华正茂，风华正茂啊。对了启刚，有件事我一直想问你，但一直没问，这次呢，我就斗胆问问，希望你能如实回答我。"

"没问题，你我之间没哑谜可打。"

"好！"黎元清啪地拍了下大腿，"婚姻的事。最近呢，我在思考一个问题，我们这些大男人，到底活个什么。为事业，为钱，为理想，好像都不是。为女人？这话有点靠谱，可细一想，也不尽然。启刚啊，这问题还真把我难住了，就想听听你的看法。这么些年，你一个人坚守，难道就不想改变一下？"

"不想。"温启刚回答得很干脆。

"哦？"

"董事长是想跟我探讨人生呢，还是想跟我探讨婚姻？"温启刚觉得黎元清在有意往某个方向靠近，既然你不明确指出来，我也就装糊涂。没想到黎元清说："什么也不探讨，最近呢，我把自己的私生活理了一下。启刚，你知道，我这人这方面很不检点，难以给你们做表率，当然，我也没想过要做表率。不过嘛，私生活太乱了不好，就如同借债多了不好一样，到处跟你讨债，你走到哪儿都是罪人。于是呢，我一狠心，全断了，全断了啊，现在轻松了。启刚，我真心告诉你，现在我可是真轻松。哈哈，真轻松。"

黎元清忽而讲这儿，忽而又讲那儿，没有一点逻辑，也没有层次，但是温启刚听懂了。黎元清并不是要刺探他什么，而是借这个话题把心中难讲的事讲出来。

"看来董事长是活明白了，活出大境界了，这佛没白学啊！"温启刚半是玩笑、半是认真地叹道。

"跟佛没关系，佛才不管你这些。累，亏欠，担不起了，所以把她们都处理干净了。"讲到这儿，黎元清突然又拍了下大腿，"好，不说这些没趣的了。启刚，你的心思在公司、在市场，咱们还是说市场吧。这次呢，我算是把压在头上的最大的砖给搬走了，就那只鸡，相信以后这段日子，东州药业不会欺负咱们了。不过启刚，你是明白人，眼下最大的危机并不在东州药业这边。我这次急着回来，是正好遇到个契机。东州方面有人需要我给他说话，要借我的力。我呢，借这机会也把我自己的话说了一下。交易，商场上向来都是交易。但好力奇并未太平，更大的威胁是粤州'劲妙'，这不用我细讲，你也清楚。"

"我清楚。"温启刚附和道，一谈工作，温启刚就来劲了，注意力也全部集中起来。

"这次回去，我可能要多待一段时间，半年、一年都说不定，公司呢，只能靠你们几个。对这个'劲妙'，我希望你能重视。启刚，你做事一向是给别人留有余地的，这是你的强项，也是你的善良之处。但这次我要求你，对粤州'劲妙'，对姜华仁，绝不能心慈手软，要狠，要残忍点，把它给我连根拔掉！"

黎元清越说越激动，最后竟站起身，双手做了个掐死的动作："启刚，你记着，等我下次回来，我不想再看到'劲妙'的任何产品，也不想听到姜华仁这王八蛋还在饮料业张狂，必须让他消失，无影无踪！"

"董事长……"温启刚也站起来，他没想到聊来聊去，黎元清竟给他聊出这么一个大难题。

"启刚，你啥也甭说，这事很难，正因为难，我才把它交给你。好了，我要走了，该讲的都讲了，启刚啊，下一步可就要看你的了。"

温启刚傻在了那里。这场毫无头绪的谈话戛然而止，他还没从乱哄哄的一堆话里理出个一二三呢，黎元清就要走。更出乎他意料的是，黎元清已经迈出了门，又回过身来，像忽地记起什么似地跟他说："还有件事，我差点忘了。启刚啊，那个林若真就在粤州，跟姜华仁打得火热。你是不是应该去会会她？"

"这……"温启刚觉得自己整个被黎元清打乱了，黎元清这场谈话，看似没有主题，其实每句话都是主题，都在点他的穴。

"没事，会会吧，有些事，该做了断的时候，一定要做了断。学我，把该了的事一狠心全给了啦！"

说完，黎元清真的走了。温启刚傻傻地站在那里，感觉整个人被黎元清掏空了。

黎元清走后，好力奇陷入了一阵忙乱。按照黎元清的要求，唐落落和黄永庆分头行动，很快将东州药业那边生产的凉茶"宝丰园"收购入库。对方真狠，原以为这么短的时间，他们生产不了多少，没想到从五个库房还有车间拉来的"宝丰园"，赶上永江基地两个月的生产量了。这么多产品，往哪儿去？黎元清走时没交代，副总黄永庆难住了。这天，他走进温启刚办公室，向他请示。温启刚问："唐总怎么说？"

"唐总说先把这些产品封存起来，一箱也不能进入市场。"

"就照她说的办。"

"可是，产品会过期的。再说占用这么多库房，也是成本。"黄永庆说。

"你的意思是？"

黄永庆摇了摇头，说自己什么意思也没有，只是觉得这样处置不大合适。

这批产品的处理无非两个办法，一是当作好力奇自己的产品进入市场。温启刚让质检部门和销售部门检验过，要说东州药业生产的这批产品，质量方面是没问题的，口感、色质等也符合好力奇生产的"宝丰园"标准，毕竟他们也有八年的盒装凉茶的生产经验了。温启刚自己也抽检了一批，感觉还行。可他知道，这条路行不通，这些产品一罐也不能进入市场。剩下的一个方法就是销毁。但处理这样一大批产品，本身就是个大难题：一则不能造成环境污染；二来更不能让同行或对手嗅到半点信息，否则就可能传成另一个版本，说"宝丰园"质量怎么怎么的了。温启刚也为这事头痛。如果将这批产品和拉来的设备换算成钱，损失大得让他睡不着觉，这应该是他加盟好力奇后企业遭受的最大一次损失了。

"先放放吧，或许唐总那边有好办法。"

"唐总也难啊，我看她这两天又消瘦不少，饭都吃不下。"黄永庆说。

"是吗？"

黎元清走后，温启刚还没跟唐落落打过照面，一是大家都忙，没空见。二来，黎元清这次来公司，表面上看除了平息与东州药业的风波，在公司内部好像啥事也没做，但他一走，公司内部的氛围马上就不一样了，就连这幢楼里的空气也陌生了许多。这种变化是谁都能感受到的，但谁也不说出来。尤其是黎元清分头跟他们三人谈话，具体谈了什么，相互之间谁也不知道。猜疑往往是从不透明开始的，这个黎元清，用这种方式打破了公司的平衡，往三个人中间掺杂了一些不该掺杂的东西。所以，温启刚也不好意思主动去见唐落落。换作以前，黄永庆请示这类问题该怎么做，温启刚马上表态，今天却没有，因为这事黎元清明确表态是让唐落落负责的。

温启刚现在要忙自己的事，黎元清最后那番话给他造成的压力很大。他必须尽最大努力，把粤州"劲妙"解决掉。谁知对方也在加紧脚步，就在黄永庆找他这一天，公关部门给温启刚拿来一张报纸，粤州那边的，上面赫然写着："'劲妙'跟华宇联手，重新打造饮料王国，'宝丰园'遭抛弃！"一看标题，温启刚的头就轰的一声。细一看，才知是两天前粤州"劲妙"跟华宇达成了一项协议，华宇将作为粤州"劲妙"最大的销售商，计划跟粤州"劲妙"签订为期十年的合作协议，由粤州"劲妙"出资五千万元，改造华宇的销售系统，"劲妙"选派得力人员进驻华宇，共同打造当今最为强大的饮料销售体系。与此同时，华宇宣布将从即日起，终止跟"宝丰园"的合作，将不再销售一罐"宝丰园"。

"人呢，岳奇凡呢？"温启刚举着报纸就喊。

不一会儿工夫，岳奇凡慌慌张张地进来了，见温启刚脸色甚是难看，低声问："老大？"

"谁是你的老大，我让你约的人呢？"

销售部经理岳奇凡让温启刚吼出了一身汗，还好，他并没把这事给忘掉。

"老大，不，温总，我是尽力了，没想到这家伙现在这么嚣张，竟然连您的面子都不给。"

"面子重要还是市场重要？我问你，这么大的事，你这个销售部经理知不知道？"温启刚说着，将报纸摔在岳奇凡面前。岳奇凡双手捡起报纸，脸色由黄变白，声音更低地说："对不起，温总，这事我……真是尽力了。伊和平的口张得比狮子还猛，不但要价高得离谱，而且……"

"而且什么？！"温启刚还在发怒。

"他让温总您亲自去跟他谈。"

温启刚无言了，这不是商业谈判，伊和平如果真这样要挟，那就是要跟他撕破脸。"好吧。"他有点无力地跟岳奇凡说，摆摆手，打发走了岳奇凡。这张报纸还有这条新闻，像条蛇一样钻进他的心，咬得他难受。伊和平！他恨恨地吐出这三个字。

闷了半天，温启刚抓起电话，打给曹彬彬。曹彬彬听完，哈哈大笑起来，说："温总啊，这事你也发火，太弱智了吧。"温启刚不知就里，急道："这事怎么能不发火，我跟华宇的关系都跟你讲过的，没想到是这样一家不讲道义的公司！"

"罢罢罢，别老是拿道义的帽子往人家头上扣，还是说你自己吧。温总，你是不是急糊涂了，这新闻是假的，你看不出来吗？"

"假的？"温启刚愣住了。

曹彬彬又是一阵大笑，笑过后，说："温总啊，都说你是商场老将、老江湖，没想到你急起来，一点判断力都没有了。你仔细看，人家只是达成意向，根本没形成事实。这种新闻明显就是造出来的，是故意放风。我怀疑，这新闻甚至是这家叫华宇的公司单方面做出来的，至于'劲妙'能不能投入五千万，会不会投入，鬼才知道。我告诉你吧，'劲妙'现在根本就没有钱，这是我最新得到的确凿消息。"

"不可能！"温启刚叫了一声。说"劲妙"跟华宇联手做假新闻，他信，刚才也是太急，没仔细看，这会儿听曹彬彬一细说，就觉得这新闻确实有问题。但曹彬彬说"劲妙"没钱，温启刚不信。

"信不信由你，这事不争。我只能告诉你，有些企业现在是死撑，是快破的气球。温总你可千万别被迷惑，不要作出错误的判断和决策。"

听完此言，温启刚觉得自己的判断真是出了问题。他跟曹彬彬说了声谢谢，挂了电话，又拿起那份报，这次一看，就能看出破绽了。这新闻显然是假的，是钓鱼的！

就在温启刚打算派岳奇凡亲赴华宇大本营，搞清华宇跟粤州"劲妙"到底是怎么回事时，岳奇凡居然跟唐落落吵上了。

唐落落这天不知怎么了，突然把岳奇凡叫去，开口就问："销售商那边沟通得怎么样？"

"情况不是很好，我已经跟温总汇报过了，正在跟温总想办法。"岳奇凡应付地说。在岳奇凡眼里，唐落落找他过问销售的事，是越权。岳奇凡一向对唐落落有意见，意见还大得很。前段时间，公司风传唐落落跟温总如何如何，有人甚至编出很多惊心动魄、光怪陆离的故事，说他们早就背着黎元清明铺暗盖，颠鸾倒凤，睡在一起了。还有好事者说，亲眼看见两人在办公室里热气腾腾地干那事呢。岳奇凡都不信，他相信这都是这个女人搞的鬼。以前她刁难温启刚，压制他、打击他，现在肯定是黎元清那边对她冷了，没戏了，她才转而对温启刚含情脉脉，想用美色迷惑住温老大。这种女人，什么时候都离不开身体，以为美色是万能的，是一张永久的票，可以搭上任何男人的船。岳奇凡心里充满了对唐落落的鄙视，所以见了她，就显出不恭不敬来。

"这点事都摆不平，还要你做什么？"没想到唐落落突然发起火来。

岳奇凡一愣，感觉今天的唐落落有点怪，怎么冲他发起火来了呢？不过态度上，他还是很注意，克制着说："这事是有些复杂，不是那么容易就能搞定的。"

"那你能搞定什么？"唐落落紧追不放，目光逼视着岳奇凡，像跟岳奇凡有多大仇恨似的。岳奇凡心里嘀咕，这女人吃错药了啊，在哪儿受了气受了冤，找我发泄来了，于是口气比刚才坏了一点："唐总，用不着发这么大脾气吧，是不是唐总对我们销售部这一块早就看不顺眼了？"

"你说什么，岳奇凡你说什么？"唐落落在公司一向是受人尊敬的，哪怕这种尊敬是假的，别人在她面前也要装得规规矩矩。她自己呢，也习惯了被人尊敬。岳奇凡用如此轻蔑的口气和她说话，还带着挑衅，她哪受得了？唐落落一下子火了，啪的将桌上的水杯用力一摔："岳奇凡，你给我听好了，今天你要不把很多事说清楚，休想走出这个门！"

岳奇凡一点没怕，屁股大方地往沙发上一甩："好吧，不出就不出，那我就赖在唐总这里了？"

"你……"唐落落没想到岳奇凡会这样，反而被他的动作和口气给慑住了。当然，唐落落也不是没招的人，想让她出洋相，岳奇凡还是嫩了点。她抓起电话，二话不说就打给温启刚和黄永庆，让他们过来一趟，然后冲着坐在沙发上、高跷着二郎腿的岳奇凡说，"行，岳经理，你现在是有资本的人，我唐落落可能约束不了你了。"

岳奇凡这才紧张起来，他同样没想到唐落落会搬救兵，正紧张着，温启刚跟黄永庆一前一后进来了。

"怎么回事，奇凡？"温启刚问，同时目光投向唐落落。唐落落绷着个脸，表情要多难看有多难看。

"唐总过问销售的事，我可能语气不好，让唐总生气了。"

"语气不好，你那叫语气不好？"唐落落接过话就说。

温启刚赶忙打圆场："都别急，有事慢慢说。"黄永庆也说："唐总别发火，让岳经理说说，到底怎么回事？"

黄永庆不说还好，一说这句，唐落落越发控制不住自己了。好啊，你们联合起来对付我！她挺了挺胸，摆出一副舌战群儒的样子："你们都认为是我没理？好，今天当着二位的面，咱把事情往明白里辩。岳奇凡，你把前面跟我说的话重复一遍。"

"这……"岳奇凡突然没了底气，尽管有温启刚给他撑腰，面对唐落落的认真与较劲，岳奇凡还是有点心虚。

"行啦，行啦，销售的事我负责，如果有什么不满意，责任也全在我，不能全怪奇凡他们。"温启刚赶忙插话，同时示意岳奇凡，让他离开。

唐落落却不给机会："我就知道你会护着他，都什么时候了，你还有心思为下属护短？"唐落落把话头对准温启刚，温启刚只好噤声。见温启刚挨训，岳奇凡不敢沉默了，想插话，可唐落落哪容他再多嘴。

"够了，我不想听谁解释，现在是需要你们报效公司的时候，平时你们不是个个都挺能干吗，这阵子怎么都没招了？销售商的事，你必须搞定，不管有任何变故，公司都要追究你的责任，明白不？"

岳奇凡头上有了汗。唐落落真要认真起来，怕是温启刚也阻止不住。他可怜巴巴地望着温启刚，等温启刚解救他。

"黄总，麻烦你先把岳经理带出去，我有话跟唐总单独谈。"

温启刚口气很硬，几乎不容回绝。他不是驳唐落落面子，三个老总当着一个下属的面叫来喊去，太有损企业形象。

岳奇凡如遇大赦，急忙跟着黄永庆出去了。人刚出门，嘴上功夫就又来了："老女人真可怕，更年期综合征。跟这样的女人合作，太可怕！"

黄永庆瞅他一眼，摇了摇头，什么也没说，回自己办公室去了。

屋里只剩下唐落落跟温启刚。这是黎元清来过之后两人第一次单独相处，空气一时有点僵，温启刚不大自然，感觉哪儿还没调整过来。唐落落却无半点不适，她是被岳奇凡气疯了，胸脯仍在剧烈地起伏，脸色一阵红一阵青，嘴唇也在哆嗦。

"来，喝口水，消消气，跟下属犯得着生这么大的气吗？"温启刚讨好似地给唐落落杯子里续了水，将水杯递过去。

"我不是跟他生气，是跟你！"

"跟我？"温启刚笑了一声，"行，有气往我身上撒，干吗冲他们啊？现在局面这么乱，有些情况他们也是左右不了的。"

"就你通情达理，我唐落落始终是恶人！"

"落落，不许这样讲！"温启刚突然加重了声音，变得认真起来。

"为什么不能，你知道他做了什么事吗？"

"做了什么？"温启刚有点惊愕。

"好吧，我也不瞒你了。你这个得力干将，竟然敢瞒着你我，擅自给经销商加码，'宝丰园'还从没给过哪家销售商那么低的折扣，他就敢，比公司政策又多出一点五个百分点，这怎么解释？"

一点五个百分点？这么大的幅度，岳奇凡他敢？

温启刚听得目瞪口呆。好力奇跟别的公司不一样，尤其是在市场政策方面，执行相当严格，公司会针对不同的区域市场制定出不同的销售政策。政策一旦制定，是非常透明的，不管是负责营销的老总，还是下面各部门，都无权擅自加码。因为一旦执行走样，立马会引起市场的连锁反应，会让自己的价格体系崩溃。就算对贡献很大的经销商有什么奖励，也必须经过公司董事会同意。没有他和唐落落的签字，谁也不敢乱来。

"不会吧？"温启刚问。

"我也希望不会，可是启刚，你这个岳奇凡胆子忒大了。你问问他，华北区域市场那家叫运天贸易的公司，为什么这季度少回款五百万？"

"真有此事？"

温启刚说着，抓起电话，直接打给岳奇凡。华北市场总共分为两块，都归岳奇凡负责。这家叫运天贸易的公司，算来也是好力奇的老客户，老板是当地非常有影响的一位人物。

"这事啊……"那边岳奇凡听出唐落落是为此事发火，马上解释起来。岳奇凡果然是向运天贸易让了利，五百万货款的确也没收回，但具体原因他说是运天贸易的库房着了火，损失非常惨重，对方已尽最大努力向好力奇回了款，尚有五百万，实在无力，申请延期，并不是免去。至于多让利一点五个百分点，他是这样考虑的：既然双方是长期合作关系，这些年运天贸易也的确为"宝丰园"做了不少贡献，在人家遭受重大损失的时候，好力奇不能一点表示也没有，遂做主将本月的结算标准在原来的政策基础上下调了一点五个百分点，总计让利不到五十万，这是在他的职权范围内的。当然，他是向唐落落打过报告的，可惜报告打上去，唐落落一直没有回应。

"打过报告，他什么时候打的？我是刚刚才看到财务的报告。"唐落落说。

"奇凡应该不会说谎，是不是前段时间你太忙，没顾上这事？"

"启刚，我提醒你，对你的几个手下，最好少点信任，多点监督，我担心有一天你会被他们卖掉。"唐落落越说越过分，好像岳奇凡这样做，是温启刚在背后指使似的，连着又说了岳奇凡的诸多不是。其间还提到温启刚更为欣赏的品牌运营部经理高静，说她越来越像绣花枕头，中看不中用，以前安排工作，能超人预期地完成，现在倒好，得拿鞭子在后面催着。调查市场的事安排下去这么长时间，到现在任何消息也没有。后来又说到永江基地，也是一通牢骚。总之，唐落落这天发了飙，对谁都有意见。温启刚起先还听得认真，边听边内省，后来就觉得唐落落是受到刺激了，这刺激绝不是来自他，联想到唐落落对他的态度，突然懂了。

黎元清！

温启刚相信，唐落落突然对他和公司的骨干成员如此发飙，如此抱有成见，一定跟黎元清这次回来有关。黎元清到底跟她谈了什么呢，谈什么能让她变成这样呢？温启刚不动声色地盯住唐落落，心里却想了很多。当然，他对唐落落的这些忠告还是很在意的，尤其是对岳奇凡，瞬间多了许多想法。不管有什么理由，擅自做那样的主，这在好力奇都是没有先例的。不过，这些想法都被他压了回去，他不打算在唐落落面前表现出来。

"打起精神来，没你想的那么坏，当然也不能盲目乐观。不管怎么样，我们都要面对。"温启刚脸上强撑着笑，不管怎样，他都不想跟唐落落搞分裂，公司内部也不容许这种分裂，必须精诚团结，共同面对难关。

"我面对不了！"唐落落完全失控，好话坏话全听不进去，"你看看现在公司成了什么样子，全是离心离德的，这样下去，不用别人灭，咱自己就把自己灭了！"唐落落说完，一屁股坐下，双手托住头，做出一副苦相，肩膀一耸一耸，像是自己受了多大的委屈似的。

温启刚判断得没错，唐落落这种强烈的反差和变化，果然来自黎元清。

唐落落是跟黎元清结束了，他们的结束如同他们的开始，平静自然，没有任何波澜。唐落落累了，黎元清也累了，累了就应该分开，没必要再捆绑在一起。有些情是相依终生的，有些不是，短暂的轰轰烈烈后就该归于寂静。这一点唐落落想得通，黎元清更想得通。或者，他们从开始的那天起就没想过要终生厮守。唐落落不是那种但凡跟男人上床，就要男人负责一生的女人——没有人能对你的一生负得起责，除了你自己。当然，唐落落也知道，黎元清并不是嫌她人老色衰，不要她了，他不是那种人。黎元清的人生走到了另一个阶段，这个阶段是唐落落不懂的，够不着也理解不了，唐落落也不急着懂。黎元清说得对，不同的人生阶段，对爱、对责任的理解是不一样的，生活态度也跟着不一样。她相信。曾子歌病了，很严重，已经确诊是癌，留在这个世界上的日子不多了。黎元清含着泪说，他这辈子对她好的日子不多，一直让她孤单着，空担了妻子的名份。剩下的时间，他想守着她，不离开她一步，欠她的，能还多少还多少。黎元清说这番话时，唐落落哭了，一个男人能当着你的面谈到结发妻子，这也是一种胸襟。况且自从黎元清信了佛，对唐落落说的话，也跟以前越来越不同。信仰能改变一个人，这就是他们必须结束的原因。不但他们结束，黎元清身边的女人，一个个都跟她一样，走了。除了夫人曾子歌外，黎元清并不只有她。香港有，澳门有，内地这边也有。在莞东的时候，黎元清就把工商部门一个女孩的肚子搞大过，荒唐的是，那事还是唐落落出面替黎元清摆平的。他们之间，唉，怎么说呢，有时候觉得很清晰，有时候又觉得很乱。再后来，黎元清又看中了电视台的一名女主播，费了不少心血。按黎元清的说法，他是一个管不住自己的人，唐落落也认为他真是一个管不住自己的人。他是魔，是鬼，又是大师！黎元清每每有了新欢，都要第一时间告诉唐落落。唐落落呢，一开始还吵，还闹，骂他甚至打他，急了，也恐吓他。但这些都没用，都约束不了黎元清。后来唐落落想，为什么要约束他呢？如果黎元清是一个能被约束的男人，早就被夫人曾子歌约束了，哪轮得到她唐落落？但唐落落不认为黎元清是一个道德败坏的男人，这一点她非常清醒也非常理性，把这些事严格地跟"道德"二字划分开来，如若不然，他们是走不到今天的。当然，现在黎元清身边一个女人也没了，只剩下曾子歌。这段日子黎元清东奔西走，就是在处理这些事。这是黎元清这次来告诉她的，他抓着她的手，坦诚地、毫不隐瞒地把这些跟她说了，然后低下头道："如果你要惩罚，现在就惩罚吧。"唐落落说不，她甩了甩头发，把脸上的表情甩干净，道："干吗要惩罚你，你给我的已经够多了。如果不是你，我还是那个头重脚轻，不知天有多高地有多厚的无知女孩；如果不是你，我仍然是那个自以为是，不把任何事、任何人放在眼里的狂妄无知者。你给我的，我一辈子也用不完。"这是真话。这段日子，唐落落把自己从头到尾想了一遍，连最不想碰的那一幕也碰了。她承认，跟十八岁遇到的第一个男人相比，黎元清对她算是很厚的了。她从黎元清身上学到的东西，更是她从别处学不来的。况且黎元清说，他们只是结束那层关系，在公司，他们依然是同事，是最值得信赖的合作伙伴。

最值得信赖！

这不是黎元清拿虚话来骗她，唐落落真心感觉到，这次来，黎元清跟以前有明显不同，他好像在打理一切，在做某种善后。在这善后中，他是把唐落落考虑在第一位的。他给唐落落开了三个条件，让唐落落自己选择。第一，公司股权重新调整，他将手中百分之二十的股份转到唐落落名下，不是报答，也不是因为他们终止了这层关系而要给她补偿。"给你百分之二十，你在公司的股份就跟我差不多了，将来万一公司有啥变动，你比他们都主动。"黎元清是这样说的。唐落落哪能接受，她说："这种买卖最好还是别做，我不是卖身给你，现在也不存在赎身回来的问题。"黎元清叹口气，又提出第二个方案，说唐落落如果有其他打算，比如离开好力奇，另起炉灶，他可以给一笔钱，让她重新起步。唐落落火了，没来由地火了。她反问黎元清："你想赶我走？"黎元清说："哪儿啊，这怎么叫赶呢，饮料行业越来越不景气，好力奇未来不容乐观，我是担心你啊。"黎元清露出一脸的无辜。唐落落不容他再说下去，口气很硬地说："谁也休想让我离开好力奇，我这一生，就是为好力奇来的。"听她说出此话，黎元清感动得要落泪，竟抓住她的手，哽咽着说："落落啊，能遇到你，是我这生的福，也是好力奇的福。真没想到，这种时候，你对公司还如此有信心，看来，我是老了，怕了。"叹完，黎元清又提出第三个条件。总之，这次来，他是很想给唐落落一点什么的。

第三个条件更是吓了唐落落一跳，最后，唐落落竟莫名其妙地接受了。

黎元清拿出英国的一处房产，那是他们俩刚刚有那层关系后，黎元清带她去英国度所谓的"蜜月"时，在伦敦河畔的一个小镇看中的一处小别墅。他当时先是租下来，两人在那里恩恩爱爱、缠缠绵绵了二十多天，留下了难忘的记忆。那个小镇和那古老的小别墅自此便留在唐落落心里，再也没被忘掉过。很多时候，唐落落会想起那段时光，想起那片红红的树林，还有别墅前的那条小河、小河上的那座石桥。那是她青春的记忆，也是爱的记忆。没想到时过多年，黎元清竟瞒着她将那处房子买了下来。唐落落既惊又喜，虽然一再说不要黎元清的任何钱物，但面对这样一份特殊的礼物，她还是没能抵挡住诱惑，竟忐忐忑忑地接受了。

随后，黎元清就急着去摆平东州药业了。唐落落知道，这次黎元清急着回来，是东州药业逼的。唐落落也隐隐感觉到，一场更大的危机在向黎元清和好力奇逼近。虽然黎元清在短短两天的时间里动用众多关系，凭借多年打拼积聚的资源，最终迫使有关方面给李汉森施加压力，让李汉森屈服，使东州药业放弃罐装凉茶的上市计划，但好力奇真正的危机并没有消除，或许这只是大地震前的一次短暂平息，不然，黎元清不会反常到如此地步！

原以为黎元清跟她谈过之后，就毅然决然地走了，没想到黎元清又跟她谈了第二次，而且这一次，他们谈的是温启刚！

唐落落抬起头来，抬得有些艰难。这时候，她是不该想起黎元清的，更不该想起黎元清跟她谈过的那些话。她必须独立，工作上独立，思想上独立，判断和识别温启刚，更该独立！

"对不起，我刚才有些失态。"她跟温启刚说，同时揉了揉眼睛。温启刚发现，刚才唐落落是流过眼泪的。

"也怪我太相信他们了，你刚才提醒的，我一定注意。"

温启刚的声音突然软下来，边说话边走近唐落落，一双眼睛也动情地看着她。多变的女人是敏感的，心理看似强大，实则很脆弱，尤其是在关键时刻。甭看唐落落发起飙来厉害得很，温启刚相信，在内心深处，她是孤独而又绝望的。

唐落落微微红了下脸，想说什么又没说，头又垂下去，像是有意避开温启刚那目光。此时的唐落落其实是后悔的，她不该冲温启刚发火，更不该对他生出猜疑。黎元清提防是黎元清的事，她怎么也跟着往那个方向走呢？不该的！

"启刚，对不住，我这脾气真是越来越坏了。"

"别这样，谁都有发急的时候，我也一样。"温启刚说着，手下意识地就要往她肩上去。这是男人的本能。快要挨近唐落落的肩时，他马上又清醒过来，逃似地把手拿开了。尽管这样，唐落落的身子还是发出一阵痉挛。真是奇怪，她也算是一个久经情场的女人了，叫风月老手也不为过，按说那种少女的悸动和情不自禁早已离她远去，怎么在温启刚面前就如此把持不住呢？还有，以前怎么从来没有这种感觉啊？唐落落傻了。

"你提醒得对，我对他们的确有疏于管教的地方，有时候信任也会害人，落落，你这课给我上得及时。"温启刚也不是故意讨好唐落落，刚才唐落落发呆的时候，他突然想到一个问题，岳奇凡很可能是不想让唐落落插手销售的事，才故意在唐落落最忙的时候将报告递交上去。而公司有规定，如果上司在规定的时间内没对下属提出的申请做回复，下属为了公司的利益，可以自行决定。岳奇凡应该是钻了这个空子。

这很危险，不管是对岳奇凡还是对公司，唐落落的提醒都有预警作用。温启刚已经意识到自己哪里出了问题，他是真心向唐落落检讨。这些年，他跟唐落落的确有过不少摩擦，也有不少过招的时候。虽然都是为了公司，但他不能排除，有时候，他是有阴暗心理的。人都是自私的，自私是人的本性，他温启刚也不例外。虽然没有明着利用岳奇凡他们孤立和排挤唐落落，但他内心这种阴暗是存在的。现在，温启刚想检讨自己，想重新梳理跟唐落落的关系。

必须梳理！

这不是说他对唐落落动心了，要跟她怎么样，真不是。对爱情，对女人，温启刚现在还是不敢奢望，他的内心仍被一些东西封锁着、堵着，无法打开，无法疏通，无法让另一个女人走进来。温启刚此时改变对唐落落的态度，是为了公司。好力奇也好，"宝丰园"也好，已经到了一个新的关口，如果他的预感不欺骗他，接下来好力奇必将会有一场恶战，甚至称得上劫难。苦心经营多年的好力奇又一次走到了十字路口，而这一次没人能帮他，甚至黎元清也不能，能跟他并肩渡过这道难关的，恐怕只有唐落落。

想到这儿，温启刚动情了，那只悬在空中的手不自觉地落下来，落在了唐落落肩上，而且暗暗用了劲。唐落落显然感受到了，她的身体一阵阵痉挛，双肩随着温启刚手上的动作而轻轻颤动，心也跟着抖动。她想伸出手，盖在那只手上，犹豫半天，却没动。

这一刻，唐落落又想起了黎元清，想起他的那些忠告。该死的黎元清，为什么要在这时候出现，为什么要跟她说那么多！

难道她真要像黎元清说的那样，重新考虑跟温启刚的关系？难道面前的温启刚真的不是一个可以托付终身的人？可她对他已经很有感觉了啊，这种感觉到现在还很强烈，几乎摧毁不掉！

怎么办？

唐落落彻底把自己难住了，一个善于经营企业的女人，并不见得能成为一个善于经营情感的女人，在这一点上，唐落落承认自己很失败。

时间仿佛过去了很久，又好像凝固在那里，动也不动。两个人都有话说，也觉得必须说，可一时半会儿，谁也开不了口，只好任凭时间就这么悠悠地流走。

第九章
做企业，杜绝不了"内幕"

黎元清一走就没了消息，温启刚这边，却是坏消息不断。

早上八点二十，温启刚处理完手头的事，准备到唐落落办公室碰一下头。华宇的事最近耗去他不少精力，他还是坚持原来的意见，不管费多大的周折，华宇这家公司都不能放弃。这里面有很多细节啊。这么说吧，眼下华宇对好力奇来说，已不仅仅是一家销售商，它绑架了许多东西。有些事温启刚跟公司讲了，有些没有，压在他心里，不到最后，温启刚不打算把它们讲出来。他现在急于要让唐落落弄明白的，就是"宝丰园"的市场格局。"宝丰园"在整个内地市场上总体来说很有成就，品牌冲击力和信任度都在其他品牌之上，就算经受点风浪，一时半会儿也不会倒下去，但它的市场格局分布得很不均匀。其他品牌都是先占领大城市，从发达地区延伸到欠发达地区。"宝丰园"的销售情况却有点不同，京、广、沪三个一线城市是没有问题的，品牌建设工作搞得很不错，市场也是牢牢控制在手中；西部的落后省份，除西藏和青海略逊一筹外，其他地方的表现出奇地好，尤其是银川、兰州等市场，表现力惊人。问题出在中间地带，尤其是饮料品牌普遍争夺的江浙一带，市场表现很不稳定，忽高忽低的态势非常明显。温启刚认真查看了这一季度的销售数据，下滑幅度最大的不是西北，也不是京广地区，而是长三角地区，顺带还殃及江浙地区。对任何一家企业来说，这片地区都是腹地、是中枢，重要性不言而喻。但这一带情况复杂，品牌林立，市场变化因素多，人们求新求异，口味变换非常快，常常弄得生产厂家摸不着头脑，又不敢有丝毫大意。大家你争我夺，烽火连天。"宝丰园"要想持续长久地发展，保住市场老大的地位，就必须夯实这块市场，牢牢把握市场脉搏，在各个方面走在最前面。而要做到这一点，销售商的选择极为重要。温启刚心里真是舍不得华宇，对华宇，他真是情有独钟啊。

不能放弃，绝不能放弃！温启刚一边给自己鼓劲，一边准备离开。偏巧这时候，副总黄永庆进来了，后面还跟着岳奇凡。

"有事？"温启刚问。

岳奇凡垂着头，前些天挨了唐落落的训，岳奇凡情绪受到打击，看上去萎靡不振。

"还是我来说吧，奇凡刚才找我，说了一件要紧的事。那家叫华宇的，不知什么原因，突然提出退货，所欠货款提了一个分期还款的计划，而且说再也不跟'宝丰园'合作了。这事让人觉得怪怪的，不合情理。奇凡怀疑是他能力有问题，找我商量。我对销售一窍不通，觉得这事重大，还是要跟总经理你汇报。"

"真有这事？"温启刚脑子一大，盯住岳奇凡问。

岳奇凡点头道："昨晚他们的销售代表找到我，口气很硬，真不知哪个环节出了问题。"

"伊和平呢，没找你？"

"销售代表说，伊和平去国外了，一段时间内不可能回来。"

"扯淡！"温启刚这下火了，好你个伊和平，我约你见面，你避着不见，得寸进尺地跟我来这些。

"把他电话打通，我来说！"他用命令的口气跟岳奇凡说。

岳奇凡急忙掏出电话，拨通了伊和平的手机，手机响了半天没人接。三个人你看看我，我看看你，脸上全是无辜的样子。电话声终于断了，岳奇凡求救似的目光看在温启刚脸上。

"用我的手机再打！"温启刚是较上劲了，华宇想彻底甩开好力奇，欠款还要分期还，这简直是在扇他耳光。岳奇凡用温启刚的手机打了半天，对方照样不接，又用桌上的座机打，对方索性关机了。

"狗娘养的！"温启刚实在忍不住，骂了句脏话，又问，"他们的销售代表呢？给我去请！"

"昨晚谈完，连夜赶回粤州了，我刚电话联系过，说那边业务繁忙，暂时回不来。"

"粤州？他们的大本营不是在上海和杭州吗，跑粤州做什么？"

伊和平原来是义乌人，起家是在杭州，华宇做到一定规模后，又在上海等地开了分公司，但就是没听说华宇在粤州也有分支机构。

"他们在粤州天塘区刚刚投资了一个项目，据说要把销售总部移到那边去。"岳奇凡补充道。

粤州、天塘？温启刚心里动了几下，几乎没怎么多想，就将华宇此举跟粤州"劲妙"联系在了一起。华宇此变，肯定跟"劲妙"有关系，说不定就是"劲妙"在背后搞的鬼。又想了一会儿，温启刚心里有底了，好吧，既然你不仁，也休怪我温启刚无义，到时可甭怪我温启刚狠。

"不要紧，这事先别对任何人讲，公司内部更要保密，唐总那里问起来，就说华宇这边我在沟通，二位听明白了没？"

两人冲温启刚点点头，岳奇凡脸上的表情舒展了些。昨晚他一宿未睡，真担心温启刚会怪罪他。目前岳奇凡在公司的地位有点微妙，虽然他也是中层，但销售部向来比别的部门要高半级，这是不成文的规定，所以岳奇凡在好力奇的影响力就比同是中层的高静她们要大那么一点。但这个位置的竞争也非常激烈，不少眼睛在盯着，稍有差错，位子可能就是别人的了。没有哪个人不期望高升，位置决定一切，这也算是职场铁律吧。岳奇凡在好力奇有得天独厚的优势，那就是温启刚的欣赏与厚爱，加上他精明能干，使他成为好力奇最有希望进入高层的人选之一。半年前就有风声传出，好力奇要在中层中选拔几位扩充到高管层，也就是进入核心管理层。岳奇凡拐弯抹角地探过温启刚的口风，温启刚没明说，但也没把岳奇凡的梦掐死。最大的阻力还是来自唐落落这边，岳奇凡知道，到底谁能进入公司高管层，唐落落的话很重要，但他是没法搞好跟唐落落的关系了，也不想搞好。一头扎进温启刚这条河，是升是栽，岳奇凡都认；脚踩两只船，哪边都讨好、哪边都奉承的事，岳奇凡不会做，也做不了。他现在只想做出成绩，让温启刚好说话，也好拿他的成绩堵住唐落落的嘴。好力奇和"宝丰园"遭遇困境，对别人来说可能是危机，对他而言则是机遇。好力奇遭遇的危机越多，他表现的机会就越多，一炮而红的可能性也就越大。别人都盼着市场不再有波澜，他倒是盼着市场天天狂风暴雨。像华宇这类事，多发生点，这样的公司，多出现点，那他岳奇凡在好力奇可不是现在这样子了。

这么想着，岳奇凡脸上的表情更加缓和，内心荡漾出一些东西。这东西很怪，似乎藏着什么。温启刚瞥了他一眼，瞥得有点诡异。岳奇凡看见了，赶忙冲温启刚笑笑，叫了声老大。温启刚没说话，他在想另外一个问题：在华宇的事上，自己是不是被人牵着鼻子进了某个圈套？不然，一个小小的华宇，怎么敢连着跟他叫板？这太反常了！

当天中午，温启刚就赶往粤州，他必须搞清华宇的内幕，进一步确证华宇跟粤州"劲妙"的合作深度。同时，他也急着想把心里的某个疑惑解开。温启刚最近有一种极不好的预感，好力奇内部可能出现了不该出现的问题，这问题很可能跟他有关。这种奇怪的感觉是孟子非和岳奇凡他们带给他的，很强烈。

去粤州的路上，温启刚接到一个奇怪的电话，对方说他是东州药业前老总左翼民的秘书，姓姜，叫姜丰，目前在一个安全的地方给他打电话。温启刚问姜丰有什么事，姜丰声音压得很低地说："大事。"

"什么大事？"温启刚问道。东州药业以前由左翼民掌管，好力奇跟东州药业所有的合作都是跟左翼民完成的。温启刚跟左翼民的关系虽说没黎元清那么熟，但也绝不能说陌生。半年前，左翼民突然离开东州药业，先是说身体有问题，不能再继续担任要职，后来又传是有经济问题，被东州纪委盯上了。三个月后，传闻得到证实，左翼民的确是出了事，被纪委"双规"。但东州方面消息控制得很紧，只对外界披露，左翼民在执掌东州药业十余年间涉嫌贪污和渎职，数额巨大，具体的涉案金额及涉案情节却一个字也不透露，搞得很是神秘。之后，此案便没了下文，左翼民好像消失了一般。东州药业很快易帅，目前执掌帅印的是前第一副总李汉森。好力奇跟东州药业所有的纠纷和矛盾，都是李汉森接管帅印后开始爆发的。

温启刚对外界风传的各种小道消息没有兴趣，所以对这个自称左翼民秘书的人态度很冷淡。对方听出他的不友好，说："温总果然是心静之人，之前我给你打过电话，也说过一些事，想必温总都忘了？"

"没忘，记着呢，有什么事，请讲。"

"当然是跟贵公司的事。"

温启刚有点不爽，刚才那句话让他突然记起这个姜丰来。左翼民身边的确有这么一个人，三十出头，很活跃，感觉很会来事，秘书嘛，职业所在。左翼民出事后，温启刚接到过各种各样的电话，其中也有这个姜丰的，说的事大同小异，温启刚一概当没听见。人有时候是需要管住耳朵的，不该进的绝对不能进，一进去，你就被扰乱、被纠结。况且，那些事对温启刚来说一点也不新鲜。换了刚来内地那阵子，他可能会震惊、会愤怒、会不安，现在，温启刚已经变得很坦然。在这块土地上，没有交易就没有收获，不遵循潜规则、暗规则，你就寸步难行。

"讲吧，什么事？"温启刚依旧显得不冷不热。

对方就讲了，依然是老调重弹，什么黎元清跟左翼民这样那样，两家企业有这问题那问题。温启刚听着烦，正要训对方，姜丰突然说："黎老总这次怕是摊上大事了。"

"什么？"温启刚的声音跳了一下，姜丰绕了一个大弯，原来是说黎元清。

"他跟左老总之间所有的事，都被人抖出来了。给黎老总挖大坑的人，听说是香港那边的，我这样说，不知温总明白不？"

"想让我明白什么？"温启刚极力压住内心的震撼和不安，耐着性子跟姜丰打哑谜。

"有人要彻底清算，好力奇跟东州药业之间的秘密包不住了。"

温启刚一顿，这话触动了他心灵的某处，说实在话，他最不想听到的，就是关于东州药业和好力奇之间的所谓秘密或者黑幕。什么惊人黑幕，什么惊天秘闻，都是媒体为了赚眼球造出来的词。内幕无非就是钱，一方送一方收。搞企业的,谁愿意往浑水里蹚?企业挣的每一分钱,可都是血汗钱。再说好力奇是股份公司,不是国有企业,公司最后挣的,还不都是黎元清的,用得着搞那些见不得人的勾当吗?但这种事确实存在,谁也杜绝不了,谁都是受害者,谁也都是参与者。

温启刚想起一句话:社会不是坏在某一个人某一拨人身上,而是坏在大家身上。大家的麻木和不作为才是这个社会价值体系崩溃的主要原因。

"跟你有关系吗?"沉默了一会儿,温启刚不客气地说。

对方没有马上回答,等了一会儿才道:"跟我没关系,但我绝不是多管闲事。温总,我敬佩您的为人,也敬佩好力奇这样的企业,我告诉您这个消息,并不是想从您这边得到什么,说穿了,也是惺惺惜惺惺吧。左老总出事,我也算是丢了饭碗,他的问题一天不落实,我就一天不能自由,也不能出来工作。当然,这些都跟您没关系,我是不想好力奇再受什么连累,这是一家好企业,温总您也是一个有抱负、有担当的好老板。"姜丰一气儿说了许多,带了不少感情,说到动情处,竟然有呜咽的声音。温启刚的心突然潮湿起来,谁都不是铁打的,在江湖上漂,满心都是湿,平时都是装着忍着的,稍不留神,最软的地方就被打动了,溢出不该溢的柔软和痛来。他抱着电话,发了好一会儿呆,对这个叫姜丰的再也没了反感。

黎元清出事只是迟早的事,这一点温启刚相信。其实结局早在他心中,所以他没有太多的惊慌。但姜丰说给黎元清挖坑之人也来自香港,引起了温启刚的警觉。温启刚本想问得再细致点,又怕给姜丰撑起梯子,他会顺势乱爬,最后还是忍住没问。

这一路,温启刚想了许多,他想起跟黎元清最初认识的日子,想起跟东州药业合作的每一个过程,想起好力奇走过的每一步路,想起"宝丰园"的点点滴滴。当然,也想黎元清的结局。现在看来,黎元清突然赶来公司跟他见面,是有用意的,这时候再去想黎元清那天说的话,意味就不同了。

粤州之行很顺利,几乎没怎么费力,温启刚就搞清了华宇的问题。不幸的是,他的猜测都被验证了,这让他既兴奋又不安。兴奋是因为他对形势和局面的判断总是那么接近事实，这让他自信大增。可很多东西一旦被证实，不安便紧随而来。这种感觉很要命，它让人总陷在一种悲悯中，无法逃身，无法解脱。这种本该是思想家才有的深刻和忧虑，温启刚却完美地具备了，而且强烈得很。没有人逃得开惩罚，包括他，除非你的步子一直是正确的，可这个时代，谁敢保证不走错一步？犯错是企业致命的危机，但犯错也是企业开创新局面的诡异方式，这里面的辩证滋味，只有温启刚这种身经百战的人才能体会到。

温启刚不但搞清了华宇，还发现了另一个秘密，这个秘密太逆天了。华宇的背后竟然还有另一只手，而这只手正是温启刚想逮到的！温启刚忽然改变了策略。他本来打算搞清华宇后，要诚恳地约见伊和平，跟他认真谈一次。可现在，温启刚不这么想了，他错了，原来，他也会犯错误！

温启刚赶紧往回赶，他已经没有时间再等了，再等下去，好力奇可能真要掉入万劫不复的深渊了。他必须以最果断的措施，痛打那些想置好力奇于死地的人。这次在粤州，温启刚除了掌握华宇的卑劣行径和肮脏目的外，也没忘关注对手"劲妙"。"劲妙"近期的动作很大，也极为野蛮。短短时间，"劲妙"连续推出了三款新产品，在包装上做的文章尤其大。温启刚挑选了一些"劲妙"的产品，对它新改的包装和大气的设计大加赞赏。此外，对"劲妙"近期推出的一系列销售举措，温启刚更是感慨不已。"劲妙"竟然能一气儿把百家高校拿下，让饮料市场的消费主力军——当代大学生为它做免费广告，做市场先行者，这创意、这执行，不得不佩服啊。"劲妙"还拿出将近一亿资金，在全国十六个市场搞有奖销售，奖品有豪华车、电器、欧洲游什么的。最令人惊讶的是在粤州，"劲妙"拿出黄金地段的十套房搞促销，奖给年度十大销售商，这种冲击力不能不让经销商心动。同样的促销方式"宝丰园"也搞过，其他饮料厂家也在搞，但如此密集、近乎狂轰滥炸式的市场攻击战略，还是让人心里咯噔作响。市场没有烂手段，只有烂执行，这话看来的确是真理。温启刚发现，"劲妙"在粤州的市场已经颇有起色，各超市、各商店的门口成堆码放着"劲妙"的新产品。在一家大型超市，温启刚停了一小时，做了个小调查，发现购买"劲妙"产品的消费者已达十分之三。这个比例真不敢小瞧，如果照这形势发展下去，不出半年，"劲妙"就能取代"宝丰园"！

回到东州，温启刚紧急召开会议，公司中层以上的管理者全部参加，销售部与会者更是扩大到片区经理。温启刚一改往常沉稳持重的样子，上来就火急火燎。他对与会者说，好力奇四平八稳的日子该结束了，饮料市场狼烟四起、群雄争霸，已经到了一个非常危险的时候，如果再没有危机意识，没有奋进精神，好力奇将不战而败，不战而退。他把败和退强调得很重，而且讲到了更为可怕的结果，那就是：饮料行业的革命即将到来。这是一场血与火的洗礼，是智者与勇者的较量，也是善者跟恶者的较量，好力奇打的不只是一场商业之战，更是一场道德之战、伦理之战、正义之战。

温启刚如此上纲上线，着实惊着了众人。包括唐落落，也被他搞得一愣一愣的。这人怎么了，不就去了一趟粤州吗，怎么忽然变得这样？唐落落在一旁古怪地看着他，不知从哪天起，唐落落觉得温启刚变了，很陌生。一种恐惧感生出，唐落落感觉有点驾驭不了温启刚了。她捧起水杯，有点痛苦地喝了口水，继续听温启刚往下说。

温启刚对大家的反应视而不见，讲完好力奇目前的危机，话题一转，开始下命令："我们目前要做的两件事，仍然是市场和产品。刚才我讲了市场的种种变化，还有出现的危机，现在我强调一句，越是市场求变的时候，越是我们抢抓机遇的时候。我们要重视对手，但绝不能被对手吓倒。好力奇接下来要从两个方面寻求突破，一是全力稳定市场，我们已经占有的市场，一寸也不能丢，中心市场、主导市场，必须牢牢把握在手里，同时要对二级市场、三级市场及边远市场如内蒙古、青海、甘肃等，加大开发力度，制定积极有效的配套政策，抽调精兵强将，全力开拓。要让'宝丰园'真正走向全国。跟经销商的关系，好力奇必须重视起来。粤州'劲妙'在市场上采取霸王政策，对经销商尤其是跟好力奇密切合作的骨干经销商，采取大幅度让利及利上加利政策，让这些经销商在诱惑面前做出对我们不利的选择，这对好力奇影响很大。'劲妙'这样做，分明是断我们的一条胳膊，不，断我们的四肢，让好力奇成为孤军。尤其是'劲妙'不惜一切代价挖我们的墙脚，更得让我们警惕。我在这里点一家经销商的名，就是跟好力奇合作一年，取得过骄人业绩的华宇。华宇跟好力奇的关系，在座的诸位都清楚，可以说，没有好力奇就没有华宇，同样，华宇也为好力奇的发展尽了自己的力。粤州'劲妙'这次放出狠话，一定要瓦解好力奇跟华宇的联盟，用意非常明显，就是要打击经销商对'宝丰园'的信心。大家想过没有，如果连华宇都能中断跟好力奇的合作，那还有哪家经销商不能？如果华宇跟好力奇的合作关系都能被打破，那好力奇在饮料市场还有什么威信可言？我这几天一直在想一个问题，就是经销商跟生产商，到底能不能形成永世的同盟，到底能不能成为利益链上两个不可分割的伙伴？现在看来，我们的工作还很不够，跟经销商的关系更是不能称为牢靠。同时，我还在想，像'劲妙'这样靠利益诱惑争取经销商的做法是否真的过时了？从目前'劲妙'对我们的影响看，这种做法在内地市场远未过时。不瞒各位，这些年我是有野心的，这野心不是说要把好力奇和'宝丰园'打造到什么程度，这是另一个问题。我的野心是想彻底改变内地市场的格局，建立内地市场的商业道德与商业伦理系统，让大家在逐利的同时，不要忘记自己的责任。现在看来，我好幼稚，商业道德和商业伦理的建立不是一朝一夕的事，是一项长期的使命。但企业必须顾及眼前，必须顾及现实利益。前几天，负责销售的岳奇凡问我，要不要用同样的方法打压一下'劲妙'的嚣张气焰。我没有点头，我把这个问题留给了岳奇凡，也留给了我自己。今天我郑重表态，我们在追求远期目标与战略的同时，不能忽略近期利益，更不能放松对企业现实问题的解决。所以，对'劲妙'釜底抽薪、断我臂膀一事，我建议销售部以牙还牙，而且要快、要狠，奇凡，你明白不？"

坐在会场上的岳奇凡眼睛一亮，兴奋地站起来，很有信心地回答道："明白，谢谢温总，我们一定会以牙还牙，做好销售商的工作。"

"好！"温启刚痛快地应了一声，脸上显出一层兴奋来。

身旁坐着的唐落落脸色陡然变暗，温启刚居然在这样的会议上公开为岳奇凡打气，为他撑腰，这让她情何以堪？难道他忘了，自己对他这个爱将是有很大的意见的，不只是意见，最近这些日子，唐落落对这个岳奇凡充满了各种怀疑。不，她对公司里凡是跟温启刚走得近的，或是靠温启刚的关系进入好力奇的，全都有了戒心。而且她敢负责任地说，她的怀疑绝不是空穴来风，更不是感情用事，只是苦于还没拿到铁实证据，不然，她这会儿就会站起来，跟温启刚理论。

听温启刚在台上对这些人又是鼓劲又是授权，唐落落又急又气。

温启刚啊温启刚，难道你真不明白你的这些爱将背着你在做什么，难道你真以为他们对公司就跟你对公司一样？好，你夸吧，你支持吧，我唐落落是拿你没办法了，看将来有一天你怎么跟公司解释，怎么替这些人收场！

温启刚还在慷慨陈词，激情勃勃，唐落落的心突然难受得不行，恍惚中，好力奇已经进入温启刚时代，她这个曾经在公司说一不二的人反倒成了闲角。唐落落知道这种想法要不得，对公司、对她，都只有百害而无一利，可她还是管不住自己。坐在会场里难受，唐落落想出去透透气，调整调整心情，正要起身，温启刚冲她说话了："关于跟销售商如何搞好关系，销售政策如何调整，下一步市场如何开拓，我想听听唐总的意见。"说到这儿，温启刚转过头来，直视着她，"唐总，不能由我一个人说，你也发表发表意见，给大家开动一下脑筋。"

唐落落愣了一下，开会之前温启刚并没跟她碰头，只是通知她需要开个会，振作一下士气。她也没打算在会上说什么，公司向来如此，会要短，讲话要少，力求务实高效。再说她对销售本来就关注得少，平日也少过问销售方面的工作，让温启刚这么将一军，突然不知该不该接话。

会场响起了一片嗡嗡声。刚才温启刚讲话时，会场鸦雀无声，大家都竖直了耳朵在听，这会儿刚说要她讲几句，会场立刻乱起来。唐落落有些难堪，心里也很不好受。她往会场上扫了眼，带头嘀咕的不是别人，正是岳奇凡。岳奇凡跟身边的两位片区经理低头谈着什么，说话声有点大。两位片区经理都是女的，其中一位曾经跟黎元清闹过一阵绯闻。原本黎元清将她安排在公司行政部，坐办公室，有段时间天天陪黎元清赴宴，没多长时间便拿起了名包，手腕上也戴上了价值不菲的名表，在公司里说话，口气更是不一样了。唐落落看出端倪，没吵，没闹，一纸内部调令，将她调到了销售部，指示分管销售的副总经理将其安排在相对偏僻的郑州市场。黎元清也懂了唐落落的心思，打那以后，没再跟这女子来往过。换了平时，唐落落可能不会发作，很多时候，她还是很能顾全大局的，不管是在感情还是在工作方面，都能替别人着想，尤其是替黎元清着想。但今天，唐落落忍不住了，接过话筒，冲着岳奇凡说："你们是不是坐不住了，不想听我讲是不是？如果不想听，三位可以出去！"

下面坐着的岳奇凡先是一愣，反应过来唐落落是冲他发火，蓦地起身，什么也没说，出人意料地走了出去。随后，跟他一起嘀咕的那两位女经理也扭腰摆臀地走了出去，高跟鞋在地上敲打出一阵脆响。

三人的举动惊住了所有人，唐落落更是目瞪口呆。下属公然挑衅上司、蔑视上司，这样的事，好力奇从未发生过。没想到这"壮举""奇举"，今天让岳奇凡创造了。唐落落傻了眼直直地站着，根本不知该做何应对。良久，她把目光投向温启刚，希望温启刚这会儿能站出来，替她捍卫点什么。没想到温启刚对她的求助视而不见，冷冰冰地坐在那儿，一声不吭。唐落落这下才知道什么叫众叛亲离。会场上嘈杂声再起，可能大家都被岳奇凡离奇的举动骇住了，也有人为唐落落鸣不平，期待她做出更出人意料的举动来。唐落落站在那儿，站了大约有五分钟，收回脸上的惊诧，很平静地咳嗽了一声，动了动椅子，抬脚走了。

唐落落离开了会场！

她用这种方式表达了对温启刚的不满。

温启刚依旧冷冷地看着，压根不对失控的场面说一句话，似乎眼前发生的一切跟他没有关系。直等传来重重的关门声，唐落落摔门而去，他才重重地咳嗽一声，对着会场说："散会！"

第十章
做人不能太有浪漫情怀

好力奇进入了一个诡异的时代。没人搞得懂温启刚的意思，也没人看得懂他的步骤。他似乎在有意打破一些东西，颠覆或者摧毁，也似乎在重新建立一些东西，权威或是秩序。唐落落摔门而去，让一场严肃的会议以内讧的方式结束，温启刚并没采取补救措施。相反，会议之后，他跟唐落落狠狠地吵了一架。

唐落落在会上受了辱，被下属当众"欺负"，在自己的办公室闷坐了半个小时，然后红着眼去找温启刚。唐落落不是兴师问罪，她就是想找温启刚问个明白，或者讨点安慰。至少温启刚应该跟她交交底，为什么要开这样的会，到底要解决什么问题，也好让她心里明白一点。就算让她配合，那也得清清楚楚不是？

可是温启刚没有。

这个一向很在乎别人感受的男人，这天像中了魔一般，居然对什么都忽略了，而且板着一张脸，见谁都发火。会议一结束，他便把负责市场推广和战略运营的两位部门经理叫去，狠狠训了他们顿。温启刚在公司是很少训人的，好力奇的员工几乎就没见过温启刚甩脸子，他们庆幸自己遇到了一位和善理性的好老总。可是这天，温启刚像是吃了枪药，脾气格外暴躁。他厉声教训了两位部门经理，原因是两位联手将岳奇凡提出的向经销商让利的政策否决了，而且背着他向唐落落打了小报告。训完两位经理，温启刚又将副总黄永庆叫去，也是厉声斥责一顿。去粤州之前，他交代给黄永庆一项工作，跟"劲妙"和华宇有关，但黄永庆没能按时完成。温启刚根本不听解释，劈头盖脸将黄永庆训得无地自容。唐落落进去时，温启刚刚把岳奇凡叫去，一同进去的，还有那个和岳奇凡在会上交头接耳，后来又拂袖而走的郑州片区的女经理。唐落落见他俩在，想退，步子都往后缩了，突然又心一狠，硬着头皮闯了进去。

温启刚没理她，对她视而不见，继续冲岳奇凡说："刚才会上定的事，马上落实，我现在给你最大的权限，跟经销商的谈判，以你的意见为主，为争取时间，也为减少程序，你只需向我一人汇报，明白不？"

岳奇凡回答得很利索："谢谢温总的信任，我这就去找华宇的销售代表。"

温启刚又转向那女的："你那边的工作先放一放，暂时移交给其他人，这段时间你全力配合奇凡，做他的助手。"

叫李菲的女经理小脸儿一亮，两道浓眉飞起来，声音脆脆地说："我听温总的，温总咋说我咋执行。"说完，扭过头来，冲门口站着的唐落落瞥了一眼。

那一眼瞥的，唐落落这辈子都忘不掉。尤其是李菲嘴角露出的那丝笑，挂满了嘲讽。女人的思维就是简单，越是肢体发达的女人，越是弱智得可怕。唐落落想，李菲一定是觉得温启刚替她报了一箭之仇，所以才有那种快意恩仇的兴奋感。

"好，你们回去吧，我等你们的好消息。"温启刚打发走两人，仍然没理唐落落，好像她不存在似的。唐落落那颗心受不了了，胸腔里翻江倒海，无数股浪涛在涌。不过，她忍着。唐落落也是明白人，风里浪里打拼这么多年，知道什么时候该忍，什么时候该疯。她往前走几步，在离温启刚三步远处停下。

"你这么信任他？"她的声音里突然有了一股寒意。

"我信任谁？"温启刚一边整理桌上的文件一边问，头还是没抬。

"还用我讲出来？你这是做给谁看，拿他气我？"

"这什么话，你当我是玩过家家？！"温启刚猛地扔掉手里的材料，两只眼睛喷出了火。

"我看比玩过家家更搞笑、更过分！"唐落落也不忍了，两人针尖对麦芒，很快吵了起来。

"你什么意思，有意见为什么不在会上讲，会后跑来跟我算账？"温启刚越说火越大。

"算账？启刚，你认为我这是来算账？！"

"叫我温总！"

"温总？"唐落落惊得眼珠子都要掉出来了，这时候温启刚强调叫他温总，用意不是明摆着吗？行啊，温启刚，黎元清走了才几天，你就耐不住了，这么急着跳出来，想夺权？

她脑子里再次响起黎元清跟她第二次谈话的声音："启刚这人，你还是要多留点心眼，我感觉他有野心。过去我在，他的野心一直没露出来，就怕我一走，他使足了劲，到时，你在公司的地位……"

唐落落的心情突然平静下来。

之前她还觉得，黎元清对温启刚是偏见，是无谓的担心，或许还有嫉妒。因为第二次谈话的时候，黎元清已经把她和温启刚的关系挑明，直言不讳地说："离开我可以，重新选择伴侣也无可非议，因为你不可能一直一个人这么过下去。不过我听说，你把后半生寄托在启刚身上，这就有些危险了。启刚真的会接受你，能对你的一生负起责来？我看有点悬！"他又说："你怕是不了解他的过去吧，听我一句话，在决定嫁给一个男人前，最好先把这男人搞清楚，不要一头雾水就去爱人家，那样很滑稽。启刚是个有故事的人，他不像我这般透明，我这人虽然干了不少错事，可我从不包庇自己。启刚不一样啊，他把自己的过去包裹得严严的，尤其是两段感情。到现在我都不知道他心里到底有没有真爱，你可能就更看不懂了……"黎元清意味深长地叹了口气，不再多说了。那一声叹，却像巨石一样砸在唐落落心上，让她对自己忽然爆发的这份爱、这份情有了怀疑……

唐落落这些天的表现，不能不说是受了黎元清的影响。其实这些天她是很矛盾的，一方面心里还强烈地爱着面前这个男人，很想继续为他疯狂，但内心的另一处地方，又意外地筑起了一道墙。现在她发现，这道墙随着温启刚最近的变化，竟越发坚固，越发穿越不过去。

她叹了一声，甩了甩头发。有些事迟早要发生，既然逃避不了，还不如让它早点来。

"我建议马上召开董事会，就董事长不在的这段时间公司如何运作，权力如何分配、如何监督做出决定。"

"什么？"这下轮到温启刚惊了。

"这不是我一时冲动说出的，启刚，不，温总你也知道，好力奇不是哪一个人打拼下的，它凝聚了我们所有人的心血。现在元清走了，公司暂时由我们三人负责经营……"

"别说了！"温启刚有些恼怒地打断唐落落。唐落落的这个建议确实出乎他的意料，但他相信，唐落落绝不是一时冲动说这话的。他再次想起了黎元清，不用怀疑，这是黎元清的主意，是黎元清交给唐落落的撒手锏。

"落落，你到底想干什么？"

"对不起温总，请叫我唐总。"唐落落的那股固执劲也上来了。

温启刚无奈地笑笑，脸上的表情一阵深一阵浅，变幻不定。"现在都啥时候了，你还有心思提董事会？"

"啥时候了，不就几家二流企业，至于吗？我倒是想问问，温总，你如此大张旗鼓，强调不惜一切代价搞好跟华宇的关系，又为了什么？"

"你说我为了什么？"温启刚反问。

唐落落呵呵一笑："谁都知道温总你跟华宇的关系，这时候你不关心自家企业，一心惦记着一家自己扶持起来的公司，还口口声声要好力奇让利，我就搞不懂，这家公司到底有多重要？"

"你当然搞不懂，你要是搞懂，我温启刚也不至于孤军作战了。"

"孤军作战？温总把自己说得太可怜了吧，我怎么觉得现在好力奇上下全是你温总的人，黎董走了，接下来，我也成多余的了吧？"

"你？！"

"怎么，说到痛处了？温总是个光明磊落的人，我希望温总能继续光明正大下去。我还是刚才的意见，立即召开董事会，就公司当前这种不正常现象做出表决。"唐落落的语气非常坚决。

温启刚更坚决："我也郑重地告诉你，现在我没有时间召开什么董事会，再说开不开董事会也不是你我说了算，等黎董回来再议。"

"他要是回不来呢？"

"他要是回不来，你唐总就得顶上去！"

"笑话！"唐落落大笑起来，笑得胸脯乱颤，眼里有了泪，"让我顶上去，温总你真会开玩笑，让我顶到哪儿去，顶到岳奇凡枪口上，还是顶到你温总的野心里？"

"唐落落！"温启刚猛叫一声，紧接着警告道，"现在不是你我斗嘴的时候，如果你还念着自己是好力奇的人，就乖乖地把你的嘴闭上，我温启刚做事向来不需要别人说三道四，更不需要别人来怀疑。如果你觉得我温启刚有不良用心，尽可动用手段，解除我的职务。"

"你以为我不敢？"唐落落一双眼睛瞪了起来，美丽的脖颈上竟然露出几根青筋来。

"敢，你唐总有什么不敢，什么都敢。"温启刚说着，鼻孔里发出两声冷笑。

这话重了，唐落落马上想到另一层意思，以为温启刚是借机讥讽或挖苦她在情感上的越界与出轨。本来为此事她就有点抬不起头来，觉得自己傻，白白向他人掏了心窝子，错把一腔痴情洒在木头上。这会儿温启刚这么一说，她羞得无地自容，恨不得一头撞到门框上。

"温启刚，你狠，太狠了！"唐落落说着，眼泪扑簌簌掉了下来。女人哪受得了这等屈辱，温启刚等于是拿刀子捅她的心啊，还使劲往上撒盐。

就在这时，门开了，副总黄永庆走了进来，看看这儿，又看看那儿，最后对唐落落说："唐总，高静她们回来了，急着向你汇报。"

一听高静跟许小田回来，唐落落猛地收住眼泪，抹了把脸，恨恨地瞅了一眼温启刚，出去了。黄永庆没急着走，刚才两人大吵，他就在门外。不是偷听，是生怕被其他人偷听。说心里话，他是同情或支持唐落落的，他也觉得从粤州回来后，温启刚变得不可捉摸。尤其是最近有关黎元清的传闻一浪盖过一浪，都挺吓人，好力奇的未来成了他们整天琢磨的一档子揪心事。

"温总。"站了半天，黄永庆怯怯地叫了一声。

温启刚转过身来："有事？"

"哦，没事，温总你消消气吧，注意身体。"黄永庆搭讪几句，转身离开了。温启刚关上门，深吸一口气，站在窗前，目光凝视着窗外，一动不动。

恐怕没有人能读懂他此时的心情，温启刚知道，自己在下一盘险棋，这棋如果冒险走好，好力奇或许能逃过一劫，起死回生；一旦下不好，那可就……

他不敢想下去，真的不敢。

站了半天，他恨恨地关上窗子，回到桌前，随手拿出一张纸，信手涂写起来。写了十多分钟，才发现上面全是"岳奇凡"三个字！

看来，温启刚跟岳奇凡是在进行着某种博弈！

高静瘦了。唐落落见她的第一眼就发觉她瘦了，脸变长了，也变黑了，小身板看上去弱不禁风。

"病了？"唐落落一边调整情绪一边问。

"她失恋了，不吃不喝。"许小田抢着说。

高静恨恨地瞪一眼许小田："不说话你会死啊。"

"人家是心疼你嘛，都变成这样子了，还不让人说。"许小田说完又看了看唐落落，多嘴道，"唐总，你快心疼心疼她，这一路，她可没少受罪。"

"怎么回事？"唐落落将目光转向高静，高静看上去真像是被伤了的样子。她心中的高静阳光、透明，什么时候都充满活力，而且对工作不知疲倦，正因为这样，唐落落在她身上寄予了很多希望。跟温启刚关系密切的中层中，唐落落独独不生高静的气，相反，什么时候见了她，都有一种信任感，一种亲切感。以前她就将很多不便安排给别人的工作安排给高静，有些甚至是极为机密的。任何一家公司都有自己的机密，这些机密有的是用来对付对手的，有的却是针对自己人。不管是哪种，高静都能出色地完成，而且严格替她保守秘密。如果说好力奇谁有资格出卖她的话，那这人绝对是高静，因为高静知道的秘密最多。但唐落落从不怕高静会出卖她，仿佛她对高静有天生的信任感。女人之间是有感觉的，唐落落相信这感觉不会骗她，因此她对高静就多了份期待，也多了份关怀。公司别的员工出什么事，她的心不会受震动，顶多公事公办地关心一下，但高静不一样。这个女子以一种奇怪的方式把她的心摄住了，唐落落真是不能容忍她受伤。这会儿听许小田说高静失恋了，唐落落猛地悲从中来。

两个苦命的女人！

"过来，坐。"她坐下，拍拍身边的沙发，示意高静坐过来。高静愁闷着脸，迟疑着，不知该不该坐过去。

"快去啊，你看唐总多关心你。"许小田的声音又响了。

唐落落有些不乐，有些情绪酝酿出来，是不许别人破坏的。今天她的心里有伤，高静心里也有伤，两个有伤的女人自然而然就能融在一起，许小田就显得多余。

"你先出去，我跟高部长谈谈，需要你进来，我会电话通知。"唐落落下了逐客令。许小田讨了没趣，失落地离开了。

唐落落再次说："坐过来吧，让我看看那个姓乐的把你伤成啥样了。"

乐晓松追求高静，这在公司早不是秘密。公司里但凡优秀的女孩，婚姻都成了难题，这在职场中很普遍，也很诡异。似乎越是能干的女生，解决起婚姻问题来就越难。而一家好公司，要全方位地去关心员工，不能只盯住员工为公司出了多少汗，干了多大业绩，赚了多少钱，必须人性化地关心他们的成长。让员工跟公司一起成长，这才是王道。唐落落不是不懂，作为一名业界有名的高管，公司该做什么不该做什么，她太清楚了。两年前，她听从一位企业管理专家的建议，想在好力奇培育一种仁爱文化，核心就是让公司上下学会爱，学会关心与理解。高强度的竞争下，太多的企业推崇狼性文化，把员工个个训练成狼，就知道咬，就知道厮杀，却不知厮杀的背后还应该多点关爱，给对方留有余地，也给自己留有余地，共同成长才叫成长。在这一点上，她跟温启刚是一致的，都不主张赶尽杀绝那一套。他们一直强调，企业竞争应该在良性循环下进行，遵循优胜劣汰的原则。劣的，需要刺激，需要变，而不是被吞没、被掠夺。现实却总让他们的这种思想碰壁，所见所闻，几乎都是弱肉强食。黎元清常笑他们幼稚，说他们有浪漫情怀。干企业怎么能浪漫呢？"那你为什么要做公益，要做那么多善事？"唐落落反驳黎元清。黎元清笑笑，手掌轻柔地落在她肩上，盯住她美丽的眸子说："两码事，我黎元清如果不做公益，会疯掉。"这是实话，唐落落信。尽管黎元清在企业如何竞争上跟她和温启刚老有不同意见，但她相信黎元清也是有某种情结的。黎元清不是不主张建设这种文化，而是担心内地企业的大背景，在一种缺失仁爱和礼仪的大环境下，这种文化建设起来很难，弄不好会把自己的企业搞成实验品，不伦不类。唐落落偏不信这个邪，她花重金请来管理顾问，请来文化界名家，给企业补上这一课。她还听从别人的建议，有针对性地往企业内部引进了一批优秀的男生。可谁知，这批男生一进入好力奇，马上露出狼的本性来，以为自己进了优秀企业，上升的空间更大，平台更宽阔，那种狠劲、凶劲全使了出来。唐落落哭笑不得，终于懂了黎元清为什么不热衷于这些所谓的"花样"了，原来大背景真的很重要。后来她把自己引来的这些男"凤凰"全打发走了。她是一个有梦的人，这些梦虽难成真，但也不容许别人轻易践踏。

"说吧，先谈工作呢，还是先谈谈你的感情？"唐落落将心思拉回到高静这儿，端起水杯，没喝，双目流盼地看着高静。

高静赶忙摇头，红着脸道："感情有啥好谈的，还是抓紧给唐总汇报工作，唐总交代的事，怕是我们完成得不好。"

"不！"唐落落固执地摇了摇头，脸上浮出一团热笑，"你们不是我的机器，我是女人，懂得女人的伤在哪儿。感情一旦迷茫或困惑，谁还有心思去干工作，你说是不是，静？"

她对高静的称呼也变了，叫得那么亲热，甚至有几分暧昧。

"不会的，请唐总放心。"高静的脸更红了，低下头，心突突地跳。她也是一个要强的女子，轻易接受不了别人的同情。

"你不用骗我，一进门，我就知道我们的高大小姐是带着伤来的。说吧，乐记者怎么得罪你了？"

唐落落对乐晓松并不陌生，某些方面甚至比高静看得还清。她以前认为，乐晓松跟高静是天生的一对、地造的一双。乐晓松健康、善谈、浑身充溢着一股年轻男人的活力，又有职业上的优势，记者嘛，无冕之王。但随着跟乐晓松业务上的不断接触，唐落落这双眼睛还是看出了不该看出的破绽。这些年跟媒体打交道，唐落落越来越对传媒界有看法，对一些所谓的媒体人包括资深记者等看法更多。怎么说呢，唐落落觉得现在的媒体越来越没了担当，没了操守，只为牟利。当全社会为利而狂时，干净的内心便不剩几颗。好在她对乐晓松还没彻底反感，乐晓松身上还是有一些闪光点的，不然，她早就对高静提出警告了。

她可不想把最好的女下属喂进狼口。

"哪有那么娇气。唐总，您千万别听小田的，她那张嘴，老是乱讲。"

"跟她没关系。说，乐晓松怎么欺负你了？"

高静知道这话题躲不开了，她太了解唐落落了，能干的女人往往较真，而且高静也隐约猜到唐落落为什么要先谈感情。如同唐落落能看透她一样，高静同样能看出唐落落的一些心思来。唐落落一定是跟温老大闹翻了，这从她的一双眼睛里便能看得出。唐落落没伤着的时候，那双眼睛是明亮清澈的，时刻闪烁着，发出一种奇特的光芒，不只充满了睿智，还有一种女人特有的灵动、自信、飘逸。那双眼睛里有山有水，风景足得很，也美得很，这在她跟黎元清热处时尤其明显。记忆里，唐落落这双眼睛里从没有过雾，净是电、是雷，偶尔还会有彩虹。女人真是用爱养的，都说恋爱中的女人最傻、最白痴。高静不这么认为，她认为只有用爱滋养着的女人才是最美的，不但美，而且聪颖，具有非常强的明辨力。唐落落眼下的犹豫和憔悴，一定跟温启刚有关。唐落落是想借乐晓松和她的故事，来解开自己心里的疙瘩。

"好吧，唐总非要听，那我就实说了。我跟晓松真是不合适，恋爱勉强维持到现在，算是结束了吧。"

"结束？怎么能结束呢，你们不是……"

　　高静这会儿已坦然下来，任何问题，只要真实面对，它就难不住你。"恋爱这东西，想必唐总比我更有体会，合适的，怎么都合适；不合适的，怎么也凑合不到一起。"

　　"可是，晓松他……"唐落落想说什么，又将话捂住。

　　"他是个好人，很优秀，可我们无缘。"高静叹了口气，就此打住话题。唐落落略略有点遗憾，感觉高静有什么事瞒着她。

第十一章
挫折与失败是警醒我们的镜子

高静不是有事瞒着唐落落，她是真想结束跟乐晓松的这场恋爱。

这个想法以前或许就有，但不那么强烈，所以高静认为自己还是爱着的，爱情这场雨，自己正淋着，虽然不那么痛快，不那么惬意，但比那些至今淋不到雨还旱着的人强。这次香港之行，高静对爱情有了另一种感悟。或者说，香港之行让她闻到了爱情的另一种气息，捕捉到了爱的另一种可能。这气息尽管很缥缈，很虚无，但高静非常喜欢那种感觉。高静这才发现，自己要寻找的爱情是有味道的，她在香港完成唐落落交给她的任务时，意外地闻到了这种味道。高静兴奋，高静不安。高静也才发现，为什么如此长时间跟乐晓松沸腾不起来。乐晓松是个好人，聪明、能干、还能赚钱，但他缺少某种味道，那种特别能诱惑高静，让她能不顾一切地疯狂投入进去的味道。高静需要这种味道，真的需要。她认为爱情就应该是这样，能让一个女人去疯去狂、神魂颠倒、黑白不分、死去活来。这样的爱情，才不枉爱过一场。但乐晓松给不了她。她也发现，乐晓松致命的问题是太现实、太功利。爱情一旦现实和功利起来，就成了一场掠夺。高静不想要掠夺，她想要那种慢慢的浸入，一点一滴的，让爱把她渗透，将她占有，让她再也没有回头路可走。

高静也知道，唐落落为什么突然对她和乐晓松的这场爱情有了那么浓厚的兴趣。还是香港。在某种程度上，是这次香港之行改变了高静，也让唐落落陷入了另一场恐慌。

唐落落多敏感啊，她在办公室里抱住温启刚的那一瞬，就感觉她和温启刚之间横着什么，原来以为是温启刚的妻子孟君瑶，后来又觉得不是。孟君瑶都走了好些年了，一个人不可能长久地沉在旧伤中缓不过来。再说了，温启刚是正当壮年的男人，难道一个活色生香的女人还敌不过香消玉殒的亡者？横在她跟温启刚之间的不是孟君瑶，那又是谁呢？

她在几个女人身上把过脉，第一个排斥不开的，自然是来自香港的林若真，另外还有跟温启刚一直保持联系的香港宝丰园的掌门人白港生之女白如婵。可这后一个女人的情况，她真是掌握得不多，只是从黎元清那里点点滴滴地听说过。那天黎元清还说："落落啊，启刚这人，城府深得很。他不像我，我这人沉不住气，喜欢哪个就直接表白，这你是知道的，这么些年，我也从没瞒过你。当然，这方面我确实有罪，后半辈子我把它赎回来。启刚不同，他心里想着什么，你很难去猜。就说这感情吧，到内地这么些年，从没听说他对哪个女人好过，生过情动过心。这不正常，太不正常了！一个男人，又在万花丛中，怎么能对美女视若无睹呢，除非他心里有人！"

"他心里有人？"那天唐落落这样问过黎元清。既然她跟黎元清把什么都说开了，黎元清也知道她心里想着谁，那就没必要再扭扭捏捏的。这方面她跟黎元清真是有点像，拿得起放得下，也说得开。

"我想是这样，不过到底是谁，我就不大清楚了。感情方面的事，他从来不跟我讲。"黎元清那天没给她答案，不过黎元清后来说，"落落啊，如果你真打算把一生托付给谁，有两件事你必须搞清。一是这人的过去，甭看过去已经结束了，那是对我黎元清这样的人，对启刚这类人，未必。有些人是活在过去里的，过去是座山，压得他一辈子都走不出来。第二件，看看他的周围到底有没有炸弹。炸弹你懂吧，就是青春貌美的女孩子，现在诱惑多啊，落落，况且他又是钻石王老五，多少双眼睛盯着呢。那个啥，内地现在不是流行隔代恋吗，那些小萝莉，眼睛可全盯在功成名就的大叔身上。"黎元清的话听上去有些打击唐落落，唐落落听了心里确也难受，她是过了黄金期，真的不再有优势了，但她并没伤感，也顾不上伤感，心思完全被黎元清说到的两个词攫住了。

过去，周围？难道这辈子，她真的跟温启刚无缘？

唐落落让高静她们去香港，其实就是去查清温启刚跟盛高集团林若真的关系，在这一点上，她似乎走在了黎元清前面。可是今天，就在高静讲述的过程中，她突然又觉得，横在他们中间的那个女人，不，严格说应该还只是一个影子，好像就在身边，就在她眼前。

一股说不出的情绪瞬间裹住了她，让她坐也不是站也不是。纠结了一会儿，唐落落突然起身，扭扭身子，在屋子里来回走动起来，忽而如风摆柳，扭出风骚与性感；忽而又如风吹浪，走出一种气势。

唐落落这天的举动也弄傻了高静，高静觉得这人有点反常，跟中了邪差不多。后来，高静突然明白，她被人算计了，唐落落如此迫切地想知道她跟乐晓松的恋爱进展，并不是关心她，而是……

高静的心暗下去了，对唐落落本有的尊重和膜拜瞬间消失不少。这女人太可怕、可悲，甚至有几分可怜。她怎么能这样呢？甭说自己对温启刚没那份心思，就算有，关她什么事，她有什么资格审查自己？

对，审查，高静认为今天唐落落就是在审查她。反感夹杂着愤怒朝她涌来，让她逐渐平静的心再次失衡，她差点就冲唐落落发作起来。就在这时，唐落落突然转过身，用一种从未有过的语气冲她说："我爱他，我唐落落活了三十几岁，从未真爱过哪个男人。你们都知道我是黎老板的女人，可那不是爱，就算是，现在也终结了。温启刚这王八蛋，真不知用了什么手段，居然让我动心，让我放不下。高静，我不许别人抢他，不许！他是我的，必须是！如果你还念我对你不薄，就不要动什么歪脑筋。否则，咱俩的缘分就算尽了。我这样说，你明白不？"

"唐总，你在说什么啊？！"高静急了。此时她心里已对眼前这个装腔作势的女人有了反感，有了抵触，又听到唐落落如此赤裸裸地说出这样的话，不由得情绪激动起来。唐落落的话不仅对自己是种伤害，对温启刚也不公平啊。她不能让温启刚背上这个名声！

"唐总，我觉得今天这谈话有点多余，如果你真怀疑什么，可以明着讲出来，用不着兜这么大一个圈子！"高静不知哪来的勇气，突然起身，一双眼睛咄咄逼人地逼视着唐落落。

"好了，这事算谈完了，你如果不爱晓松，那就重新去寻觅，世上好男人多，我相信你会觅到的！"唐落落就是唐落落，眼见着高静要发作，要反扑，她用一种大大方方的姿态就把这场小风波给平息了，"现在我们谈工作，告诉我，那个叫林若真的女人，还有她的盛高集团，到底跟温启刚什么关系？"

高静惊得眼珠子都快掉出来了，这女人厉害啊，刚才还陷在爱里苦苦挣扎，脱不出身来，眨眼间就能让心思回到工作上。这能耐，这控制力，了不得！其实不然，唐落落也是意识到自己太富于联想，才急忙刹住车的。跟高静说话的时候，她也在心里苦笑道，我怎么能这样呢，草木皆兵，满目皆敌人，这不是我唐落落啊？难道我连眼前这个啥风浪也没经过的小女子都怕？

当然不怕！

唐落落这才从刚才的慌乱中定下神来。当然，她也没忘抚慰一下高静："对不起，我最近脑子有点乱，都快成神经病了，刚才如果伤到你了，我道歉。"

"没，没。"高静赶忙摇头，唐落落的反复无常也让她变得反复无常。唉，摊上这样的上司，能咋样？她收了收神，让自己从刚才的失态中走回来。

"静啊，我们接着往下谈，相信这次你绝不是空手而归，你同样关心这个女人，关心她跟温启刚还有好力奇的纠葛。说吧，我相信我能听到想听到的。"

"唐总……"高静又让唐落落给弄糊涂了，不是说不谈感情了吗，怎么……

唐落落看出她的疑惑，呵呵一笑："两码事，跟刚才说的是两码事。你难道不爱公司？以前你不是说过吗，好力奇对你来说，意味着全部。"

"是呀，是全部。"高静瞪大眼睛重复着，感觉自己的脑子有点跟不上唐落落的节拍。

"那不就对了，我是怀疑有人暗中打好力奇的主意。那个林若真，可不是等闲之辈啊。"唐落落的脸又阴了。

高静这才反应过来，唐落落要跟她谈的，是公司，而不是跟谁的感情！她的心一下子松弛下来。

"从现在起，叫我落落姐吧，这样谈话可以从容点。静啊，这些年我可是把你看作姐妹，看作自己能信赖的人。这些难道你感觉不出来？"唐落落的口气软下来，刚才那股凶劲也不见了，眼里又荡起一股温柔，抚在高静肩胛上的手也传递出一股关爱。

这女人，真是无法捉摸啊。

"能！"高静狠狠地甩了下头，把那些乱七八糟的想法全甩开，开始认真面对唐落落，"非常感谢唐总，我高静知道自己姓什么，也知道自己几斤几两，没有唐总，我在好力奇不会成长得这么快，我爱这家企业，也爱所有关心我的人。"

"这些话不用说出来。高静，你我都是明白人，刚才是我冲动，对不起，我再次向你检讨。念在你我都是女人的分儿上，希望你能谅解。"

"别，唐总，真不需要，我能理解，真的能理解。"

高静听话似地抬起头，发现唐落落搁在她脸上的目光又变成了以前那样。那目光她真是太熟悉了，在好力奇这些年，每每她有什么挫折和困难，这目光总能让她吃到定心丸，总能给她鼓舞。记忆最深的，是她到好力奇的第二年，温启刚交给她一项工作，那次没带许小田，由她独立完成。结果她被人算计，信誓旦旦对她承诺的商家最终欺骗了她，二百万打了水漂。高静吓得连公司都不敢回，二百万啊，换算成工资，怕是这辈子卖给好力奇也难还清。她躲在一家小旅馆里，就像一个无依无靠的孤儿，泪水和恐惧陪伴着她，饥饿和伤心袭击着她。就在她快要绝望的当口，唐落落出现了。那晚唐落落没带她离开那家小旅馆，她也像个旅行者，跟高静蜷缩在旅馆不太干净的床上。她先是让高静吃东西，她带了很多好吃的，都是平时高静爱吃的。高静惊讶死了，唐落落居然连她爱吃什么都掌握得一清二楚。她在感动与兴奋中狼吞虎咽，唐落落劝她吃慢点，说越是饥饿的时候，越要对食物保持警惕。唐落落还顺便讲到一条人生哲理：越是对什么心存依恋，就越要对它保持警惕，因为最伤你的，往往就是最爱你的。等她吃完，唐落落也不去收拾狼藉一片的战场，就让其像垃圾那样又乱又脏地摆在那里。这跟她平日的风格简直差了十万八千里，平日她可是容不得一丝乱的，不管是办公室还是活动现场，她对整洁和有序的要求都近乎苛刻。公司好几个女孩，就因过不了这一关而被除名。到现在，好力奇上下都被她训练成了洁癖狂、秩序狂。井然有序、干净利落，几乎成了好力奇的企业精神。可是那天，唐落落压根不在乎小旅馆的脏，她陪高静说话，讲自己的过去，甚至跟高静讲她和黎元清的故事。等高静彻底放松下来，她才把话题转回到那二百万上。

"人生哪有不栽跟头的，高静你真是不知道，一个企业家，是在百次甚至千次失败后才站起来的。想想好力奇，想想我唐落落之前创业，那些挫折、失败全都像噩梦一样，但它们成了财富，成了观照我、警醒我的镜子。面对失败，我们不应该选择逃避，更不应该流泪，我们要做的，是从失败中站起来，勇敢面对。"她花了将近两个小时，才让高静从恐惧和无望中恢复元气。就在高静脸上刚刚绽开笑容，打算将二百万暂时甩在脑后时，她突然说："我说这么多，不是安慰你，你需要的不是安慰，更不是宽容，是警醒，或者说是棒喝。好力奇不会再给你一个二百万，没有哪家公司会这样，你未来的每一天都要想想这二百万，也许，这二百万能成就了你。"

她说得没错，打那以后，那二百万就成了一口井，始终照着高静。高静在后来的日子里终于翻过了这座大山，她成就了今天的自己，也为好力奇打拼出不止一个二百万。

此时的高静，仿佛又回到当年，回到那家小旅馆。她在一种久违的气氛中，重新感受到唐落落的信任与厚望。刚才唐落落的怀疑和指责带给她的不快，被另一种东西取代了。是啊，她没有理由敌视她，更没有理由怀疑她、对抗她。唐落落不只是她的上司，更是她的前辈兼导师，她高静能有今天，唐落落是付出过不少的。

人得有感恩之心，如果连这都做不到，还能做什么？

高静平静下来，目光也渐渐变得清澈。人跟人之间，最怕的就是复杂，就是把不该有的情绪掺杂进来，或者说，是把本该简单的关系搞得复杂。高静不想这样，她想做一个简单的人、透明的人。尤其是在对她有恩的唐落落面前，高静更不想变得浑浊。

是的，人最怕浑浊。

"唐总……"高静充满感情地叫了一声。

"叫我落落姐。"

"好吧，落……落姐，这次去香港……"

唐落落脸上闪出笑，用鼓励似的口气说："简单明了，我只要结果。"

"好！"

一个好字，算是让高静彻底进入了状态。接下来，高静就将这次跟许小田出去调查到的情况如实向唐落落做了汇报。

盛高集团果然加入了对好力奇围剿的阵营中。近期发生的事，都跟盛高集团总裁林若真有关！

天哪，唐落落的心被搅乱了。高静带来的这些消息，她是急于知道却又怕知道，她真害怕从高静嘴里听到更吓人的消息。可是高静说，林若真半年前就到了内地，香港那边的生意由公司的其他人打理。林若真自己的全部精力还有时间，都花在了内地投资上。

投资？唐落落暗暗摇头，她从不相信林若真到内地是来投资的。幌子！林若真的野心她知道，接手盛高后，她一心想把盛高打造成全港最出色的企业。她的目光盯着国际市场，盯着西方发达国家，这也很符合林若真的性格。她怎么会突然看中内地市场呢？而且就算到内地来，首选也应该是上海、深圳，怎么奇奇怪怪跑到了粤州，还选择在天塘这样一个并不发达的小区域发展？她一直怀疑，林若真到内地，是奔着温启刚而来。当年香港那些事，她虽了解不多，但林若真跟温启刚之间绝对是有故事的。她现在关心的是，林若真跑到内地，是不是对温启刚再次燃情？温启刚呢？当年他对林若真，到底有没有真爱？唐落落不相信，当年的温启刚只是出于对林若真的同情，如果他不给林若真希望，林若真怎么会那般痴情、那般激烈？这是个谜，唐落落一直没解开，她怕的不是林若真单方面生情、单方面发疯，而是温启刚原本就对林若真……

林若真现在可是盛高集团的掌门人啊，这女人也真够狠的，愣是从她父亲林秉达手里夺过了盛高的大权，夺得干干净净，据说一分钱的股份也没给林秉达留。上次去香港，唐落落还托关系打听过林秉达。林秉达现在过得好可怜，尤其是妻子蒋婉仪含恨离开人世后，他的生活就彻底陷入了悲剧，独自一人品着寂寞与孤苦。狂傲不羁的林若真既不让他进入公司，也不许他在社会上抛头露面。听到这些消息，唐落落有过片刻的忧伤，差点一动心就去看林秉达，好在最终她还是把自己控制住了。

控制不住的是林若真。

唐落落压根没想到林若真会是一个商业天才，盛高在她手上，非但没走向衰败，这些年势头反而一年比一年猛，一年前在美国和中国香港同步上市，股价一涨再涨。这女人现在身家高达二十多亿，在香港商界、政界的影响力越来越大。去年香港的几家媒体评选全港最具魅力商业女性，林若真竟然高票入围，最终受到香港特首的接见。

每每想起这些，唐落落就又嫉妒又泛酸，心里那个难受，无法提。

女人跟女人之间是有秘密的，有些秘密大得很，大到超出所有人的想象！

第十二章
声东击西，黑手现形

唐落落的第一个男人，居然是林秉达！

当年如果不是林若真，她不会离开林秉达，更不会离开盛高，那么，她的人生就会是另一番样子了。

天哪，唐落落终于忍不住把这件事想起来了。这件事埋在她心灵的最深处，平时根本不敢碰，不敢动，可今天，在高静滔滔不绝的讲述里，她居然把这口深井给打开了。

一旦打开就会喷出很多东西。

唐落落自己都不知道当年为什么会发生那样的事。她跟林若真是同学，小学时就在一起，两家住得近，家境也差不多。那时林秉达才开始创业，盛高只是个壳子，发迹是后来的事。也许是两人身上都有那种不安分的因子，她跟林若真从小学起关系就要好得不行。林若真常到她家，她也常去林若真家。有时不想上课，两人就一起逃课，去公园，去游乐场，去郊外，去她们想去的任何地方。令人意想不到的是，有一天唐落落竟会背着林若真，跟她的父亲睡在了一起。

往事不堪回首。可往事里，还有很多东西是值得回味的。唐落落从没认为自己是个好女人，好与坏，在她这里很是模糊，几乎没有什么分界线。她也不计较别人骂她坏女人，骂就骂呗，一个人不让别人骂，活着岂不是很没意义？

那时候唐落落真是这么想的，对一切都坦然得很，坦然中带着某种隐隐的期待。她不知道自己是什么时候喜欢上林秉达的，那可是跟她父亲同龄的人哪！这事既诡异又奇妙，好长时间唐落落都搞不懂自己，觉得自己既叛逆又离谱。她查过不少书，也拐弯抹角地请教过不少人。有人说很可能是恋父情结所致，不少女孩子心中都有尊神，这神就是自己的父亲。唐落落呵呵一笑，怎么可能呢？她对父亲很没感觉。父亲尽管也是名门之后，可他的现实实在让人不敢恭维，先是在某所大学教书，但因为酗酒常常忘了上课，后来不得不被调到一家图书馆。在唐落落的记忆中，父亲只好两样东西：一是酒精，整天喝得昏昏沉沉、两眼发直，这样的人怎么能成为她的神呢？二是古玩，父亲对古玩的爱远远超过对母亲、对她，如果他不是如此痴迷地爱上那些散发着腐朽味、败落味的盆盆罐罐，也不会把那么大一份家业糟蹋掉。父亲爱古玩，但父亲一辈子都没淘到过几件真正的古玩，家里放的一大堆，大多是人家故意做旧了拿来骗他的。父亲被酒精麻醉坏了的头脑，在那些年是分不清真和假的，尽管这方面他有足够多的知识，可那些知识跟骗子们的巧舌如簧比起来，父亲就相信后者了。排除了恋父情结，唐落落又找别的原因，她认定自己在那样的年龄干出那样石破天惊的事，肯定是有某些原因的。后来她发现，是母亲。自己之所以有那么大胆的举动，以及超乎寻常的勇敢和不害羞，完全是源于母亲。她的母亲是个美人，美得一塌糊涂，要不也不会嫁给父亲。可是嫁给父亲后，母亲很快就后悔了，觉得她的资源白白浪费了，于是抢抓一切机会，玩竞技似地跟男人们恋爱、约会甚至上床。

但是唐落落很快又否定了，她可不愿意承认自己跟母亲是同一类人，母亲是性，她是爱，真的是爱！

她是爱上了那个老男人，那个完全能做她父亲的人——林秉达。

唐落落的第一次发生在十八岁时。那时，她和林若真已经高中毕业，她要去商贸大学读外贸，林若真要到美国读大学。也许是两人就要分开了，感情上有些舍不得，那段日子，她索性住在林若真家。林若真的母亲蒋婉仪跟林秉达不是太好，这是唐落落一次次去林家后发现的。她去了，蒋婉仪要么不在，要么就是淡淡地跟她们打声招呼，带着一脸惆怅钻进自己屋子里不出来。给她们做饭的，要么是保姆，要么就是林秉达。起初唐落落不习惯，还问过林若真："你妈不爱说话啊？对人一点热情也没有。"

"少提她，玩我们的。"林若真似乎对母亲有一种成见，每每唐落落问及这方面的问题，她都会气急败坏地打断。后来唐落落就不问了，哪个家庭都一样，难道去了自己家，母亲就会陪着她们？才不会呢。母亲会把所有事交代给她，然后打扮得花枝一样，跑去跟新交的男朋友约会。

那晚她们喝了酒，酒是林秉达给的。林秉达那天有好事，盛高申请到了一笔大投资，马上就能扩大规模，所以他心情很好。吃饭的时候，他冲保姆说，到我房间，把那瓶三十年的茅台拿来，我要喝几杯。林秉达一个人喝着不过瘾，就尝试性地问女儿和唐落落，你们要不要来一杯啊？唐落落哪敢喝，她最烦酒了，家里天天有个醉鬼，看见酒她就怕。就在她拒绝的当口儿，林若真说话了："行啊，今天我跟落落也要喝，赶明儿我们就各奔东西，人生翻开新的一页了，下次在一起，还不知是猴年马月呢！"唐落落被这话说得有些伤感，林秉达倒了酒，林若真又在一旁使劲撺掇，唐落落没抵挡住，喝了。但那晚她喝得真的不多，就几杯。林若真却喝醉了，先是呜里哇啦一通胡说，什么此去美国再也不回来啊，以后再也不会看到家里这两张冷脸老脸了啊，说得唐落落脸红，不停地朝林秉达脸上看。那晚蒋婉仪不在，说是去九龙那边的观塘区忙什么事了。林秉达好不尴尬，不停地说，这孩子，这孩子，没想到这么不胜酒力。说着话，林秉达的眼睛不住地往唐落落脸上瞅。唐落落感觉到那双眼里有东西，真的有东西，到底是什么东西，她判断不出来。后来林若真闹够了，一头趴在桌上，软了。保姆吓得要打电话叫急救，林秉达说不用，他抱她回房间休息，然后又瞅了一眼唐落落，就抱起女儿进房间了。保姆要跟进去帮忙，被林秉达挡了回来，说你陪着唐小姐，不要让唐小姐也吐了。

林家房子大，房间也多。唐落落那晚住在林若真房间边上的一间房里，是保姆给她铺的床。保姆问她要不要给家里打个电话，别让父母担心，唐落落一边说他们才不会担心呢，一边脱衣服。她在林若真家，从来用不着告诉父母，父母也从不担心她。泡完澡，唐落落本来想去看看林若真，看她好点没，忽又想起林秉达那目光，觉得好玩，觉得神秘，最终没去，上床睡了。

唐落落虽然喝得少，但头还是晕乎乎的，难受，躺下没多久，就睡着了。一觉醒来，是凌晨两点。唐落落口渴，想喝果汁，发现屋子里没有，又不好意思叫醒保姆，就穿了衣服自己去找。林家她熟悉，除了林秉达的卧室没去过外，其他房间她都进去过。唐落落没开灯，借着昏暗的月光从冰箱里拿出饮料，坐在沙发上喝。喝着喝着，她突然就伤心了，抑制不住，竟哭了起来。怕是没人知道，那天是唐落落十九岁的生日，过完这一天，她的十八岁就彻底没了。女孩子是很在意十八岁的，十八岁跟十九岁虽然只有一岁之差，但有天壤之别。唐落落禁不住为这事发起伤感来。坐在沙发上的她显得既无助又柔弱，小肩膀一耸一耸的，流下伤心的泪珠来。唐落落有点恨自己的父母，别的生日可以不给她过，这样一个有特殊意义的生日，父母居然也无动于衷。她跟父母提过的，可父母没一人替她张罗。林若真常骂自己的父母不好，可在唐落落眼里，除了蒋婉仪差那么一点外，林秉达这个父亲足够好了。瞧瞧他对林若真的那份关心，多让人羡慕啊。唐落落正想着，客厅里亮过一片光来，抬头一看，是二楼房间的光洒了下来。紧接着就有轻微的脚步声。唐落落以为是蒋婉仪，赶忙起身往自个儿屋子里去。没想到下来的是林秉达。

"还没睡？"林秉达站在楼梯口，远远地问她，声音很轻。

"醒了，想喝杯水。"唐落落说完，又迈开步子。刚迈两步，突然又停下了。她记得很清楚，是她自己停下的。她转过身来，目光穿过不太明亮的客厅，往仍然站在木质楼梯上的林秉达身上看。林秉达穿着睡衣，很宽松的那种，显得他很瘦小，整个人像是装在一个宽大的袋子里，有几分滑稽。唐落落没笑，只是在心里想，男人穿睡衣原来会失去很多风度。

"你应该叫醒阿姨。"站在楼梯上的林秉达说话了，边说边往下走。

"我就喝杯饮料，已经找到了。"唐落落说着，晃了晃手里还没喝干净的杯子。

"刚从冰箱里拿出来，太凉，喝了肚子会不舒服的。"林秉达已经走下来，看样子是要为唐落落找饮料。唐落落说："不用了，谢谢叔叔，我回房间了。"嘴上这样说着，步子却没动。林秉达停下手上的动作，想回过身来，又没回，就站在冰箱前。站了一会儿，他说："不知若真睡得咋样，我得看看她。"说完，丢下唐落落，进林若真房间去了。

如果唐落落这时候果断地回屋去，一切就不会再有发生的可能。所以后来回想起来，唐落落觉得还是自己的错，可她也不知道，当时怎么就不急着回房间，不急着躺回床上去？好像还悄悄踮着脚，往林若真房间走了几步？不，是直接到了林若真房间门口——对，唐落落终于把那晚的细节全想了起来，当时她是蹑手蹑脚地去了林若真房间。可为什么会有那样的冲动呢？为什么要去偷窥呢？唐落落一直没想明白。那晚她确实是往那间屋子里看了。门是虚掩着的，有一条缝，透过那条缝，屋子里的情形基本都能看到。

林秉达从女儿房间出来时，唐落落坐在沙发上，奇怪的是这时她也换上了睡衣。睡衣是睡觉时保姆拿给她的，新的，丝质的那种，很青春很性感。当时，她头晕没换，就穿着自己的内衣睡下了。此时，她却换了那粉嫩的丝质睡衣，坐在了沙发上。

林秉达眼睛跳了几下，奇怪唐落落这个小客人怎么还坐在沙发上，而且怎么跟刚才不一样了。跳完，林秉达就坦然地走过来，走到唐落落面前。

"她睡得很好，这孩子，居然喝醉了。"

唐落落装作没听见，眼睛怪怪地盯住林秉达，像是要盯出什么破绽。什么破绽也没有。林秉达手往前一伸，把沙发边上的落地灯打开了，灯光恰好罩在唐落落那一块。唐落落整个人都被包围在灯光里，脸上细微的表情被灯光照得清清楚楚。

"她是喝醉了，我看你们呀，以后都别碰酒。"林秉达又说。这次唐落落嗯了一声，嗯得很轻，很有某种感觉。嗯完她就垂下了头，像个害羞的小女孩，更像个犯了小错的小女孩，坐在那儿等着挨批。

"好受点没？"林秉达又问。

唐落落没出声，但她感觉自己是出了声，她用羞怯的姿态告诉林秉达，好受多了。

"那就好。"林秉达居然听懂了。他把两只手放在膝盖上，无目的地乱摸着，看上去像是有几分尴尬，又像是在努力找话题打破这份尴尬。唐落落就等。那晚的她，突然有种幻觉，有种什么也不真实的感觉。她渴望真实，渴望有一个人出现，把罩在林家屋子上的那层不真实拿掉。她甚至不希望这个人就是林秉达，有那么一瞬，她抬起头来往楼上看，其实她是巴望着蒋婉仪这时候能从木质楼梯上走下来。

但蒋婉仪不在。意识到这一点，唐落落对自己哦了一声，挺了挺胸脯。那时候，唐落落已经有胸了，比林若真的大，也饱满坚挺。为这个，两个女孩一度还互相较过劲呢。林若真说，她就是自己摸，也要让胸前的两团东西比唐落落大。唐落落笑说："你做梦去吧，这一点你争不过我的，不信，看看你母亲，再看看我母亲，这是遗传，懂不？"

那句话打击了林若真。后来林若真悄悄买丰胸药吃，怕就是这原因。

林秉达咳嗽了一声，尽管咳嗽得很轻，但唐落落还是听到了。那晚林家屋子里很静，什么声音都没有，任何细微的响声，包括他们两人的呼吸，唐落落都能听到。咳嗽完，林秉达突然说："生日快乐。"

"什么？"唐落落着实吓坏了，当下惊得站了起来，满脸通红地看着林秉达。林秉达居然知道今天是她生日，怎么可能，怎么可能嘛！

林秉达并没像她想的那样告诉她怎么知道这个日子的，而是慢条斯理地坐在那里，像个老江湖，一双手忽而盖在膝盖上，忽而又拿开，交叉在一起玩给自己看。手有什么好玩的啊，可他就在玩！唐落落听到了自己的心跳声，她急不可待地想知道答案。林秉达磨蹭够了，才松开手说："又长大一岁了，从今以后，就不再是小孩子啦。"

关你屁事！唐落落几乎爆了粗口，讨厌的林秉达，卖什么关子啊，肯定是林若真说的。就在她不再指望他告诉她时，林秉达突然变戏法地似地拿出一样东西，声音很像父亲地说："来，祝贺你，把手伸过来，叔叔给你戴上。"

一枚戒指！

如果说唐落落是被林秉达的一枚戒指骗到床上的，那对林秉达不公平，对唐落落也不公平。难道她就值一枚戒指？况且那枚戒指也值不了多少钱，对唐落落那个年纪的女孩来说，珍贵是珍贵一点，但也绝不至于为此而上床。

是气氛！后来唐落落想起那晚，判断来判断去，是气氛！进而唐落落又得出一个结论：天下女人，献身那一刻，看重的根本不是金钱，不是钻戒什么的，而是气氛。女人对气氛，犹如鱼儿对水，有一种天生的迷恋与青睐。试想一下，哪个女人不愿意沉醉到一种迷离的、如梦似幻的情境中？如诗如醉又如梦，女人要的就是这种感觉！气氛如果对味，女人就完全沉醉了、迷失了，由不得自己了，做什么事都心甘情愿，而且迫不及待。至于醒来后发现被骗，那是另一码事。

女人是虚的，说的就是这道理！

那晚的唐落落真是被气氛所迷，一开始她是清醒的，甚至想好了嘲弄林秉达的话。是呀，她原是要狠狠地嘲弄林秉达的。她故意穿了睡衣，故意把年轻而又结实的胸部露那么一大片，就是想吊起林秉达的胃口。一旦林秉达有所不轨，她马上会用他想不到的一串语言来攻击他。

因为那晚她发现了一个秘密！

这个秘密足以让她彻夜不睡，并采取果断有力的措施揭穿他、打击他。

可是，气氛！

当林秉达毫不犹豫地拿起她的手，将那枚在黑夜里发着亮灿灿的光的生日戒指戴到她的手指上时，她还没感觉到气氛的存在，她还在想着什么时候打击他。可是，接下来林秉达说出的话让她立刻改变了主意，放弃了已经想好的一切，而且变得身不由己。

林秉达说："本来要给你办一个生日派对的，你爸妈忙，顾不上，叔叔办也是一样的。可是若真这孩子非说我偏心，我只好把这个想法藏了起来。"

林若真骂他偏心？林若真阻止了一场生日派对？

就是那晚，不，就是那一刻，唐落落突然跟谁较上了劲。朋友是天敌，最好的朋友往往是最大的对手，这话绝对是真理。不过，那时候的唐落落还没这么深刻的认识，只是心里突然不舒服起来。她想舒服，想用另一种感觉代替这种不舒服的感觉。

林秉达给了她这样的机会。

林秉达接着说："我是准备了一个小派对的，就在楼上，如果唐小姐不介意，可以跟我去楼上。"

"我当然不介意！"

有些步子一旦迈开，再想收就很难。这是唐落落现在的认识，比如对温启刚，当初她是犹豫了再犹豫，怕这又怕那，既怕温启刚嫌她老，又怕温启刚嫌她贱，可是她挡不住，最终还是迈出了那一步。再比如她现在对温启刚的成见，她提醒自己多少次，不要受黎元清影响，不要被黎元清那些话干扰，可她还是对温启刚有了成见。由爱转恨，来得突然也果断！

还是说那晚吧，林家的那晚。唐落落最终跟着林秉达往楼上去了，是到林秉达的书房。快要到楼上的时候，唐落落还放慢步子，故意朝林若真房间看了一眼，心里甚至想，假如这时候林若真突然醒来，看见林秉达牵着她的小手，在接近黑暗的木质楼梯上走着，会是什么想法。她笑了一声，她听到自己笑了，然后嘴一抿、胸一挺，大大方方地往楼上去了。

十九根蜡烛早就摆在了那儿，林秉达真有心机啊，仿佛料定这晚要发生些什么。直到后来，唐落落跟林秉达彻底分手后，唐落落才知道，那晚的蜡烛不属于她，那是林秉达两周前为女儿准备的，她跟林若真同岁，只是林若真比她早出生两周。林秉达想把一个别致的生日派对送给女儿，结果遭到妻子蒋婉仪的无理阻挠与坚决反对，这才作罢。包括戴在她手上的那枚戒指，也是为林若真准备的。那晚的唐落落不过是作为替补队员，了却了林秉达的一桩心愿。

但那晚的唐落落并不知情，她一看到那些蜡烛，就脸放光彩，瞳孔也跟着放大。未等林秉达将它们点燃，她自己先陶醉其中了。

十九根精致的小蜡烛一经点燃，唐落落就成了蛾，再也飞不过去。况且那晚不只是这十九根蜡烛。在那间不大的书房里，林秉达像魔术师一样不断变化着，把一个接一个的惊喜给了唐落落。最后，他捧起了酒杯："来，为我们年轻漂亮的唐小姐十九岁生日干一杯！"

奥妙可能就藏在酒里，但唐落落真是不知道。她说了是气氛，那晚书房里的气氛真是太美太美，美得令她眩晕，美得令即将步入十九岁的她完全忘掉了警戒。总之，她喝了酒，跟林秉达干了杯。乐声响起，林秉达邀她跳舞，说这么好的夜晚，这么宁静的夜晚，要用一支美妙的舞来为她祝福。书房那么小，根本就跳不开，跳不开就贴紧了跳，于是……

后来的一切便顺理成章。等唐落落醒来时，该发生的已经发生。她赤身裸体，边上睡着的林秉达也赤身裸体。唐落落没有叫，真的没有叫。好像她还掀起林秉达遮羞的毯子，看了看他的裸体，然后发了会儿呆，穿好衣服下去了。

林若真还没醒。于是这晚发生的事就成了秘密，瞒住了所有人。

一瞒就是好几年。这期间，他们继续保持着这种关系。有时候是林秉达主动，有时呢，是唐落落主动。他们互相占有着对方的身体，也侵犯着对方。唐落落起初是有一种罪恶感的，可这种罪恶感反而刺激了她，让她对此事越发着迷。林秉达中间也是想退缩的，还跟唐落落提起过，唐落落居然不许。

"敢抛了我，你试试，我把你所有的罪恶都说出去！"

她一恐吓，林秉达真的就不敢了。于是两人继续维持着这种带有罪恶感的关系。罪恶让他们缠绵，罪恶让他们上瘾，罪恶又让他们痛恨着自己。非常纠结，却又中断不了。直到林若真从美国回来的那一年，突然有一天，林若真一脚端开了那扇门，那扇专门用来纠结与寻欢的门，事情才发生了逆转。

她们闹翻了，是林若真跟她闹翻，闹得地动山摇，闹得石破天惊。林若真扇了唐落落一个重重的耳光，骂了她一声"婊子"，然后冲出那间屋子，向街上疯奔而去。

那一巴掌，还有那声"婊子"，把唐落落从某种混沌中唤醒，这才有了她孤独地坐在尖沙咀天星码头的那一幕，也才有了她跟黎元清的认识，进而又有了她跟黎元清的这段长达八年的不伦之情。

唐落落不想回忆这些，永远不想。如果不是这天的高静一口气跟她说了那么多，反反复复提到盛高，提到林若真，她是想不起这些的。她觉得自己这一生全是混乱，这些混乱全因林家父女而起，她想从混乱中走出来，走到明晰的地方，可她走不出来。

真走不出来啊——

她跟林若真之间的故事远不会结束，说不定一场真正的较量才刚开始呢。

"我只想知道，这次她来内地，是不是跟温启刚有关系？还有，她跟温启刚是不是还藕断丝连？"

唐落落显出急躁来，她怎么能不急躁啊，高静听上去细致但没有重点的讲述让她突然对高静生出失望，内心更是变得烦乱不安，犹如什么灾难要降临似的，就连该保持的风度都不保持了。要知道，这么多年的商业竞争加上人生起伏，早让唐落落养成一个习惯：在听任何人汇报时，都想在最短的时间内听到最终的结果。至于过程，有时候她会追问，有时连问都不问。过程再细致、再美妙，管用吗？结果，只有结果才是这个世界上人们最关注的，也是人与人之间最终的差别。

比如现在，她跟林若真的差距越来越大，林若真每往前迈一步，对她都是打击。可内心里，她是多么不愿服输啊。

她不能输，真的不能！

高静的回答让唐落落近乎绝望。林若真这次到内地，真是为温启刚来的。林若真发誓，一定要让温启刚回到她身边，回到盛高，为此她将不惜一切代价。说着，高静拿出一张照片，这照片是她在香港从盛高集团品牌运营主管那里拿到的。唐落落刚把照片接到手，就尖叫一声。天哪，他们居然见了面，居然就在粤州！照片上清楚地记录着时间，是温启刚前两天去粤州的时候，地点是粤州的一家私人会所。昏暗而暧昧的灯光下，林若真捧着红酒杯，双目流盼，整个人处在骚动中，尤其是低胸内衣露出的那一片白，更是散发着色欲的光芒。温启刚尽管侧着脸，但从表情上看，远比跟她在一起时投入。

"无耻！"她叫了一声，激动得差点撕掉照片。过了很久，她才将怨恨集中到温启刚身上。温启刚，你好狠，你不是说为公司而去吗，怎么跟她单独幽会？你可知道我跟她的过节儿，你这么做，让我好伤心好伤心哪……

唐落落的眼泪扑簌簌地掉了下来。

这一刻，她竟然再次想到自己跟温启刚的爱情。女人就是这么没出息。

爱着、念着、急着、恨着，也许这就是女人！

高静说，林若真到内地来，就是专门对付好力奇的。高静拿出一份资料，向唐落落透露了一个更可怕的消息。早在一年前，香港盛高就秘密跟粤州华仁接触，去年十月，确切地说是十月二十四日，粤州华仁跟香港盛高签订了一项协议，盛高集团分三次注资一点二亿，收购华仁。到上个月二十六日，这项注资计划已顺利完成，盛高注入华仁的资金不是一点二亿，而是一点八六个亿。也就是说，目前的华仁，百分之七十二点四的股份在林若真手里，林若真已是华仁的第一大老板！

原来是这样！

唐落落听得心里一惊一惊的，她自以为对对手了解得很透彻，谁知如此重大的商业秘密，她竟闻所未闻。

高静叹了一声又说，这怪不得我们，林若真所有的投资计划都是瞒着整个业界的，这也是她复仇计划的一部分。她知道好力奇的情报工作做得好，所以此次投资最大的特点就是保密，不向外界透露一丝风声，一切都在高度保密中进行。

匪夷所思！唐落落几乎不能想象，如此庞大的投资计划，林若真是怎么瞒住业界的。换了别的企业，巴不得大肆炒作呢，这是多好的机会啊，其他企业苦求都求不来呢！直到高静说出另一个事实，她才恍然大悟。

盛高所有的投资和收购，都是假借他人之手完成的。这中间有两个人在替林若真完成使命，一个是天海集团的掌门人乔建军，另一个是天塘区新任区长沈新宇。

清楚了，这两个人名一出现，唐落落就知道是怎么回事了。原来看不懂的，瞬间就清晰明了起来。所有的谜团，一旦跟这两人联系起来，答案就立刻呈现。

说简单点，林若真不是想报复好力奇，而是想吞没好力奇，进而吞并整个凉茶饮料行业。她精心布了一盘棋，先瞄准对凉茶饮料市场空有热情的华仁，却又不直接从华仁入手，而是借助天海集团和天塘区政府，利用天海在粤州的影响力和天塘区急于招商引资出政绩的心理，下了一步妙棋。这棋下得天衣无缝，不但瞒住了全行业的眼睛，也让温启刚、唐落落他们错误地将注意力集中到了华仁身上。如果不出预料，接下来林若真将会再出狠手，用"劲妙"彻底打掉"宝丰园"，等饮料市场的这场恶战结束，她再羞羞答答地从幕后走出来，高调宣布接管华仁。以华仁作为盛高进入内地市场的基点，脚步一旦站稳，林若真的整个野心就会暴露出来！

唐落落惊得全身是汗。

第十三章
玩火不一定会自焚

　　唐落落不能不行动了。

　　如果单是林若真抱着野心而来，她还能招架，问题是，温启刚这边会不会生变？人心难测啊！以前唐落落是不会这么想的，就算有人明着告诉她，温启刚跟林若真暗中还有来往，还在密谋或策划一些事情，她也会一笑了之。怎么可能呢？一个把全部理想和抱负都交给好力奇的人，怎么还会有心思跟别人眉来眼去？现在她不这么想了。她感觉自己成熟了一点，也多虑了一点。多虑好啊，这标志着那个单纯的唐落落已经彻底死去，取而代之的是一个敢于怀疑、敢于做出新思考新判断的唐落落。黎元清不是一直希望她能脱开他的庇护，离开他那棵大树，独立撑起一片天吗？她现在就想撑了。

　　奇怪，怎么这时候又会想起黎元清呢？难道这辈子真是逃不出他的阴影了吗？不！唐落落摇摇头，把黎元清从脑子里赶出去。这一次，她不依赖任何人，她要看看，她唐落落到底能不能在危急时刻，为公司，也为她自己做出力挽狂澜的事。

　　她把温启刚跟林若真那张合影照扔进抽屉，这些日子，这张照片无时无刻不在刺激她、警醒她。他去见她，瞒着公司的所有人！怪不得黎元清临走时会提醒她那么多，看来，她真是把人想简单了。现在，她把这些都抛到了脑后，她知道，接下来的这场斗争将超越她跟温启刚两人之间的恩怨，不是爱恨情仇的事，真不是。它关乎好力奇，关乎一个品牌、一个行业！

　　昨天有人向她反映，销售部经理岳奇凡又截留货款六十余万，说是另有他用，财务主管找岳奇凡理论，竟被他骂了出来。她跑去找温启刚，问究竟是怎么回事。温启刚非但不站在公司的角度说话，反而饯她："不就六十万吗，作为销售部经理，这点权限都没有，工作还怎么开展？"她正要争辩，温启刚又说："奇凡这边的事都是我批准的，出了问题我负全责。唐总不会连我也信不过吧？"

信得过才怪！最近不但温启刚表现反常，他手下这批人也是个个飞扬跋扈。平日循规蹈矩的他们，突然变得目中无人，一个个拿着鸡毛当令箭，完全不把公司正常的秩序当秩序，仿佛好力奇真到了改朝换代的时候。本来销售跟财务这两大块矛盾就一直不断，这下好，仗着有人撑腰，岳奇凡他们根本不把财务当回事，公司的管理制度也不遵循，各行其道，各立山头，弄得她分管的财务部门什么信息也掌握不了。财务主管不止一次地向她诉苦，说再这样下去，好力奇压根不需要对手算计，自己就把自己算计没了。

不出手真是不行了，如果这时候她还念着跟温启刚的私情，任其乱来，对好力奇、对"宝丰园"，她就是有罪的。况且这份所谓的私情不过是剃头挑子一头热，她在这里苦苦等苦苦盼，眼看就要把心掏出来了，人家呢，红罗帐里粉佳人，旧情重叙，还不知美成个啥样呢。唐落落说了不想，可还是一次次地想起这件事来，一想，心里那个痛、那个气就再也控制不住按捺不住，恨不得这一刻就冲到那个女人面前，狠狠地还给她一耳光！

黎元清的话猛又响起来："假如我离开公司后，公司发生不测，你有权代我行使一切权力，包括解雇温启刚！"

"黄总吗，请到我这里来一趟。"唐落落果断地给副总黄永庆打了个电话。不多时，黄永庆进来了，小心翼翼的样子。

"你跟董事会杨秘书几个，马上着手一件事。"唐落落的声音很是干脆。

"什么事？"黄永庆慢悠悠地问。自打黎元清来过以后，黄永庆在公司做事说话越发慢了，本来他就慢三分，这下好，简直慢得让人无法容忍，慢得让人随时想发怒。一句话问出去，他得思考半天，仿佛要把话嚼碎了才考虑怎么回答。其实黄永庆不是慢，是被逼的，谁能理解黄永庆啊？他这类角色，在好力奇这样的公司，简直太为难了。比如现在，聪明的黄永庆不可能不知道自己将接受一项什么样的工作，可他能拒绝吗？这由不得他啊，太多的事都由不得他。他是真心不想夹在他们两人中间，不，三人中间，还有黎元清呢。黎元清跟他的那次谈话，时间比跟温启刚、唐落落的都长，而且句句惊心啊。黄永庆真是搞不懂，好好的好力奇，怎么会忽然变成这样？四分五裂，各怀鬼胎。请原谅他，这个词可能用得不好，可黄永庆真找不出另外的词。都说黎元清是个心底无私的人，胸襟开阔，坦荡示人，可黄永庆感觉不像。也都说黎元清跟温启刚是黄金组合，两人充满信任、肝胆相照、荣辱与共，黄永庆以前觉得是，现在嘛，他开始怀疑。都是女人惹的祸。黄永庆看看唐落落，他想不通，这样一个女人怎么能把公司搅成这样。居然，居然轮流往两个男人怀里钻，两个男人居然还都……唉，黄永庆是搞不懂了，以他的经验和阅历，真是看不懂这个世界。

红颜祸水！

好力奇早晚有一天要毁在这个女人身上！

"拿着这个，去找各位董事，我要紧急召开董事会，商讨公司下一步的发展。"唐落落将一沓文件丢给黄永庆。

"这……"黄永庆面目变色，往后退了小半步，心里扑通扑通跳个不停。

"怎么，黄总现在也不服管理了？"见黄永庆推托，唐落落态度更为强硬。

"我哪敢，唐总，我的意思是，先不要冲动……"黄永庆头上冒出了汗。

"冲动？"不等黄永庆说完，唐落落便果断地打断他，"我现在不想听谁的意思，如果听，就在董事会上，明白不？"

黄永庆只好点头，心里却在叫屈。就在半小时前，温启刚将他叫去，给他安排了一项同样难以接受的工作，让他立即起草一份报告，对公司现行的管理体制，尤其是销售方面的制度做重大调整，要求全公司围着销售转。公司管理层，包括他和温启刚、唐落落，都要有明确的销售任务和指标。同时，中层以上的管理人员要对市场分片包干，年度考核要跟市场建设与任务完成情况挂钩。这一套早在两年前就推行过，效果不大，后来被黎元清纠正过来，说管理层就是管理层，如果管理层全跑去卖饮料，谁来搞管理？黄永庆说这办法行不通，不是不好，而是不适合好力奇，再说老调重弹会让人觉得公司没了新招。他建议温启刚不要盲目，结果被温启刚训了一通。谁料唐落落又给他安排了更艰难的工作。这两人到底是怎么了，前几天还恩恩爱爱，这么快就反目成仇了？

变换只是一瞬间哪……

黄永庆还在叹气，唐落落又出声了，这次几乎是在恐吓。

"这事要完全保密，除了你们几位参与者，公司内外不得向任何人透露，谁泄露谁走人，这次我绝不客气。"

黄永庆嘴巴张了几下，没出声。保密，不就是说此事不能向温启刚泄露吗？这点他懂，太懂了。

他把那沓文件拿在了手里。

门响了，进来的是董事会秘书杨黎，一个被上上下下称为人精的年轻人。千万不要以为唐落落在好力奇是孤家寡人，企业经营貌似是在经营产品、经营市场，其实重点还是经营人，这个基本道理唐落落不可能不懂。再怎么着，她在好力奇也是三大元老之一。培植亲信、拉拢亲信是人的本性，文化再优秀的公司也阻止不了这一点。

"唐总叫我？"杨黎站在门口，一双小眼睛看了看黄永庆，黄永庆下意识地冲他点了下头，脸上勉强挤出一丝笑来。这笑，让人想到了苦涩两个字。

"黎，你进来。"

唐落落的口气一下子软下来。唐落落叫杨黎，老是一个字：黎。这称呼很特别，也很暧昧，有时候听了怪怪的，可唐落落一点也不觉得怪，反而叫得亲切、顺畅。有那么一段时间，公司里传出杨黎吃软饭的闲话，唐落落听了付之一笑，并不因此改变对杨黎的态度。相反，黄永庆发现，她对杨黎更亲近，也更信任了。

每个人的内心都藏着一些古怪的想法，这想法别人看不懂，也不好判断。唐落落如此，黄永庆也如此。好在在公司，唐落落如此称呼的并不只有杨黎一个，比如她唤高静，很多时候也只有一个字：静；唤许小田，有时也简短到"田"。但黄永庆总觉得，唐落落不该这么称呼杨黎，杨黎跟高静、许小田她们不一样。

杨黎飞快地几步蹿了进来。

唐落落又向杨黎交代了一番，要他们一个个地去找董事，去找东州的几位股东。"一定要说服他们，这次只能成功不能失败。"

杨黎痛快地说："放心吧，等我的好消息。"说完，他自信地冲黄永庆笑笑，跟黄永庆出去了。

好力奇一时风声鹤唳，谁也不知道要发生什么，但谁都预感到会发生些什么。大家彼此见了，再也不像以前那样从容地说笑，或互相交流点什么，而是个个充满了警惕。公司里那种融洽的气氛没了，取而代之的是紧张，是不安。

黄永庆忧心忡忡，从唐落落手里领过旨后，他就觉得自己心上压了一块巨石，想搬，搬不动；不搬，又压得他喘不过气。董事会秘书杨黎显然没他这么纠结。自从领旨后，杨黎表现得非常活跃，整个人像是被某种激情点燃，不但自己很卖力，还天天催着他完成任务。两人交谈，杨黎也是摆出一副胜券在握的样子，话中带话地说，我们是在完成一项伟大的使命，好力奇会因为我们发生天翻地覆的巨变，天翻地覆啊！杨黎陶醉得双眼都闭上了，仿佛已经沉醉在胜利的喜悦中。

这人吃错了药。

大家都吃错了药。

黄永庆又急又恼，他知道，这次唐落落没玩虚的，更没玩假的，一本正经呢！走火入魔，怎么就能走火入魔呢？前面还爱得死去活来，突然就反目成仇。女人真是神经质动物！

可是自己怎么办？在好力奇本来就很难的黄永庆，这下更难了。他想告诉温启刚，可唐落落那张脸横在眼前，尤其是跟他最后交代时那严厉的眼神，而那说一不二的口气也回荡在他耳边。再说黎元清走时，也特意跟他叮嘱过——

温启刚恐怕做梦都不会想到，一向对他很放手、很信任的黎元清，在跟副总黄永庆谈话时，流露出的却是对他的不放心。那天，黎元清把一大堆心事道完后，忽地站起身，声音沉沉地说："如果将来某一天，他们二位发生争执，或者公司出现变故，我希望你能站在唐落落这边，帮她一把，也算是帮我黎某人一个忙吧。"说完，黎元清竟向他深鞠了一个九十度的躬。

那一躬鞠的，黄永庆的心一下子就被某种东西淹没了，汪汪洋洋的，脑子里全是黎元清和唐落落，没有他自己了。他能感受到那一躬的力量，更能感受到黎元清那一刻的心情。能给他黄永庆鞠躬，还能托付这样重大的事，看来，黎元清也是被某些事逼到了绝境啊。

到底该怎么做？黄永庆心里乱极了。他渴望这时候有人能明示他，能把他从巨大的徘徊中拉出来，能让他迅速做出明断。

高静进来了，不声不响地，站在了黄永庆面前。黄永庆发现，高静瘦了，憔悴了不少。从香港回来后，高静就变了。以前她乐观，干工作争着抢着，从不推让；待人呢，也算热情，当然，发起火来另说，比如上次从永江回来后冲他发火。可黄永庆不生气，他跟高静一样，说穿了都是打工的，是一类人。哪个人没有发火的时候啊？有些火不发出来，真会憋出病的。比如现在，黄永庆就想狠狠地发通火，冲温启刚发，冲唐落落发，也冲自己发。

可他不能发。

他强撑着笑脸看着高静："高经理啊，有事？"

"一个人闷，想找人说说话。"高静倒也实在，没跟他绕弯子。

"那好，我也闷着，正好聊聊。"黄永庆请高静坐，并给她沏了茶。坐下后，两人又都无话了。话有，但说不出来。高静也是一头雾水，她是查到了许多，甚至掌握了不该掌握的，但她仍然不相信。在唐落落面前，高静是口若悬河地说了，但说过她就后悔了，骂自己是叛徒，是两面派，没有立场，没有原则。怎么能拆温启刚的桥呢，他在公司怎么样，自己也看了好几年，难道几年的时间还不能识别一个人？那她高静也太没眼、光太没判断力了。但那些事，那些古怪离谱的传闻，还有那张可怕的照片，又深深地刺痛了她，让她不得不怀疑。她真是深不得浅不得，怕出错，可她又觉得自己出了错。这不，实在无奈，就跑来想跟黄永庆聊聊。当局者迷，旁观者清，或许黄永庆能将局面看得更清楚一点。

但怎么开口呢？

高静斟酌着，黄永庆也斟酌着。好力奇的这两位重量级人物，在这一天突然被同样的问题困住了。

过了半天，高静说："黄总不觉得公司最近有点不正常吗？"

黄永庆也不打哑谜，既然人家开了口，再打哑谜，那就不厚道了。他呵呵笑了笑说："是不正常，你看看，外面狼烟四起，对手随时要吞掉我们；内部呢，又乌烟瘴气，闹得人心惶惶。"

"那……黄总就没想想办法，适当阻止一下？"

"阻止不了，高经理，你是清楚的，有些事我们能建言，有些事言都建不得，建不得啊。"

"这么说，只能听任他们这样折腾下去？公司一旦没了，我们怎么办？"高静这下说到了实在处，事实上，这些天她一直在想这个问题。本来在香港的时候，她还义愤填膺，一身正气，觉得温启刚实在过分，黎元清、唐落落对他那么信任、那么好，他怎么能干这种出卖自己公司利益的勾当呢？实在是有负众望嘛。向唐落落做汇报的时候，她的天平也是朝唐落落这边倾斜的。可汇报完，回到自己那张办公桌前，她的想法就不一样了。尤其是这两天听说唐落落意气用事，让秘书杨黎暗中搞那些阴谋，她越发坐不住了。加上销售部经理岳奇凡几个上蹿下跳，大有不把公司搞乱搞垮决不罢休的架势，两派势力比赛似的在公司内部做表演，越发让高静意识到问题的严重性。祸乱可是因她而起的啊，万一她的调查有问题，给唐落落提供了错误的情报和事实，这场灾难可得由她一人负责啊。到时丢饭碗事小，毁了她这么多年的清白和辛苦，她找谁去说啊？

"高经理年轻有为，就算好力奇没了，照样有好的公司、好的职位在等着你。我这样的老残人士可就难了，怕是将来连看大门的机会都没有。"

"可我不想离开好力奇，更不想让好力奇垮掉！"高静急了。

"那你就不该自作主张，有的没的全乱说！"黄永庆这话，算是对高静很严厉的批评了。

高静的脸色唰地变白了，看来她做了什么，黄永庆一清二楚。该死的唐落落，给她安排这样一项工作，这下她是跳进黄河也洗不清了。可高静不甘心，翕动着嘴唇，仍为自己辩白："那……万一他真跟林若真串通起来算计公司，怎么办？"

"这……"黄永庆好像也被这话问住了，闷了半天道，"这种可能性为零！"

"可是，可是温总他真是跟林女士有真情的，这次我们还见了林秉达，是他亲口告诉我们的。别人我们可以不信，难道一个风烛老人的话也不值得信？而且是林若真亲爸！"

"高静你胆子不小啊，谁让你见这个人的，你知道他跟唐……"黄永庆把自己吓住了，后面的话咽了回去。

没想到高静说："知道。过去的事，他都跟我们讲了，包括他妻子的死，还有……"

"还有什么？"黄永庆太意外了，他原以为这样的事只有他知道，没想到高静不但知道，还跟当事人见了面。看来世上的事真是瞒不住啊，越是想捂严的东西，越是暴露得快。可高静怎么能想到去见林秉达呢？这绝不是唐落落的主意。黄永庆两年前去香港，一个意外的机会见到了林秉达。这个曾经在商场上叱咤风云的人物，真的是到了风烛残年，完全靠回忆来过日子。他花了半天的时间，跟黄永庆讲自己的过去，包括跟唐落落之间那羞于启齿的事。当时黄永庆听得眼都直了，根本就不敢相信，怎么可能呢？他跟唐落落，简直是天方夜谭嘛！可黄永庆最终还是信了，因为老人告诉他这样一句话："我不爱她，但也绝不恨她，是她救了我啊，如果不是那年遇上她，我怕是造孽更重，更重啊……"紧接着，林秉达就向他忏悔，对他说出了另一个真相。那个真相比这段艳闻震撼一百倍，不，一万倍。世上怎么会有这样的人呢？黄永庆觉得林秉达又可气又可怜，最后，他还是把同情与理解给了这位老人，因为他是病人，一个老早就有心理病的人。现在，什么也没有的林秉达开始了忏悔，他活着的唯一意义就是在岁月的最后时段，把他内心的罪恶讲出来。他得讲出来，这是他亲口说的，如果不讲出来，他就要疯掉。其实，在黄永庆眼里，这人已经疯掉了。黄永庆给他丢下一笔钱，仓皇而逃。

一个带着巨大原罪的人，一个在病态中压抑和扭曲了一辈子的人，到了今天这地步，也许真是报应。

黄永庆害怕高静往下说，害怕高静跟他一样，听到比这更可怕、更肮脏的罪恶。高静没有。高静适时地掐断了话头，黄永庆长长地舒了一口气，高静这是放过了他。

黄永庆同时也发现，高静这人，除了有上面他所说的优点，在大是大非面前，还能保持清醒的头脑。

这些话高静绝没跟唐落落提过。要是提了，唐落落不会是现在这样。唐落落跟林秉达那些事，对唐落落来说是最大的禁忌，是一道谁也不能乱揭的伤疤。她怎么能容忍公司内部的人不断去打探、去窥视呢？绝对不许的！

"算了，不说了，都是些无关紧要的事。"高静道。

"那就不说。"黄永庆道。

两个人像是在一条非常危险的河的岸边走了一圈，还好，他们又及时把自己拉了回来，没掉进河里。

两人又东拉西扯了半天，本质性的话题却再也不敢涉及。后来话题又回到温启刚身上，两人都试探着往深里去，却又深不了，因为温启刚最近的表现太反常，太让人迷惑，就连黄永庆也被困住了。

"不行，我得找他去，必须问个清楚，不然我会疯掉！"

高静突然丢下一句，走了。

黄永庆仍然傻着。这场看似什么也没谈的谈话，给了黄永庆一线灵感，黄永庆想把它抓得牢实一点，让它清晰一点。

有时候人其实就需要一种呼应，一个人做不出的事，有人呼应就能下得了决心；自己判断不准的问题，多几个人响应，答案就有了。

黄永庆终于知道，接下来他的步子该往哪个方向迈了。

温启刚跟高静吵了一架，吵得很凶。

温启刚一直想找高静谈一次，可惜这段时间太忙了。

自打高静跟许小田从香港回来，温启刚就有了警觉。事实证明，他的预感没骗他，高静和许小田等于是替唐落落到香港搬炸弹去了。这两个没脑子的，就知道添乱！早知如此，温启刚就应该把高静一直带在身边。

他找高静，并不是兴师问罪，也不是让高静收回那些调查，重新在唐落落面前替他说好话。没这个必要。如果事情有这么简单，那倒真是好办了。相反，温启刚倒是希望目前这种局面出现。所以，看到唐落落调兵遣将，开始对他有所动作时，温启刚还有一种暗暗的兴奋。至少从现在开始，他能坦然地面对唐落落，再也不怕唐落落突然跑上来，跟他情呀爱的，他烦这些，也怕这些。这次黎元清回来就是教训。没有哪个男人在女人问题上能做到坦然自如，他不能，黎元清同样不能。在情感问题上拿得起放得下本身就是句屁话，若果真如此，那还能叫情感？说玩弄更贴切。

温启刚找高静，一是工作上的事。品牌运营永远是公司最重要的事之一，在这方面，公司下一步还要开展多项维护行动，高静最近一段时间有点不务正业，得尽快让她把心思收回来，不能像个万金油，啥都做。第二，温启刚意外得知，高静跟许小田这次去香港，除见了林秉达外，还见了另一个人。那人对温启刚很重要，温启刚通过多种方式跟她联系，对方都拒而不见，没想到高静她们却见着了。温启刚想知道高静跟她到底谈了什么，有没有涉及他妻子孟君瑶。这事关一个重大秘密，更关乎温启刚正在采取的一项行动。

可是真忙啊，温启刚根本抽不出空约见高静，时间和精力全让孟子非、岳奇凡他们占住了。孟子非跟他回东州后不久又去了粤州，温启刚对公司公开的说法是孟子非协助莞东基地搞好二期工程扩建项目。这一听就是假话，孟子非在好力奇担任的是危机公关部经理，跟基地生产扯不上关系，再说莞东基地那边也从没见孟子非出现。温启刚顾不了这些了，掩耳盗铃本来就是弱智者的做法，温启刚也是迫不得已，才选择这种自欺欺人的愚蠢方式。昨晚他跟孟子非通了两个小时的电话，孟子非对自己这阶段的工作很满意，话语里全是邀功的意思，温启刚听了却一点功的味道也感觉不出来。温启刚把孟子非留在粤州，是让他查清两件事，一是盛高集团对华仁的投资额度和资金注入的时间，以及天海集团到底有没有资金一同注入粤州华仁。温启刚让孟子非设法接近那个被姜华仁父子排挤掉的原财务主管吴雪丽，最好能从她手中拿到最原始的证据。因为据温启刚这两次到粤州掌握到的信息，这个吴雪丽不但是姜华仁的财务大管家，也是华仁集团财务运作的专家，她手中的确握有温启刚想得到的东西。第二件事是协助曹彬彬。温启刚还有一件重要的事情是委托给曹彬彬办的，曹彬彬怕自己忙不过来，温启刚就把孟子非留给了曹彬彬。没想到昨晚跟孟子非通完电话后，曹彬彬的电话跟着就打了进来，怨声载道地说："温总，你给我留下的是什么人，知不知道他跟谁搅和在一起？"温启刚说："大记者，你就大人大量，甭跟他计较，这人是有些坏毛病，尤其是在私生活方面，不过一旦工作起来，还是很卖力的。"卖力？曹彬彬火了，语气反常地说："知道他跟谁纠缠在一起吗？高高！"

高高？温启刚一下子就愣住了，孟子非怎么会跟高高认识？再说上次他离开粤州的时候，高高跟王小山两个已经去了三亚，说是要当什么"外围"，挣大钱。这事要说也恶心，你猜怎么着，上次那艳遇，居然是个连环套。温启刚也是事后才知道的。先是怪曹彬彬，曹彬彬一直以为，温启刚在情感上有怪癖，在生活上更是苦行僧，就想朋友一场，应该让温启刚的感情生活尤其是私生活色彩丰富一些。正好呢，王小山不做模特了，跟曹彬彬说想找个老板，求包养，实在包养不了，来场风花雪月的感情也行。曹彬彬马上想到温启刚，他觉得两人般配，一个有钱一个有貌，虽说发展不了感情，但眼下最普遍的那种关系还是可以尝试的，于是就带着王小山认识了温启刚。哪知两人相处一段时间，王小山认为温启刚是块木头，不通人情，更不解风情，就怪曹彬彬给他介绍了一个中性人，没情调，不懂味，白浪费时间。曹彬彬不信，说温总怎么可能是中性人呢，我就不信他不近女色，遂恶作剧地合计着要探探温启刚的底。正好那段日子高高也闲得无聊，闲得发急，大把大把的钱花惯了，忽然被踢出模特公司，没人捧她的场，也没人再为她飞扬的青春埋单，于是就在酒吧里上演了一场偶遇。可惜温启刚那晚还是不近人情，一场桃花盛宴愣是以温启刚的不作为而结束。这事有点荒唐，但发生在王小山和高高身上，就一点也不荒唐。事后，两人跟温启刚又是赔情又是检讨，直说对不起，气得温启刚真想抽两人一顿耳光。不过，温启刚还是把怨气发泄在了曹彬彬身上："你是什么人，居然动得了这样的心思，你拿我们多年的友谊当什么了，啊？！当什么了？"曹彬彬哈哈大笑，说："温总啊，我服你，这次是真服。以前我还怀疑你温总是装，不拿我曹彬彬当自己人，天下哪有不沾腥的猫啊？这下我信了，这世上还真有这种猫。你不是装，你是纯洁，是天底下最善良、最正经、最少见，也最不正常的男人，极品！"

极品个头！温启刚气得恨不能一拳过去把曹彬彬坏笑着的鼻子砸歪。不过这事以后，他跟曹彬彬的关系反倒更近了一步，比以前更能交心，更能托付事了。男人之间的关系，同样微妙得很。表面上看，曹彬彬是拉温启刚下水，细一想，他为什么这样做？还不是因为同情他、关心他嘛。一个单身男人，还不太老，那方面没需求是假话。找长期的吧，会惹出一大堆麻烦，弄不好还要谈婚论嫁，温启刚肯定不答应；找那种一次性快餐吧，又糟蹋了温启刚，再怎么说人家也是CEO，顶级成功人士。思来想去，曹彬彬才出此下策。反正王小山他知根知底，既不会赖上温启刚，也不会生出嫁他的念头，人家还嫌他老呢，只是暂时依靠，一旦事业打开局面，不用温启刚赶，人家就会自己走掉。曹彬彬在粤州这儿泡久了，这种事常见。现在的女孩子，想法真是不一样。跟他关系很要好的一个女孩，以前也是做记者的，后来嫌记者这职业太苦，赚钱又少，就跑三亚那边做"外围"去了，就是经常让男人养但绝不属于一个固定的男人。眼下王小山就做了这种"外围"，一点也不觉得自己是在堕落。

当然，不管怎么说，这事还是曹彬彬不在理，或者说他用好心办了一件不太漂亮的事，人家温启刚不买他的好。为了将功补过，曹彬彬答应帮温启刚办一件很伟大、很崇高的事。这事目前已经在做，进展异常顺利，如果不出意外，赶在温启刚向华仁出拳前，曹彬彬就能把一切都准备好。温启刚正要为这事激动呢，却又冒出孟子非跟高高这档子荒唐事。

"他们是怎么混在一起的，说！"

温启刚用了"混"这个字，可见不管是对高高还是对自己的手下孟子非，温启刚都缺乏一种基本的好感。物以类聚，人以群分，让不同层面的人打消疑虑、消除偏见，并不是件容易的事。

"还能怎么混一起，高高咽不下那口气，说要回来报复华仁，就这么着，跟你那位爱将认识了。"

"浑蛋！"温启刚不知是骂曹彬彬还是骂孟子非，或者将两人一同骂。反正在他眼里，曹彬彬在这方面跟孟子非一样，都不是省油的灯。

"你俩没一个好东西，一丘之貉，都是混账王八蛋！"

骂完曹彬彬，温启刚的心思又回到岳奇凡这边。

温启刚现在绝不批评岳奇凡，一个劲地支持他，不管岳奇凡提出什么样的要求，多苛刻、多不合理，他都支持。就在一小时前，岳奇凡又跑来找他，说伊和平那边又变卦了，本来谈好粤州"劲妙"给伊和平什么条件，好力奇这边也给同样的条件，只要他放弃跟"劲妙"的合作，全力以赴做"宝丰园"，条件都好谈。谁知伊和平胃口一次比一次大，条件开得一次比一次野蛮。伊和平近乎无耻地提出，华宇可以全力以赴做"宝丰园"，条件有两个：一是"劲妙"这边开啥条件，好力奇就要开啥条件；二是华宇之前所欠好力奇的货款，一笔勾销，作为好力奇重新投入华宇的启动资金。那可是两千多万啊，这样的话伊和平居然说得出口。如果每个销售商都这么做，好力奇早就破产了！温启刚当时就叹，人的欲望是填不满的，贪婪者总以贪婪为武器。但是他什么也没对岳奇凡说，带着鼓励的眼神看着他，等他往下说。岳奇凡果然被鼓舞，毫不犹豫地说："这事我看得听伊总的，我们虽然损失了一点，但只要把华宇从华仁手里抢过来，相信'劲妙'那边会不战而败的。"

听完岳奇凡的话，温启刚重叹一声，什么表情也不流露："好吧，还是那句话，华宇的事你说了算，我只要结果，而且要快。"

岳奇凡愉快地应了一声，走了。温启刚盯着他的背影，看了很长时间。最后他有点苍凉地收回目光，脑子里突然蹦出一个词：断臂。

有时候，人是需要断掉臂膀的，企业也是，必须断。可谁能理解他的苦心呢？

温启刚知道，自己在下一盘险棋，这棋才刚开局，恶性反应就出来了。

他承认，好力奇这次内变，完全是由他引发的，如果不是他纵容岳奇凡，强力支持岳奇凡跟伊和平谈判，一味地迁就伊和平，好力奇也不会爆发这场危机。唐落落已经不止一次地质问过他，每次他都态度坚决地站在岳奇凡这边，唐落落对他采取措施，也就在情理之中了。

只是这一次，唐落落有点猛，而且也学起了他，开始注意保密了。

那天黄永庆从唐落落办公室出来，正好在楼道里遇见他，温启刚佯装什么也不知道地问黄永庆："唐总又给你交代任务了？"黄永庆吓得脸上发白光，一边看着唐落落办公室，一边跟他支吾。温启刚也没难为黄永庆，放他走了。大家都不容易，他理解黄永庆这些年的辛苦，也理解他这些年的委屈。就在一周前，岳奇凡还当着那么多人的面讥笑过黄永庆呢。黄永庆是按公司规定，要求岳奇凡在一份合同上补签字。合同评审这项工作由黄永庆分管，好力奇是认证了的公司，每份合同必须经过公司专门机构的评审，有时候来不及，可以先执行再评审，但合同归档必须手续齐全。不料岳奇凡气冲冲地说："没见我忙着吗？真是邪门了，干事的在前面冲锋陷阵，不干事的反倒天天找机会扯后腿。"岳奇凡自诩是干事的，是为公司冲锋陷阵的，在他眼里，黄永庆这批老将是吃闲饭的，靠公司养着的。此话传到他耳朵里，温启刚只是苦笑了几声。

很多事堆在一起，很多人拥在眼前，温启刚一时有些招架不了。不过他知道，自己已没了退路，如果不把这场赌局扳回来，可能好力奇真就没他的位子了。

季节已到了夏天，火红的夏天让一切变得火热浓郁。大楼前几棵高大的香樟，树叶更是绿得诱人，蓬蓬勃勃。温启刚记得，当年大楼建成，他跟黎元清站在楼顶，黎元清指着楼下郁郁葱葱的香樟和花坛里怒放的花说："启刚啊，但愿有一天，我们的事业也像这香樟，像那花，璀璨夺目，欣欣向荣。"温启刚几乎没有怀疑就说："好力奇会长成参天大树的，'宝丰园'不仅会在饮料王国一枝独秀，而且会花香百年。"

"好一个花香百年！"

黎元清的声音又响起来，温启刚却感到了孤独。

是的，孤独。有人说，每一个创业者都是孤独的，因为他们从事的是前人没有从事过的事业。温启刚不知道自己算不算得上一个创业者，但那种强烈的孤独感让他真想对着窗户大吼几声。

就在这时，高静闯了进来，虎着个脸，气急败坏的样子。

温启刚回头看着她，忍不住先笑了："怎么，这幢楼里现在都是豹子啊，都要吃人。"

高静没理他，小胸脯气得一鼓一鼓的，嘴巴也鼓得圆圆的。

"谁惹我们高小姐了，看这脸，我就知道有人要摊上大事了。说吧，是不是那个乐大记者？"

"你还有心思开玩笑？"高静一双眼睛瞪得更圆。

"没心思。"温启刚说完，回到老板桌前坐下。

"这市场到底还要不要了，两天一小变，三天一大变，要我们怎么跟客户说？"

"什么事？"温启刚克制住情绪，口气温和地问。

"我们品牌运营部刚跟东北那边谈好几项合作，销售部突然要撤货，真以为自己是金子啊，现在求爷爷告奶奶，让人家不嫌弃咱都已经不错了，还要对方签什么保证协议。饮料市场有这惯例吗？"

关于保证协议，不是岳奇凡想出来的，岳奇凡虽然聪明，在销售方面有点怪才，但在企业战略上，他的目光还很短浅，思维更是超前不了。这是温启刚的一个重大部署。闻不到市场的变，你就会丢掉市场；捕捉不到市场的敏感，你就会被市场残忍地甩到后面。"劲妙"不是针对全国销售商连续推出"割肉"政策吗，那就让它割好了，温启刚不会瞎跟着凑热闹，他没那么低级。华宇是另一码事，另一盘棋。对于其他市场和销售商，温启刚是反其道而行之。你不是纷纷跑上门要优惠政策吗？没有！我承认你对"宝丰园"做出了贡献，这份感激之情永在。但任何人都不能躺在功劳簿上，好力奇不能，销售商同样不能。"劲妙"这次是大肆招揽销售商，温启刚却是在洗牌，要在好力奇现有的销售商中实行淘汰制，将那些目光短浅、只追求眼前利益没有长远目标的商家全部淘汰出局。这就是他的大销售商战略。他将

"宝丰园"的市场重新整合，合并重组，在全国确定了十六个大市场。一个战略市场只发展一到两家销售商，这些销售商除了实力要超强，更重要的是要讲求信誉，这信誉不仅是对好力奇一家公司的承诺，那不是他想要的，他要的是商业道德、商业伦理。一个没有商业道德和商业伦理的销售商，只是金钱的奴隶，对市场只有破坏，没有建设。这也是温启刚这次从"劲妙"事件中悟出的。那些曾经效力于好力奇的经销商，为什么会在"劲妙"的诱惑面前纷纷倒戈？信仰！因为他们不相信商业是有信仰的，市场也是有信仰的，他们是利益的追逐者，更是利益的蚕食者。而温启刚坚信，一个讲道义、讲伦理的市场才是好力奇所要追求和建设的。巨变面前，温启刚选择的不是守，也不是投降，而是借助"劲妙"制造的变局逆水而上，实现自己的商业梦想。

没人能理解这些。他所做和即将要做的一切，在别人眼里，无外乎两种看法：一是傻，二是玩火。但他就是要玩这个火！

所谓的保证书，就是要十六个战略市场重新选定的大经销商签订一项共守协议，共建市场共享，在利益对等的前提下明确经销商的责任，同时好力奇对这些战略伙伴也提出最低利润保证原则。哪怕好力奇不赚钱，也要保证经销商的利益，前提就是，这些经销商只能销售好力奇一家的产品。

温启刚还做出一个决定，对执意在好力奇现有的销售政策基础上提出让利的，可以接受，但让出的利必须作为股份，入注到该公司去。

温启刚有一个大野心，他计划用五到十年时间控股一批销售公司。五年或者十年后，好力奇不但有自己的生产企业，更有至少五十家大型销售企业。到那时候，好力奇在业界的地位恐怕就要重新论定了。

"没有惯例就不能做了？"温启刚笑眯眯地看着高静说。

"那也要看什么事，我看有人不是在做市场，是在玩火！"高静仍然凶巴巴地说。

"你在说谁？"温启刚表情动了动，拿起一支笔把玩。

"那些想毁掉好力奇的人！"高静越发凶悍起来。

"高静！"温启刚霍地拉下脸，手里那支笔随着手上的节奏啪地断了，不过他旋即又呵呵笑出了声。

在温启刚眼里，高静是一个有思想、有抱负的女子，更是行业中难得的精英，为得到这个人才，温启刚着实费了一番神。高静在好力奇这些年，成长可谓惊人。作为一位CEO，他真是不想看着这样一个可造之材毁掉。

可是最近高静变化太大，大到温启刚已经开始替她担心。温启刚本来想说教，想学以前那样修正她一番，又一想，还是免了吧，于是摇摇头，用诙谐的口气说："哪来那么大的火，我记得我们的品牌运营部经理不是这样的啊？"

"谢谢温总，还知道我是品牌运营部经理。"高静伶牙俐齿，话语里居然有了嘲讽。温启刚脸一黑："高静，你过了吧，好力奇好像没亏待你。"

"过了的不是我，是你温总。"高静突然说。

温启刚哑巴了，本来是他将高静的军，没想到反让高静将了一军。

"什么意思，你温总最清楚，或许我没资格对你这样说话，但请温总记住，有些事可为，有些事不可为。好力奇到今天不容易，谁想毁它，恐怕公司员工不答应！"

这个高静，她还真敢说啊。看着她一身正气、慷慨激昂的样子，温启刚险些又笑出来。年轻，到底还是年轻。等她到了他这个年龄，就不会这么鲁莽、这么冲动了。

他叹了一声，突然觉得这样的争论毫无意义。他在公司的地位已经变得非常微妙，黎元清出人意料地提防他，让长达八年的信任大打折扣；唐落落忽然反目；就连黄永庆，现在也跟他保持了距离。他正在失去一种联盟，而且随着下一步的举动，他还将失去一批原本应该信任的人。温启刚已经体会到前所未有的孤独，难道他要把高静也赶出去？

"还有事吗？如果你是专程来发火的，那我告诉你，到此为止。"

温启刚把头埋在了文件里。

"谢谢温总，我不是来发火的，我是来向温总请示，大市场战略，是否一定要以牺牲好力奇的利益为代价？"

"是！"一听高静提到大市场战略，温启刚重重地说。

"如果有一天，好力奇再也牺牲不起了呢？"

"如果真有那么一天，好力奇就不需要再牺牲。"

"可是……"

"没有可是，品牌运营方面，必须按我的要求去做，不能打半点折扣，谁敢在执行上走样，我只能请他离开好力奇，这话明白不？"

高静的脸色变了，她没想到温启刚会用这样的话威胁她，一时语塞，沉默半天，神色黯然地道："好吧，那我通知撤货。"

撤货也是温启刚要求的，"宝丰园"前期是靠大量铺货占领市场的，这也是当年"宝丰园"开拓市场的战略之一。想想那时候，温启刚忍不住又唏嘘起来。产品生产出来，市场不认可，消费者更是拒绝，怎么办？他跟黎元清、唐落落分头带人做市场调研，请专家做方案，可是调研来调研去，还是没有一个称心的方案。专家或者教授弄出来的东西，看着美，人家讲起来也头头是道，理论上绝对可靠，可一到市场上，就是行不通。时间一天天过去，市场毫无起色。黎元清急了，温启刚更是急，最后牙一咬："用最笨的！"

所谓最笨的方法，就是往市场上砸货，让"宝丰园"铺天盖地，堆满市场，不信它卖不动。可是铺货也不是那么容易的，不是所有的产品都能堆到市场上。一个品牌，在没有获得市场认可、消费者认可时，你想白送到人家的货架上都难。货架不是白占的，尤其是大型超市，简直就是黄金之地。费了不少周折，温启刚总算说服一些超市，由好力奇出资承租货架，在显要位置先行铺货，再派促销员进去，向消费者面对面推荐，中间产生的一切费用都由好力奇承担。那一年，超市、贸易市场、车站、码头，只要是人多的地方，就能看到"宝丰园"凉茶。花钱雇来的促销人员身披绶带，大声而又礼貌地向路人推荐，请消费者品尝并留下宝贵意见。这种传统而又老土的营销方式一开始遭到市场的抵制，也被同行耻笑。有人讥讽好力奇是往市场里扔钱，不懂营销。有人嘲笑红色的包装太土，凉茶又不具备时尚元素，不像"可乐可口""健力露"等是现代的东西。还有人骂，这家来自香港的公司纯粹是扰乱市场，搞破坏。温启刚他们一一忍了。这得感谢唐落落，温启刚记得，在公司最困难的时候，因为大量铺货，加上雇用海量的促销人员，钱全砸了进去，内地回款又受到限制，资金周转遇到前所未有的困难，公司几乎要搁浅了。唐落落回了两次香港，竟然将自己的两处房产和一些收藏品卖了，还从她姑姑那里弄了一笔款。这些钱，当时对好力奇和"宝丰园"来说真有救命的作用。也正是她这种破釜沉舟、不计后果的举动，带动了好力奇的骨干。那时候，唐落落一有空闲便钻进促销者的队伍，穿上公司特制的促销服，跟年轻的大学生和打工者们一道，站在街头叫卖。

往事不堪回首。

每一个创业者的身后都留下了一条铺满血泪和伤痛的路。有人说，苦难是财富；也有人说，不经历风雨难见彩虹。其实这些话只能充当鸡汤，给那些徘徊者、茫然者一些心灵慰藉。对创业者来说，过去的每一天都是令人不寒而栗、不想复制的。

"宝丰园"虽然早已度过原始铺货阶段，可受销售惯性的影响，加上整个行业风气如此，市场铺货量一直居高不下。这是很让温启刚头痛的。温启刚在这方面曾经动过大手术，但一压减铺货量，市场表现立马下滑，销售商也不干。现在，温启刚打算豁出去了，不管现实环境怎样，不管别人理解与否，他都打算奋力一搏。他要让好力奇真正进入一个全新的营销时代——让"宝丰园"变为零库存，市场铺货率降到行业最低，甚至取消这一指标，让"宝丰园"完全实现按订单生产。

温启刚要求各部门通力协作，严控对经销商的铺货。这次没有纳入大销售商名单的，限期回笼货款；货款回笼不力的，一律撤货。

此举有点空城的意味，如此大动作地撤货，等于是把已经占领的市场腾出巨大的缺口，让"劲妙"去钻、去占。温启刚不是没想到这一层，这次，他就要反其道而行之，送"劲妙"一个"人情"。你不是想要市场吗，我让给你；你不是想逼"宝丰园"退出来吗，好，我成全你。就怕你到时吃不了兜着走！

温启刚从心里发出冷冷的笑声。

第十四章
背水一战，统一内部

温启刚的动作越来越大，公司上下都有点招架不住，反对声迭起，温启刚不管不顾、一意孤行的样子令人充满恐惧。

市场的反应是，随着好力奇大规模地削减经销商，压缩铺货量，"劲妙"乘虚而入。短短半个月，粤州"劲妙"就以神奇的速度占领了市场，原来堆放"宝丰园"的地方，无一例外地被"劲妙"占领。与此同时，"劲妙"的广告攻势也是一浪高过一浪，不仅是在央视，几乎各地卫视的黄金时段都能看到"劲妙"的广告。一时间，"劲"风猛起，"劲"声四起。

唐落落看在眼里，急在心里。她抓起电话打给杨黎，没来由地就冲杨黎发火："进展如何？这点小事都办不利落！"

杨黎刚从外面回来，一听唐落落发了火，马上跑进唐落落办公室："唐总，事情差不多了，该见的人都见了，该跟他们叮嘱的也全都叮嘱了。"

"他们反应如何？"

"应该没问题，识时务者为俊杰，相信他们会看清路。"

"什么叫应该没问题，我要的是百分之百！"

"唐总，你就放手搏吧，我杨黎跟了你这么多年，别的不会，做这事还是有把握的，我相信他们不会给你找别扭。"

杨黎这样一说，唐落落心里才有了些底。看来，也只能放手一搏了。此时的唐落落，心里断然没了对温启刚的那份念想，有的只是恨。人真是一种奇怪的动物，前段时间还爱得死去活来，转眼就成另一种态度了。

温启刚，我让你狠，我让你跟那个女人眉来眼去、死灰复燃、暗中勾结、狼狈为奸、沆瀣一气。唐落落一口气骂了许多，所有能想起的词都用上了，最后在心里恨道，想打好力奇的主意，做梦去吧！骂完，她狠狠地撕了那张照片，她再也不想留什么证据了，这张恶心的照片已经搅得她好久不能入睡。

一周后，唐落落关于召开董事会的提议得到落实。没想到温启刚这次很痛快，他冲杨黎说："是该召开一次会议了，特殊时期，让大家都谈谈想法，对公司下一步的发展有好处。"

唐落落以为自己稳操胜券，会议召开前夕，杨黎再三向她保证，一切都搞定了，尤其是几个平日跟她走得近的董事，早就对温启刚的表现有所不满。还有一个董事曾经是东州的领导，一年前退了下去。好力奇董事会中，这样的董事有好几个。让领导在企业董事会挂名是业界通行的做法，以前叫拿干股，现在叫发挥余热，继续为公司发展献计献策。温启刚曾经对这样的做法表示过不满，这位领导退下去后，温启刚一度提出把他那份干股退回去，好力奇以后就不需要他们来"干扰"了。黎元清笑说："过河拆桥的事咱不能干，这话要是传出去，以后还有谁来帮你？"接着黎元清又教训温启刚，搞企业，重点还是搞好跟政府的关系，不要以为你的经营才能有多了不起，企业看似是经营起来的，其实是人家扶持起来的。相比权力而言，其他东西根本不值一提。唐落落这次把重点放在了这些领导身上，要彻底孤立温启刚，就要先赢得这些人的支持。那位退下去的领导还给唐落落打了电话，再三感谢这些年唐落落对他的关照。

"别处是人走茶凉，只有唐总你这里，茶一直是热的。就凭这一点，我要是不支持你就太不人道了。"他的声音里有大权旁落者的伤感，更有不甘心不认输的味道。

唐落落有点得意。

哪知到了会上，形势急转直下，根本由不得她控制。那些提前答应了她的董事在温启刚的一番激情演说下纷纷倒戈，反把她逼进了死胡同。

这天的董事会由唐落落主持，唐落落就公司目前遇到的困境和特殊环境向各位董事做了报告，同时将粤州"劲妙"抢占市场，力逼"宝丰园"步步退守的现实做了陈述，然后拿出本季度的销售情况及财务运营状况做了一番说明。她的意图很明显，就是先声夺人，让董事们不要再扬扬得意，好力奇高枕无忧的日子一去不复返。要想重整旗鼓，好力奇必须改革目前的体制，必须采取更加行之有效的措施，改变目前市场的被动状态。董事们听得倒也认真，有几个甚至在做笔记。这令唐落落很兴奋，以前董事们都是带着耳朵来听，很少用心做记录。她边说边用眼角的余光去扫温启刚，温启刚拿着一支笔，但仅仅是拿着，一种装饰而已。他的目光空远，里面好像什么都有，又好像什么都没有。唐落落管不了那么多，这时候她还能管什么呢？她现在心里只想着得给他一些教训，得让他知道，在她心里，公司比爱情重要。不要以为她把感情寄托于他，就能听任他在公司为所欲为。

唐落落一口气讲了半小时，把要说的话全说了出来，最后她道："我正式提议，好力奇成立临时决策机构，这个机构由董事会选举产生，并在董事会监督下开展工作。在黎元清董事长不在的情况下，公司的任何决策都不得出自某人之口，而要经过决策机构讨论同意，以防政出一门，将公司带入歧途。"

唐落落刚说完，那位退位的领导就接话道："我同意，目前公司确实处于特殊时期，元清董事长不在岗位上，公司的决策权是得接受监督。不过……"他突然多了个"不过"。

唐落落竖起耳朵，正要听"不过"之后是什么，此人咳嗽了一声，道："对不起，我身体不好，先去吃药，各位接着说，我马上就来。"

这一去，就是半个小时。

老滑头！

唐落落意识到不对劲，目光怒射到秘书杨黎脸上。杨黎有些紧张，恐慌地看着各位，想等他们往下说。这时候温启刚开口了，他并没就唐落落的提议发表看法，而是接着唐落落前面的话题，向董事们报告好力奇目前的经营状况。

这天的温启刚完全是有备而来，他的发言既强悍又专业，震撼力十足，可谓掷地有声、声声震耳，就连唐落落也被他的发言震住了。温启刚先是说，好力奇是遇到了问题，这问题是前所未有的，但哪家企业在发展中不遇到问题？市场不是你一家的，大家都在争在抢。消费者不是你拿钱拴定的，在一个不断求新求异、个性化越来越明显的新市场时代，企业不遇到问题只有死路一条。他概括性地总结道，好力奇目前遇到的问题无外乎两方面：一是其他品牌恶性竞争，让本来已有格局的市场重陷无序，乱象丛生；二是遭遇产品同质化，跟风现象严重。你出凉茶，别人也出凉茶；你打文化牌，别人也打；你说是凉茶鼻祖，他马上给你来个凉茶始祖，还罗列出一大堆证据。

"这些都是市场不规范的表现，可谁来规范市场呢？靠政府，还是靠协会？都靠不住。企业的事，最终还得靠企业自身来解决。好力奇要想摆脱这种困局，就必须率先站出来，做规范市场的第一人。一个没有秩序的市场，就是一个无信的市场，在无信的市场里，谁都是输家。"

"但是，建立诚信的市场也不是一家企业能做到的。"有人质疑。温启刚扫了一眼，信心满满地说："任何事都要有第一个人去做，好力奇今天不做，明天就会被无信市场淘汰。我的观点是，与其我们在浑水里挣扎，被呛死，不如先设法把水弄清澈。弄清澈水，我们才能游得更久、更快！"

他的话的确捅到了市场的痛处，也引起了与会各位的共鸣。类似的感受，绝不只是温启刚一个人有，在座的各位这些年都或多或少地感受到了这种乱象，也品尝到了乱象带来的苦果。但这不是温启刚说服各位的原因，真正让各位董事倒戈的，是温启刚后面一番发自肺腑的话。

讲完了市场，温启刚话题一转道："我知道，我温启刚目前做的事可能会遭到各位反对。唐总主张召开今天这会，目的也很清楚，就是想让董事会对我设禁、削权。坦率地讲，最近一段时间，我可能行使的权力大了点，让唐总还有公司其他的领导不大舒服。但不行使怎么办？黎董不在，公司一日不能缺帅，必须有一个人站出来，撑住好力奇这片天。目前好力奇这一难关，唐总渡不过去，在座的各位也渡不过去，凭我温启刚一个人的力量，照样渡不过去。因此，好力奇目前要讨论的，不是削不削我温启刚的权，也不

是给我温启刚头上戴多少金箍，而是我们如何建立信心，建立目标，全力
以赴，共渡难关！"

他的这番话，如一记重拳狠狠地打在唐落落的脸上；更如一枚炸弹，
炸在了与会者的心上。唐落落压根儿没想到，温启刚会在会上摊牌，而且摊
得如此彻底、如此直白。她有丝羞愧，有种被人扒开衣服的感觉。温启刚倒
好，扒开她的衣服还不够，还要扒开她的最隐秘处。

温启刚转向她："唐总，实在对不起，之前没跟你交换意见，你说召集
会议，我欣然同意了。原以为你是为了公司发展，为了消灭竞争对手，没想
到，你只是为了我和你个人之间的权力之争。"

"不！"唐落落失声尖叫。什么叫个人之间的权力之争，她唐落落没有
这么狭隘，没有这么自私！

"唐总，你先别叫，容我把话说完。"温启刚此时的表情已变得非常令
人害怕。自从跟他共事，唐落落从没见温启刚有过这种表情。怎么说呢，就
算是向他示爱遭他拒绝时，他的脸也是热的，是有温度和关怀的，她能感受
得到。可这天的会议上，温启刚那张脸完全是冷的，面部表情更是肃杀。唐
落落犹如看到一个冷面杀手，不由得打起寒战来。

温启刚果然开了杀戒。

他说着说着，话题再次一转，道："各位怕是已经听说，前段时间我
跟唐总之间发生了点故事，外界更是传得沸沸扬扬，说什么话的都有。本来
我不想谈这事，因为这只牵扯到我和唐总，不影响公司的各项事业。但今
天，我想把它提出来，免得各位这样想那样想，想多了不好。唐总是向我示
了爱，但这份爱我没接受，也不能接受。我是一个内心有伤的人，伤未痊愈
时，我温启刚不可能向谁打开感情之门。对不起，唐总。"温启刚突然面向
唐落落，向她鞠了一躬。

"你——"唐落落震惊了，这样的话温启刚居然也能在会上讲！

"你太卑鄙！"她的眼泪扑簌簌地下来了，根本由不得自己。温启刚啊
温启刚，我算是把你看透了，你比谁都狠，天下的男人能做出这种事的没几
个，而你竟做得如此冠冕堂皇！

　　唐落落恨死自己了，温启刚等于是将她打入了地狱，在她脸上狠狠地刻下四个字：不知羞耻！她如同让温启刚扒光了一样，没有任何尊严地被晾在了众人面前。她脑子里突然蹦出了两个字：婊子！这两个字是林若真当年送给她的，顺带着还有一个响亮的嘴巴。嘴巴倒是不痛，那时候她哪知道痛啊，这两个字却刀凿斧刻般地留在了她心上。是的，她是一个婊子。这么多年来，她好不容易才把这个耻辱的称呼忘掉，今天温启刚又把它送还了她。

　　哈哈哈哈，我是婊子——唐落落冷不丁地爆出一串笑。

　　笑声好刺骨。

　　温启刚并不受影响，此时会场上的气氛完全被他控制了，大家全都竖直了耳朵，听他要说什么。唐落落那笑，那句发泄话，居然没起到任何作用，没能阻止情势朝另一个方向发展。

　　能量！后来唐落落想，人在关键时候拼的还是能量。她的能量的确没有温启刚大。

　　"我想，唐总不会是因为这事向我发难，在这一点上，我还是很相信公司任何一个人的。感情上的恩怨，谁也不应该带进工作中。至于唐总前面提到的一系列问题，我暂时不想回答，我想接下来我的行动会证明一切。我在这里只有一个请求，请各位董事给我两个月时间，不，四十天。如果四十天内我不能把好力奇面对的一系列问题解决掉，不能把失去的市场夺回来，不用唐总和各位罢我的职，我温启刚自行离职。"温启刚振振有词。

　　会场一下子静了，四十天，温启刚只要四十天！

　　可是没有人应声。大家全都看着他，不知道该不该给他四十天。事实上，温启刚自己也很没把握，他把该讲的都讲了，不能讲的，哪怕革他的职也不能讲。至于董事们怎么选择，他真是无能为力。之前岳奇凡还一再说，杨黎能活动，他为什么不能？要温启刚准许他去做董事们的工作，被温启刚一顿恶骂骂了回去。温启刚不想搞小动作，永远不想，小动作只能得逞一时，却无法获得永远。而企业经营，哪是一朝一夕的事？见会场沉默，温启刚有那么一丝紧张。他抓起水杯，喝了一口水，大势所趋似地道："我要说的说完了，如果大家连四十天都不肯给我，我温启刚也没啥好说的，那就行使你们手中的权力吧。"

说完，他捧着杯子，走了出去！

唐落落傻在了那里。当温启刚说出那段话时，她的败局就已摆在了那儿。是啊，谁会同情一个作风有严重问题的女人呢？一个游戏感情的女人，一个朝三暮四的女人，一个得不到爱马上又转为恨的女人，会让董事们怎么想呢？温启刚用一种看似很软弱的方式，坚硬地回应了她，也粉碎了她。这时候，她连沮丧的力气都没有了。

与会董事仿佛真被难住了，大家的目光无声地集中在唐落落身上。唐落落感觉自己就像一只被拔光了毛的鸡，架在火上，任大家肆无忌惮地评评点点。她猛地站起来，这会实在是不能再开了。就在她正欲宣布散会时，一向在会上很少发言的黄永庆突然站了起来，冲她摆摆手道："两位都陈述完了，但会议不能没有个结果。恕我直言，两位都是为了公司，为了'宝丰园'这个品牌，这一点我们深信不疑。大家之所以沉默，一定是难住了，我也一样。其实这问题不难，我们不妨给温总四十天，就四十天，一天也不多，看看他到底把公司带向哪里。"

黄永庆话一完，本来沉默的董事们全都说了话。唐落落看到了现实的惨象：没有一个董事站在她这边，与会董事把赞成票全投给了温启刚！

叛徒，全是叛徒！唐落落再也撑不住了，恨不得找个地缝钻进去。她绝望地怒瞪黄永庆一眼，一脚踹翻凳子，踉踉跄跄地走了！

唐落落病倒了，当天下午就被送进了医院。不是装病，她真的是又发高烧又叫唤胃痛。秘书杨黎赶紧将她送往医院，高静没去，许小田倒是很快到了。医生一阵忙乱，做过各项检查后，唐落落被送进病房。医生说是过度劳累引发的心力衰竭，加上患者又受了刺激，所以发起了高烧。

这天半夜，唐落落从病床上醒来，听秘书杨黎说，黄永庆已向公司递交了辞职申请，他要离开好力奇了，还让杨黎转告她，说他对不住她。

"滚，都给我滚，你也一样，马上滚！"

唐落落流下了绝望的泪水。

第十五章
手握"撒手锏"

温启刚再次赶赴粤州。

这次他要去见两个人。有些事快要摊牌了，再不摊，对董事会的承诺就要落空，到那时，他温启刚可真就没脸见人了。摊牌前，温启刚决计会会这两个人。一个是去了两次都没见着的吴雪丽。温启刚已经通过两家猎头公司对她做了全面调查，这人是个奇才，是饮料行业财务方面难得一见的实战派干将。这是相对于那些理论派来讲的。如今职场里最不缺的人就是财务，到处是，各种证件也都齐全，讲起财务管理来一套又一套，但这些人碰到实际问题就乱了手脚，暴露出先天不足来。温启刚不是指让他们做假账，财务做假账已不是什么秘密，在温启刚看来，这都是小儿科，他自己就会，不用再找人来添麻烦。关键是如何合理地利用政策为企业规避风险，如何有预见性地为企业高管层提供建设性意见，尤其是预警报告。这方面他觉得吴雪丽就特别强。吴雪丽为何在华仁遭排挤，外界通行的说法是姜华仁玩腻了她，有新欢后自然淘汰旧爱。温启刚认为不是。姜华仁是玩腻了吴雪丽，抛弃了她，但这不是吴雪丽离开重要岗位的原因。吴雪丽是因给华仁集团数次画红线，提出财务警告，惹得姜华仁大怒，也惹得华仁集团背后那只手——确切地说就是林若真——烦了、恼了。林若真一句话，吴雪丽便不得不离开。

对不起，他又想起林若真了，不想还真不行。事实上，这段时间温启刚所有的暗中调查以及布局都跟林若真有关。这么说吧，他下的这盘棋，看似是冲着华仁、冲着"劲妙"，实际上是在对付林若真。温启刚想见吴雪丽，也跟林若真有关。林若真是因为他而对华仁下手，进而迁怒于识破阴谋的吴雪丽的，冲这一点，他就得跟人家吴雪丽说声"对不起"。温启刚还有一个想法，请吴雪丽加盟好力奇，岗位随她挑。

温启刚想见的第二个人，就是华仁集团的掌门人姜华仁。

温启刚这次是坐动车来的，出了车站，他四下张望，不见曹彬彬。这家伙，说好来接他，怎么不见影了呢？温启刚正要打电话过去，突然瞥见了高高。密密麻麻的接站人群中，高高非常亮眼地站在那里。温启刚想躲，可高高已经看见了他，冲他招招手，大方地走了过来。

"欢迎，欢迎，刚哥，对不住，应该叫您温总。"高高捋了下头发，优雅地笑了笑，又道，"想不到吧，我们又见面了。"

"你？"温启刚有点发怔，一个多月不见，感觉高高又高出一大截。他的身高也不算矮，可这会儿看高高，要仰起脸来。还有她的打扮，太夺目、太前卫了。奶油色的T恤，简洁大气，又不失青春味；米黄色的短裤，紧紧地包着屁股。两条笔直的腿大方地裸露着，艳光四射，尤其是那双高到膝盖的红色长筒靴，犹如火焰一般，把周围全给点燃了。

不少人的目光朝他们看过来，温启刚有点出汗。

"怎么，很失望啊，不喜欢我来接您是不是？"高高笑吟吟的，伸手接过温启刚手里的行李。

"曹大记者呢，又搞什么鬼？"温启刚还是没缓过神来，尽管他和高高也不算陌生了，可那种别扭劲还是弄得他很不舒服。

高高扑哧一声笑了："怎么，怕我啊？我又不是毒药。放心，这次不是恶搞，我也清醒着呢。彬哥临时有事，被他女老板抓去当差了，我替他接您。那个母夜叉，典型的工作狂，彬哥在她手下算是倒八辈子霉了。"高高快人快语，顺带着又提起上次那事，温启刚的脸蓦地红了。恰在这时，曹彬彬来电话了，说："温总啊，抱歉抱歉，本来已经上路了，又被老三强行叫回来，有个稿子有问题，要我立即改。你先跟高高去宾馆，我改完马上过去。"

"你是故意的吧？"温启刚没话找话似地说了一句，老三就是曹彬彬的女上司，姓贺，在报社排名第三，分管金融这一块。这是一个非常敬业的女人，温启刚跟她见过几次面。对了，上次来粤州，温启刚还请她吃过饭呢。

"哪敢啊，放心吧，老大，以后那种歪事再也不敢有了，高高是好人，她不会害你哟。"曹彬彬声音很大，生怕一旁的高高听不到似的。

高高的脸上果然有些挂不住，略带几分尴尬地道："温总如果怕，那我就先回了。"

"别，上车吧。"温启刚接过行李，朝车子走去。

高高开的是一辆豪华版的宝马730，上了车，温启刚说："不错啊，美女就是美女，啥都让人惊讶。"

高高一边发动车子，一边说："温总，您就甭挖苦我了，借的，这不是要接您老人家嘛，总不能开我那辆破丰田来吧。我哪敢在温总面前耍二啊，温总是谁，啥场面没见过，您老指头缝里漏点，都够小女子折腾一年的了。"

这家伙，小嘴巴就是会说。

"没那么危险吧，高小姐怎么突然这么低调了？"温启刚也不敢太沉默，只好找话题跟高高搭讪。没想到高高一下子被触动了，说道："这世界真是不公平，你们成功了，就以各种理由来笑看我们，让我们连说话的机会都没有。作为挣扎中的底层人，难哪——"

高高就此打开了话匣子，原来她不但长得漂亮，也很善谈。她对社会上那些不公正的事，尤其是像她们这样的人的生存艰难有很多感慨。温启刚觉得高高说得有些深刻，这些年他还真是只盯住企业、盯住市场，少了对诸多问题的思考。经高高这一说，他才发现，这个世界的确有许多浑蛋之处。以前在他眼里，像高高这样的女孩子是上帝的宠儿，她们想成功太容易了，几乎笑一下就能拥有整个世界。此时他才明白，她们经历的苦难、打击、失败甚至毁灭不比他少。高高说得对，在这个世界上，有什么也别有梦想，一个人如果揣着梦想上了路，这路就成了不归路。想活轻松倒还容易，可想活明白，就很难了。

温启刚有点陌生地看着高高，他感觉他把眼前这个女孩想简单了。她们并不是靠身体、靠姿色吃饭的人，她们是迫不得已地妥协，是想用青春和姿色为自己换来一个相对从容的发展空间。

可是很难。社会越是发达，这种青春和姿色就变得越是廉价，以前还可以做玩偶，现在连玩偶都不配做了。

"垃圾品，跟垃圾食品一样。"高高自嘲道。

温启刚想鼓励一下高高，但又不知话该怎么说，只好沉默。车子很快到了宾馆，高高办妥入住手续，拿着房间钥匙说："我就不上去了，温总千万别说我不礼貌。上次可能把您吓着了，这次嘛，我离您远点。"

这高高，哪壶不开提哪壶。

温启刚在粤州待了两天，吴雪丽避而不见。人是联系上了，意图也已说明，可人家愣是不答应，还捎来话说，让他不要再骚扰她了，素不相识，见面很没必要。再说，她已彻底离开华仁，在一家酒店打工。猎头公司的老总也很无奈："温总啊，我真是尽力了，原想只要您温总打声招呼，她就会屁颠屁颠的，哪知她这么不识趣。"

"别这么说，人家有人家的难处。"

"还是温总能理解人，忒能理解，天下老总如果都像您温总这样，我们这些人讨饭就容易多了。"猎头公司的老总也是个巧舌如簧的人，不过干起事来很认真，温启刚靠他往莞东基地和永江基地挖了不少人才。

"既然这样，那我也不难为她了，但愿以后有机会吧。"温启刚有点黯然地道。

就在温启刚决计放弃时，曹彬彬忽然说他通过关系，跟吴雪丽的老公联系上了，要不要见一面？

"见，当然要见。"温启刚一下子又变得兴奋起来。

曹彬彬马上安排妥当。吴雪丽的老公叫田立德，原以为他也是一个能干的人，等见了面，温启刚才知道不是想象的那么回事。田立德是司机，最早给姜华仁开车，后来为姜华仁管理车队，现在也离开华仁集团，自己买了车跑单帮。这男人看上去很老实，也很老相。问过之后，才知道年龄比吴雪丽大十几岁，马上要五十岁了。温启刚就有些想不通，依吴雪丽那条件，怎么会嫁这么一个男人呢？后来他才知道，田立德跟吴雪丽也是有故事的。吴雪丽早期的生活并不如意，关键是有个嗜赌如命的父亲。吴雪丽大学还没毕业，父亲就把家里的一应物品全给输光了。母亲为阻拦父亲，多次苦苦哀求，均不见效后，跳楼死了。从此，吴雪丽的父亲赌得更甚，最凶的一次，一夜输了八十多万。第二天一早，讨债的就堵在了门口。父亲吓得不敢回家，讨债的那帮人拿刀逼着吴雪丽，要么还钱，要么就……这一幕正好让住在对门的老田看到了，如果不是老田，吴雪丽那天是躲不过去的。那些赌债是老田还的，老田的老婆那年出车祸死了，老田获得了一笔赔偿。吴雪丽进华仁，也是老田帮着介绍的。"当时就是不忍心看着她受罪，那罪，受不起啊！"老田一边吸溜鼻子一边说，"可谁知道……"老田紧接着又后悔了。尽管老田把后来发生的事省去了，但在座的温启刚他们都听出了那句话后面的苦味。是的，老田干了件蠢事，一件让他肠子都悔青的事。他咋能想到，吴雪丽到公司后不久就让姜华仁给那个了呢？真是想不到！不过依老田说，吴雪丽倒是不那么在乎，她需要钱，她要给老田还钱，姜华仁提什么她都答应，只要给她钱。

"唉——"老田又长叹一声。

至于后来，那也是没办法的事。姜华仁要睡吴雪丽，但又不想养着，怕养久了养出啥问题来，给他添堵，于是撺掇他们在一起。老田自然不能干，这样他成什么了？可吴雪丽找到他，径直提出要嫁给他。老田一下子没招了，他本就是个缺招的人，这从吃饭就能看出来。他说了那么长时间的话，可头从来没抬过一次，要么低头往嘴里扒拉菜，要么死劲地抱住个水杯，拼命往肚里灌水。

"她现在是我老婆，以前嘛，只是挂个名。"老田说，这样的大实话，温启刚他们没问，老田居然说了出来。

这人是个好人，温启刚当时就想。

"以前没想过离开她，现在更不能了。她落难了，我得撑住她。再说了，我们是平头老百姓，想法不多。过日子呗，怎么也是个过，我就觉得现在这样踏实，只要她不提出离，我就跟她过。"老田又喝下一口饮料，憨笑着说。

温启刚恨自己不是作家，如果是，田立德跟吴雪丽这凄美的故事足够让他写本书。即使这样，他也被深深打动了，生活又给他上了一课。在田立德断断续续的述说中，温启刚再次想起了亡妻孟君瑶，内疚和忏悔涌来，他觉得心口那个地方很痛。一旁的高高始终沉默着，这个嘴巴上安了快门的女子，这天像是被田立德的故事震住了。直到饭局结束，田立德跟他们告辞，她都没讲一句话。那张化着艳妆的脸也变成坏了的电视屏幕，除了一片花花的白，什么也看不到。

田立德交给温启刚一样东西。

"是她让我交给您的，您这样看得起她，她说她知足了。对了，她再三叮嘱，这东西只能您看，千万不能传出去。我们都是可怜人，还要活命。大老板间的争斗，我们陪不起。"

说完，田立德抹了把嘴，急匆匆地走了。等他走出老远，温启刚才蓦地记起一件事来，赶紧冲同样傻站着的曹彬彬递眼色。曹彬彬会过意来，三步并作两步追上田立德，将一包钱往他怀里塞。田立德哪里肯收，说他不是为这个来的，他老婆要是知道他收了这钱，他们就真过不下去了。不管田立德怎么说，曹彬彬还是有办法，最终田立德还是惶惶地抱着那包钱走了。

回到宾馆，温启刚马上打开那东西，他相信吴雪丽送给他的绝对是一份厚礼。果然，温启刚看着"礼物"，笑了。

是一本厚厚的账本，还有一沓企业内部资料。

这晚温启刚没睡，他是既震惊又兴奋，当然还带着感动。吴雪丽能将如此重要、如此机密的文件交给他，令他感慨万千。看来这个世界上还是有无数颗纯真、善良的心灵，并不是每个人都利欲熏心，更不是每个人都在麻木。面对欺诈、掠夺还有蒙骗，人们还是以各种各样的方式发出自己的声音。

账是吴雪丽暗中记的，记录了近五年来粤州华仁所有的财务活动，对每一项资金的进入和每一笔开支——不管是送礼还是姜华仁父子挥霍——她都一一注清。看到这一笔笔记录，温启刚仿佛看到了另一个吴雪丽，认真、负责，做事严谨但又不失分寸，因为她没把这账本交给税务部门。温启刚替姜华仁父子庆幸，要是这账本到了它该到的地方，姜华仁父子怕是早就去了该去的地方。

当然，他也替林若真庆幸。一个被她借资本权势驱逐出华仁的女人，竟用这种方式饶恕了她！

这账，还有出自吴雪丽之手的五份企业财务预警报告，不仅全面揭示了华仁这些年走过的"扩张"之路，详细记述了香港盛高如何借助资本，利用完美的骗局，成功掌控粤州华仁等事实，还消除了温启刚心里两个重大的疑问。

对林若真利用资本的魔力层层渗透华仁，进而掌控华仁，温启刚早已不再怀疑。他一直想不通的是，华仁作为粤州天塘区的重点骨干企业，怎么就会轻易就范呢？难道姜华仁一点猫腻也看不到？不可能啊，姜华仁虽然没多少文化，但他也是商海中的老将，在商场打拼这么多年，江湖有多险恶，浪有多高，他能不知道？怎么就能被林若真一次次放鱼饵，如此听话、如此乖巧地受制于香港盛高呢？温启刚脑子里甚至冒出过很荒诞的想法，会不会是林若真使了美人计，逼其就范？可一想又不可能，依他对林若真的了解，就算林若真对华仁垂涎三尺，也绝不可能拿自己的身体去搏。现在他明白了，原因很简单，姜华仁是头猪，说脑子进水可能还是轻的。

不要把能挣钱的都当人物，更不要被那些大神吓住——温启刚想起一句话，这话是在东州电视台做访谈时，一个专门研究企业问题的嘉宾说的。当时温启刚还不能完全理解其精髓，觉得嘉宾有一棍子打死一片的味道。这下他明白了，很多看似强大的人物，其实虚弱得如同一尊泥像。当今市场上，像姜华仁这样的暴发户，何止一个两个，多得数不清。他们凭借着起步早、胆子大，一个偶然的机会赚了钱，腰包一鼓，就不知道自己是谁了。膨胀是这个时代共有的特性，大家在虚幻的成功面前，要么表现得很陶醉，要么就把自己放大到云层里，飘啊飘。这些人的一个共同特点就是急着将自己包装成成功人士，包装成大腕、某个行业的领袖，最起码也是老大。姜华仁对吴雪丽下手，说穿了还是满足他的另一种虚荣心。温启刚见过不少这种人，自己是泥腿子出身，满嘴脏话，却喜欢带一个小秘，以前图年轻漂亮，后来又图有文化，学历越高自己越有成就感。姜华仁的这些心理都被林若真掌握了，林若真对付起他来，简直易如反掌。就算给他布下一口深井，姜华仁也会欣喜若狂地去跳。

能看清楚的只有吴雪丽。吴雪丽不止一次提醒姜华仁，让他警惕，让他谨慎，还以书面方式向董事会提交过预警报告和防范方案，结果换来的不是姜华仁的醒悟，而是对她的厌恶与抛弃！

这是温启刚一直以来的第一个疑问。温启刚一直没搞懂的第二个问题是：华仁何以能做大？他认真研究过华仁的过去，尤其是两次资本扩张和一次战略转型，很成功、很经典。他不相信这是姜华仁的智慧，可又找不出能给姜华仁做决策的人。现在他知道了，吴雪丽！

尽管温启刚对吴雪丽充满了种种好奇，好感也是一天胜过一天，但他还是低估了吴雪丽的能耐。西南财经大学毕业，又有过两次专门进修经历的吴雪丽，不只是具有财务方面的能力，在战略管理与战略投资方面，更是有着惊人的预见性与判断力。特别让温启刚兴奋的是，吴雪丽对政策的敏感，以及对政策的解读和应变能力超乎常人。华仁两次资本扩张，都是抓住了政策空隙，充分利用了政策，而且全是吴雪丽提议的。当时姜华仁跟吴雪丽正热火，吴雪丽说什么他都听，这既成就了他，也成就了吴雪丽。

都说红颜是祸水，这个红颜绝不是祸水，是宝。可惜姜华仁被林若真一连串的动作迷惑，把宝扔在了一边，华仁的败局也就在情理之中了。

这个人，温启刚要定了！等眼下这场风波一过去，哪怕是十顾茅庐，温启刚也要把吴雪丽请到。

见姜华仁的过程相对麻烦。看完吴雪丽给的账本和报告，温启刚动摇了，到底要不要再见这个人呢？温启刚见姜华仁，没别的意思，就是想在采取措施前给姜华仁一个机会。如果姜华仁能幡然悔悟，放下手中的恶，温启刚或许会改变计划，华仁或许还有自救的机会。但现在温启刚怀疑，姜华仁能听进他的忠告吗？或者说，能理解他的善意吗？

矛盾来矛盾去，温启刚还是决定给姜华仁一个机会，他真是不想看到一家企业因他而轰然倒下。温启刚是想通了，谁知姜华仁却摆起谱来了。温启刚通过好几个关系约见姜华仁，姜华仁非但不见，反而放出一大堆嘲笑的话来。

"见他？他算老几，是不是好力奇混不下去了，想找我讨口饭吃？他不是很狂吗，不是自诩商业奇人吗？这个奇人现在是断了胳膊还是少了腿，需要我姜华仁扶了？"

温启刚哭笑不得。

"算了，这种人，见他何用，这不是自找羞辱吗？"曹彬彬劝他。

"我看还是不见了吧，你的心思我能理解，可商业社会，真的不需要同情，大家还是拿出真本事来拼吧。"这边行业协会的会长说。温启刚托这位会长，会长又托市里的两位要员，最终姜华仁还是用嘲笑拒绝了他。

温启刚决定打道回府，不能再这样无谓地把时间消耗掉，公司里还有一大堆事等着他呢。尤其是他来的时候，黄永庆递交了辞呈，他好说歹说才把黄永庆挽留住。温启刚自然懂得，公司董事会上，不是他靠一张嘴巴更不是他打出了唐落落移情那张牌，将唐落落逼进了死角，才赢得了董事们的信任。是黄永庆，黄永庆这次是真帮了他，董事会的工作是他一个挨一个轮流去做的。还有高静。尽管高静跟他吵了架，看似是对他失望透顶，但温启刚知道，那段日子，高静跟黄永庆一样，也在努力做董事们的工作。他得回去，得用实际行动回报他们。信任不能透支，更不能成为空头支票。

就在温启刚准备收拾行李出门时，高高突然疯疯癫癫地进来了，打扮得有点古怪，手里拿把车钥匙，进门就说："跟我走，快！"见温启刚愣神，高高一把拉过他："快点，晚了就来不及了。"

"去哪儿啊，莫名其妙。"温启刚差点打开高高的手。

"你不是要见他吗？我找到他了，跟沈新宇在一起，快走！"

温启刚心里一震，要见姜华仁的事，他没跟高高提，也不让曹彬彬提。经过这些天的接触，他觉得高高根本不像之前他想的那样，复杂着呢，不只有个性，更有许多超前而又古怪的思想。温启刚已经搞清，所谓孟子非跟高高瞎搅在一起，完全是误传，是曹彬彬谎报军情。孟子非是对高高垂涎三尺，不止一次地约她喝茶吃饭，有一次还对高高动了手脚，硬把高高摁倒在沙发上，不过让高高狠狠地教训了一顿。这是高高跟他坦承的。高高对孟子非有这样一句评价：一个看似聪明、实则脑子里全是下三烂想法的人。"亏你还对他这么信任，这么好。"高高在那天的述说中埋怨了温启刚。温启刚没反驳，他之所以关心高高跟孟子非的关系，一是觉得离谱，怎么可能呢？

二来呢，也不想让高高跟孟子非那样的人瞎耽误时间。想嫁人，就找个靠谱的，甭在这些乱七八糟的男人身上瞎熬青春，青春是熬不起的。高高说，她压根就没想过要嫁谁，更别说孟子非了，跟他是另一码事。温启刚再细问，究竟是什么原因让她跟孟子非在一起。高高死活不肯再说，只跟温启刚解释，他们的认识很是偶然，朋友的一个饭局，高高去了，孟子非也去了。一听孟子非是好力奇这边的，高高多了兴趣，跟孟子非多说了几句，还替他喝了几杯酒，结果就让孟子非误解了，要了她的电话，然后没完没了地打给她。

"男人都是馋腥的猫，当然你除外。"那天高高说。

温启刚却觉得，高高跟孟子非之间肯定还藏着什么，这从高高最近一个劲地往他这边跑，不断提供孟子非和华仁的信息就能猜想出来。

温启刚被高高稀里糊涂地拉下楼，高高又换了一辆保时捷卡宴，很耀眼。有些人的生活你永远搞不懂，因为他们的生活像魔术。

"后边有衣服，还有鞋，你自己换了。"高高边发动车子，边用命令的口气说。

"干吗呢，你能不能说明白一点。"

"按我说的做！"高高扔下一句，专心开起车来。她的驾驶技术不错，这一点温启刚已深有体会，不过这天车子开得很猛，眨眼工夫就出了城，往九龙湖方向去了。温启刚拿起高高说的衣服和鞋子，才明白高高是要拉他去高尔夫球场。怪不得刚才在宾馆看着高高有点怪，原来是她着了一身运动装——竖着领子的长袖T恤衫，棉质的白色休闲长裤，非常宽松，非常飘逸。这跟她那些过分时尚、过分缺领少袖的装束比起来，一下子正经了不少。

"好雅兴啊，可惜我对它不感兴趣，我是球盲。"温启刚将衣服扔到后座上，带着自嘲地说。他的确不爱这个。

高高不悦了："我的温总，温大爷，您就饶了本女子一次行不，知不知道为打探他的消息，我花了多少功夫？"

"他在高尔夫球场？"温启刚一下子兴奋起来。

"是啊，那位新任区长是高尔夫迷，潇洒得很，粤州这边的高尔夫球场算是被他打遍了。这不，今天阳光足，难得一见的好天气，又是周末，人家来了雅兴，带着美眉们去九龙湖了。"

"我说的是姜华仁。"

"当然有他啊，区长走到哪儿，他就跟到哪儿，姜大老板现在快成区长大人的贴身跟班了。"高高狠踩了一脚油门，车子飞了起来。

"慢点！"温启刚提醒道，手牢牢地抓住了把手。

"他倒是有雅兴！"过了一会儿，他说。

"你又错了，这跟雅兴无关。据本女子打听到的消息，姜家父子快玩完了，大难将临，眼下连银行的利息都还不了啦，现在也只有姓沈的这一根稻草可抓。哪天姓沈的烦了，一脚踹开，我看他们父子只有去跳楼了。"高高损人的嘴巴一旦打开，就再也合不上了。

"你还知道什么？"温启刚被她说得有了兴趣。

"知道很多，就是不告诉你，想听，拿钱来买。"高高说着笑了起来，那笑声听上去比前几天透明了许多。年轻人就是调整得快，能让自己很快从阴影中走出来。几天前的一个晚上，高高开着一辆不知从哪儿弄来的法拉利，拉着温启刚在街上狂转两个多小时，也是在那两个多小时，温启刚听到了一个女孩不死的野心和到处碰壁的残酷现实。那晚的高高，可没今天这么洒脱。

温启刚忍不住说："高高，你这又是何苦呢，总不至于完全是帮我吧？"

"去你的，少臭美，本女子从不帮谁，只帮自己。"高高在温启刚面前说话越来越随便，温启刚听着也舒服。

"有个性。可我真是搞不懂，你这么做，对你有啥好处，把自己整得跟福尔摩斯一样。有这时间，还不如好好想想自己的未来。"

"复仇！"高高重重地说了一声，又道，"复仇你懂吗？我的青春，还有梦想，全让这对狗父子给毁了，不见着他们进棺材，我这心就安不下来。不然，本小姐早在三亚那边发展了，还用得着回来？"

这倒是实话，据曹彬彬说，那个王小山已经在三亚立了足，虽然干的是"外围"，但好像很乐观。这些女孩子真是让温启刚眼花缭乱。她们五彩缤纷的人生目标，还有稀奇古怪的生存方式，都让温启刚开了眼界。两人就这样边斗嘴边说笑，不知不觉中，车子到了九龙湖边上。远远望去，那座美丽的高尔夫球场如水彩画一样铺开。球场背倚连绵数十公里的葱郁群山，环依着碧水盈盈的九龙湖。球场四周重峦叠嶂，林木葱郁，碧湖青山，绿草如茵，令人流连忘返。如诗如画的自然美景和顺应天赋地貌而建成的球场，真是让人忘记了尘世的烦恼，暂时置身在如梦如幻的世外桃源中。

可惜的是，温启刚不是一个玩兴很雅的人，对高尔夫这种所谓的绅士运动，他会倒是会一点，可惜享受的机会不多。没时间啊！都说他们这些人，不是出入豪华酒店，就是在这仙境般的山水中过着洒脱而又超然的神仙日子。可外人哪能知道，这些既花钱又花时间的贵族休闲运动本就不属于他们，如果不是领导们乐此不疲，恐怕他们的脚步永远也到不了这里。

"没时间去更衣室了，他们快要结束了，在车内换装，以最快的速度去球场。"说话间，高高已经停好了车子。温启刚看见，已经有会所服务员和球童候在了那里。高高一定是提前把一切都安排好了，温启刚拿起衣服，又犹豫了。

"可我真不会打啊，这种洋相出不得。"他说。

"不是让你打，是让你去见人！"高高已经走下车子。鲜艳的阳光披了她一身，草坪因她立马灵动起来。

温启刚摇摇头，换了衣服，紧追几步跟在高高后头。青春女孩能激发男人的活力，能让男人的激素瞬间增长许多，这话一点不假。刚才还心事重重的温启刚，这会儿已变得非常愉快、非常有信心了。

高高是这里的常客，不但熟悉会所的规程，而且跟里面的服务员也熟。漂亮女孩到哪里都受欢迎，那些男孩女孩紧围着她，说些只有年轻人才说得出口的时尚话题，他们时不时地扭过头来，看一眼温启刚。显然，这些孩子把温启刚当成高高傍着的大款了，这里来的哪个不是这种关系？温启刚并没有局促，扩了几下胸，做了个深呼吸，冲湛蓝的天空狠狠地笑了几下。

这天的见面是乘兴而来，败兴而归。温启刚感觉真是对不住高高，对不住这里的蓝天、白云、绿油油的草坪和新鲜得令人想醉的空气。

该死的姜华仁，居然还能在这时候跟他充老大！

温启刚他们赶到地点时，区长沈新宇还没打完，在缓坡的那面挥着杆。

山坡拉长了他的影子，也让他多了一层朦胧。跟沈新宇并肩走着的，是一个屁股浑圆、两腿细长、腰里像是安装了旋转按钮的高个儿女孩，她走路的姿态真是优美极了，每迈一步都是一种风情。不用怀疑，那一定是阿馨，上次模特大赛的冠军。他们身后还跟着一名球童和一名服务员。区长沈新宇迈着成熟而稳健的步子，一看就是那种壮志凌云的人，不过他手上的动作有点轻佻，边走边不忘跟阿馨调情，不安分的手忽而揽在阿馨很有型的细腰上，忽而又在阿雅高高翘起的屁股上捏一把。这时候的阿馨就像一头小鹿，在沈新宇的挑逗下发出性感的欢叫。

走着走着，两人抱在了一起，山坡上便定格出一幅男女激吻的画面。

温启刚吓得把目光躲开了，另一边的高高也是一阵脸红。

青山、绿水、宽阔的草坪，还有美人相陪，区长沈新宇这日子，潇洒得很。

中国什么人最潇洒，说穿了还是领导。对这个沈新宇，温启刚最近也做了一些功课。粤州这边有关沈新宇的版本有好几个，一说他是上面空降来的，有背景也有点能耐，因此地方上很给面子，就让他放手干了。也有说沈新宇完全是冒充有底牌，区区一个小区长，能有什么背景，不过是现在的人喜欢联想，喜欢被联想到的东西拿捏住罢了。温启刚了解到的却是另一种情况。沈新宇说来还是有些背景的，不过他的背景不是来自他，而是来自老婆大人。沈新宇的夫人姓柳，叫柳真，中国人民大学副教授，教哲学。柳真的父母皆是高官，社会资源深广得很。沈新宇的仕途之所以这么顺利，完全是因为柳真的父母在给他铺路。

又是一个靠老婆一家扶着走路的人！这么想着，温启刚又把目光投过去，这次他在那个叫阿馨的模特身上盯了很久。不可否认，阿馨是很有味道的，虽然长得不太漂亮。女人出来混，不只是靠漂亮，男人有时候是图女人的脸蛋，更多的时候却不是。或者说，图脸蛋是初级阶段，真到了沈新宇这份上，漂亮脸蛋反倒不起作用了。这一点，怕是身边的高高还体会不到。

果然，高高怨气十足地说："我靠，你们男人咋都这样啊，见到漂亮女孩就走不动！"

"她漂亮吗？我咋不觉得？"温启刚假惺惺地说。

"丑死了，跟我比起来，一半都不及，可你们这些臭男人，就是喜欢屁股大、腰细还会风骚的。瞅瞅那骚劲，恶心死人！"

高高带着鄙视地骂了几句，赌气似地往前走了。

温启刚叹了一声。女人的逻辑你永远不懂。在女人眼里，世界是用来给她一人献媚的。任何形式的眉目外传，都是不可原谅的错误。换句老话说，男人是在征服世界，女人却总是想着征服男人。

姜华仁站在离他们大约二百米远的缓坡上，样子有些孤单。温启刚惊讶姜华仁为啥不跟过去，他和黎元清陪领导打球的时候，好像一直紧随在领导后面，不时要为领导挥出高水平的一杆而喝彩。有时候哪怕那一杆打得不怎么样，甚至是臭极了，也要夸张地赞美几声。其实，领导不是在打球，而是在打一种气势，或者打一种权威。高高悄声对他说："这土老帽，比你还笨，杆也不会挥。"温启刚哦了一声，旋即又扭头盯住高高，这话听上去不大对劲，怎么有点恶心他？高高扮个鬼脸："对不起啊，真没嘲讽你的意思，我是看见了他，恨不得冲过去咬他几口。"

"别咬，你不是狗。"温启刚也用玩笑话打击了一下高高，跟着服务员往坡顶上去。高高自然不会同行，她说她见不了那张恶心的脸，真上去保不准会揍他一顿。

温启刚有点怕高高，这些天的经验告诉他，这是一个什么事都做得出的女超人。

姜华仁站得很专注，他的装束一看就是来打球的，手里也握了杆。温启刚发现，姜华仁比以前瘦了许多，也苍老不少。虽然有鲜艳的球服衬托，还有蓝天、白云、绿茵做陪衬，但那种苍老和憔悴是怎么也掩不住的，看来谁也不容易啊。

温启刚叫了一声"姜总"。

姜华仁大吃一惊。他压根没想到温启刚会追踪到这地方来，这人脸皮咋这么厚啊。这些天不断有电话打给他，说是温启刚想约他，想见他，还要跟他叙叙旧。他在心里骂："我跟你有什么旧可叙，华仁跟好力奇势不两立，我跟你同样势不两立！"

"哈哈，是温总啊，稀客稀客，怎么，温总也有这雅兴，跑这里打球来了？"姜华仁大声说着，目光四处搜寻。等他看到远处站着的高高时，鼻孔都差点歪了。

"高，温总真是高，哪双鞋子都能穿脚上，了不得！"

这话有些恶毒，温启刚听出了味，笑着，没发作，仍然保持风度地说："温某不才，对这些不感兴趣，今天来，是特意想会会姜总。"

"会我干什么，不会是找我要市场来了吧？"姜华仁又发出一阵恶笑，他对自己的这句话很得意，忽地挥杆，在空中划出一道漂亮的抛物线。

"市场要不到，但有一样东西，我估计能要到。"温启刚仍然不温不火地说。

"什么东西？"姜华仁果然上当了。

"做人的诚信，还有底线。"

姜华仁一下子被激怒了，挂在脸上的假笑和刚才那虚张声势的气焰没了，脸上腾地冒出一股杀气来。

"做人的诚信、底线？你也配谈这个？"姜华仁说着又挥了一次杆，可能因为太激动，这一杆没挥好，差点让球杆带得他一头栽倒。他努力了几下，站稳了脚，更狠地看着温启刚，"我今天有事，没工夫跟你瞎扯，你若不打球，就带上你的破鞋滚蛋！"

破鞋明显是指高高，本来不打算发火的温启刚突然火了："想不到声名赫赫的华仁集团老总说起话来也这么混账，我提醒姜总，可别污了这儿的空气。"

"用得着你提醒吗？你以为你是谁，告诉你，这是粤州，天塘区，不是你的香港！"

"我懂。"温启刚往前跨一步，两人摆出吵架的架势来。

"懂就好，我就怕有些人不知天高地厚，拿人家的品牌赚点钱，还真把自己当成了大神，到处说教，有用吗？我问你，有用吗？"

"没用的！"他自问自答，说话间又气急败坏地挥了一杆，因用力过猛，草坪上立刻显出一个洞来。

这人心虚了，或者他本来就心虚。温启刚想起车里高高说过的话，说不定哪天，姜家父子就会跳楼。

"姜总看来是不想跟我谈？"

"跟你谈什么？谈钱，谈生意，还是谈女人？"姜华仁又爆出大笑，手指着远处的高高说，"要不就谈她，我可比你更熟悉哟，她身上的每个毛孔我都熟呢，想想温总你也可怜啊，端盘剩菜还当宝贝。以后别这样，世上女人多的是，不要老找人家淘汰的。"姜华仁的话越说越离谱，还用手指做了一个非常下流的动作。

"无耻！"温启刚的血性被激起来，差点一掌扇过去。他后悔自己不听劝，非要抱着希望来见他，是自己脑残啊。

他猛地转过身子，心里再也不抱什么希望了。

"怎么，这就急着走人啊，不是找我讨要药方来了吗？我可是大方之人，知道温总来粤州水土不服，特意备了药方，温总不会不感兴趣吧？"

温启刚停下步子，慢悠悠地转过身，鹰一样的眼睛盯住姜华仁。

"离开好力奇，安安分分搞你的金点子去，说不定啊，哪天我姜华仁脑子里没墨了，还能到温总你那里讨个金点子呢！或者就去该去的地方，不是有人对温总一直念念不忘吗？我可听说，人家放出狠话，这辈子非温总不嫁，还不许别的公司打温总的主意，她要把你全包了。温总好艳福啊，碗里有，锅里也有，外边还有，天下女人全围着温总一个人转了。虽然都是残羹剩饭，但温总喜好这一口。对了，唐总怎么样？"

"你——"温启刚几乎就要爆粗口了。在姜华仁的一片嘲笑声里，他有点狼狈地掉转身子，一边往下走一边痛骂自己。高高看见他往下走，跟过来："谈崩了吧，跟他能谈出什么好话来。"

温启刚没理高高，气呼呼的样子让人以为是高高伤了他。高高在后面追，边追边挖苦："自取其辱，活该！"

快到下面的接待大厅时，温启刚的步子突然止住了。富丽堂皇的大厅门外，一群人簇拥在一起，围着中间一位打扮非常时尚的贵妇人。温启刚先是看到，那堆人中间有白石湾开发区的主任、副主任，还有市经济协作办的几位领导。再往边上看时，温启刚傻住了，他居然在人堆外面看到了孟子非！

孟子非竟然穿着球童的衣服，活像小丑般给那堆人献着殷勤。他怀里还抱着一个女士坤包，不用看就知是中间那女人的。温启刚惊呆了，孟子非公然出现在这样的场合，还装扮成球童为这些领导服务，令他颜面扫尽。好在孟子非太投入，第一时间并没看见他。温启刚想快步躲开众人，不幸得很，有人在第一时间看见了他。

是的，林若真！

温启刚已经知道，林若真以空手套白狼的方式从华仁手里掠来的白石湾项目正处在紧要关头，没想到她会请这帮人在这里消闲。躲显然是来不及了，林若真看到他，马上瞳孔放大，脸上闪出比天空还要灿烂的笑来。温启刚急中生智，一把拽过后面的高高，给她使个眼色。高高多聪明啊，马上会过意来，身子往前一贴，就跟温启刚依偎在一起了。等林若真走过来时，高高的手已紧紧挽在温启刚的胳膊上，还故意将头歪靠在温启刚怀里，两人状如甜蜜的恋人。

林若真的步子戛然而止，那张桃花灿烂的脸瞬间变了形。

"那女人是谁啊？"等出了会所，高高松开温启刚的胳膊问。

"林若真。"温启刚没好气地说。

"是她啊？"高高叫了一声，又道，"看上去真有范儿，是你的老相好吧，怪不得要我演戏呢。"

"你乱说什么？"

"我哪乱说了，刚才不是……不对呀，孟子非怎么说她叫司徒如雪，是他表姐？"

"孟子非？"温启刚转而盯住高高。

"对呀，刚才他不是也在嘛，本来要打声招呼的，可你走得这么急，打不了。他为啥要打扮成那样呢，真恶心。对了，温老大，我见过这女人的，可惜老是背影，正面一次也没看过。孟子非老往她那儿跑，说他表姐好厉害，也是从香港来的，做地产和珠宝生意。到底哪个是真的啊？"

"都是谎言！"

第十六章
大戏该收场了

温启刚紧急回到东州。事情的发展出乎他的意料，他真没想到，孟子非会跟林若真走得那么近。在他回来的路上，孟子非一个接一个地给他打电话，温启刚自然没接。还接什么呢？会所门口那一幕撞进他的眼帘后，温启刚就知道，孟子非这出戏该收场了，再不收，还不知会惹出什么事。

众叛亲离！

当所有的预感被一一证实，所有的怀疑都变成现实摆在眼前时，温启刚突然感觉到从没有过的惨败，用人的惨败，信任的惨败。一种强烈的宿命感朝他袭来，他哈哈大笑。笑完，眼泪就出来了。

我这干的都是什么事啊，用的又都是什么人？！怎么跟黎元清和唐落落交代，又怎么面对好力奇这么多员工？他把自己骂了一百遍一千遍，一双拳头狠狠地砸在桌上。本来他是想骂孟子非的，结果话出口，却成了："林若真，你到底想怎样，难道我温启刚忍让得还不够，你让我退到什么地步才肯放手？"

高静从香港拿来的那张照片并不是假的，更不是PS出来的。温启刚的确见过林若真，还不止一次。早在粤州华仁还没向好力奇出手的时候，林若真就从香港赶过来，非要缠着跟他见面，扬言如果温启刚不见她，她就找到好力奇去，把好力奇搞个天翻地覆。温启刚怕了，在东州一家法国人开的酒吧，两人见了面。那是温启刚到内地后，两人第一次见面。林若真老了，尽管妆术一流，打扮更是前卫，可眼角细密的皱纹还是暴露了她的年龄。在林若真眼里，温启刚也是一脸风霜。于是，她情不能抑地说："回去吧，跟我回香港，甭在这边瞎折腾了。"温启刚笑笑，拿开盖在他手背上的那只手说："我不是折腾，我在这边挺好的，你看看，公司现在有了规模，'宝丰园'也正在得到消费者的认同。"

"算了吧你，就黎元清那个人，能折腾出什么好事来？启刚，他是害你，利用你，懂不？你不能太死心眼，哪天他把你这点才华榨干了，一脚踹了你，你找谁去？"

"不会的，没那么惨。"温启刚彬彬有礼，说话温文尔雅，虽是在拒绝，但又不敢太尖利，怕刺痛林若真，给她爆发的机会。

可最终林若真还是爆发了，苦口婆心半天，温启刚一点回香港的意思都没有，还劝她死心，说他们之间早就结束了，他们现在是两个无关的人。

"无关？启刚，这话你也说得出口？好，现在你出息了，成公司老总了，在内地扬眉吐气了，就跟我没关系了。以前呢，这话以前你怎么不说，在拿走我心的时候你为啥不说？"

温启刚最怕她这样。不爆发时，她是极有魅力的，内敛、含蓄，女性的温柔加上洒脱的气质，会让她以另一种面目出现在客户眼前。温启刚还记得早年陪她参加商务谈判时的场景，她要么别有趣味地用手托住下巴，做出一副乖乖猫的样子，专注地倾听客户的述说；要么绽开笑脸，神采奕奕地给客户讲她的商业梦想。那时她留着长发，听客户说时，长发垂下来，掩住一半脸，半明半暗的另一半脸引人遐想，给人梦幻感；自己说话时，她又喜欢时不时地伸手捋一下头发。她的动作优美极了。温启刚相信，不少客户就是被林若真那飘逸优雅的动作迷住的。可她一旦爆发，一旦被激怒，就立马变得像狮子，什么恶毒她就冲你说什么，不把你咬得血淋淋的，她绝不过瘾。

那次林若真还是跟温启刚吵翻了，在那家酒吧骂了足足有半小时，最后威胁道："我最后跟你说一遍，要么跟我回香港，结婚生子，我把盛高全部交给你，随你怎么经营，要么，呵呵……"她突然冷笑起来，那笑声令温启刚毛骨悚然。笑到一半，她突然打住，更为冷酷地说，"我就陪你玩到底！"

那次温启刚采取了妥协策略，他是怕林若真赖在东州不走，天天烦他。这女人什么事都做得出，跑到公司大闹也说不定，温启刚只能采取妥协的办法，他说："行，你先回去，容我想想，把这几年理清楚，然后给你一个答案。"

这个答案到现在都没给，给不出。林若真一再坚称温启刚是爱她的，很爱，不然，那些年温启刚不会那么对待她，不会那么细致入微地关心她，更不会在她最痛苦的时候倾听她的苦，抚慰她无助的心灵。

"你是爱我的，是不，启刚？我早就感觉出来了，你爱我，爱得那么细致、那么深刻，我身上的每一个缺点，都能在你手里融化。没有你，我真的到不了今天。"这样的话，在温启刚还没结婚的时候，她不知说了多少遍。

"都怪她！以前我只当她懦弱，是一个值得同情的人，没想到她如此卑鄙，亲手毁了我的幸福不说，还要把你也当成殉葬品！"这话是在骂她的母亲蒋婉仪。每每想得到温启刚而又得不到时，林若真就会控制不住地将怨气和恨发泄到母亲蒋婉仪身上。她认定，自己这辈子的幸福就是被蒋婉仪毁掉的。这个怯懦而又猥琐的女人，一无是处，自己一生没得到爱，所以就变态地想方设法毁灭别人的爱。当初欣然地把她送给汪铭，就是蒋婉仪的阴谋之一。后来在她最需要温启刚的日子里，蒋婉仪又唆使自己的侄女嫁给温启刚，从此让她的爱情无处可放。

"她就是一阴谋家、变态狂！还有那个孟君瑶，心甘情愿做她的帮凶，凭什么啊！"林若真说到最狠的时候，就连带着把孟君瑶也辱骂一番。在她眼里，孟君瑶是第三者，是破坏她幸福的凶手。要不是孟君瑶听从她母亲的话，抢先一步嫁给温启刚，她这辈子就不用走这么多弯路，更不会拿一生的精力来算计这场爱情。是啊，细想起来，林若真似乎打二十一岁起就开始算计温启刚的爱情了，她这一生中最美好的年华都搭在了温启刚身上。每每想起这些，林若真就恨得咬牙切齿，恨不得扑上去将温启刚咬碎。

温启刚心里发出尖锐的疼痛。他能原谅林若真骂自己，但绝不容许她说孟君瑶一个不字。不只是林若真，谁都不行！

那次在酒吧，林若真又歇斯底里地诅咒起孟君瑶，说她该死，是报应，是上帝对她最美的惩罚。"你给我闭嘴！"温启刚的拳头捏得嘎巴作响，要不是在公共场合，说不定那一拳头就砸在林若真隆过的鼻子上了。

林若真非但不怕，反而越发叫得凶："我为什么要闭嘴？我就要诅咒她，天天诅咒她！她抢走我的男人、我的爱！"

"林若真，你这毒舌妇，你不配提她！"温启刚一冲动，将手中的酒杯摔到地上，一双眼睛对林若真虎视眈眈。林若真成心想激怒他，也摔了杯子说道："你心里还有她，你这个人面兽心的恶狼，居然还忘不掉她！温启刚，我跟你没完！"

他们的争吵往往就在这几个人之间展开：林秉达夫妇，加上无辜的孟君瑶，有时候也会把黎元清和唐落落拉出来，作为他们吵架的调剂品。林若真骂到疯狂时，会把唐落落一并捎带进去。她跟唐落落所谓的"秘密"，就是在她失控后叫嚣时让温启刚知道的。

温启刚的心很重。他知道林若真想要什么：一个完整的他，不能打任何折扣，感情上更不能有丝毫保留，必须用全部身心去爱她，去保护她。温启刚用了"保护"这个词。是的，她需要保护。这是一个男人对林若真最真实的看法与评价。她是个被人伤害过的人，那颗心早已支离破碎，没一处完整，好在这些年她以超人的毅力和近乎自虐的方式对自己做着修补。她的事业非常成功，这一点温启刚不得不承认，就算是好力奇，目前也根本无法跟盛高相比。林若真在投资界和香港饮料市场创造出的佳绩，还有掀起的林氏旋风，都令温启刚望尘莫及。就连黎元清谈起她时也赞不绝口，声称这女人简直就是奇人。温启刚知道，林若真之所以有这些成就，其实是与她残缺的心灵分不开的。敢下手，敢狠，敢冒险，"三敢"成就了她。而他们做事总是瞻前顾后，考虑越多失去也就越多，这在商业上是一条铁律。商业本身就是一项冒险者的竞技，九个人的失败成就一个人的辉煌。任何形式的瞻前顾后都会错失良机，因此，林若真能赢也就在情理之中。每每想及这些，温启刚就怀疑自己，对这个女人，是不是心里真有想法？但他很快就否定了，不，不可能！但真要让他跟林若真真刀真枪地干，他又犹豫得下不了狠心！

这段时间，温启刚看似是缜密布局，从外围清剿，层层逼近林若真，逼近盛高，实际上他还是在犹豫，在矛盾。他怕伤到她，真的怕。动作之所以如此迟缓，与他内心的那份纠结是分不开的。他还异想天开地想找一个两全其美的办法，既让好力奇成功解困，从重重包围中冲出来，又不伤及林若真，或者把伤害降到最低限度。他的这点小伎俩偏偏让高静看穿了，高静那天冲他发火，无意中责问他一句："你到底是在打击她，还是在保护她？"温启刚竟然结舌，半天回答不了。后来又换回高静更狠的一句："难怪人们都要怀疑你，原来你心里真是有鬼！"

我心里有鬼吗？不止一次，温启刚这样问自己。他自己给出过答案，但又否定了这答案。

看清别人容易，看清自己真是难。温启刚真的不能承认，他心里一点也没有林若真，有！而且越到后来，他越明白，那些年，他真是爱着林若真的！

这很痛苦。

温启刚后来又见过几次林若真，都是在香港。只要他去香港，林若真一准能打听到他，而且将他堵在酒店门口。有一次，林若真跟他吵了架，抓起酒瓶狂灌，结果灌醉了，没办法，温启刚只能照顾她一夜。第二天一早起来，林若真第一句话就是："刚，昨晚好幸福哟。"说完，林若真羞答答地去了浴室，好像昨晚真跟温启刚幸福了一宿似的。也是在那次，林若真提出，让他提前进入盛高董事会，先在公司挂名，担任总顾问，或者独董，总之就是要让他的名字出现在盛高的公报上。温启刚严词拒绝，结果又惹恼了林若真，林若真差点从二十二层楼跳下去。

她是做得出来的。她要是疯起来，什么事都做得出。想想看，她能从父亲手里将公司夺走，还把林秉达扔在一边不管，几年不去看一次，任其自生自灭，哪怕媒体讨伐她，她也照狠不误。当年正是因为她的狠，母亲蒋婉仪才含辱自杀，她竟连葬礼都不参加。这样的女人，什么事做不出来？温启刚见一次怕一次，每次见完都要提醒自己，再也不能见，绝不能有下次。可是，可是到现在，他也做不到。

当然，这里面还有另外一个原因——妻子孟君瑶的死。孟君瑶当年是遭遇车祸离世的，车祸现场很惨。可是后来，温启刚总觉得那场车祸非常蹊跷，老感觉哪儿不对劲。于是他一步步地去寻找真相，直到有一天，对他此生不错的蒋婉仪突然跪在他面前，求他别查了，就让君瑶安静地去吧……

"君儿已经走了，人死不能复生。启刚，你就行行善吧，不要再折腾了，难道你非要折腾得活人都不安生，都背负上沉重的十字架，你才心安？"

温启刚是没再查，没让别人背上十字架，但这些年，这个十字架是他一人背着。他见林若真，就是还抱有一个幻想，想从林若真口里证实一件事。

可能吗？实践证明，他这个梦做得有点痴、有点痴啊。

上次在粤州见林若真，完全是意外，事前温启刚根本没那样的想法。自从得悉林若真跟华仁建立这样一种关系后，温启刚心里的那点梦、那点幻想就彻底死了。可是，有些事根本不以人的意志为转移。就在那次，温启刚见到了一个非常特别的人，粤州企业界曾经的风云人物，全国十大优秀企业家，姓穆，人称穆老。只是他现在已经退出江湖，隐居养老去了。穆老是温启刚在内地崇拜的少数几个人之一，是他的导师，更是良友。温启刚刚到内地时，穆老还在疆场上驰骋，统领着三万人的大企业，每年都在创造神话。穆老善谈，又乐意跟年轻人交朋友，身边常常聚集着一帮年轻人，温启刚算是他比较欣赏的一个。对内地企业的生存与发展环境，还有各式各样的明规则、潜规则，穆老不只是掌握得透，更是能一语破的。温启刚这方面的长进，很大程度上是得益于穆老。温启刚跟穆老也有段时间没见过面了，那次穆老正好在粤州，参加朋友的七十大寿，听说温启刚来了，非要见一面。温启刚还像以前，将好力奇面对的种种困境和机遇一并道给了穆老，把自己的想法也告诉了穆老。穆老沉思良久，道："你说的这些，部分我已听到了，部分还没有。不管听到没听到，我都相信是真的，因为就我的经验，你温启刚不会说假话。既然你提到了华仁，还有香港盛高，我就把自己掌握的一些信息告诉你，这里面跟你说的是有出入的。我希望你听过之后能作出正确的决断，不要因你的失误把公司带进死胡同里。"

那晚穆老着重纠正的，是温启刚对华仁的判断。穆老说："外界都嚷嚷，华仁让香港盛高算计了，这只说对了一半，另一半，要么是没看到，要么就是被假象迷惑了。"

"你真以为华仁有这么弱智？"穆老突然反问温启刚。

温启刚摇头，后又点头，因为这个谜他也没解开。

"没那么简单。"穆老笑着说，"姜华仁我还是了解一些的，也打过一点交道，虽不多，但足矣。了解一个人不是要了解他的全部，那做不到，只要掌握他最基本的东西就行了。据我的判断，华仁跟盛高，互相算计、互相利用、互相设局、互相欺诈，至于最后谁能赢，目前还很难说。据我的分析，盛高输的可能性要更大。"

"盛高，为什么？"温启刚当时就急了，盛高怎么能输呢？在他看来，盛高这局做得天衣无缝，林若真是稳操胜券的。可穆老后面说出的话，就让他彻底傻眼了。

"这里面有两样东西你要搞清楚：第一，华仁的底子。都说华仁是大集团、大公司，实力雄厚，那全是空话。华仁只是个花架子，核心的东西一点也没有，加上这些年姜华仁膨胀，四处铺摊子，把企业原有的那点元气都损了。因此，就算盛高不进入，华仁迟早也是一死，救不活的。但华仁不能死，死了那么多利息谁还？还有员工，社会问题一大堆，怎么办？这样的企业不能被淘汰，不是它们还有价值，而是它们把银行和政府绑架了，死不起，必须想办法救活。但这些企业确实又救不活，怎么办？转嫁！"

"转嫁！"温启刚心里叫了一声。

穆老又回到原来的话题："还有第二点，你要看它甩出的是什么。华仁甩给盛高的是白石湾的两个特大型项目，都说是肥肉，我觉得不是。吃到嘴里的才叫肉，吃不到嘴里的，只是诱饵。"

"哦……"温启刚似乎被穆老带到了一个光明处，能看到一点真相了。

穆老又说："白石湾是什么，越级项目，但又是纸上谈兵。我们判断一个项目，首先要看这项目能不能实施，可眼下大家都不这么看，评价项目只盯住利润。再大的利润，项目如果实施不了，从哪儿来？"

"白石湾实施不了？"温启刚急不可待地问。

穆老没急着说话，稍作沉吟，喝了口茶，等温启刚不那么急了，才慢悠悠地道："这项目天王老子也做不了，它就是一个假设，一个概念炒作。"

"这样啊——"温启刚的脊背上唰地有了冷汗。

"你再想想，为什么只有香港盛高能从姜华仁手里算计到这两个项目？

不是盛高有多大能耐，也不是你说的那个林若真有什么超人本领，答案只有一个字：傻！"

"傻？"温启刚惊大了眼睛。

"聪明反被聪明误啊，启刚，你按常理想想，白石湾那两个项目要真是一块肥肉，内地这么多企业，不，不说内地，就说粤州，实力在华仁之上的有多少，它们为什么不插手，偏要等一家香港企业来接管？"

温启刚被穆老说得越发毛骨悚然。

"您是说，有人欺负林若真对真相不了解？"

"除了这样，还能怎么理解？而且我听说，有关方面正在商议要叫停白石湾项目，先天不足嘛，根本不可能实施的项目，一再炒作，将来真出了大问题，谁担责？谁也担不了嘛。"

"真要叫停，盛高可就损失惨重了。"温启刚倒吸了一口冷气。

"不叫停，她也会输个精光！"穆老突然加重了语气，很肯定地说。见温启刚又翻白眼，他笑了一声，"知道为什么吗？我想，你肯定不知道。白石湾项目的手续压根就不全，只批了一半，另一半还压着没批。是有人为了让盛高上钩，弄了假批文！"

"啊？！"

这下温启刚真是坐不住了，忽地就从椅子上弹起来，这样的内幕，他可真是闻所未闻啊。半天，他又不甘心地问："既然如此，乔四为什么会参与进来呢？这些事瞒得了别人，瞒不了乔四啊——"

"你是说那个乔建军啊，天海，它就是一托儿，人家一引见，几千万中间费拿走了，将来出了问题，能追到他头上？"

"托儿？"穆老这话真是太令人感到意外了，温启刚从没把天海往这个方向想。但他又觉得穆老说得很有道理，天海这些年其实一直在扮演这样的角色，因为它大，因为它有背景，因为它能干成别的企业干不成或不敢干的事。真出了问题，天海一定会脱得干干净净，哪个敢追天海的责？温启刚这么想着，脑子里又蹦出林若真那张脸来。自命不凡的林若真要是知道真相是这样，还不得疯掉？

"三簧！"穆老重重地说，"以前他们顶多演双簧，这次合演了三簧，狠啊！商场上这些事，真是让人看不透。我老了，胆子也小了，不敢接着玩了。你最好还是奉劝那个姓林的一句，别玩太大，她是能拿下华仁，但能拿下天海？能拿下想甩包袱的人？"

温启刚这才恍然大悟。真正想甩包袱的不是姜华仁，姜华仁玩到今天，啥也不怕了，他怕什么呢？怕的是别人，是当初扶持了他的那些人，这才是给林若真下死套的人！

死套啊。

不见林若真是不可能了。穆老这番话，动摇了温启刚。他不能装，也装不住。

于是第三天晚上，温启刚主动打电话约林若真，本来是想把事情简明扼要地讲给她，至于怎么补救，怎么脱手，他真的无能为力。谁知，林若真根本不想听这些。林若真还跟以前一样，见面就说让温启刚跟她走，立刻离开好力奇，到盛高任职。说话间还讲了一大通盛高的未来，讲到激动处，竟手舞足蹈起来。从她得意忘形的样儿，温启刚就知道，说啥都晚了，这人昏了头，还真以为内地做企业跟香港一样。可温启刚没想到，这晚他们的见面居然被人拍了照，这都是林若真刻意安排的。林若真当时已经知道唐落落派了人去香港查她，于是将计就计，上演了一场亲昵戏，让那边把照片给了急于要查到真相的高静。唐落落在办公室抱着照片大哭的时候，林若真正躺在宾馆舒适的床上大笑呢。

笑吧，就怕将来有一天，不，不是将来，是马上，你会哭着撞墙的。

对不起，温启刚还是放不下林若真，又在为她担忧了。

不管怎样，公司内部的事都得处理了。该准备的都已准备足，就等温启刚亲自操刀做大手术。

温启刚把黄永庆叫来。黄永庆萎靡不振，面色发黑，头发也没梳整齐，感觉是几天没睡好。

"怎么回事，你的精神呢？"温启刚问。

黄永庆没直接回答，而是央求道："温总，你还是批准我的报告吧，就算我求你了。"

"这事不是已经放下了吗，怎么又提？"温启刚拧起了眉头。

那次会议之后，黄永庆很快向温启刚递交了一份辞呈。温启刚问他为什么这样，不是在好力奇干得好好的吗，难道一次会议就让他生出这样的想法了？黄永庆苦着脸，半天不说话，只是一个劲地把辞职报告往他手里塞，还拿起笔，非要他在上面签字。温启刚当时急着去粤州，没工夫跟黄永庆多说，只道："这事先放着，你一点劲都不能松，过去怎么干，往后还怎么干，不能撂挑子，更不能袖手旁观，懂不懂？"黄永庆当时算是点头答应了。在粤州这几天，温启刚忙得团团转，还真把这事给忘了，此时听黄永庆旧话重提，心里咯噔咯噔连响几声。不过，他还是装作啥也不知道，一脸无辜地看着黄永庆。

"签了吧，温总，劳你大笔一挥，我就解脱了。"黄永庆仍旧苦脸坚持，一句话也不多说，一个劲地催温启刚签字。

"黄永庆，你到底想干什么？好力奇怎么着你了？当初你不是信誓旦旦地向我做过保证吗？现在想溜，想跳到更好的公司去？门儿都没有！"温启刚突然发了火，抓起那几页纸，想撕，又没撕，恨恨地摔了两下，扔到抽屉里去了。

黄永庆面如死灰，咬着牙不说话。

温启刚哪里知道黄永庆内心受着怎样的煎熬。冒着被黎元清、唐落落辞退的风险，黄永庆违背唐落落的旨意，暗中为温启刚奔走，向各位董事拉票。他认为这是为了公司，为了他同样付出心血的"宝丰园"。可这样一来，他就闯下大祸了。温启刚去粤州后不久，唐落落不甘心，硬把他叫到医院。唐落落当时还在打点滴，见他进去，扑通一声跳下病床，也不管病房里还有别人，指着他的鼻子就骂："好啊，黄永庆，我真没想到你是这样一个人，吃里爬外，背信弃义，两面三刀，阴一套阳一套！"唐落落把能想起的类似词语全想了起来，如同泼水一样泼给他。黄永庆被骂得狗血喷头，连解释一下的机会都没有。唐落落骂足了，骂过瘾了，看着门外说："你给我走，立刻离开好力奇，我永远不要再见到你！"

走并不可怕，黄永庆做出前面的决定时，就已想好要离开好力奇，结局也只能是离开。离开后去哪儿，他没想过，但他不想在饮料这一行干了，他决计找一份相对悠闲、清净的工作，哪怕是去看大门。但真要离开，唐落落又不愿意。挨完骂当天下午，黄永庆把办公室的东西收拾了一番，正要给行政部打招呼，杨黎来了。杨黎这次算是栽了大跟头，不但在唐落落面前失了宠，在公司内部的形象和地位也是一落千丈。杨黎把这一切都归罪于黄永庆，气势汹汹地冲黄永庆道："你个老叛徒，闯下大祸就想逃，门儿都没有！"

黄永庆无力地说："我没闯什么祸，我只是做了自己该做的事。"

"可你砸了我的饭碗！"

"怎么，你也被解雇了？"黄永庆当时真以为杨黎被炒，本能地同情起他来。哪料想，杨黎突然将一口唾沫啐到他脸上："呸！你是不是天天盼着我被解雇，我解雇了对你姓黄的有什么好处？"

黄永庆活了将近五十岁，还是第一次让人把唾沫吐到脸上。他没发作。黄永庆这辈子很少发作，不管生活给他什么，他都习惯了接受。他拿起纸巾，黯然地将那口唾沫擦掉，冲横堵在前面的杨黎说："该出的气你也出了，该发泄的也算发泄了，现在请让开，我要去找行政。"

"这事你不说出个所以然，休想离开这间办公室。"说话间，已经失去理智的杨黎一把揪住了黄永庆的衣领，若不是高静和许小田闻声赶来，怕是那天黄永庆要挨杨黎拳头的。

"怎么能这样，他们怎么能这样？这还像公司吗？"高静激动中一遍遍地问，却又不知问谁。许小田傻傻地看着这间熟悉的办公室，半天才说了一句话："真的要走啊？这结局也太惨了点吧，哪天我要是被炒了鱿鱼，天哪，我不敢想！"许小田哇地一声哭了起来。

这只是开始，唐落落不知犯了哪门子神经，从医院打电话来，通知行政部不许黄永庆离开。第三天，唐落落出院了，回公司第一件事就是将黄永庆叫去，又是劈头盖脸一顿训。训完，唐落落居高临下地说："我也想好了，以后呢，我在公司也成了闲人，这都是你老黄给害的。这样吧，你也别想着离开，天天到我这儿来一次，我们俩啊，就这么消磨时光。"

唐落落说得出做得出，温启刚不在公司这些天，黄永庆天天被唐落落叫去，轻则数落一番，重则连数落带羞辱。仅羞辱他还不够，还要把他家人拉出来。比如，唐落落说："你在好力奇这些年，拿了不少，相信你家人日子过得一定是舒服多了，我还听说，你儿子在国外留学，想想这都是谁给你的幸福。可我就不明白，你也老大不小的人了，怎么一点感恩的心都没有？恩将仇报，这不是你家的传统吧？"

不了解黄永庆底细的人，也许听不出什么，一旦知道黄永庆有个怎样的家，你就知道唐落落这话有多毒、有多狠了。

黄永庆的老婆是跟他一个公司的，公司破产改制后，他被好力奇聘用，老婆则去了一家超市打工，两年前不幸摔坏了腿，现在还坐在轮椅上。儿子黄少安的确去了新加坡留学，毕业前也在那边找到了工作。本来他是可以有一个幸福的家的，就算老婆一直坐在轮椅上，只要儿子有出息，他的幸福指数依然很高。谁知一年前，儿子因恋爱跟女友的导师争风吃醋，冲动之下用拳头砸破了女友导师的鼻子。儿子跟女友是同去那边留学的，两人感情很好，谁知就在他们商量着要结婚时，变化发生了，未来的儿媳妇竟爱上了她的导师。儿子哪能咽下这口气，去找比他大二十岁的导师理论。那导师也是中国人，他拍着儿子的肩说："小伙子，想通吧，你跟我争，凭什么？你有钱，有房，还是有车、有地位？什么都没有嘛，人家女孩子怎么会跟你？还是听我一句话，先咬住牙打拼，拼他个十年八年，或许到了我这年龄，你就可以公然去抢别人的女朋友了。"说完，导师扬长而去。儿子追过去，什么也没说，一拳打在他脸上，结果导师鼻子缝了六针。

儿子差点以伤害罪被新加坡治罪，好在他平时表现尚可，事发后学校方面还有不少同学及老师出面为他说情做证，最后才免予刑责。但那边是待不成了，儿子被遣送回国，回来后就整天宅在家，大门不出二门不迈，几天不跟家人说一句话。

唐落落说的他家传统，用意就在这里。

你说，他还能在这家公司干下去吗？

温启刚却不管这些，不管黄永庆跟他说什么，他都坚持一句："坚决不许走，只要我在好力奇一天，你黄总就得陪我一天，这事没商量！"说完，又给黄永庆安排起了工作。

黄永庆两头为难，最终还是无奈地留在了好力奇。有时候想想，人的命运根本不是自己左右得了的，能决定自己命运的人只是极少数，比如温启刚他们。对大多数人来说，一生都在跟命运做一种逆来顺受的游戏。

好力奇紧急召开公司管理层会议，这次会议由温启刚主持。温启刚一改常规，将讨论议题提前一天下发各部门，让各部门准备。岳奇凡喜气洋洋，一看温启刚将销售政策和大市场战略列为这次会议的重点，就想到自己离提拔的日期不远了。会议召开前，温启刚又单独约见了他，让他把有关华宇的资料准备好。

"这事是该了结了，再拖，你和我都没法向公司交代。"温启刚冲他说。岳奇凡内心那个激动哟，华宇的事要是真能按温启刚说的那样解决，那他可就……

这天的会议唐落落没参加，请了三次都不来。

"还开什么会？不都是他一人说了算嘛，那就让他说好了。"

温启刚早就料到唐落落会闹情绪，只是没想到她会如此固执。"会议按时召开，唐总不想参加，那就不参加了，会后记得把结果告诉她就行。"他对行政部的人说。

会场气氛有点活跃，大家都像是在翘首期盼着这次会议一样。是的，好力奇太需要一次振奋人心的会了，经历了这么多变故，公司元气大伤，已经有人在动跳槽或离职的念头，再不把心拢在一起，后果真是不堪设想。岳奇凡和孟子非他们，似乎比别人显得更活跃些。对了，孟子非已从粤州回来，先后三次去了温启刚办公室，吞吞吐吐地想解释什么，温启刚一次机会也没给他。每次孟子非要张口说话，温启刚都先声夺人，要么给孟子非安排新的工作，要么就问："子非，你到好力奇几年了？"孟子非老老实实作答："四年零三个月二十七天。""记得真清楚。"温启刚说。"是姐夫一手将我弄进来的，我怎么能不记清楚。"

"刚才你称呼我什么？"温启刚一听他改口叫姐夫，扭过头去，有些惊诧地看着他。

"姐夫啊，还能叫什么。"孟子非故作轻松地说。

"哦，是姐夫。谢谢子非，你还能记得你姐。"

这话一出，孟子非越发不安起来，结了结舌又说："姐夫，你可能对我有些误解，容我跟你……"

"不会的，怎么会呢，我怎么能误解你子非呢？你是君瑶的弟弟，是孟家的血脉，对不？"

"对，对。"孟子非连忙点头。温启刚说到这儿，就不再往下说了，随便拿起一份材料："子非，麻烦你把这个交到行政部去。对了，怎么感觉你这几天不精神，可要注意身体哟。"

孟子非摸不清温启刚到底对他啥态度。他本来是有一份礼物要献给温启刚的，他在粤州的时候见着了那个吴雪丽，还请她吃过两次饭。温启刚约见不了的人，他见着了，谈得还很愉快。他想告诉温启刚，公司如果真需要吴雪丽，他可以去做工作，保证能让吴雪丽愉快地来好力奇上班。这份礼物不算小吧，可温启刚不给他机会啊。此时坐在会场，孟子非就想，会议之后，他一定要把见到吴雪丽的消息告诉温启刚，让这个好消息冲淡一下他们之间的阴影。

是的，孟子非已经意识到，他跟温启刚之间有了阴影。这些天他心里七上八下，无法安宁，而且他隐隐感觉到，温启刚要对他采取什么措施。

在这一点上，孟子非要比岳奇凡敏感。岳奇凡激动难耐的时候，他却忐忑不安，总感觉有什么不测的事要发生。

会议开始后，温启刚先让岳奇凡就跟华宇公司如何达成一致性意见做汇报。岳奇凡满怀激情，先是汇报了一番华宇如何重要，在好力奇的整个销售队伍中，华宇曾经做出了多大贡献，未来又占据多么要害的位置；接着又谈到"劲妙"，是"劲妙"将华宇逼上了不仁不义的地步，也是"劲妙"出台的一系列政策动摇了销售商的决心，颠覆了"宝丰园"在市场中的霸主地位；然后又讲自己和团队如何过五关斩六将，最终将已经变卦的华宇重新拉了回来。

"不容易啊，市场看似是争取消费者，但争取消费者必须以争取销售商为前提，没有一流的销售商，就难以建设成一流的市场。所以，这次我们在华宇身上的确下了一番功夫。"感慨发得差不多了，岳奇凡才和盘托出跟华宇最终讲定的条件。

温启刚眉头本能地往起一拧，尽管事先他早已知道谈判结果，但此时听了，他仍禁不住诧异。几乎同时，会场里也响起一片嘈杂声，与会者被岳奇凡提出的条件和结果吓住了。不能不说代价过大，为了一家经销商，牺牲这么多利益，值得吗？谁的心都在嘀咕，但谁也不敢乱说，大家都瞪圆了眼睛往温启刚脸上看，毕竟华宇是他钦点的，他跟华宇又有这样那样的关系。

许小田耐不住了，小丫头就是经验不足，且沉不住气。刚等岳奇凡说完，众人还在愕然中，她就第一个站起来："代价太大了吧，如果每个经销商都要我们做这么大的让步与牺牲，我看这市场根本不用做了，因为利润都成了经销商的，而且整个公司最终也会被经销商拿走！"

"你乱说什么，坐下！"高静见许小田乱讲话，狠狠地训了一句，目光同时看向温启刚。这天高静的表现似乎跟许小田他们不一样，她像是从温启刚反常的举动中看出了些什么。她很沉着。事实上，这些日子她对温启刚的看法在变，远不像刚从香港回来时那么过激。她甚至后悔从香港回来后跟唐落落说得太多，有点不加甄别，更有点煽风点火。她正在设法弥补自己的过错。

"高静，你让许小田把话说完，既然有疑问，就把疑问讲出来，当面澄清。"温启刚倒是敞快，没有不让别人说话的意思。

"我说完了。"许小田突然给了这么一句，在众人的惊诧中一屁股坐下了。

温启刚脸上有些挂不住，但没发作，他冲许小田笑了笑，保持着良好的风度。会场有片刻的紊乱，温启刚自然清楚，有不少人对岳奇凡刚才提出的谈判结果有争议，只是慑于他的威严，不敢讲出来。他转过话题说："对于奇凡刚才讲的谈判结果，我们先不做评论。现在我们谈另一个问题：对企业的忠诚度。我们到底要不要对自己的企业忠诚呢？忠诚到什么程度？奇凡，要不你先谈谈？"

岳奇凡一震："这……"不过，他马上就改口道，"要，当然要，一个员工怎么能不忠诚于他的企业呢？不忠诚于自己的企业，就等于不忠诚于自己的信念，这样的员工，是不会把全部的热情与才华奉献给企业的。"

"那你呢？"温启刚突然反问。

"我？"

岳奇凡被问蒙了，激情演说的他突然收住话头，舌头似乎短了三分，一双眼睛傻住，呆呆地看着温启刚。

"我提这个问题并不突然。我们一再强调，做企业要有信念，做市场更要有信念，这信念并不是一味地去追求成功，追求市场上的表现，追求高利润、高回报。我们还要追求一样东西，对市场的忠诚，对品牌的忠诚，对应到各位身上，其实就是对企业的忠诚。做企业什么最重要？诚信。做人什么最重要？同样是诚信。一个缺失诚信的市场，是不健康、不完善的市场；一个缺失诚信的企业，同样是不健全的企业。奇凡，我这样说对不对？"

"对，对，温总讲得太深刻了。"

"深刻吗？我只是讲了一些常理，如果要往深刻里讲，怕是得请奇凡你来给我们讲。"

岳奇凡头上冒出了汗，温启刚这是怎么了，不讨论会议事项，突然把枪口对准了他，而且步步紧逼，难道……

而在另一边坐着的高静，脸上则露出了会心的微笑。她的预感没错，今天这会议，温启刚是要拿岳奇凡祭旗了。高静精神一振，为自己能提前看懂温启刚的心思而振奋。

"奇凡，大家都说你是我的人，是我温启刚把你带进好力奇的。这些年，我也期待着你能快速成长，工作中放手让你干，你有多大能耐我就给你提供多大平台，甚至比这更大。为了让你脱颖而出，我不惜开罪别人，甚至不接受别人的意见，宁可让别人说我温启刚拉帮结派，也不忍折了你的翅膀。我这么做，目的只有一个，就是希望看到你健康成长，成为好力奇真正需要的栋梁之材。奇凡，现在你冷静想一想，然后告诉大家，你对好力奇的忠诚度到底有多少？"

"温总，我……"岳奇凡脊背都有汗了，温启刚这番话，看似绵软，实则句句含有千钧之力。他的双腿在发颤，有点站立不稳，身子摇晃起来。他抹了把汗，仍然坚持站在那儿。会场的气氛也在这一瞬间变得跟刚才不一样，温启刚这话已经很明显，大家全把目光聚在岳奇凡身上，似乎有些焦灼地想看到谜底。

"说吧，这里我只要诚恳，怎么做的就怎么说，不用紧张。"温启刚仍旧笑眯眯的，看不出他有什么激动或者不满。

岳奇凡把心一横："温总，我不太明白您的意思，如果单讲忠诚度，我岳奇凡自信对好力奇是无愧的。我对得住您，也对得住自己供职的这家企业。"

"真能对得住？"温启刚又紧逼一句。

岳奇凡似乎稍有犹豫，但也仅仅是那么一刻，很快他就昂起头挺起胸，声音洪亮地说："对得住！"

"好！"温启刚叫了一声，目光从岳奇凡身上拿开，"既然奇凡说他对得住我，对得住这家企业，今天我们就掀开一道幕布，看看好力奇的销售部经理是怎样跟自己的企业讲忠诚度的。下面请销售部副经理李念和公司行政部助理舒畅就华宇合作的真实情况做说明。"

一听李念和舒畅两个名字，岳奇凡的脑子里轰的一声，眼前黑了一下。

"温总……"他吞吞吐吐地叫了一声。

"怎么，奇凡你不想听他们做补充啊？那好，你把怎么跟华宇谈的，事实到底是什么，重新向会议做番汇报。刚才那汇报，我觉得有点问题。"

"这……"岳奇凡似乎已经知道温启刚对他做了什么。这个老狐狸，原来在算计我啊！呸，虎狼不如！李念是岳奇凡的副手，但自岳奇凡掌握销售部大权后，李念就成了摆设，象征性地分了几块市场，干些辅助性的工作。此人性格软弱，平时在公司就不怎么争，同事之间有了矛盾，他总是当老好人，劝劝这再劝劝那，一点主见也没有。有段时间，岳奇凡想写报告把他换掉，转念一想，换了李念再来一个比他有主见的，自己的工作反而不好干。温启刚征求岳奇凡意见时，他说了一堆李念的好话，最终还是把李念留在了身边。原以为李念只是一个摆设、一件道具、一个影子，没想到温启刚老谋深算，竟拿这件道具来调查他。还有行政部的舒畅，这女人是从王子奶集团过来的。王子奶市场销量连年下滑，进而退出市场后，一批精英跳槽到了好力奇，舒畅算是他们中比较优秀的。岳奇凡跟她接触不多，也从没听说她跟温启刚有什么特殊关系，但有一点他很清楚，这女人很能干，尤其是在公司内部监管方面很有一套。她在王子奶集团干过企管部长、总裁行政助理等多个职务，对企业内部运行及考核监督颇为熟悉。王子奶集团曾经的内部管理系统及企业量化考核责任制等就出自她之手。没想到，温启刚把这张牌打了出来。

怎么办？岳奇凡发急了，目光不住地在温启刚脸上搜索。可温启刚这天的神情和脸色太难揣摩，根本就捕捉不到什么信息。岳奇凡眼看要缴械，转念一想，不会的，温启刚绝不会发现什么，一定是他借机演戏，虚晃一枪，想堵住唐落落他们的嘴。退一万步讲，就算自己做的那些事被温启刚发现，他怎么舍得拿他岳奇凡开刀呢？不会的，绝不会，他可是温启刚的亲信啊，对自己的亲信下手，难道温启刚不想在好力奇干了？

这么想着，岳奇凡又镇定下来，昂起头说："我刚才已经说了全部事实，如果大家有疑问，可以去调查。"

"这个机会，你真的不要？"温启刚仍然不温不火，目光平视着岳奇凡。

"如果我和我的团队做了什么伤害公司利益的事，我愿意接受处罚，并主动离开好力奇！"岳奇凡这时已没了退路，只能硬着头皮往下撑。

"好，我就喜欢你这性格。"

温启刚这话一出，岳奇凡高度紧张的心突然松懈下来，好险啊，刚才要是不镇定，可就自己把自己出卖了。

就在他暗暗得意时，李念和舒畅站了起来，两人一起走向会场前面。岳奇凡脸色一变，眼神变得惊恐起来，他们到底要做什么？

会议的转折点就是从这里开始的。温启刚之所以提前将议题传达出去，其实是在玩掩人耳目的游戏。这种会议怎么能讨论销售大战略呢？那绝对是小范围争论的议题。温启刚真正的用意就是冲岳奇凡几个来的。在座的谁也没想到，唐落落更是想不到，岳奇凡跟华宇的老总伊和平"谈合作"的同时，温启刚对华宇和岳奇凡的调查就已开始。知己知彼，方能百战百胜。温启刚虽然不懂兵法，但对付商场上的奸诈与算计，还是不乏经验的。华宇为什么敢漫天要价，伊和平的底气从何而来？这是最先引起温启刚警觉的两个问题。他让李念和舒畅去查伊和平的底，结果发现，华宇早就变成了一个空壳，钱被伊和平挥霍光了。恐怕没人想到，伊和平不但嗜赌，而且贪色。澳门那边的调查记录显示，伊和平这几年年年去澳门，逢赌必输，华宇每年的利润还不够他在澳门的开销，于是拖欠货款就成了华宇的常态。在所欠货款中，好力奇的数额不是最大的，但也很厉害。据李念他们最终核实的数据，目前华宇共拖欠好力奇货款两千四百二十六点八万。如果加上其他几家企业，华宇负债应该在八千万以上。再加上银行贷款等，总负债早就过了亿。这样的销售企业，按说早就该破产关门。华宇之所以破不了产，其实还是生产单位在"帮"他，不帮不行啊，人家一破，你所有的货款都追不回来，这损失难以承受。

市场就是这样一个怪胎，越是欠债多的，反倒越能理直气壮地活下去，因为它死不起，别人也不敢让它死，只能让它在那里活着。

至于伊和平的生活作风问题，温启刚不想提。他只是"敬佩"伊和平，都玩到这份儿了，还那么镇定、那么从容，还敢跟好力奇叫板。

温启刚很快发现，真正让伊和平跟好力奇叫板的，并不是什么神奇力量，也不是华仁。曹彬彬说得对，华仁不过是个陪衬，是帮着演戏的。在伊和平跟好力奇玩的这场游戏中，两个人扮演了重要角色：一个就是他最信任的岳奇凡，另一个，仍然是林若真。

林若真在抓住华仁的同时也抓住了伊和平，因为她知道华宇在温启刚心中的分量。于是她到粤州后，一边跟华仁接触，一边又派自己在粤州的助理——年轻貌美、气质不凡的陈艺可跟伊和平接触。很快，伊和平就让陈艺可抓在了手上，到现在，几乎到了言听计从的地步。是猫就会沾腥，这是颠扑不破的真理。温启刚手上现在就掌握着伊和平跟陈艺可几次约会的照片和视频，其中有一段，简直黄得他都不能看。那个叫陈艺可的女子，装扮出来真像是职场中人，干练明达，形象气质也俱佳，可一旦到了床上，就成了疯子，比日本

AV女郎还发狂。林若真真成精了，她似乎永远知道男人的软肋在哪儿，每次都能用最小的成本干成最大的事。这次也照样，用一个女人加上五千万投资的许诺，就让伊和平乖乖听了话。伊和平到后期完全就是在听林若真摆布，林若真让他做什么，他就做什么。他对好力奇不断加码，就是看中了温启刚不想对华宇放手这一点。至于中间出现的所谓华仁投入巨额资金收购和独享华宇，全是假的，是林若真一人在导演，借华仁敲竹杠，逼迫好力奇就范。

查清华宇背后的这些事实后，温启刚心里越发有底。他决计将计就计，一则可以借华宇的贪心彻底打败伊和平，二来也能把藏在中间的内鬼岳奇凡挖出来。于是他天天催促岳奇凡，制造紧张气氛，让岳奇凡不惜代价去跟伊和平谈判。他的这一招瞒住了任何人，包括唐落落，也包括林若真。恐怕到了此时，林若真也不会想到，温启刚是有意而为之。没有办法，演戏必须演得逼真，必须给对方足够的信心与理由，才能让对方彻底暴露出来。当然，温启刚的目的并不是戏弄华宇跟林若真，对华宇，他丝毫没改变主意，这家公司他吃定了。派李念跟舒畅过去，是让他们担负起另一项重任，为下一步收购华宇做准备。

这就是温启刚下的第一步棋。

只可惜，岳奇凡自以为聪明，没看出其中的半点破绽。

岳奇凡帮伊和平，跟林若真没有关系，这一点温启刚完全可以肯定。林若真甚至不知道好力奇还有岳奇凡这么一个人。是岳奇凡贪心所致。

一个利欲熏心的人！

温启刚悲伤地垂下了头。他真是不想看到这一幕，他一直期待着岳奇凡能主动找他，主动告诉他真相，从而把错误控制在可控制的程度，可是岳奇凡没有。刚才会上他还给了岳奇凡机会，如果岳奇凡能及时省悟，将自己所做的一切如实检讨出来，而不是靠别人揭发，或许李念和舒畅就不出场了。接下来的一切，也就不会发生。

可岳奇凡鬼迷心窍，到这时候，还想蒙混过关。

李念和舒畅的调查报告如同一枚重磅炸弹，当场就把众人炸蒙了。人们已经感觉到今天可能要发生点什么，但没想到会是这样一则爆炸性新闻！岳奇凡竟串通华宇，暗算好力奇！这在好力奇可是闻所未闻的。

"说谎，全是说谎，这不可能！"岳奇凡撑不住了，未等行政部助理舒畅把话说完，就急着辩解。

"岳经理，等我把话讲完，你再指责好不？"舒畅反倒显得彬彬有礼，不过她的眼神很犀利，犹如刀子刻在岳奇凡脸上。

岳奇凡虚张声势道："什么岳经理，你拿我当经理看了吗？无中生有，捏造事实，造谣中伤，血口喷人。舒畅，你到底想干什么？"

"忠诚。刚才温总不是讲了吗，员工对企业的忠诚，做人的忠诚。我只是尽一份该尽的责，岳经理明白不？"

"你也配谈忠诚？哼！当初你忠诚于王子奶，现在又改忠诚于好力奇，你真是忠诚啊！"岳奇凡近乎胡搅蛮缠起来。

舒畅没接他的茬儿，拿出另一份报告，准备往下说。岳奇凡急了，忽地扑上去，想从舒畅手里抢过报告。

"你想做什么？"坐在一边的温启刚一看岳奇凡如此无礼，火了。

岳奇凡的步子止住了，不过他的声音比刚才更高："想不到公司这样对待我们，我们在市场前沿浴血奋战，有人却在背后放冷箭，寒心哪！"说着话，岳奇凡冲身边的几个人使了个眼色，意在鼓动这些人响应，声援他。那几位都是销售部的，平日跟岳奇凡也走得近，此时却全哑住了。说实话，听到这些，他们也很吃惊，纷纷用怪异的目光看岳奇凡。岳奇凡见没人支持他，越发失态，竟冲上去指着李念的鼻子说："是不是你在暗算我？我早知道，你在嫉妒我，嫌我能干是不是，抢你风头了是不是？没本事在市场上冲锋陷阵，倒有本事在后面捅刀子。李念，你也只配做这种事！"

"够了！"温启刚猛地站起身，用拳头狠狠地砸了下桌子，"你们两个先下去！"他把李念跟舒畅打发回座位，又怒瞪住岳奇凡，"你表演够了没，如果没表演够，我再给你搭一个更大的台，要不让律师也进来，顺便把经侦大队的人也请来？"

一听律师还有经侦大队几个字，岳奇凡的脸黄了，蜡黄。前面他还敢抱着侥幸，这会儿心里那道防线却垮了。陡然，岳奇凡有了大祸临头的感觉。

温启刚果然没跟他来假的，更不是做做样子。

"温总……"他有点服软似地嘟囔一句，沮丧地垂下了头。

"把头抬起来！"温启刚越发凶狠，再也不肯给他留半点情面，"岳奇凡，你不是很有理吗，不是理直气壮得很吗？好，我问你，华宇公司是不是拖欠了我们两千四百二十六点八万？"

"这……"温启刚的声音越来越严厉，岳奇凡有点撑不下去了，无奈之下只好点头。不点不行，岳奇凡也是聪明人，了解温启刚的性格，他知道，温启刚今天突然出此招，是要彻底跟他撕破脸了。他再想隐瞒，不但无济于事，反而会招来更大的祸患。但他不想就这么认输，也输不起。他一边低头认错，一边紧急思忖，看还有没有办法挽回败局。

温启刚却不给他机会，乘胜追击："你在跟华宇达成的协议中，将销售政策擅自降低二点五个百分点，一笔抹掉欠款近八百万。剩余的一千六百多万，又以扶持资金的方式入股华宇，等于是把好力奇的两千多万拱手送给了别人，是不是这个理？"

"这……"岳奇凡挠头装糊涂。

"中间你收回六百多万，但没入账，也没跟财务做任何说明，有没有这回事？"

"温总……"岳奇凡脸白如纸，他没想到温启刚连这些都调查清楚了。

"六百多万，你的胆子也忒大了！"

"这六百万在，我只是补了另一家公司的欠款。"

"哪家公司？"

"郑州兴源。那边拖款太严重，我怕影响考核，所以就……"

"还算你有点良心，没私吞掉。我再问你，你跟华宇达成内幕交易，你替华宇抹账，华宇从账面上为你处理二百多万短款，这事是真还是假？"

岳奇凡这下不敢轻易点头了，但又摇不得头。温启刚把数字搞得如此清楚，看来他早就在人家的掌控中。他悔啊，居然一直拿温启刚当大树，当靠山。呸！他在心里恨恨地呸了一声。

他的脑子在迅速转着，这二百多万跟上面那六百多万不同，那六百多万是他实打实地把款回到了公司，而这二百多万是被他挥霍掉了。岳奇凡这些年挥霍掉的货款不止二百万，买车买房，还跟几名女子保持着不清不白的关系。其中有个小情人，还狠狠地骗了他一笔。他之所以如此卖力地跟华宇谈，就是想急着通过华宇把这个大窟窿给补上。

谁知……

温启刚一连问了岳奇凡十一笔款项，这些都是岳奇凡这些年陆续用借账、走账的方式从公司的应收货款中套取的。有些已经作为呆死烂账处理，有些目前还挂在公司的账务上，但大部分他都巧妙地借华宇这边把账处理平了。的确，他在华宇是没拿钱，根本拿不到，伊和平哪有钱给他啊？但伊和平答应他，只要能把两千多万欠款处理掉，华宇这边就为他提供一切便利条件，把他那些不便在别处处理的账务一并处理掉。

道高一尺魔高一丈。岳奇凡和伊和平以为，他们的这种走账方式很隐蔽、很巧妙，好力奇市场那么大，各市场之间窜货走货是常有的事，加上各市场销售政策不一样，折扣和货款回笼指标也不一样，钻市场空子、做虚假账务就成了销售人员挣私钱捞好处的最好方式。殊不知，这一点温启刚早就注意到了，并且责成李念从公司调货出货入手，详查各市场的发货率、发货批号，一笔一笔对账，最终将岳奇凡的这些"小机巧"全给揭穿了。

温启刚罗列出的岳奇凡的各种营私舞弊的款项高达六百多万，这还不算，在人们的一片议论声中，温启刚又道出另一个事实："从东州药业收购回来的那批产品，你把它们弄到哪儿去了，是不是冒充我公司的产品投放到了市场上？"

岳奇凡吓得魂都没了，他最怕温启刚提这事。从东州药业收购过来的那批产品，公司内部的处理意见一直不一致。温启刚坚决主张销毁，一罐也不流入市场。可很多人认为，这批产品就质量而言完全是合格的，质检部门也做了多次鉴定，均符合标准，销毁实在可惜。后来唐落落联系到一贫困地区，想以公益的形式把它们捐赠出去，前提是只能分发给山区的农民或学生，不能进入市场，更不能有其他交易。请示温启刚时，温启刚说这事让销售部拿主意，捐赠可以，就怕监管不力，转而流向市场，被对手抓住把柄，就不光是经济方面的损失了，还会殃及企业形象。也不知唐落落是怎么想的，居然就将这批产品全部交给岳奇凡，让他处理。温启刚得知消息，感觉这里面有文章，唐落落会不会故意拿这个考验岳奇凡呢？于是他多了个心眼，让李念严密跟踪。当李念告诉他，岳奇凡确实将其中一批产品私自倒手给销售商时，温启刚火了，立即命令李念将那批货如数收回，全部销毁。这事温启刚自始至终没跟岳奇凡提，岳奇凡以为温启刚在护着他，谁知他是留在这样的会议上提。

"你知不知道，仅这一条，就够给你定罪！"温启刚突然黑下脸说，那神态，那语气，分明有一股肃杀味。

岳奇凡浑身一哆嗦。完了，这下全完了，温启刚连这话都说了。他的头垂得更低，脸上是死灰一般的颜色。

会议一结束，岳奇凡就被公安机关的人带走了。温启刚一开始不想这么做，他想把能追的损失追回来，辞退岳奇凡就行。召开会议之前，他已经通过关系让有关方面冻结了岳奇凡所有的私人账户。岳奇凡的十几张银行卡上存有现金三百六十二万，再加上房产，所幸公司损失还不是太大。但岳奇凡在会上的表现，尤其是强词夺理、目中无人的嚣张气焰彻底激怒了他，也让他明白，如果这次不拿岳奇凡开刀，以后想堵住公司内部管理尤其是销售方面的漏洞，就是空话。于是温启刚心一狠，只能挥泪斩马谡。

会议结束后，温启刚把自己关进办公室，谁也不见。没人能知道他此时的心情，也没人看得见他此时的脸色。副总黄永庆觉得这时候应该陪在他身边，过去敲门，温启刚不开，连声也不回。高静和许小田也过去了，两人面面相觑，谁也不敢抬手敲门。后来还是许小田胆子大，说不就敲个门吗，又不是上刀山。许小田敲了半天，里面一点动静也没有。

"不会出事吧？我可不想看到他死。"许小田可怜巴巴地说。

"闭上你的乌鸦嘴！"高静伸出手，夆着胆子再敲。十几分钟过去了，里面还是一点动静也没有。高静无奈地说："回去吧，他不想见我们。"

是的，温启刚不想见她们，也不想见任何人。对岳奇凡的处理伤着了他。这些年来，对下属下手，他还是第一次，这一刀砍得有点狠，可不砍又能怎么样呢？岳奇凡，他一次次叫着这个名字，痛恨自己没能早发现问题，没能早点伸手阻止岳奇凡。作为一位高管，一位惜才爱才的企业家，他有不可推卸的责任啊！

好力奇上下全被温启刚震住了。那些对他抱有看法的人开始重新思考、重新认识他，员工内部传来传去的谣言也不攻自破。

会议内容不打折扣地传到了唐落落耳朵里。一开始唐落落还不以为然，来这一套，用得着吗？她在心里冷笑。在她看来，温启刚此举不过是做做样子，重新笼络一下人心。可一听公安真带走了岳奇凡，唐落落惊诧了。

"真的带走，高静，你能确定他是动真的了？"

高静重重地点头。此时的高静，对温启刚、对唐落落，已经有了新的想法。

"唐总，温总这次是下了大决心，你没见他在会上的表现，壮士断腕啊，我都傻眼了。我们对他，是不是……"高静欲言又止。看得出，有些话她还是说不出口，但内心的挣扎和不安明显地露在脸上。

唐落落一阵沉默，咬着嘴唇不说话。可是没多久，她的醋意就上来了，抬起头来，用异样的口气说："高静，你最近的表现有些不正常啊，是不是后悔为我办那件事了？"

高静一愣，旋即坚定地道："唐总，我是很后悔，我一向认为自己是有主见的，可这次，我感觉自己把主见丢了。"

"高静，你什么意思？"

"唐总，我们不该怀疑他，更不该跟他离心离德。"

"离心离德？"唐落落夸张地叫了一声，"高静，你太上纲上线了吧，就因为他拿掉一个岳奇凡，你就感动成这样？他这是在作秀、在表演，你懂不懂？他拿岳奇凡当祭品，不就是想打我的脸吗？让全公司的人都以为我唐落落小肚鸡肠，不明事理，专门跟他过不去。有种他就把自己的内亲也拿掉。他敢说那人没问题？不敢吧，可为什么他对自己内亲的问题只字不提？"

高静知道唐落落在说谁，之前她跟许小田敲温启刚门的时候，有个影子鬼鬼祟祟地躲在楼道拐角处，不用怀疑，那人就是孟子非。孟子非跟温启刚的关系，高静之前听说过一些，这次去香港，又听那边的人说，孟君瑶在世时很照顾孟子非，虽然只是叔叔的儿子，可在孟君瑶那儿，孟子非就是她的亲弟弟。至于孟子非在好力奇究竟做了什么，高静并不十分清楚，不过她感觉温启刚的下一个目标，很可能就是孟子非。

想到这儿，她说："唐总，公司不能再内斗了，你和温总得合起心来。"

"内斗？高静，你认为是我在搞内斗？"唐落落跳将起来，她可不想听高静句句都护着温启刚。温启刚需要理解，她难道不需要？她现在比他更需要！

"高静，我算是白疼你了。"唐落落说了句废话。

高静没理她，她现在想的不是这些。唐落落也好，温启刚也罢，在她心里有同样重要的位置。她不是那种见风使舵的人，更不是那种为了讨上司喜欢就放弃做人原则的人。她是真不想看到公司搞内耗，耗不起啊！

"唐总，你就听我一句劝，不要再跟温总较劲了，这样较劲有意思吗？你们是在帮别人搞垮好力奇啊，公司现在需要齐心协力，需要携起手来！"

"怎么携，让我跟他道歉？"唐落落说完，自己先笑了起来，不过这笑听上去比哭还难受。高静听出，唐落落是在硬撑着。也难怪，那么高傲的一个人，怎么可能随便向别人低头呢？算了，这些事都不想了，高静还有更重要的事要去做呢，遂道："唐总你休息吧，最近你气色不太好，可不能太劳累。"

一听高静要走，唐落落那根敏感的神经又被触动，没好气地说："谢谢你，心里还有我这个唐总。"

高静也不解释，她真是约了人，急着跟人家见面呢。那人跟温启刚有关，目前跟好力奇也算是有了关系，跟她更是关系重大。高静也是有秘密的，要说这秘密跟唐落落也有关系，如果不是唐落落派她到香港，让她知道了温启刚更多的事，高静是不会动用这层关系的。这层关系对她来说，是痛，但也是喜，是她人生的另一部分。她跟那个人的关系，到现在都没向任何人公布。这个世界上，除了她们俩，还有她们的父母，恐怕没人会知道这层关系。好了，高静该走了，人家等她呢，已经发了好几条短信了。对方的脾气可没她这么好，去晚了不但会挨数落，还会挨宰，狠狠地被敲竹杠。

一想到敲竹杠，高静竟幸福地笑了起来。

"你还笑！高静，你真让我寒心。"唐落落误解了高静，以为高静是在讥笑她。高静赶忙解释："对不起唐总，我有点分神，实在不好意思，现在没时间了，改天再跟唐总你解释。"说完，脚底抹油，风一般地旋走了。

唐落落的心蓦地一空。她很难受。此时此刻，唐落落很想高静留下，陪她说说话，哪怕是训她批评她，只要不把她一人留下就好。唐落落怕孤单啊，孤单是种病，一旦感染上，很可能就没救了。有人孤单是因拒绝跟这个世界对话，那是哲人、高人。唐落落不是，她很平庸，女人有的缺点她几乎都有。唐落落终于承认自己平庸了，现实不断地给她上课，不断地打掉她内心高傲的东西，将那些支离破碎的片状物堆积在她的心田。这种东西堆积多了，人就会落入世俗，越来越俗。唐落落发现，相比刚来内地那会儿，她的心已经俗了不少。更可怕的是，她有一种不好的预感，随着黎元清的离去，还有好力奇这些杂七杂八的事的涌现，她会不可遏制地一俗再俗。

那个曾经的唐落落已不在了，活在眼前的，是一个被风吹乱了的唐落落。

是的，乱，还有烦、气愤。无名之火涌出，唐落落想冲谁狠狠发泄一通。她在屋子里转了半天，却找不到可供她发火的物件，只好怏怏地回到窗前，看着窗外那棵高大的香樟。看着看着，脑子里又冒出温启刚来。

温启刚，你好狠啊，啥招数你都使得出来！既然你早就知道岳奇凡有背离之心，为什么不告诉我？让我蒙在鼓里，还给你当帮凶，合着演戏！现在你是壮士断腕，大英雄气概，好力奇的人心全向着你了。我呢？你让我怎么面对公司员工？

还有，你这样做，究竟是为了什么，难道就为了把我唐落落置于不仁不义、无耻加卑鄙的境地？

唐落落的心声温启刚听不到，也没时间听。时间不容许他多想，更不容许他把自己捆绑在某种情绪里。岳奇凡是个盖子，只是他全部计划的一部分，这一步走出，后面的就要步步跟上，不能慢也不能乱。他在办公室里把自己像囚徒一样困了一晚，第二天一早，就急忙赶往华宇总部。

他要亲手接管华宇。

第十七章
商人间的小儿科

伊和平不得不承认，他败了，输得很惨。

伊和平这次确实是低估了温启刚，或者说，侥幸心理太大，将所有的宝都押在林若真和那个叫岳奇凡的销售经理身上，输，就成了一种必然。不过话说回来，不抱侥幸心理又能如何？伊和平早已是回天乏术啊。

当李菲打电话告诉他，岳奇凡栽了，计谋被温启刚识破，所有计划都泡汤了时，伊和平还有点不信。伊和平最近一直在东州，哪儿也没去。其实，他是想见温启刚的。最开始听岳奇凡说温启刚要见他，要跟他认真谈公司的事时，他还想拿捏一下，不给温启刚面子，让财大气粗的温启刚也尝尝被人晾在一边的滋味，这才有了温启刚让岳奇凡打电话，手下说他去了国外那回事。谎话说完，伊和平马上后悔了，如果温启刚真不来看他，不跟他见面，那可怎么办？他一边懊恼，一边又曲里拐弯，通过各种渠道将他在东州的信息传递给温启刚。谁知，温启刚反倒无动于衷了。伊和平这才知道，温启刚是在耍他。

现在，坏消息终于来了。

接到李菲的电话，伊和平没好气地骂："乌鸦嘴，报什么丧，不就一个岳奇凡吗，用得着这么大惊小怪！"

李菲一听伊和平口气不好，心里越发着急，当下就哭着嗓门喊："和平，我不想在这边待了，你快来把我接走吧。"

"接走？李菲，你说什么，我好像听不懂。"伊和平的语气里有一股不屑味，同时还夹杂着不耐烦。李菲头一大，伊和平对她的称呼也变了，以前可是一口一个"菲儿"的。

李菲就是曾经跟黎元清有染，被唐落落发现后调到郑州市场的那位女经理。那次会议后，温启刚把她安排到了岳奇凡身边，让她给岳奇凡当助手，她这才有了跟伊和平认识的机会。李菲长得不错，瓜子脸、柳叶眉，皮肤白净细腻，一颦一笑都有股媚味。尤其是她的腰，特别细，典型的蜂腰。要说能跟这样一个女人搞在一起，也是件美事，可伊和平总是忘不掉她跟黎元清那些事。伊和平有个怪癖，他喜欢干净的女人，这干净不是说女人没跟别的男人上过床——那样的女人早就不存在了，而是不能让他知道，尤其是不能知道具体是谁。男女这种事，不知道你就可以当它不存在。伊和平一开始并不知道李菲给黎元清做过地下情人，激情高得很。岳奇凡带着李菲跟他谈判，他的注意力全在李菲身上，没几天工夫就拿下了她。可是很快，李菲就露底了。也怪李菲，这女人有个嗜好，喜欢将跟她有染的男人留存在手机里。伊和平也是无意中翻弄她的手机，在一个隐蔽的文件夹里翻出了许多艳照，里面就有黎元清。那些香艳四射的大尺度照片令伊和平的瞳孔放大了几倍，紧接着他就愤怒了，躺在他身边的居然是黎元清曾经玩过的女人！黎元清是谁啊，甭看伊和平跟好力奇有密切的合作关系，也甭看温启刚曾经救过华宇，伊和平目前最恨的恰恰就是好力奇，黎元清、温启刚还有唐落落，是他最大的敌人！

世界上没有免费的午餐，这一点伊和平非常清楚。温启刚是帮过华宇，可说穿了温启刚是在帮自己，帮好力奇。饮料市场的销售商靠什么赚钱？一是靠钻销售政策的空子，二是靠卖假。前者是吃东家，后者是吃消费者，赚昧心钱。放眼望去，现在卖饮料的大多是这样，一边挂着某品牌专营的牌子，一边大肆往里掺假。伊和平的视线里，越是不讲规则违规操作的，越能赚得盆满钵满。那些闪闪发光的商界大佬，有几人能干净？伊和平急啊，自从跟好力奇合作后，两条路都被温启刚他们堵死了。好力奇对华宇的监管非常严，给出的政策不管是让利还是折扣都是销售商中最低的。为什么？按温启刚的说法，他是要一心一意把华宇打造成国内最强的销售企业，所以要求格外严格，别的销售商可以马虎可以宽松，唯华宇不能。呸！不就是想把华宇变成自己的吗？生怕他伊和平赚多了，他们不好掌控。是人都有野心，温启刚有，伊和平照样有。为了华宇，伊和平可谓是忍辱负重、卧薪尝胆。他有他的计划，一旦华宇借助好力奇打响自己的牌子，夯实自己的基础，他第一个就跟好力奇说拜拜！

想捆死我，门儿都没有！至于收编，做梦去吧！

伊和平大骂了一顿李菲，骂她成事不足，败事有余，还骂她是扫帚星、狐狸精，谁沾谁倒霉。李菲在电话那边目瞪口呆、泪流满面。伊和平懒得理她，现在他必须想办法，不能让温启刚走在前面，如果温启刚走在前面，他和华宇可就真危险了。

伊和平抓起电话，打给陈艺可，可被奇怪地告知，他所拨打的是空号。伊和平头上的汗唰地下来了，一种不祥感袭来，他遭雷击般地蒙在了那里。片刻后，他醒过神来，疯了似的又打，连打十多遍，电话里都是一个声音：您所拨打的号码是空号。伊和平暗叫，完了完了，不会都玩失踪吧？他赶忙又给林若真打，结果林若真关机！

怎么会，怎么可能？之前不是都说好了吗，万一有啥变故，林若真这边就是他最坚强的后盾！难道这些人都在耍他？

"强子，强子你在哪儿？"伊和平一边朝门外吼，一边又拨其他号码，拨来拨去，竟一个也拨不通。这时候叫强子的进来了，慌慌张张的。

"你死哪儿去了，半天没人影！"

"伊总，我刚从银行回来，情况不好啊！"强子脸色发黄地说。强子是伊和平的跟班兼私人保镖，伊和平的私人账务也由强子打理。

"银行怎么了，说！"伊和平冲强子叫嚣。

"很奇怪，我们所有的账户都被冻结了，一分钱也取不出来。"

"什么，有这回事？账户不都由你来管理吗，怎么会被冻结？"

"我也纳闷啊，伊总，这几个账户都是保密的，外人根本不晓得。我跟银行交涉半天，根本不起作用。"

伊和平站在那里，脑子里一片空白。他预感大难就要降临了，这次怕是真要玩完了。

　　"伊总，我担心公司那边……要不，您打电话问问公司财务？"

　　"打什么打，你没长手啊？"

　　强子不敢怠慢，战战兢兢地拿起电话，打到大本营那边，半天后他放下电话，比哭还难听地告诉伊和平："伊总，出大事了，总部那边……"

　　"不要说了！"

　　林若真消失了，派来跟他谈合作的陈艺可也失了踪，银行账户又被冻结，大本营那边不知乱成了啥样。似乎一夜间，伊和平就被人从天堂拉进了地狱，还不知后面会有多少可怕的事在等着他。温启刚，你出手真快、真狠啊，每个环节都想到了！

　　"跟我去粤州，马上！"伊和平冲强子吼。他要去粤州见沈新宇，现在，能帮他扭转局面的，恐怕就一个沈新宇了。

　　两人坐动车很快到了粤州，望着粤州街头车水马龙的繁荣景象，伊和平感慨万千。曾几何时，他雄心勃勃，发誓要把自己的公司开到这片土地上，要让"华宇"两个字变得人人皆知、人人皆晓，要让华宇的销售渠道像蜘蛛网一样把粤州这座城市吞没。于是，他借着粤州大力发展饮料经济的势头，通过各种关系，在天塘区新工业园区拿下一块地。他要在那儿建起一座高端的物流园，要把饮料这个行业做大做强，跟永江那边遥相呼应，不，应该是让天塘区取代永江，成为全国饮料行业新的风向标。同时，他还跟三所高等院校合作，共同开发网络营销渠道。也许有一天，他伊和平的销售优势不是在地面，而是在强大的网络上，华宇会成为电商企业的一支生力军。谁知蓝图刚刚绘出，一切还没来得及铺展，华宇便遭受灭顶之灾。从车站往外走时，伊和平有种英雄气短的错觉，更有种折戟沉沙的悲壮。现在能不能力挽狂澜，就看沈新宇这边怎么帮他，怎么跟他兑现诺言了。

　　伊和平见沈新宇的过程相当艰难，尽管他在来时的路上已经做好各种心理准备，可沈新宇如此推诿，如此避而不见，还是令他气愤不已。几次求见不成，伊和平火了，因为他没有时间再等下去。天天都有电话从四面八方打来，各种令人崩溃的消息不断袭击着他的耳膜。确切的消息是，林若真已带着陈艺可回了香港，回得很匆忙、很焦急，显然她们也遇到了不可收拾的事，不然，凭林若真那心气儿，怎么可能仓皇逃走呢。还有，也是在等沈新宇召见的过程中，伊和平才得知，林若真把白石湾那两个项目都甩了，赔了一个多亿。一个多亿啊，打水漂一样哗地就不见了！尽管不是他的钱，但伊和平还是心疼得要死。同时，他也越发预感到，他即将面临的不只是一场祸乱，很可能是一场大劫，一场比灭顶之灾还要难以承受的洗劫！

所有这些，显然不是一个温启刚就能挑起来的，就算温启刚布局再缜密，算计得再周到，凭他一个人的能耐，根本掀不起这么大的浪。伊和平感觉到，哪儿还出了什么问题，而且是大问题。可究竟是哪儿呢？他明明感觉自己能看到那个地方，能清晰地听到那个地方发出的声音，但让他脱口说出来，又难！这天，伊和平终于清楚了，是官方，是官方出了问题。伊和平虽然经的风浪不多，事业也远不及温启刚、姜华仁他们大，但常识性的东西他还是知道的。在这片土地上，真正能掀起狂风巨浪的，不是商人。商人之间那点算计说穿了还是小儿科，商场里的斗争不过是钱的斗争，是口袋之战，无非就是把钞票像水一样地从这家的口袋装进那家的口袋而已。所谓的你死我活，不过是商人们夸大其词而已，跟真正的你死我活相去甚远。商人的命能值几个钱？有时候甚至都称不上命。仕途则不同，仕途里的斗争才是真正的血雨腥风，领导一句话，有时就能掀起一场惊涛骇浪。一家企业倒塌掀起的波澜远不及一名领导倒台引发的地震大，这就是神奇，或者叫腐朽！

风向，一定是风向变了！温启刚不过是抓住了这个变化，趁势而上，才让他们个个措手不及。想到这儿，伊和平突然有了力量，既然是这样，那他也就有了机会，他不相信沈新宇会束手就擒，会任凭这股风浪波及下去。

"见他秘书，二号！"伊和平跟强子说。强子随后拨通了沈新宇秘书的电话。沈新宇有三位秘书，这在区一级的领导中也算鲜有。两位男的、一位女的，女秘书伊和平没见过，也没必要见。每次来粤州，跟他谈工作的都是沈新宇的工作秘书，俗称一号。而这次，强子把电话打给了二号秘书，也就是沈新宇的生活秘书。

二号秘书姓王，伊和平称他小王，这小王不是平常人们对某个人的那种称呼，而是有深刻寓意的。一副扑克牌五十四张，能统管起来的就两张，一张大王，一张小王。在伊和平眼里，天塘这地方，沈新宇是大王，王秘则是小王。

小王倒是没躲避，很快接了电话。听说伊和平和强子来到了粤州，小王非常客气，先是问了一通好，然后道："二位有什么事？需要我效劳，只管讲。"听听，小王就是小王，接电话总是这么彬彬有礼。

"伊总，这家伙像是怕了。"强子高兴地捂着电话说。

"我来接。"伊和平从强子手里抢过电话，冲王秘道，"王大秘书吗，听出我是谁了吗？"

"是伊老板吧，伊老板有事请讲。"

"好！马上安排我跟沈新宇见面，见迟了，别怪我把不该说的说出去。"

王秘很冷静，依旧不温不火地说："伊老板见外了，这点小事您吩咐就是，不用太伤和气。"

"好，我等你消息。"伊和平挂了电话，心里暗叹，看来姓沈的真的遇到事了，不然王秘没这么客气。

伊和平想错了。王秘是客气，沈新宇却不像他想的那样。王秘是把电话内容转告给了沈新宇，当时沈新宇刚刚约见完北京来的一位贵客，贵客的身份很神秘，王秘也搞不清他是什么人，两人的见面地点是在海边的一幢私人别墅里。等客人走了，王秘走进去说："伊老板到这边好几天了，请求见您。"

沈新宇这天看上去心情不错，这是王秘的感觉。相比前两天的凌乱与焦灼烦躁，沈新宇平静了许多。前两天沈新宇可不是这样，他易怒、暴躁，冲谁都发火，动辄摔东西砸桌子，那天晚上还将烟灰缸摔向王秘。王秘知道，沈新宇摊上大事了。作为沈新宇的心腹，也作为天塘区仕途圈子里的人，王秘有一种预感，沈新宇的仕途生涯很可能走到了头。这个野心勃勃的男人本来是有大好前程的，可惜他心太急。急躁出错误，这是仕途大忌。可惜这样朴素的道理，沈新宇没掌握。仕途哪是急来的？一急，步子就会乱，就夯不实，就容易留下空隙与破绽，被对手踩到。那些能成大事者，哪个不是四平八稳、说十下动一下的。站得稳才能走得远，王秘想起最早陪过的一位首长说的话，他认为这话很经典，道出了仕途的全部真谛。沈新宇恰恰相反，他到粤州，到天塘，想在最短的时间内干出最大的政绩，想邀功，想为自己镀很厚的金。适得其反哪！世上哪有一蹴而就的事，仕途更是没有。王秘认为，沈新宇犯了两大错误。一是太抢风头，啥事都想走在前面，干在前面，太过标新立异，太过追求不寻常，短短时间内就把自己摆在枪口的位置，让所有对手都瞄准了他。沈新宇认为自己来自上面，属空降一系，粤州这边没有对手，没有政敌。错，仕途上的对手远不同于商场上的。商场上多是宿怨旧敌，十年前的对手突然找上门来跟你算账，甚至上辈子的恩怨也会扯进这一代的竞争。仕途不，仕途上的对手来自现实，来自你的培养，可以这么说，你到哪里任职，你的对手就埋伏在哪里。这些对手你以前根本不认识，跟你也没有任何瓜葛，但你占据了某个位子，位子左右、上下，跟这个位子相关的任何人，或者垂涎这个位子的人，马上就成为你的对手。你若离开这个位子，你的对手马上又消失了。仕途上的对手只盯着位子，而不是盯着你这个人。你在天塘动静太大，抢了所有人的风头，上电视上报刊，频频露脸，到处做报告，四处搞经验。你是脱颖而出，别人呢，不就逊色了吗？这些逊色的人，有的比你资历深，有的熬的时间比你长，你把他们的光抢走了，他们就不高兴，于是就成了你的绊脚石。王秘就听到不少区一级的领导在饭桌上、牌局上，以及任何私下能交流、能发泄的场合，说沈新宇的坏话。尤其是区委书记卢少波，明着是对沈新宇谦让、尊重，该区委做的主，现在不做了，要倒过来征询沈新宇的意见，其实暗中不知有多恨沈新宇呢。王秘有次跟卢少波的大秘吃饭，以前都是他们这些人拿酒敬人家，毕竟人家在秘书这圈里是老大，但那天很奇怪，大秘居然双手捧杯，要给他敬酒。这可把王秘吓坏了，连忙检讨，说最近实在是忙，忘了跟兄弟们聚会，请大秘原谅。大秘笑笑，笑得很阴，笑完开口了。你猜人家说什么，王大秘当然忙啊，眼下全天塘人民都知道，你忙得不可开交，忙得我们哥儿几个都快要失业了。好，忙好，你要不忙，天塘人民就没饭吃了。

听听，这是什么信号？这就是要倒你的标志。千万别小看这种流言蜚语，商场上的流言会刺激一个人的野心，会让这个人迅速脱胎换骨，出人意料地冒出来。仕途则恰恰相反，当一个人被流言所围、所淹的时候，这个人的前前后后就都是荆棘了。沈新宇在这一点上做得很不好，不但把自己摆到了枪口位置，还连带着将他王秘也变成了靶子。王秘怕，他不像沈新宇，沈新宇可以一拍屁股走人，他走不了，他怕自己的秘书生涯葬送在沈新宇手里。

沈新宇还有一个错误，就是跟商人走得太近。这一点王秘提醒过沈新宇，不止一次。官就是官，商就是商，二者可以联系，但绝不能近，更不能越位。尤其是为官者，要主动跟为商者保持距离。商人是什么，是一群逐利的家伙，他们眼里永远只盯着钱。甭看现在对你毕恭毕敬，那是因为你手中的权力能给他们带来巨大利益，一旦大权旁落，哪个还理你？这是其一。其二，如今官商之间的关系越来越复杂，出事的也越来越多，不久前粤州一民营老板出事，结果牵连进去十多号人物。书记卢少波在这一点上做得就比沈新宇好，人家几乎不跟老板吃饭，更不跟老板称兄道弟，只要有这方面的应酬，几乎都推到政府这边来。王秘觉得这里面有名堂。你沈新宇不是好这口吗，那我就把所有的菜都上给你，看你噎得着不？

王秘担心，沈新宇会噎着。最近连着有很多不好的风声传出来，传得很邪乎。沈新宇这边一下子紧张起来，说话做事收敛了许多，已没了原来目空一切、唯我独尊的气概。高尔夫球场也不去了，那天还叮嘱王秘，让他把那个叫阿馨的模特打发走，给多少钱都行，尽快走，走得越远越好。这事很是难为了王秘，阿馨是他一个秘书能打发走的吗？当时沈新宇跟阿馨搞到一起，也没让他知道啊。后来沈新宇找姜华仁，让姜华仁把阿馨赶走。姜华仁满口答应，这事包在他身上，沈新宇信以为真。阿馨到底走没走，只有天知道。有些女人是钩子，挂上去容易，想脱手，难哪！不过这都是小事，不就女人嘛，起不了多大风浪。王秘担心的还是卢少波这边。近期卢少波的表现异常诡异，活动也很频繁。沈新宇活跃的时候，他这个区委书记显得非常低调，遇事不表态，开会很少做报告，好像闲角一样，往省里去的次数也很少。最近卢少波却连连往省里跑，上周五还在省城设宴，宴请省纪委第一副书记呢。消息是别的秘书告诉他的，他到现在都没敢跟沈新宇说。一想到卢少波，王秘心里就有种很危险的怕。是怕，不是担忧，这两个词在仕途里的意味还是很不同的。沈新宇从开始到现在都没处理好跟卢少波的关系，没摆正自己的位置，过分或无节制地放大了自己，忽视了区长只能是书记的配角这一仕途法则。或许他认为自己背景深厚，树大根深，可以不遵从仕途规则，其实他错了。规则之所以成为规则，一个浅显的道理就是大家都来遵从、都来维护，都认为这么做合适，不然，怎能成得了规则？不管是明规则还是暗规则、潜规则，只要能存在、能盛行，就有它的合理性。偶尔坏一下规则可以，但如果一个人把破坏规则当成乐趣，天天去挑战规则、超越规则，这人就会成为规则的敌人。你开罪的将不只是卢少波一个人，而是所有在规则里活着的人。当然，沈新宇也意识到了危机，不然，北京这位贵客就不会在这时候来。

从沈新宇见完客人后的气色看，客人的分量还是很重的，对仕途的干预能力也应该很强，不然，沈新宇的心情不会这么快转好。王秘也是冲这一点，才将伊和平到天塘的消息告诉了沈新宇。没想到沈新宇听完后说："伊和平是谁啊，我认识他吗？"

王秘一怔，仔细观察沈新宇的表情，知道沈新宇并不想见伊和平。可有些人不是你不想见就可以不见的，正如有些人不是你想见就能见到的一样。在王秘看来，沈新宇应该约见伊和平，谈什么不重要，伊和平说什么更不重要，重要的是你得给他一个态度，让他缓和下来，不要狗急跳墙地乱来。像伊和平这种人，本身缺少分量，也不是什么大腕级人物，跟姜华仁不能比，跟温启刚更是不能比。这种人你可以蔑视，可以将他排除在关系网之外，但是千万别忘了，这种人最容易干的事就是冲动。鱼死网破这种事姜华仁不会干，温启刚是干不出，但伊和平绝对能干出。因为他输得起、破得起，他拉你下水，等于是赚了。这么想着，王秘又不甘心地说："就是华宇那位老总，香港林小姐介绍过来的，您在龙首山庄见过他。"

"是吗？"沈新宇扬起头来，装出不记得的样子，见王秘还在那里发怔，不满道，"什么林小姐王小姐，以后这种没影子的事少说，我是区长，不是这些老板的经纪人。龙首山庄，我去过龙首山庄吗？"

话已至此，王秘就知道再说也是多余，遂知趣地告辞出来。王秘是聪明人，清楚伊和平此趟来，必有来的理由。华宇目前的处境，他更是比别人清楚，伊和平等于是让林若真狠狠地要了一把。敢跟林若真玩，伊和平也太高看自己了，姜华仁都不是她的对手，你伊和平凭什么跟人家玩？据说天海那边乔公子都怕她，听到林若真在白石湾赔了钱，二话不说就把从林若真身上赚的如数退给了人家。

钱这东西，不是不能拿，关键要拿得稳妥，拿得踏实。当天晚上，王秘亲自去伊和平入住的宾馆。在一楼茶吧里，王秘先是编了一通谎，说区长实在是不方便，还请二位先回去，等区长这阵子忙完，他再打电话约二位。伊和平一听是下逐客令，当时就恼了："拿我当猴耍啊，说声回去就回去，那我成什么了？"

"该是什么就是什么。"王秘没客气，他的客气是有尺度的，对敢在事后咬人的兔子，王秘他们一般都不客气。

"好啊，连你也这样说，狠，你们狠！可你们别忘了，我伊和平也不是吃素的！"伊和平的语气里明显带了威胁。

王秘并不气恼，态度尽管跟先前不像了，但仍然保持着克制。气恼不是一个领导应该有的风度，王秘尽管不是领导，但他相信，自己正走在通往此处的路上。他略略一笑，笑中带着几分同情："伊老板看上去是早有准备了？"

"准备不敢当，但兔子急了也咬人，我伊和平的钱也不是白拿的。"

"钱，伊老板在跟谁提钱？"王秘眼里有了咄咄逼人的气势。

伊和平还是不服软，进一步威胁道："跟该提的人提，拿钱办事，天经地义。没想到天塘是这个规矩，拿钱的手伸得很长，办事的手却老是缩回去。强子，把光盘拿给大秘书，咱明人不做暗事，该到哪里说理，还得到哪里说理去。"

"好嘞。"强子应了一声，利落地从皮箱里拿出一个小包，翻腾了一会儿，抽出一张光盘来，单手递给王秘。

王秘盯着强子那只手看了许久，看得强子都要发抖了，才说："这东西不应该交给我，伊老板既然准备得如此周到，就一定知道这东西该交到哪儿。怎么样伊老板，要不要我带你去纪委？那路，我可比你熟悉。"

　　"你……"伊和平这下被唬住了，他万万没想到，小小的王秘如此镇定，如此没有畏惧。要知道，这张光盘上记录的不只是区长沈新宇的秘密，他王秘也在其中。伊和平在他俩身上下的赌注，够自己在家乡买一家公司了。这人不愧是沈新宇千挑万选才相中的啊，身上果然有不同寻常的气度。

　　见伊和平傻眼，王秘这才伸出一只手，轻轻一推，将强子那只嚣张的手推了回去。

　　"给我记好了，天塘这地方还容不得你俩撒野，哪儿来的滚哪儿去，再敢让我闻见半点气味，我让你俩化成光盘！"

　　说完，王秘摔门而去。伊和平和强子你看看我，我看看你，两人好像都不明白发生了什么。最后，伊和平泄气似地说："×他娘，说商人狠，我看这些当官的才叫吃人不吐骨头。"

　　"老板，我们现在该咋办？"强子见势不妙，哭丧着脸问。强子听说过一些事情，有人把地方领导惹恼惹急了，人家随便一个电话，就有公安找上门来，半夜带你去喝茶。进去了，可就什么都由不得你了。

　　"妈的，逼急了，老子跟他们玩命！"伊和平猛地从沙发上弹起，那张脸看上去像要杀人，可是只狠了不到一秒，就一屁股瘫在沙发上了。

　　强子悲哀地叹了一声，也一屁股坐下。强子知道，伊和平其实是没一点办法了，但凡有一丁点办法，伊和平也不会是这样。那就等着任人宰割吧。

　　强子担心得没错，如果他们真不识好歹，王秘是会采取过激手段的。这既是秘书这个身份决定的，更是王秘的性格所致。能到沈新宇身边工作，并担任生活秘书，王秘在仕途上的修炼也算到了一定火候。他知道，沈新宇既然不肯承认认识伊和平，那"伊和平"三个字就绝不能再在他面前提。不但不能提，伊和平这个人也要彻底从天塘区消失，不能再让他给沈新宇带来任何骚扰。作为秘书，你必须准确把握领导的心思，该当机立断为领导善后时，就必须当机立断，不能有一丝一毫的拖泥带水，更不能让事情留下后遗症。否则，葬送的不只是领导的前程，还有你的一生。当天晚上，王秘便叫来几个人，如此这般叮嘱了一番。好在伊和平识趣，第二天天一亮，就带上强子回大本营杭州了。王秘这才作罢。

伊和平本来以为，温启刚抄到他大本营是为讨债，在路上还想好了一套赖账的理由及托词，哪知到了杭州，才知道根本不是这么回事，人家温启刚压根就没想着跟他玩小的。讨债？债有什么可讨的，讨债还用得着他亲自来？人家是要彻底吃掉华宇！

一下飞机，前来接机的副总就哭丧着脸，向伊和平抱怨这段日子的艰难，伊和平听得既烦又紧张。副总说，温启刚一到这边，马上就对公司采取过激措施，眼下公司的账户全被冻结，一分钱也提不出来。库房被封，就连办公大楼也被工商和税务部门查封了，这几天员工们成天聚在公司门外，要求开工资。

"伊总，姓温的玩横的了啊。我们都小看了他，没想到他能动用这么多关系，我们维系了多年的关系，他一句话，全都向着他了。"

"他有这么大能耐吗？他有这么大能耐吗？"伊和平一边暴怒地质问，一边心里犯嘀咕，温启刚到底要做什么，要做什么啊？欠债还钱，天经地义，他总不能有别的企图吧。可这节奏，分明是要赶尽杀绝啊。这人咋这么狠，咋从来没觉出他还有凶狠的一面？

不想了，事已至此，只能硬着头皮去闯了。伊和平安慰了自己几句，又问副总是否能回公司。副总嗫嚅了半天说："公司您还是先别回了，甭说温启刚把你咋样，就是公司内部的员工，伊总您也应付不了啊。"副总说的是实话，员工们正等着伊和平来呢。

"有这么严重？平时不是对他们挺好的吗，这么快就想逆天？"

"唉，一言难尽啊。伊总，您还是先到宾馆住几天，家里也不能去。我出门时行政部经理告诉我，十多名员工去了您家。"

"啊？！"

伊和平吓住了。真是几日不见，如隔三秋啊，他这才离开多少天，就连家也不能回。一股苍凉感涌来，狠狠地袭击了伊和平。伊和平觉得有泪要奔出来，一股锥心似的疼痛穿过他的身体，他不得不弓身用双手强压住腹部。坚持了一会儿，他抬起头，呆呆地瞪住天空。天似乎很蓝，在他的记忆里，杭州的天似乎从没今天这样蓝过，可天为什么这样蓝呢，天蓝跟他又有什么关系?

"好吧，听你安排。"伊和平听上去有点认命了。认命是件很痛苦的事，尤其是男人，尤其是能折腾几下的男人，哪个愿意认命，哪个能轻易服输？可人总有折腾不动的时候。伊和平也算是能折腾的了，华宇在他手上，从三四个人的皮包公司发展到今天这个规模，不容易。可实践证明，他还是火候不到，修炼不够。或者说，这惊涛拍岸的滚滚江湖，不是他伊和平能闯的。

温启刚这次是几管齐下，几条线同时进行。为防伊和平得到风声，转移资产或廉价变卖公司，温启刚一方面向工商和税务部门举报华宇近年来偷税漏税、销售假冒伪劣产品等问题，又通过高层向地方施压，让地方不敢对华宇有所袒护；另一方面又通过东州法院起诉华宇拖欠货款，让法院火速介入。伊和平还未走进自己的公司，就被有关方面带走了。

当然，能让事情进行得如此顺利、如此紧凑，关键的一条是温启刚提前搞好了与当地政府的关系。内地为什么地方保护主义盛行？除了牵扯到复杂的人脉关系外，还有重要的一点，就是税收。温启刚到内地这些年，感觉最奇怪的就是税收，好像内地任何地方、任何一级地方政府都在为税收发愁。一开始他不理解，以为内地太穷，政府更穷，缺钱才这样。后来他发现自己错了，内地经济发展神速，政府并不是差钱，单是每年卖地这一块，就赚得盆满钵满的。可税收依然是老大难。每次跟地方官吃饭聊天，谈得最多的，除了招商引资，就是税收，其实招商引资的目的还是税收，二者是一样的。税收之所以成为大难题，一是企业环境不好，看似遍地开花，真正能结果的却少，结出硕果的更少；二是偷税漏税现象普遍，几乎没有一家企业不偷税漏税的。企业偷漏了税还能存活下去，这在温启刚心里最初是怎么也想不通的，不过现在他能理解了。企业一旦偷税漏税，就等于让政府捏住了七寸，政府哪天不高兴，不用别的理由，单就一条——查税，就让企业吃不了兜着走。轻则罚你个几百几千万，重则让你破产。所以这边的企业怕政府，尤其是怕执法部门的领导。温启刚这些年结交了不少税务、工商等部门的领导，跟这些人聊起天来，那才叫长见识。他们自吹一句话就能灭掉一家大企业，这绝不是耸人听闻，温启刚还真就见过大企业被这些部门整垮的。经不起查啊，查哪家哪家倒霉。

基于这些认识，温启刚这次是先修栈道后度陈仓。早在有收购华宇这家企业的打算时，他就先后两次来过杭州，跟这边的领导联络感情，建立人脉。温启刚初到内地时，最不会打的交道就是跟政府部门，跟领导。他是典型的直脾气，我依法经营，老实守法，诚信至上，我干吗要怕你？后来他发现，地方部门和机构想找你的麻烦，太容易了，随便一个理由就能让你的企业关门。打那以后，温启刚开始学习，重点学习的就是如何跟政府打交道，如何跟领导建立长久的"友谊"，到现在，虽然不及黎元清那么游刃有余，但也绝不会再犯错误。温启刚的电脑里存放着一张图，上面记录着他这些年在全国各地建起的关系网以及交下的领导朋友。依据交情又分了类，哪些只是简单的关系，哪些可以托着办大事；哪些是永久性关系，哪些又是短期性的。这是他的另一笔资源，或者叫秘密武器。这次查华宇，温启刚动用了两层关系，一是地方上的一位常务副市长，姓焦，名作勇。温启刚跟焦作勇的关系算是深厚的，是完全可以依赖、可以托付大事的。另一层就是直接从北京找了人，让北京方面替他说话。有了这一上一下，再难的事也简单起来，而且速度快得惊人。对华宇这样一家销售型企业，地方政府不会太偏袒，地方政府最担心的就是员工安置问题。华宇说大不大，说小也不小，仅在杭州总部就有一千多号员工。伊和平这些年不但开拓了地面市场，在各大超市都有华宇专柜，步行街、商业街以及高等院校周围都有自己的销售便利店，同时又先声夺人地开辟了快销这一渠道，成立了专门的快销公司。这也是华宇能迅速扩展的原因之一，不然，伊和平有什么资本跟姜华仁合作，又有什么资本跟他温启刚叫板？温启刚先是答应焦作勇，好力奇不是兼并华宇，而是以资本注入的方式改造华宇，让华宇变得更精良，更有发展前景。这话说得焦作勇心里非常舒服。紧接着他又表态，重组华宇成立华宇力奇股份公司后，不让一个员工下岗，不引发任何社会问题，确保重组事件不造成任何负面影响，同时也承诺不在新闻媒体宣传炒作，一切都静悄悄的。有了这几项承诺，焦作勇放下心来。仕途中人最怕的就是不稳定，就是员工闹事，媒体掀波澜，把这些解决好了，怎么重组、怎么兼并都是小问题。

"谢谢你啊，温总，你把什么都想到了，你这样的企业家很少哟。"焦副市长真诚地说。

温启刚接着又道，等把华宇的事解决好，好力奇会抽出时间专门来这边考察，下一个生产基地就选在这边。

"太好了，我们早就盼着好力奇能来落户，饮料行业的老大，你让我们也沾沾光嘛。"焦作勇风趣地说。

这些工作做扎实，剩下的就很简单了，几乎不用温启刚出面，李念他们就能搞定。伊和平那简单的脑袋瓜，哪能想到这么多，还在那儿使劲吼"温启刚有什么能耐"。结果他在宾馆只住了一晚，就被有关方面以涉嫌偷漏税款和销售假冒伪劣产品带走了。

跟华宇的较量算是告一段落了。温启刚相信，用不了多久，一个新的华宇，不，华宇力奇将会迅速成长起来。他把后续事务交代给李念和舒畅，将带来的小团队也交到他们手上，自己又火速回到了公司。

第十八章
重拳整肃内部环境

回到公司，温启刚并没急着见唐落落。他知道现在还不是时候，唐落落一定还在生他的气呢。再者，唐落落两只眼睛盯着他呢，不把孟子非等人彻底"请"出好力奇，唐落落就不会打心底里服他。温启刚暂时还不想拿掉孟子非，同样是时候不到。孟子非留在公司，还有一定的用途，至少可以稳住姜华仁，对林若真那边，也算是一颗烟幕弹。整顿公司跟做市场一样，虚虚实实，总要来一些花样。

成功收购华宇并没给温启刚带来多大快乐，他知道，这只是一场小战役，不值得庆贺，顶多也就是了了他的一桩心愿，接下来跟华仁才是真正的交锋。在向华仁出手前，温启刚要抽出一段时间，将公司的事务打理一下。自黎元清离开后，公司内部发生了不少变化，尤其是他跟唐落落闹出矛盾后，这种变化更为明显。拿掉岳奇凡虽然起到了一定的威慑作用，让那些心存不轨、敢挖公司墙脚的人收敛了许多，但不利的一面也显现出来，部分员工尤其是骨干队伍中出现了一种危机和恐慌情绪，生怕温启刚像搞运动一样清算他们。温启刚知道，一定是有人在背后造谣，故意制造混乱。这人不用怀疑就是孟子非，但温启刚不想揭穿，他只想采取积极的措施稳定人心，重新出台新的激励机制，唤起大家的工作热情。

温启刚把副总黄永庆叫来，问："我交给你的激励方案他们都看了没，意见如何？"

"他们"就是公司高管层，温启刚去杭州前将这个方案交给黄永庆，让他分头征求意见。

"大家很激动，都说只有这样改革，公司才有希望，相信这个方案一旦公布，公司内部的活力一定会被大大激发出来。"

"别尽挑好的说，反对意见呢，唐总那边怎么说？"

"反对意见没有，完善补充的倒是有两条，我也觉得可行，已经补充进去了，回头你再斟酌。唐总那边是认真看了，但她没发表任何意见，不点头也不摇头。"

"这女人，脾气还不小。"

"没事，她是跟你要性子呢，女人嘛，有点性子很正常，你还是多担待点，不生气。不过，唐总最近工作状态不错，工作也很积极。我想，她嘴上不认输，心里还是挺服你的。"黄永庆说了一番好话，将温启刚安抚一顿。温启刚的脸色果然好了许多。

"行，不管她，干正事要紧。你抓紧安排，最好这周开会，把方案定下来。时间不等人，销售旺季已经到来，各方面都要全力做好准备。对了，还有一件事，你马上向各生产基地发通知，要他们加足马力生产，要充分备货。"

"我已经安排下去了。"

温启刚发现，黄永庆的态度变了，不像上次那么消极，工作状态也非常好，再也不提辞职的事，整个人完全融入了工作中。好，有这状态、这精神，他就彻底放心了，他还真怕黄永庆再跟他提辞职什么的。

"重新安排，备货要足，眼下看似市场饱和，其实缺口很大，而且我们要做好另一个准备，就是万一华仁那边'劲妙'全部退货，缺口能否在第一时间补上去。"

"你是说，'劲妙'要退出市场？"黄永庆疑惑地问。

"我只是说有这可能，我们必须把生产工作抓在前头，完了你安排人到各基地督察一下，不能高枕无忧啊。"

"好。"黄永庆一边应声，一边拿出几页纸，递给温启刚。

"这是什么？"温启刚问。

"你还记得李菲吧，就是跟岳奇凡共事的那位女经理，这是她写的检讨，非要我收下。"

"扯淡，谁让她检讨了？拿回去，这东西我不看，也没时间看。她有什么想法，可以直接来找我！"温启刚突然加重了语气，将几页纸扔给黄永庆。

对李菲的处理，温启刚至今还没想好意见，这个人有点麻烦，不是说她工作能力有多强，公司舍不得她。像她这种能力的，好力奇一抓一大把，根本不存在惜才这一说。关键是这里面牵扯到黎元清。再怎么说，李菲跟黎元清也有过那么一段，尽管藏着掖着，可瞒不了温启刚。他寻思，如果把李菲处理得狠了，黎元清会不会有意见？本来那次会后，他想把岳奇凡一事向黎元清汇报一下，顺便提一下李菲。好不容易打通了黎元清的电话，人家只给他扔下一句："启刚啊，我很忙，公司的事你和落落做主吧，没必要啥事都向我汇报了。"说完就挂了电话。在杭州的时候，温启刚也跟黎元清联系过，收购或重组华宇虽不是多么重大的一件事，但也牵扯到投资面，不能不向他汇报。黎元清仍然是老样子，温启刚刚把话头打开，黎元清就封他的嘴了："这些事你自己决定好啦，我说过多少次，公司现在全部交到你和落落手上，你们爱咋打理就咋打理，哪怕全赔了，也是你们的功劳。我暂时还回不去，也不能回，具体原因我就不告诉你了。对了，以后少打电话，我这边不方便接。"

看来黎元清真是对好力奇撒手不管了，或者说，他真是不方便。不方便的原因温启刚懂，那个曾在他去粤州的路上给他打过电话的左翼民的前秘书姜丰，前段时间到东州找过他。温启刚一开始拒而不见，无奈姜丰十分固执，见不到他就不回去，温启刚最终还是见了。温启刚跟姜丰聊了一小时，话题基本是围绕左翼民和黎元清展开的。不能否认，作为秘书，姜丰掌握的情况真是多，有些事温启刚听都没听过，可姜丰说得头头是道，而且信誓旦旦地说他有证据。他果真将证据拿出来，让温启刚过目。也正是这个细节，让温启刚对姜丰有了警惕。一个秘书，藏这么多证据做什么？再说了，这些证据是怎么收集来的，有些可是很致命的，直接涉及当年好力奇跟东州药业谈判时双方高层间，也就是左翼民跟黎元清之间的隐私与秘密。这些秘密一旦泄露出去，不管是左翼民还是黎元清，都逃脱不了法律的制裁。温启刚甚至怀疑，左翼民案迟迟被有关部门护着，没有下文，并不是上面不查，而是当初举报的很多问题无法查实，这些证据要是到了有关部门手里……温启刚不敢想下去，两只眼睛惊恐地瞪着姜丰。这时候他才明白，姜丰一遍遍找他，是为了钱！

"开个价吧，你要多少？"温启刚直截了当地说。

"温总是大方人。"姜丰果然喜出望外，收起证据说，"两千万。"

"什么？"这下轮到温启刚震惊了。

"嫌少？"姜丰下作地笑笑。人到了这时候，本性就露出来了。之前，这个姜丰留给温启刚的印象还算不错，有文化有经验，说话也是彬彬有礼，很显素质。假的，典型的道貌岸然，伪君子。

"是有点少，想想黎董也不值这个价，对吧？"温启刚一怒，索性替姜丰把要说的话说了出来。

姜丰呵呵一笑，非常老到地说："温总就是温总，跟你打交道，痛快！怎么样，成交？"

"门儿都没有！"温启刚突然说。

姜丰的脸霎时变白，有点慌张地看着温启刚："温总的意思是？"

"什么意思也没有，我警告你，玩火者必自焚，你才三十多岁，未来的路还很长，回去好好想想！"

一听是这些大话套话，姜丰哈哈大笑："谢谢温总的忠告。既然交易不成，我就先回了，不过我把话留在这儿，等下次温总想拿这东西时，价格就不是两千万了，而是翻一番。"

姜丰也是个人物，说完这句，居然真就走了，到现在都没联系过温启刚。温启刚心里老是不安，有天晚上做梦，竟然梦见黎元清被有关方面带走，好力奇跟东州药业的内幕交易被悉数曝光在网上，炒得沸沸扬扬，醒来后惊出了一身汗。温启刚想，黎元清说的不方便，肯定跟这些有关。凡事只要做了，就永远无法抹掉。东州这边暂时还有关系罩着，就怕哪一天曾经罩着黎元清的几位突然调离或退位，那么……

　　这事得跟唐落落议一议。温启刚当时拒绝姜丰，是不想让这小子太容易得逞，先敲打他一下，但这些东西放在姜丰手里永远是炸弹，随时都有可能将黎元清和好力奇炸得人仰马翻。

　　可怎么跟唐落落开口呢？想到这层，温启刚又犯起了难。毕竟这是要花大钱的啊，而且他相信，真要拿回姜丰手里的那些证据，并让这些证据消失得干干净净，两千万怕是打不住，姜丰很可能说到做到。

　　烦心事一大堆啊，黎元清这屁股真不好擦。

　　门敲响了，温启刚将这些事扔到脑后，说了声"请进"。话音落地，门外闪进一个人来，居然是李菲。

　　季节已到夏天，跟饮料市场的如火如荼一样，女人的着装也变得火辣辣起来。走在大街上，满街是花红柳绿的感觉。那些高挑的、丰满的、长发的、短发的女人，比花更艳地盛开在街上，以各种各样的惊人着装，将青春和时尚演绎得缤纷多姿，令人目不暇接。时代的确在变，从封闭到开放，从传统到前卫再到超前，国人总在创造奇迹。温启刚之所以想起这些，是因为李菲的打扮触动了他。李菲看似穿着一套职业裙装，不这样穿没办法，好力奇有严格规定，上班期间穿什么、化什么妆，不是你能随心所欲的。可李菲这裙装是经过巧妙改造的，下摆明显要比一般的职业裙装短，离膝盖尚有一大段距离，这样，她那两条修长的腿就能非常亮眼地呈现出来。加上李菲这天光着腿，没穿丝袜什么的，那瓷白的光就非常耀眼。上身的衣领明显是仿国际影星礼服的样子做的，看似有领，其实又没有。尤其是胸部，明显比普通的职业装开得低了，这样，李菲引以为傲的那道沟就非常诱人地晃在那儿。温启刚扭了下头，感觉自己看着李菲的目光有些邪恶，咳嗽一声，问："有事？"

　　李菲径直来到温启刚面前，脸上是楚楚动人的表情。"温总。"她叫了一声。温启刚没抬头，刚才李菲在远处，他看到的只是刻意装扮出来的性感与暴露，这会儿李菲在离他很近的地方，那些性感和暴露对他就有了压迫。温启刚也不是圣人，正值壮年，身体的激素因长期不能合理释放，积重成灾，这种压迫感便成为经常困扰他的一件事情。他往后仰了仰，目光避开李菲，又问一声："有事？"

李菲就叽里呱啦开始说了，她说了一大堆，说着说着竟抽噎起来，肩膀一耸一耸，带动着胸前，发出很有韵味的颤动。李菲说："对不起啊温总，我上当了，不该跟岳奇凡搅在一起，都怪我经验不足，对假象看不清楚。这事给我教训深刻，也给我上了生动的一课，我爱公司，真的爱，请公司给我一个机会，我一定好好表现。"

温启刚本来是有点紧张的，这紧张好生奇怪，更有点莫名其妙，但让李菲这么一说，紧张感居然没了。他坦然地抬起头，正视李菲，端详了一会儿，才道："你怎么总是上当啊？"

李菲抹了把泪，其实她脸上是没泪的，但她抹得很像。

"是我经验不足嘛。"李菲的声音里突然多了种嗲气，而且她佯装从桌上的抽纸盒里拿纸，将直着的身子微微下倾，这一倾的目的非常明显。温启刚在商场打拼这么些年，遭遇过各种各样的人，也经历过各种各样的诱惑。李菲这个姿势他并不陌生，职场中有不少女孩，想走捷径，想不劳而获，想成功，于是就刻意练习各种引诱人的动作。可她们忘了一条，不是每个男人都吃这套，至少他温启刚对这些是有免疫力的。

"不，我觉得你经验很足，太足了，只可惜你把经验用错了地方。"温启刚突然说。

"温总您？"李菲的情绪变化了一下，她吃不透温启刚这句话的意思。

"李菲啊——"温启刚叹了一声，道，"本来呢，我是不想急着处理你的，还想再观察一段时间，岳奇凡是岳奇凡，你是你，我能分得清。可你今天的表现让我下定了决心，知道为什么吗？"

"温总，您不会让我走人吧，这到底是为什么？"李菲急了，这一急，眼泪就扑簌簌地下来了，一张嫩脸上很快挂满了泪珠。

这时候，温启刚已经没有丝毫同情了，他甚至想好了事后怎么跟黎元清解释，这样的女人真是留不得啊。他语气坚决地说："是的，你可以走人了，到行政部办理手续吧。"

"不，温总，您听我解释……"情急之下，李菲抓住了温启刚的手。

"把手拿开！"温启刚脸上露出了威严。李菲战战兢兢地收回手，可她不甘心，仍旧站在那里，左一声"温总"右一声"温总"地央求温启刚。温启刚有些不耐烦，抓起电话："行政部吗，请你们经理上来一趟。"

至此，李菲知道自己是彻底没戏了，这些天她还一直抱着幻想，心想温启刚不会这么狠心。

"好吧，温总，我认命，不过我会向黎老总投诉的。"

"行，只管投诉。"正说着，行政部经理到了。温启刚说："带李菲去办手续，顺便告诉财务，该怎么罚款的，一分不能少交。"

"你还要罚我款？"李菲尖叫一声，行政部经理示意她安静，并做出请她出去的手势。李菲刚走到门口，温启刚又说："最后再忠告你一句，美色不是万能的，不要老是拿它去做交换，还是给自己留一点干净的回忆比较好。还有，以后到了别的公司，见老总时不要总穿这么低胸的衣服，这对别人不尊重，明白不？"

"不用你管！"李菲失态地喊了一声，伸手把衣服领子往上提了提，气呼呼地离开了。温启刚让行政部经理把门带上。办公室又安静下来，可温启刚的内心再也无法安静。

一个接一个地往外清退员工，而且都是中层，他不知道这是好事还是坏事。但一家企业连自己的内部环境都搞不干净，还谈什么远大理想，谈什么净化市场？这么想着，脑子里冒出孟子非那张面孔来。接下来就该轮到他了，可是温启刚还是有点下不了决心啊。

迟疑了半天，他走到最右边的那个柜子前，弯下身子，打开柜子下面的抽屉，取出一个相框。那是他的妻子孟君瑶。以前这个相框是摆在柜子上的，后来他发现，到他办公室的人总要盯着妻子看很久。有知道的，不出声，只看，看半天会发出轻轻的叹；有不知情的，会当场开他玩笑："这是温太太吧，好漂亮，温总真有艳福。"时间久了，温启刚就觉得这些人是在打扰君瑶。君瑶不喜欢人打扰，活着的时候，她就喜欢静，常常一个人望着窗外发呆。她发呆的时候特别入神，感觉整个人都沉浸到某种事物里去了。有时温启刚脚步声稍稍大点，都能惊动了她。就是这样一个宁静安详的人儿，却过早地离他而去。为了不让妻子被打扰，温启刚将相框放进了柜子里。此刻，他捧着妻子的照片，想说什么，却又一句也说不出。时光如梭，转眼间已有十个年头飞逝而去。这十年，温启刚走得跌跌撞撞，有风光和辉煌，也有不少泥泞与坎坷。每每遭遇困境或挫折，他总是捧出妻子的照片，不停地问："君瑶，我会倒下吗，我能倒下吗？"照片上的君瑶不说话，但温启刚还是能听到她的声音。此时，温启刚又在问了："君瑶，我该怎么办，真的把他打发回去吗？你会不会怪我啊？还有，君瑶，你到底是怎么走的，那场车祸究竟有没有阴谋？君瑶，我在查，我一定要查清真相，不管是谁，只要他们加害了你，我决不放过。你活着时我没好好爱你疼你，现在，就让我为你做点事吧。君瑶，你听到了没，我之所以不急着让子非走，是因为子非他了解车祸的真相，他一定了解，我等着他说出来，可他愣是不说啊。君瑶，我该怎么办，该怎么办啊……"

温启刚突然泪流满面。是的，这是温启刚迄今为止最大的一个秘密。妻子孟君瑶的死有疑团，这个疑团至今还未解开。一开始，温启刚也相信只是一起普通的车祸。他到过现场，交警也反复跟他做过说明，现场很惨，车祸发生在马岭坡下一转弯处。马岭坡是有名的事故高发地段，山陡坡急，视线又被周围的树木遮挡，几乎每年都有恶性交通事故发生。可那段路君瑶常走，避不开。事发那天，后面一辆载货车刹车失灵，君瑶的车子被追尾，在路上连打几个旋后，一头钻进迎面开来的一辆大卡车里，车子被大卡车碾了过去。整部车子被碾轧成一张铁饼，消防队员费了将近一天的工夫，才将尸体取出来。事情过去半年后，温启刚忽然听说，车祸有疑点，人为制造的可能性很大，有人事发后买通了交警，出具了假报告。温启刚当时就十分震惊，停下手头的工作，开始查那起车祸。他发誓一定要把真凶揪出来，可真查起来，非常难啊。不知是真没阴谋还是对方做得天衣无缝，不管是现场勘查还是后来的技术分析都没有问题，交警那边更是找不到漏洞。温启刚不甘心，想把当时的资料和问讯记录全部拿到特区立法会，请求召开专门会议重新听证。就在这时候，蒋婉仪忽然找来了，进门就求他别再折腾了，就让君瑶安静地走吧，折腾来折腾去，君瑶的灵魂不安啊。看着蒋婉仪伤心落泪的样子，温启刚一时有些两难。蒋婉仪的话有一定道理，万一费尽周折，查不实此事，或者说，人为制造车祸根本就是个谣言，没影子的事，如此折腾，可真是对君瑶不敬啊。就在温启刚打算放弃调查时，林若真拎着几大包东西来了，热情洋溢，满面春风。温启刚问她带这么多东西干吗，林若真说："照顾你啊，这段时间我休假，不用去公司，我就想搬过来照顾你一段日子。"

"照顾我？你还要搬过来？"温启刚吓了一大跳。

"怎么，不欢迎啊？"林若真一边说着话，一边开始往外拿她自己的东西。生活用品一大堆，化妆品又是一大堆，洗手台都没处放。林若真三下五除二，将君瑶用过的东西噼里啪啦地扔进了垃圾桶。

"你想干什么？"温启刚跑过来阻止。林若真推开他说："不用你管，以后这个家就由我来打理。"

"什么？"温启刚越发吃惊了。等林若真摆完化妆品，又从另一个包里拿她的衣服时，温启刚才真着了急。

"等等，你这到底是想干什么？"

"还能干什么，她不在了，你总得有人照顾吧？今天起，这项工作就由我来完成。"林若真说着，还温情脉脉地在他额头上亲了一下。一阵疼痛穿过温启刚的心，温启刚感觉那不是一吻，是一箭。

"不可能，林若真，马上把你的东西搬走！"

"我为什么要搬走？这个家本来就是我的，不过我晚到一步而已。"林若真那天非常不讲理，任凭温启刚怎么说，她拒不搬走，后来竟钻进卫生间，门也不关，冲热水澡去了，害得温启刚站在门外束手无策，迫不得已，只好打电话向蒋婉仪求救。没想到，蒋婉仪在电话里说："启刚啊，君瑶已经走了，我们都很悲痛，但活着的人还得活下去不是？你经历了这么大的痛，工作又那么忙，一个人怎么能行呢？我都快要愁死了。"说着话，蒋婉仪那边还真有了抽泣声。顿了一会儿，蒋婉仪又道，"真真现在是自由身，正好又休假，就让她照顾你一段时间吧，你们两个呢，也重新了解了解。你们有感情基础，先在一起生活一段，如果合适呢，就择个日子办了，这样我们也省心。"

"什么，姨母你说什么？"温启刚惊得眼珠子都要掉出来了，原来她们母女早就合计好了。"你走，走，马上走！"温启刚扑进卫生间，也不管合适不合适，更不管林若真正赤裸着身子洗得舒服，抓起她的胳膊就往外拽。

"你疯了啊，人家还没洗完呢！"林若真尖叫。

"回你家去洗，爱怎么洗怎么洗！"

那天温启刚把林若真轰了出去，将她带来的东西全扔在了楼道里。等他小心翼翼地又把君瑶用过的东西摆放在洗手台上时，温启刚脑子里忽地冒出一个问号：她们为何如此急迫？这一想，温启刚就把自己搞得既痛苦又复杂，似乎他已经知道凶手是谁，是谁急着让君瑶离开这个世界。

温启刚又查了一个多月，甚至还雇了私家侦探介入。就在他初步找到一些线索时，他接受不了的一幕发生了。蒋婉仪在某个深夜走进他家，进门就扑通一声给他跪下了。

"启刚，你让死人不安，难道你还想让活人也不安吗？你非要弄得我们林家家破人亡，你才甘心？"

那些话，如石头般砸在温启刚心上；那一跪，更是让温启刚承受不起。温启刚只好含泪点头，答应不再查下去。不久，又闹出林若真跟父亲林秉达抢夺公司财产，父女俩为盛高的经营权大打出手的事，结果蒋婉仪承受不了，自杀离世。调查的事只好不了了之。温启刚感觉，真是折腾不起，也不敢折腾了。不过，那时候还有一个人在查此事，就是孟子非。温启刚这边是迫不得已停了，孟子非那边却没停，一直在查。温启刚相信，孟子非是找到真相了，关于那起车祸，关于林氏家族的其他事，孟子非后来掌握得都比他多。他问过几次，孟子非却不将实情告诉他。一开始温启刚并不理解孟子非为什么要瞒他，不把调查结果告诉他，现在他懂了。

交易！一切都是交易！

孟子非跟林若真做了一笔大买卖，也顺势搭上了林若真这辆快车。最近温启刚查过孟子非的个人财产，为了证实某种猜测，他不得不这样做。结果，孟子非拥有的资产把他吓了一跳，看不出啊，都快要成富豪了。这么多钱和房产是从哪儿来的，不用怀疑，都是林若真给的！

事实证明，孟子非跟林若真已不是一天两天了。温启刚悔死自己了，这些年，他还一直拿孟子非当亲人看，关心他、扶持他，把他弄进好力奇，委以重任。哪料到，人家早就身在曹营心在汉了。每每想起这些，温启刚就恨不得扇自己一顿嘴巴，这么愚蠢的错误居然犯在他温启刚身上，真是不可原谅！在高尔夫球场看见孟子非后，温启刚突然想到另一层，好力奇内部的机密泄露，还有网络上那些谣言，会不会也跟孟子非有关？那个网名叫"第一时间"的人，会不会就是孟子非？他把这些工作交给舒畅，让她务必查实。温启刚现在之所以不出手，一是舒畅这边还没给他确切的消息，还需要再等；二来曹彬彬那边有些工作还没结束。这事必须形成一个有机系统，要把孟子非跟华仁和林若真捆绑在一起解决，一气呵成，不让任何人有喘息或反扑的机会。

尤其是林若真！

一想到林若真，温启刚的心就尖锐地痛起来。不知为什么，随着时间的推移，温启刚越来越感觉到，当年冲妻子下手的不会是别人，十有八九就是林若真。前晚他又梦见了君瑶，君瑶在梦里含着泪说："启刚，我死得冤哪，你要为我报仇。"

报仇！温启刚的拳头重重地砸在了桌上。这时候他已明白，所有跟林若真的故事都成为过去，他内心再也不会对这个女人有一丝爱、一丝眷恋，就连同情也不可能再有。他跟林若真之间，只能有一种关系，那就是仇人。

温启刚很庆幸，自己总算走出了感情的沼泽地，终于将二十多岁时种在心里的那根草拔掉了。他有一种解脱，有一种新生的感觉。站在窗前，温启刚遥望香港跑马地的方向，那儿有一片墓园，墓园里睡着他心爱的妻子。温启刚喃喃自语道："等着吧君瑶，帷幕即将揭开，该还你的，我会全部还你，你就安息吧。"

第十九章
市场有波折，机会来了

　　曹彬彬突然打来电话，告诉温启刚，最后一项资料搞到手了，万事俱备，可以发炮了。

　　"太好了，我正焦急呢，没想到这么快。"温启刚激动地说。曹彬彬说的最后一项资料，是今年三月二十五号，姜华仁跟林若真签署的一份秘密文件，这份文件牵扯到华仁集团的一个重大秘密，也关系到华仁对好力奇的侵权。姜华仁将它称为"3·25"协议。温启刚五月份第一次去粤州，也就是"劲妙"搞大型推广和新品上市那次，有意买了一箱华仁新推出的"劲妙"，一喝，自己就迷惑了。华仁新推出的这款产品，不但外包装跟"宝丰园"十分相似，就连入口的感觉以及饮料滑过食管时那种特殊的味儿，都跟"宝丰园"很接近。当时温启刚就纳闷，"劲妙"怎么忽然变换了口味呢？以前的"劲妙"虽然也是在卖凉茶，但不走温和路线。"劲妙"入口比较烈，有可乐那种冲劲，但比可乐又稍弱点。而且它的品性是凉性的，这跟"宝丰园"有天壤之别，喝多了，会造成胃凉胃寒，严重者还会出现拉肚子、呕吐等现象。可这次新推出的"劲妙"，把这些完全改了过来。温启刚回来时带了两罐，到公司后把饮料换进"宝丰园"的包装中，送到公司的质检部门，让他们搞化验。化验结果，十二项大指标有十项跟"宝丰园"一模一样，只有两项不同。"劲妙"将凉茶品性从凉性改为中性，这让温启刚产生了一种怀疑："劲妙"盗了"宝丰园"的配方。可他马上又否定了，"宝丰园"的配方在核心管理层只有黎元清和他两人知晓，连唐落落都不知道，公司这方面的保密措施极为严格，不会泄露出去。但随着"劲妙"新产品的上市，市场反馈来的消息几乎都是华仁在跟风，"劲妙"跟"宝丰园"几乎如出一辙。这又让温启刚加重了疑心。他一面将两家的产品送往北京的权威部门做鉴定，一面找寻秘方外传的可能性。直到发现华仁跟林若真搅在一起，温启刚才把目标放在林若真身上。姜华仁父子是断然拿不到"宝丰园"配方的，这一点温启刚完全可以肯定，但林若真就说不定。盛高在饮料这行也耕耘日久，跟香港宝丰园白氏家族的关系也很密切，算是世交。林若真的心机那么重，窃取配方并不是一件不可能的事。想到这些，温启刚才跟曹彬彬商量，展开全方位的调查，一是查清粤州华仁所有的生产基地。温启刚确信，姜华仁不敢在自己的大型基地生产这些产品。新推出的"劲妙"一定是在某个不为人知的角落里加工，这方面姜华仁堪称老手。二是深挖华仁跟香港盛高之间的关系。按温启刚的判断，如果林若真手头真有"宝丰园"的配方，她绝不会轻易给姜华仁，姜华仁必须付出沉重的代价才能拿到这个配方。后来的调查证明，温启刚的判断是正确的。林若真轻而易举地取得对华仁的控制权，跟这个配方有密切关系。为了不打草惊蛇，温启刚把这些都瞒得严严实实的，暗地里和曹彬彬形成了一个完整的调查计划。曹彬彬是记者，有权进入企业，加上人脉广，各种消息都能搜集。更重要的一点是，让曹彬彬去做这些事，华仁不会注意，林若真也不会怀疑。这就是温启刚为什么不通过官方而是私自调查的原因。再后来，他们调查到林若真确实跟华仁签署过一项秘密协议，就是"3·25"协议。在这项协议中，林若真以新配方的方式入股，拿到了华仁百分之三十九点七的股份，然后又以入资形式，在华仁的全部股份中占了大头，这样林若真才真正控制了华仁。接下来温启刚跟曹彬彬要做的事就相对简单了，拿到这份协议，做到铁证如山。可这不是一件容易的事，温启刚想了很多办法，均告无效。就在快要绝望的时候，他意外得知，当时签订这项协议时，吴雪丽参加过。那时候吴雪丽还跟姜华仁热火着呢，没受冷落，况且要谈具体的入股价格、股份变更等，吴雪丽不能不参加。吴雪丽跟林若真的恩怨，也正结于此。

温启刚这才决定拿吴雪丽当重点突破口，一方面是惜才爱才，另一方面，也只有通过吴雪丽才能拿到这份重要文件。可惜他没有见到吴雪丽，只能将这项艰巨的任务交给曹彬彬。

曹彬彬果然不简单，他在电话里乐呵呵地说："踏破铁鞋无觅处，得来全不费工夫。你猜怎么着，吴雪丽原来跟我们老三是闺密，关系不一般得很。我把这事告诉老三，老三骂我，不就想见雪丽吗，怎么早不跟她说。我靠，我哪知道她们还有这层关系啊。"

"哪个老三？"温启刚因为兴奋，一时忘了老三是谁。

"贺副总啊，我的顶头上司加死党。"曹彬彬兴奋地说。

温启刚这才记起，老三就是报社排名第三的那位女老总，笑道："行啊，曹大记者，能跟上司搞成死党，不简单。"

"这不是为了完成你交给的重任嘛，兄弟牺牲一点色相也无所谓。"

"你这张嘴！"温启刚不敢再把玩笑开下去。曹彬彬跟他不同，他的嘴是约束惯了，曹彬彬那张嘴却一直是奔放的，什么不能说偏说什么。

"讲细点，怎么拿到的？"

"全亏老三出面啊，连批评带劝，就把吴雪丽说转了。还是温总你牛，你咋就断定吴雪丽会把文件复制一份呢？这可是顶级商业机密！"

"蒙的。"

温启刚说了假话。判断一件事，关键是要分析，要综合评价。温启刚对吴雪丽的判断基于两点：一是她的专业能力。一般来说，有此专业能力的人是容不得造假的，因为专业素质和修养决定了这些。二是吴雪丽的性格。一个耿直的女人，尽管因种种原因跟姜华仁有了那层关系，但这并未对她的品质构成丝毫伤害。这一点，温启刚在看到吴雪丽的老公田立德代交给他的那些文件和材料后，就做出了基本判断。吴雪丽既然能及时发现林若真的阴谋，并对姜华仁提出警告，证明她对林若真是充满戒备的。她又对华仁那么有爱，那么敬业，这种不公平甚至严重违背商业道德和法律精神的协议，在她看来就是犯罪，是过不了她心理那一关的。基于这些，温启刚断定，吴雪丽手中一定留有这份协议的复制件。也许正是因为这些，林若真才觉得她不可靠，才要想办法挤走她。

"温总啊，你真能蒙，凡事都让你蒙对了。"曹彬彬自然不信，但也不点破。在曹彬彬心里，温启刚不但是一位执着的企业家，更是一位君子，是值得用心去交的那种人。这年头，君子真是不多了，大家都围着利益转，都被利益熏烤着，啥都变味，啥都不值得珍惜。但温启刚这位朋友，曹彬彬得珍惜，罕见啊。但凡温启刚交付的事，曹彬彬都得当大事去做，甭看他嘴上大咧咧的没个正形，真做起事来，不但玩命而且一丝不苟。

每个成功者身上，都有很多不为人知的闪光点。曹彬彬虽然没温启刚成功，但在传媒界也算是个人物，不过这人物有点诡异，有点让别人揣摩不透，更有点传奇。这次能将华仁的几大不法行为全都查实，并一一拿出确凿证据，不简单啊。

"我马上赶到东州，跟你见面。"曹彬彬掩饰不住兴奋地说。

"怎么，你要赶到东州来？"温启刚感觉有点不好意思，给曹彬彬带去的麻烦已经够多了，还要他亲自跑一趟。

"这边不安全，你温总来来往往，风声太大。"曹彬彬说。

温启刚哦了一声。这话也有道理，他们查对方，对方不会一点知觉也没有。公开发炮前，小心一点没坏处。

"摆好酒等着，我马上动身。对了，做好准备啊，我可给您老带了一件秘密礼物呢！"曹彬彬哈哈笑着说完，挂了电话。

秘密礼物？温启刚摇了摇头，记者就是记者，什么时候也少不了放浪形骸的一面。

曹彬彬很快就到了，温启刚专程去接他，没想到他把高高也带来了。温启刚一愣，不明白他带高高来是什么意思。

"怎么，不欢迎啊？这位是高高小姐，我现在的特别助理。"曹彬彬故意用夸张的姿势说。

"一边去，你给人家当助理还差不多，对不对啊，高高？"温启刚一边跟高高打招呼，一边暗自嘀咕，这家伙又搞什么鬼把戏，难道他说的秘密礼物就是高高？

　　高高一改以前性感暴露的风格，打扮得体而且清凉，令人有耳目一新的感觉。一件白色棉质T恤，简单正统，让她整个人一下子有了某种正派味儿。下身也没穿什么开洞的牛仔裤或短裙，更没学大街上的那些女孩，一条比内裤长不了多少的短裤只紧绷绷地把屁股包起来，其他地方全都裸给你，随你怎么想象。高高居然别出心裁地穿了一条黑色长裤，一双公司女孩们常穿的那种普通的黑色鞋子。温启刚盯着高高看了足足有几秒钟，怪，真怪，一换装就完全成了另一种样子，之前怎么没发现，她身上还有一股淑女气呢。

　　"好啦好啦，别把人家看傻了，再看，我让美女回去。"曹彬彬在一旁叫上了。温启刚给了他一拳："你这张臭嘴。"一行三人上了车，往宾馆去。

　　一进宾馆，曹彬彬就急着跟温启刚说事，说所有该搞的证据和资料都搞齐全了，报社这边也都准备好了，其他新闻媒体也都打了招呼，就等温总一声令下，曝光华仁的计划马上可以实施。温启刚因为高高在场，没敢表态。曹彬彬看出他的心思，坏笑一声道："怎么，不放心我们大美女啊？好吧，戏该结束了，高高，露出你的底来。"

　　温启刚正要惊讶，门敲响了，进来的是高静。温启刚万万没想到，一直矜持地端坐在沙发上、脸上保持着纯正微笑的高高看见高静进来，像只兔子般弹起身，喊了一声就扑过去。高静也顾不上跟温启刚他们打招呼，一把搂过高高，两个人紧紧抱在一起。

　　温启刚傻了眼，她们两个？

　　"哈哈，傻了吧。甭以为你长着火眼金睛，啥都能看穿，也有你温总想不到的事吧。"曹彬彬大声坏笑着，同时走过去，跟高静打招呼。

　　"到底怎么回事？"等两个女孩亲热完，温启刚问曹彬彬。

　　"还能怎么回事，动脑子啊，你温总不是一向眼力过人，别人啥都藏不住吗？"

　　"这……"温启刚边犯蒙边盯住两个女孩看，看着看着，看出味儿了。像，真像，那神情，那气质，特别是两双眼睛。独独不同的是，高高比高静高出半个头，可能也正是这身高的差距，让他忘记了联想。

　　"不会吧？"他大张着嘴巴，如果真是那样，可就太富有戏剧性了。

　　曹彬彬又是一阵大笑，他是被温启刚此时的滑稽样子逗笑的。在他眼里，温启刚从来都是有主见、能在瞬间变得镇定的那种人，哪知在两个女孩面前，他恢复了人类最初的傻样。

　　"你也有今天啊，痛快，真痛快！"曹彬彬笑得前仰后合，在沙发上跌倒起来地做着怪动作。

　　"到底怎么回事？快说。"温启刚洋相出得差不多了，淡定下来问。

　　高高走过来说："对不起，温总，事先没告诉你。"

　　"你个高静，到底在搞什么搞嘛！"

　　"她是我姐姐，我是她妹。"高高顽皮地跑过来，搂着高静的脖子说。

　　"知道！"温启刚没好气地甩过去一句。

　　"温总知道呀。"高高吐了下舌头，脸上露出一层失望。

　　"装，你让他装，在你们面前，他装惯了。他要是知道，我曹彬彬这会儿就跳楼。"

　　"姓曹的，你嘴上积点德行不，整个是唯恐天下不乱。说，还有什么瞒着我！"温启刚有点发急，当着下属的面出这种洋相，他还从没有过。

　　"演戏，你不是喜欢给别人演戏吗？这次哥儿几个也合着给你温总演了一出。怎么样，演得成功吧，没破绽吧？哈哈，不容易啊，能瞒过你温总的眼睛，证明我们几个还有点出息，是不是啊，高静妹妹？"

　　曹彬彬把话头又甩给高静。高静白皙的脸上闪出一抹红来，极难为情地说："温总，真不好意思，我对天发誓，我们真不是故意的，也是急着为公司做点事。"

　　温启刚没好气地臭了高静一句："谅你也不敢！"高静知道他是在找回一些面子，忙附和道："是，是，真不敢。"高高却在一旁忍不住偷着乐了。温启刚剜了一眼高高："还笑，说，你们还有什么秘密？"

　　高静再也不打哑谜了，一五一十地将前因后果说了出来。

　　高高真是高静的妹妹，只不过生下后父母送给了叔叔家，她婶婶不能生孩子。高高原名叫高丽，高高嫌太俗，没一点文化，品位也不够，上高中那年自作主张改成了现在这名儿。这名儿跟她也真是般配，婀娜的身材，高高的个头，还有那张野性的脸，让她往人堆里一站，立马就显出卓尔不群来。高高本来极聪明，很能念进去书，考名校一点不成问题，可她太喜欢模特这职业了，总觉得自己要不干模特，就像亏待了这行业一样，于是狠心上了艺术院校。跟所有的年轻人一样，高高一开始也是想走捷径，因为这一行不走捷径实在是太难了。认识姜跃后，高高几乎没怎么犹豫，就做起了姜跃的女朋友，她想借助姜跃和姜华仁的力量，让自己迅速走红。谁知这是一场噩梦，幸亏她及时省悟了过来，才没把自己彻底毁掉。姐妹俩打小没在一起生活，但这并不影响她们的感情，只是两人见面的机会不多。所以，好力奇内部，很少有人知道高静还有一个漂亮的妹妹。曹彬彬一开始也不知情，他是通过王小山才认识高高的，认识后觉得高高这孩子很烈，身上有一股别的女孩不敢有的狠劲和辣劲，看着文静漂亮，其实挺猛，活脱儿一个女汉子。酒吧那晚也确实是王小山让高高试探温启刚的，女孩子有女孩子的想法，像她们这类有几分姿色又长期在模特圈混的女孩，都以为自己了不起，不可能有哪个男人不对她们垂涎三尺。温启刚拒绝了王小山，让王小山脸面上挂不住，想故意报复一下温启刚，按她们的话说叫出口恶气。当然，王小山也是想证明，是不是自己太差，不入温启刚的眼。结果那晚的事实证明，温启刚不只是对她拒绝，对高高同样也坐怀不乱。心理获得平衡的同时，两个女孩对温启刚有了敬意，这样的男人现在真是不多。当然，高高一开始缠着温启刚，同样也有自己的目的，她想自己成立一家模特公司，跟华仁的"火凤凰"对着干。这事她的能力显然不够，需要温启刚的支持。后来她拐弯抹角地向姐姐高静打听，温启刚这人到底怎么样，能不能从他腰包里掏出钱来。高静一听她打温启刚的主意，吓坏了，连忙问："你是怎么认识温总的，这事我怎么从没听说过？"高高故意笑道："艳遇，你妹妹最近艳福不浅啊，四处留芳，乱了一大片男人的心。"

"胡闹！"高静那次是真来气了，不分青红皂白就将妹妹训斥一顿，末了还警告高高，"离他远点，如果你敢用那些破手段对付他，我饶不了你！"

高高一听姐姐认了真，笑喷了："姐啊，我咋觉得你醋意很浓呢？老实交代，是不是被潜了，上心了？"

"滚你的三七二十一，他是我老大，我当然得替他着想，打谁的主意也别动我们老大的心思，不可能！"

"三七还二十四呢，听着怎么不像，有下属为上司这样发急的吗？我还是你妹妹呢，胳膊肘一点都不往里拐，哼！"

两人斗了一阵闲嘴，开始说正话。高高把自己的想法如实跟高静说了，并强调自己绝不是靠姿色上位，也不是拿姿色做交易，就是想赢得温启刚的支持，把这个项目当成好力奇的一个小项目，随便支持一下，她就山呼万岁了。高静弄清原委，思考片刻后说："要说呢，你这想法也不是没可能，公司需要宣传，也需要一些其他机构做支撑。这么着吧，你先把想法变成方案，详细一些，有时间呢我帮你吹吹风，能否成功我不敢保证，但我说一定比你说要强。"

"行，知道啦。吻一个，谢谢姐姐，关键时候还是姐姐亲啊。"

"少要贫嘴。"高静有时候是受不了妹妹这份贫的。不同环境造就不同性格，她觉得妹妹那种人生还有那种活法风险太高，羞臊指数也高。但谁都有自己的选择，在这一点上，高静倒从不难为妹妹，只叮嘱她不要太把自己不当人，有时候女人的脸面和自尊是女人自己给的。高高不爱听这些，她觉得高静有点像妈，老古董。

没想到过了不久，高高还没把方案拿出来呢，高静突然给她打电话，说："高高，你的机会来了，有件事要是办妥办铁了，保准温总对你改变看法，给你大把大把投钱。"

"真有这么好啊，不会是让你妹妹出卖色相吧，这事太老土了。"

"去，少把自己不当人，跟你说正经事呢。"

"你妹妹从没正经过，行吧，这次冲着我姐，咱就正经一回。"

"是这么着，有个叫孟子非的，是好力奇的危机公关部经理，他现在就在粤州。我怀疑这家伙背着温老大做事，出卖公司利益。"

"等等，"未等高静说完，高高便打断她，"你是让我当间谍啊，这事我可干不了。"

"不是间谍，是特务，谍战片看过吧，就是打入敌人内部那种。"在高高的带动下，高静说话也幽默起来。

"哇，这事好玩，我愿意尝试。"姐妹俩你一句我一句，就把一件非常正经严肃的事当笑话一样谈妥了。高静让高高有意接触孟子非，查清两件事：一是孟子非跟林若真和粤州华仁这边到底是什么关系；二是设法接触孟子非的电脑，查清他的网名是不是叫"第一时间"。高高不负众望，迅速跟孟子非认识了。对她们这一行当的人来说，接触企业界的这些大佬并不是难事。那些超级大腕、顶级老总接触不了，接触孟子非这种角色真是太容易了。模特的另一项工作就是陪吃陪喝，当然，胃口对了或者有感觉了，陪上床也不是不可能，这要看你怎么理解人生。在高高看来，年轻人的第一要务是挣钱，钱这东西没有脏不脏这一说，只有多与少的区别。这世上哪个人的钱是干净的？恐怕只有农民工，可农民工挣的那也叫钱？这是闲话，另一个范畴的事，高高不想深究，也没意思深究。人如果陷入这些形而上的命题，那真是没法活。高高想活得简单，活得透明，就连姐姐那种活法，她都觉得累。高高只发挥了自己三分之一的水平，就把孟子非彻底拿下了。她在电话里跟姐姐说："真想不通你们温总怎么会重用这样一个人，典型的饭桶嘛，除了裤子以下的事，他好像再没别的乐趣。"高静大惊："高高，你不会跟这家伙上床了吧？"

"呸！他配吗？"高高是跟孟子非接触了，也陪他吃饭、泡酒吧，但在圈子里她谎称是受聘于好力奇，为温启刚服务。她打温总的旗，这样就没人敢小瞧她了。高高查明，孟子非跟林若真关系非同一般，深得很，但不是人们常说的那种至交。她这样跟高静说："他们两个，我敢肯定是互相利用、互相掣肘。孟子非怕林若真，林若真也怕孟子非。据我的判断，他们之间应该是纯粹的交易，没有感情的成分在。"

"谁让你查感情了，他配吗？"高静反驳一句。

"对，不配不配，这家伙太猥琐，见个女的就想脱人家裤子，酒吧女都不放过。不过，他好有钱啊，出手阔绰极了，一杯酒一千，他真敢当着我的面发给我那些妹妹。"

"你哪来那么多妹妹？"高静纳闷，她心里还是怕高高滑得深，把自己毁了。如今，只要沾上"娱乐"两个字，哪个人能洁身自好得了？妹妹这一行，偏又跟娱乐有着密切的关系，或者说，她们早已把自己定位在娱乐圈了，已成了她们的梦想。

"我的傻姐啊，粤州这地方啥都缺，就是不缺妹妹，随便到哪儿都能招来一大把。有钱不赚？她们又不是傻子。"

"哦。"高静清楚了，原来是妹妹花钱雇的，这就行。

"除了钱多还有什么？讲。"高静急着知道结果。让高高帮她查孟子非，是高静在香港就有的想法。从某种意义上说，唐落落派她和许小田去香港查温启刚，是个败笔。高静虽然恪尽职守，查了温启刚许多事，但也背着唐落落，往另一个相反的方向去。因为香港给了高静新的感受，除了对温启刚的婚姻、他跟林若真的关系这些感兴趣外，她还对温启刚妻子的死因、孟子非的人格人品等起了疑。别忘了，她在香港是见过某个人的，这人跟温启刚、林若真甚至唐落落，都有千丝万缕的联系。后来她还大胆猜测，"宝丰园"配方的泄露或出卖跟孟子非有关。高静是品牌运营部经理，但凡市场上对"宝丰园"构成威胁的同类产品，都会进入她的视野。温启刚会品尝新款"劲妙"，她难道不会？温启刚能发现异常，高静自然也能。意识到"宝丰园"的配方有可能被盗，高静第一个想到的就是孟子非。不是说她有什么特异功能，更不是说她对孟子非有什么偏见，非要陷害他，关键是公司内部能接触到配方这一顶级秘密的就那么几个人。黎元清不会，温启刚更不会，至于唐落落，高静想也没想，她清楚唐落落并不在掌握核心配方的人员中，人家无心于此事。剩下的就是公司技术部门的两位总工了。两位总工跟了黎元清这么多年，参与过"宝丰园"前后十二款产品的研制与开发，按说"宝丰园"的基本配方应该是掌握的。其实饮料行业，配方并不是多保密的，你用什么料，有多少味中草药，包括添加剂，都要明确标注在包装上，也就是说，凉茶配方的区别不是太大。让外界感到神秘的，或者业内称为核心技术的，是凉茶中各种配料的配比，这才是关键。两位总工中的一位已于去年去世，另一位姓齐，四十多岁，公司上下都称她齐大姐。齐大姐最早毕业于轻工学院，后来在内地一家知名饮料企业担任副总配方师，五年前，黎元清通过特殊渠道将她请进了好力奇。高静怀疑孟子非跟这位齐大姐有关。齐大姐的儿子在香港中文大学读研，有一次齐大姐给儿子寄快递，自己顾不上，拜托高静去寄。高静发现收件地址并不是中文大学，而是一所私人住宅。当时也是无意，高静记下了那地址。这次去香港调查，高静跟许小田无意中说起此事，许小田居然说："你说的这地址我知道，是孟子非在香港的住所。"

"孟子非？"高静非常惊讶。许小田本就单纯，加上问她话的是高静，想也没想就说："孟子非跟齐大姐关系不错，是他主动提出让齐大姐的儿子住他家的，反正那是一幢老房子，闲着也是闲着，正好可以帮齐大姐省下一笔费用。对了，孟子非还帮齐大姐的儿子在香港找接收单位呢，估计人家以后就不回来啦。"

正是许小田无心说出的一番话，让高静联想到了许多，高静脑袋瓜里开始一连串推理，这推理既让她兴奋又让她恐惧。如果真是这样，好力奇所谓的保密不过是一句空言、一个笑话而已，温启刚一再强调的企业情报系统也不过是自欺欺人——自己都被盗被撬，还情报个啥？

温启刚的脸上一阵红一阵白，整个人像坐在颠簸的船上，随浪起伏，脑袋里轰轰作响，血压也一阵一阵往上升。怎么会这样，怎么会这样呢？高静的话不断地颠覆他、打击他甚至摧毁他，他除了对高静刮目相看外，更多的是对自己的愤怒与难堪。他对不住好力奇啊，对不住这些为公司的成长勤勤恳恳、竭尽全力奉献的人。高静还未讲完，他已羞愧得无地自容了，仿佛有无数根鞭子在抽他，无数根钢针在扎他。等高静说完，他急不可待地问高高："调查结果怎么样？"

"是孟子非干的！"高高很肯定地说。

"这个浑蛋，我宰了他！"温启刚握紧的拳头狠狠地砸在桌上，他的脸已苍白得不能再苍白。高静赶忙捧过一杯水，温启刚没喝，赌气似地问高高，"你怎么能肯定？"

"我进入了他的电脑，他的电脑里有两个秘密文件夹，一个是林若真跟他这些年来交易的所有信件；另一个是他拿到的'宝丰园'的配方，我看不懂，让我姐看了，说是一共盗了六个配方比。"

"六个？"

高静点头，温启刚的脸唰地变黑了。凉茶的关键就在于配方比，"宝丰园"这些年投入大量科研经费，到处请专家、请有名的老中医，跟高等院校联手，就是想在传统配方的基础上进一步改良产品，适应消费者不断变化的口味。到目前为止，好力奇成功研制出十二个配方，分不同口感、不同功效。市场上风靡的"宝丰园"主要是防消费者上火，还有帮消费者降血脂、降血压的，最新研制的一款是针对中老年群体的，长期饮用，可以有效改善睡眠系统，增强肾活力。没想到，十二个配方有六个被孟子非盗走！

"他卖给华仁的呢，有几个？"温启刚提着心问。

"就一个，就是你们销量最好的这一款，不过他还算有良心，将个别配方调整了一下。"

"调整？"温启刚拧起了眉头。

"就是把个别数据篡改了，不是完全按配方数据提供的，可能他也怕出事。对了，他不是直接卖给华仁，他是把配方交给林若真，从林若真手里拿钱。至于林若真怎么跟华仁交易，我就查不到了。"

原来是这样！

一听没把数据原原本本地交给林若真，温启刚的心稍稍松了一些，怪不得"劲妙"推出的新品还差那么一点火候。但是，对孟子非，温启刚是再也不肯饶恕了。可他想不明白，孟子非为什么要这样，难道仅仅是为了钱？

"'第一时间'就是他。"见温启刚闭目沉思，不再追问，高高忍不住又说，"我有一款软件，特流氓，这款软件只要接触到某台电脑，不管对方采取什么样的防范措施，加多少层密，里面的核心内容，我都能拿到。怎么样，温总，厉害吧？"

"流氓！"温启刚突然睁开眼，恶毒地骂了一声。

高高脸一绿，温启刚的这两个字伤着她了。一旁的曹彬彬忙说："老大是骂孟子非呢，没说你。"

温启刚像是才从迷惑中醒来："你说什么，我没听清楚？"

"我是说你该奖励高高，大美女这次可是立大功了。"

"是该奖励。"温启刚又恢复了正常。刚才他确实有些走神，突然想起一件事，好像很久很久以前，林若真的母亲蒋婉仪就孟子非跟他提醒过什么，但他的确把那些提醒给忘了。

"奖励就免了吧，不过我成立模特公司的事……"

"高高！"边上站着的高静急了，狠狠地剜了妹妹一眼，"谈正事呢，少打岔！"

"我说的是正事啊，你们总不能白利用我吧？"

温启刚没表态，高静又不知说啥，高高急了，走过去就掐住曹彬彬的胳膊："姓曹的，你给我夸的海口呢？"

曹彬彬痛得哇哇大叫，一边求饶一边冲温启刚说："老大你就从了吧，你没看这只母老虎要吃人吗？"

"好吧好吧，这事我记着，高静你也帮我记着，等目前这事了了后再议。"

"再议？现在就定下来啊，不就您老人家一句话吗？"高高还是不肯罢休，非要温启刚表态。温启刚拗不过，只好点头答应。高高乐得哇一声，抱着温启刚就亲了一口。她这个动作，可把在场的人都吓住了。

"没正形，高静，好好管管你妹妹！"

温启刚跟曹彬彬商量了整整一个晚上，证据是全部到手了，可下一步行动必须周密，必须步步相逼，还要提防各种可能性。第二天一早，曹彬彬带着高高离开东州，温启刚召集公司小范围会议，主要过问生产方面的准备事项。乐观地估计，等这张网撒开，华仁那边肯定会乱作一锅粥，市场绝对会有一个大的波折，"宝丰园"必须乘虚把所有空缺填补进去。黄永庆向温启刚汇报了生产情况及备库工作，温启刚还嫌少，再次给黄永庆压了任务，要他亲自督阵，力争在十天内让库存再翻一番。

"这样太冒险了吧，万一……"黄永庆吃不准地问。加大库存，就意味着生产方面的投入要成倍增加，正常情况下这需要销售部的数据支持，可眼下销售部什么信息也没有，就要盲目地增加生产量。

"这不用你管，按我的要求去做就是，一定要注意产品质量，越是这时候，质量越关键。"

叮嘱完生产的事，温启刚又把销售部的几位骨干成员留下，单独开了会。岳奇凡被拿掉后，销售部经理一职暂时空缺，温启刚心里是有几个人选，但这事不能草率，更不能背着唐落落就把这么重要的职位任命了。他得等。现在公司内部提拔人，温启刚越来越谨慎，前车之鉴啊，不能不留神。

李念不在，温启刚暂时指定担任销售部副经理已经五年的鲁岳能负责全盘销售工作，并给留下的五员销售大将分别指定了五个大区，要他们立即赶往工作地，加紧市场调研，摸清市场的底子，在当地招聘一批优秀的销售员，发展和壮大销售队伍，做好一应准备工作，随时发起市场总冲锋。

鲁岳能他们听得心一紧一紧的，又兴奋又不安，都感觉要发生什么，却又不知道究竟会发生什么。最后，温启刚说："市场考验我们的机会来了，'宝丰园'能不能彻底击垮对手，重新占领市场的制高点，成为消费者的首选产品，就要看我们的了，真心期望你们能不负众望，肩负起这一历史使命。"

他的话虽然听上去有点像领导的那种大话空话，但几位销售人员听了，一点也不觉得空。

温启刚真的像是在部署一场攻坚战，公司上下被他调动得群情激奋，整个好力奇都憋足了劲，就等他一声令下，开始猛攻。

第二十章
游戏结束了，得有人背黑锅

战火先是由一篇报道引发的。

《消费导报》这天突然刊发了记者的一篇调查文章，题目是《夏季又到了，饮料市场到底在卖什么？》。这篇文章的署名不是曹彬彬，是另一位跑前沿的记者。文章写得也不是多么有火药味，温暾暾的那种，综合了市场各品牌的调查分析后，提出了一些思考或简单的批评。

这篇文章发出来，并没引起多少人的注意。大家都觉得，这类文章司空见惯，年年有，看问题一扫而过，面面俱到却又啥也说不透，不痛不痒，毫无分量，所以很快就过去了。

温启刚知道，这叫预热。

紧接着，《消费导报》又推出了一篇文章，这次署名的是曹彬彬，题目突然变得夺目起来："是谁在恶意搅浑市场这潭水？"曹彬彬先是沿袭前面那位记者的文章，对当下火爆的饮料市场尤其是凉茶市场来了个综合评述，评述的结论就是凉茶市场鱼龙混杂，引领市场消费的同时，也在恶意欺骗着不明真相的消费者。曹彬彬列举了几点，一是凉茶市场到底在卖什么，是卖概念还是卖品质，抑或卖炒作？他说，当下的市场几乎是靠生产商和经销商联手炒作起来的，本来没有的概念，放大了投放到市场上，抓住消费者保健、养生等心理，毫无节制地往产品里灌输各种虚假概念。他还列举了市场上并不怎么出名的一种地方产品，说此产品经行业协会和质检部门鉴定，标注的十二种成分全是一般性用料，根本无滋阴壮阳之功效，属典型的商业欺诈。接着，曹彬彬指向凉茶市场的另一现象：产品同质，盲目跟风。说到这里，曹彬彬就有剑指"劲妙"的用意了，但他没把"劲妙"直接点出来，只说是近期市场上突然冒出一凉茶品牌，这家企业多年来就靠照搬或模仿同类企业生存，产品无个性、无创新。企业不追求创新能力，不追求技术革新和产品研发，而是市场上热销什么它就制造什么，既侵犯了别人的利益，也严重扰乱了市场秩序。一阵声讨后，曹彬彬说市场必须对这样的企业和产品说不，有关部门必须站出来，对凉茶市场来一次打假。

"好！"温启刚看完，就知道《消费导报》在加温了，也许明天，或者后天，针对粤州"劲妙"的檄文就会刊发出来。

姜华仁太大意了，或者说自我感觉太过良好。按说像《消费导报》这样在坊间有重大影响力的报纸突然对凉茶行业及市场做批评，那就预示着要发生什么。可姜华仁从来不关心这些，在他的脑子里，媒体是啥，就是你给他钱，他帮你漫无边际说你有多美、多俊俏。再就是媒体是培养美女的地方，想找有知识、有品位、有层次的美女，你就去找媒体。

是区长沈新宇先发现不对劲的。沈新宇最近有点不好受，本来好好的天塘区，不知从哪天起忽然变了味。先是他到天塘区上任后，一直不怎么说话、不怎么表态的区委书记卢少波忽然说起话来。沈新宇很好奇，也有点不习惯，这么长时间，他在天塘区一个人说惯了，额外多出张嘴，他适应不了。就在他打算跟卢少波内部交流一下的时候，卢少波突然发力，在区委扩大会议上宣布了两条纪律：第一，今后凡是以区委、区政府的名义做出的重大决定，必须经相关会议讨论研究后再行下发，任何个人不得超越组织，不得凌驾于组织之上，更不得以个人名义行政府之令。第二，区委将成立联合工作组，对近年来的招商引资项目，尤其是列为区重点、市重点乃至省重点的项目，重新进行调研与考察，要严格按照市委精神和区委制定的有关招商引资政策，对所引企业的资质、实力、信誉，所引项目的科技含量、环保能力、资金到位程度等，进行一次全方位的考核与评估。对弄虚作假、假借招商引资名义，将不符合引进标准和外地淘汰的高污染、高能耗等企业引进者，将严肃追查其责任，并上报市委、省委做处理，同时对这些企业予以清退。已划拨土地者，收回划拨土地；已开工建设者，责令停工。对招商引资、土地划拨和新项目环保评估等查出的违纪违法问题，决不姑息。

这两条纪律一经宣布，天塘区立刻炸开了锅。全区干部都没想到，温和、低调了长达两年之久的卢少波，会在这时候突然记起他还是这个区委书记。人们戏称这两条纪律为"卢二条"。"卢二条"刚一宣布，跟沈新宇关系近的或经他的手提拔起来的干部就有些急，或跑上门来，或以短信或电话的方式向他表示不安。

"明摆着是冲您来的啊，区长，姓卢的不是传言要调走吗，怎么忽然又过问起工作来了，还来了这么两条？"

"他怎么忽然睡醒了，这两年不是一直冬眠着吗，是谁给他注射了兴奋剂？"

类似的问询和牢骚很多，沈新宇一开始没理，坦坦荡荡地说："放心，他掀不起什么风浪，凭他想把我如何，做梦去吧！他也就是临走做做样子，哪敢当真？"可是很快，沈新宇就坐不住了。先是两个项目真的被查处了，一个是政府这边的招商局长从澳门引来的。老板原籍天塘，二十岁时去澳门继承祖业，这两年国际环境不是太好，就想回家乡发展，投资十八个亿，专门生产一种贵金属。这项目沈新宇关注得不多，当时招商局长跟他汇报过，因为局长是自己人，所以他就拍了板，让局长放手干。地划了，银行这边资也融了，可是区委联合工作组一查，这种贵金属的生产在国际上属于高污染行业，内地的其他地方也曾引进过，都被老百姓拒绝，澳门老板这才主动找到家乡来。

"怎么搞的，敢把敏感的东西往天塘引，你这是找死！"沈新宇对前来诉苦的招商局长一顿恶骂。当初抓项目，沈新宇是画出几条红线的：一是对环境有重度污染的项目，不管多挣钱，都不能引；二是已经在内地其他地方被拒绝、被媒体报道过的项目，比如十分敏感的PX项目，不能引；三是涉嫌赌博、电子娱乐、色情的娱乐项目，不能引。没想到，招商局长第一个越了红线。招商局长被查处，项目叫停，好在沈新宇在该项目中没拿任何好处，跟澳门老板面也没见过，所以，此事对他影响不算大。但是紧接着查的这个项目，就让沈新宇火了。这项目虽不是沈新宇亲自引来的，但却是他十分看好的，而且从批地到项目运作，他从头到尾都给予了关注。该项目为生物医药项目，自新加坡引进。项目洽谈初期，沈新宇就拍板要把它放在保税区，还将其列为自己上任后重点抓的十二个大项目之一。卢少波挑这个项目的毛病，用意极其明显。可恨的是，这个项目仍在查，区委联合工作组又抽调人员进入白石湾，而且没跟沈新宇打任何招呼。

白石湾进入卢少波的视野，沈新宇就知道卢少波要跟他公开摊牌了。

随之而来的消息让他更加睡不着觉。卢少波之所以对他发威，是因为天塘区的招商引资和项目建设工作被十名老干部举报了。这十名老干部都是天塘区的老前辈，以前都在重要位子上干过，有当过区委书记、区长的，也有从人大、政协岗位上退下来的，还有两位是从市里退居二线，回到天塘区度晚年的。据说，这些人对天塘区很有感情。他们认为沈新宇是蛮干，盲目追风，不切实际，到处开工建设，天天红旗招展，但就是不见成效。举报信还对他任职以来引进的六十多个项目逐个进行了挖根挖底，按老干部们的说法，合格的仅占三成，勉强合格的占一成多，百分之六十的项目纯属骗钱圈地。这封信被逐级上传，最后到了省委副书记宗源手中。宗源副书记原本对天塘区这两年的做法就抱有看法，沈新宇到天塘区将近两年，求见过他几次，人家一次也没给他这个面子，不见。前段时间宗源到这边视察，其他几个区都去了，偏偏绕过了天塘。这次更绝，宗源直接将举报信批转给了市委书记天明。天明书记将卢少波叫去，狠狠地训了一顿，让他立即着手调查，并将调查情况随时向他报告。

沈新宇这才意识到麻烦大了，看来他这个强龙真是得罪了地头蛇。之前有人婉转地提醒过他，到天塘，别人可以不尊重，对这些老干部、老首长，一定要多关怀、多请示，多上门拜访，多嘘寒问暖，让他们知道，你心里有他们。沈新宇没听，凭什么啊？他最烦老人政治了，不占着茅坑还想拉屎，还想指手画脚，他就不买这个账。结果，他愣是没理这些人。这下好，报复很快来了。

情急之中，沈新宇向老婆大人求救。沈新宇的确是靠老婆一家走上仕途的，他所谓的背景主要还是岳丈大人。当然，这些年，沈新宇在仕途上也建立了一些关系，但这些关系的分量以及关键时刻的干预能力都没法跟老丈人那边比。沈新宇在电话里将这边突然发生的一系列怪事、诡异事跟老婆柳真做了汇报，原想老婆会紧张，会像以前那样马上告诉他该怎么办，或者说回家找老爷子去，哪料到老婆听完，口气冷冷地问："你不是很能干吗，不是很有能耐吗，不是一切都能摆平吗，那你自己摆得了，干吗要找我？"

"老婆，你别！"沈新宇急了。

可柳真这次没给他面子，一句安慰的话都没说，就将电话挂断了。沈新宇纳闷，老婆这是咋了，怎么也在这时候给他来冷的。就在这节骨眼上，秘书进来了，这是沈新宇的工作秘书，不是王秘，是李秘。李秘拿出一包东西，沈新宇一看，两个眼珠子都爆出来了。

有人偷拍了他跟模特阿馨和另外几个女人亲热的照片，一共有上百张之多，其中有十几张是在宾馆房间里偷拍的，沈新宇完全裸着身子，要多丑有多丑。

"哪里来的，是谁干的？！"沈新宇没等看完，就冲李秘怒吼。

李秘嗫嚅了半天，道："我也不大清楚，刚才整理信件，这份快件在里面……"

"浑蛋！"

沈新宇心想，完了，彻底完了，原来他早就在别人的埋伏圈中，他在天塘的一举一动都在人家的监控中。这些照片如果让柳真看到，那不得撕了他？想到这儿，他突然问李秘："查清寄件人的地址了吗？不会寄到北京吧？"

李秘犹豫了半天，低下头说："包裹里还有一封信，说是……"

"说什么了，快讲！"

"说……这些照片暂时还没发给任何人，就先让您过过目，看精彩不。不过对方说，他们也保不准哪天一失手，就寄出去了。"

"是谁干的，到底是谁干的？！"沈新宇连叫带喊，差点一个嘴巴扇过去，打肿李秘的脸。

这事非同小可啊，在仕途混迹多年的沈新宇十分懂得哪些事是致命的，哪些不是。这两年他在天塘干过许多事，也玩过不少女人。工作上的事他一点也不怕，什么虚夸，什么盲目追风，什么好大喜功，对他来说就两个字：扯淡。但是他怕女人。玩的时候是想不到这一层的，玩过了，"怕"字就浮上心头。当然，他不是怕这些照片流到哪一级领导手里，哪一级都无所谓。沈新宇怕的是，这些事被老婆柳真知道。柳真是谁？高干子女，人大副教授，对了，马上要升正教授了。她眼里能容得下沈新宇这些蛆？肯定容不下。要说呢，沈新宇这辈子好有福气，娶了一个好老婆，但这也是他的悲剧。沈新宇并非出自高干家庭，他的家庭很一般，父母都是工人阶级，在东北一家大国企。他自幼好学，加上父母严格教育，算是学有所成，考进了名牌大学。在大学里，沈新宇十分活跃，不但功课门门优秀，其他方面也很出色，大一第二学期便进了学生会。他跟柳真正是在学生会认识的，柳真敬佩他的吃苦能力，又看中他积极上进的一面，大学期间他们就恋爱了。这门婚事一开始就遭到柳真父母的强烈反对，尤其是柳真的母亲。那时候她母亲就是副部级干部，见女儿领来一平民子弟，十分不悦。她的期望是女儿怎么也得找一个部级领导家的孩子，最好是在军中。为此，柳真的母亲还通过多种关系，给女儿介绍了不少将门子弟。沈新宇还见过一位呢，人家是某集团军司令员的儿子，跟沈新宇同岁，当时在某国防基地工作。可惜这些人都不入柳真法眼，柳真认定沈新宇了。大学毕业后两人一起考研，读完硕士，柳真没跟父母说，直接找叔叔伯伯，将沈新宇弄进了国家部委。等父母知道时，她已跟沈新宇同居，就跟小两口过小日子似的。柳真的母亲气得指着沈新宇的鼻子骂："你小子别的本事没有，就知道钻营！"

是的，沈新宇就知道钻营。他跟柳真的婚姻，从某种程度上来说也算是他钻营的结果。搞定一个女人算什么啊，对从小就想出人头地、过上好日子的沈新宇来说，婚姻就是他通往天堂的桥梁。有了这个目标，他就会采取一系列措施赢得柳真的心，进而赢得柳真的全部。可这门婚姻也有硬伤，凡事都有两面性，没有哪样事物只有正面没有负面。这门婚姻最大的负面就是柳真在家里太强势，甭看柳真温柔体贴，那是她被爱情烧昏头脑的时候，一旦爱情淡去，婚姻进入过日子的节奏，她的强势就显了出来。这么说吧，这些年，沈新宇几乎不能决定什么，家里的一应事包括他自己的前程，去哪儿就职，就什么职，都由柳真说了算。柳真像个优秀的设计师，早就把沈新宇的一生设计好了，她的父母则像执行者，按女儿设计的步骤一步步去帮他们实现。沈新宇呢，就像个道具，任由他们一家摆布。大多数时候沈新宇是高兴的，毕竟这一家成就了他，帮他走上了想走的路，也帮他实现了人生梦想。但人就是这么奇怪，得到某些东西后，就开始忧伤失去的，就开始想那些不曾得到、不曾实现的。沈新宇最大的忧伤就是到目前为止自己从来没决定过什么，没充分展示过自己。他太压抑，太委屈。在婚姻中处于弱势一方太久，就想跳出来，好好地为自己活一把。老天不负他，柳真一家这次算是成全了他，让他离开国家部委，到天塘区来任职。他总算躲开柳真的魔掌，能好好放手干一场了。这也是为什么沈新宇一到天塘就急着表现自己，不顾仕途规则，不顾任何禁忌，纵马驰骋的原因。

但不管你怎么干，那根绳子都一直拴在柳真手里，柳真只要觉得该让你回去了，轻轻一拉绳子，沈新宇就得回去。更要命的是，柳真反复跟他说过，他在外面干什么她不管，就一条，不许碰女人。如果让她知道他在外面学那些王八蛋领导搞二奶搞小三，给她脸上抹屎，一定让他吃不了兜着走！

"你要永远记着，你这一天是怎么来的，敢背叛我，给我戴绿帽子，给柳家抹黑，我让你永远碰不成女人！"

柳真绝对说到做到，这一点沈新宇信，而且从来没有怀疑过。所以，看到这一大堆淫秽不堪、不能入目的照片，沈新宇的第一反应就是，千万不能让它们落到柳真手里，否则，他死定了。就算他在工作上有这样那样的失误，贪钱、受贿、玩忽职守、决策严重失误，就算从省委副书记宗源、市委书记天明到卢少波都对他翻脸，都想把他挤出天塘区，只要柳真不翻脸，他的结局就不会坏到哪里去。十名老干部算什么，一封举报信又能奈何他啥，几个项目的失误又是多大个事，不就是老丈人一个电话跟有关方面通融一下的事吗？难道副书记宗源他们的能量能大得过老丈人？可照片不同，有了这些照片，不用别人整他，单是柳真就能废掉他！

不行，得想办法，必须让这些照片马上消失，消失得干干净净。

"去查，挖地三尺也要查出是谁在背后暗算我。还有，不管花多大的代价，都要把照片给我收回来！"

打发走李秘，沈新宇像只困兽一样在屋子里来回踱步，抓起电话，想打给姜华仁。

卢少波刚开始发威时，沈新宇是采取过一些措施的，主动缓和了一下关系。有事上门找卢少波汇报，需要政府跟区委通气的，他放下架子，跑到卢少波那边，也学别的副区长那样，点头哈腰，站成毕恭毕敬的姿势。可效果不明显，卢少波从来不知道转弯，他沈新宇姿态都低了一大截，卢少波仍然我行我素，不给沈新宇一点面子。沈新宇急了，四处求妙方，想化解这场危机。沈新宇虽然自大，但到了关键时刻，头脑还是能保持清醒的。他知道硬碰硬肯定不行，人家是书记，高他一个位子，而且现在是市里、省里合起来要查他，他面对的不只是一个卢少波，而是很多他无法面对的势力。所以，他必须主动站出来化解这场危机。他请人给市委书记天明做工作，并主动到天明书记的办公室，将这两年工作中的失误做了番检讨。天明书记倒是中肯，说哪个干部不犯错误，也不是你新宇一个人步子快，大家都被风浪吹着、卷着，不快不行。但一快就容易方向失灵，所以快一段时间，就要慢下来，回头看一看，哪些步子走得对，哪些走歪了，把走歪的校正过来就行。天明书记一番话，曾让沈新宇放下心来。

但过了一段时间，他还是觉得不踏实，只好请来北京那位贵客，想让他帮忙出出主意。贵客也是仕途中人，目前在一显赫的位子上，他的进步跟沈新宇的老丈人也有很大关系，最早的时候，他做过沈新宇老丈人的秘书。说来可笑，最初，柳真的母亲还把女儿的红丝带往这人身上系过呢。他出身比沈新宇好，军区大院走出来的，只是没学别的军中子弟去部队，而是上大学，然后到沈新宇的老丈人身边工作，走地方路线。这样一个角色，当然更入柳真母亲的眼。可惜柳真看不上，这事自然没成。现在两人见了，还偶尔开玩笑呢。当然，人家娶的也不差，说起来比沈新宇更强，他丈人现在握的重权远在沈新宇老丈人之上，老婆更是某国有大型企业的董事长、行业盟主，全国央企中排得上号的。上次来，听完沈新宇的述说，他给沈新宇分析说，这类事，说小也小，闹不起波澜。虽然省里、市里对他在天塘招商引资大搞项目建设有非议，但眼下这是潮流，全国各地没有不招商不引资的，都在争速度上规模。所以，这不是问题。问题在于这里面有没有被他们拿住的把柄，比如绝不该引进的企业，你拿了好处，擅自引进了，而且引起了公愤，老百姓没完没了，非要把这企业赶走。沈新宇摇头，说他在这方面非常谨慎，甭看他做事没有原则，其实原则在心里呢。那人笑笑，说这就不用怕，他们无非是说你没按组织程序办，没及时征求市委、区委的意见，但你是以政府名义招的商，不是以你个人名义招的。再者，招商引资不就归政府管吗，难道这事也要区委说了算？程序上的事，以后注意就是，已经干了的，就让它放在那儿，任他们查。沈新宇心里轻松下来，没有先前那么怕了。此人又说，但这事要引起警觉，原则上要轻视它，当没发生，细节上却要格外重视。很多人为什么仕途夭折了？就是不注重细节。所谓的细节，就是处理好上下左右的关系，人家不是闹意见了吗，不是找你麻烦了吗，那你就低调，别活动，别四处跑，就等着让人家查。但你此后做事一定要改，要把前面的作风彻底改掉。凡事请示，人家不点头不签字，你就什么也不做，等，看他怎么着，他总不能啥事都等你汇报吧，人总有烦的时候。为官怕什么？怕你嚣张，目中无人，引起公愤。为官还怕什么？怕你低调，忽然变得毫无作为，任人宰割。当你处于火山头上时，大家都看着你，恨你，盼着你烧死；当你处在火山底下时，大家就会同情你，就会把恨转移到把你压在火山底下的人身上。这就叫仕途之变化。先变自己的位置，也就是说，你要学会装孙子。

沈新宇长出一口气，让他装孙子，难哪，但不装又没办法，人到该低头时必须低头，这也算是仕途哲学之一。那就装吧。

那人分析完，又说，眼下最要紧的，是擦干净屁股，不要让人家很容易查到你拿了多少，转移走多少。沈新宇这次很痛快地说："放心吧，经济上他们查不出什么的，我沈新宇还没傻到那份儿上。"那人笑了，道："这就没必要担心了。不过你还是慎重点，有件事你必须做。他们嫉妒你跟企业走得近，跟企业家交心多，你现在要断，要主动拉开跟企业家的距离，要疏，要剥离，把很多敏感的人、敏感的事从你这边驱开，驱到对方怀抱里去。必要的时候，主动拿出几家企业，割肉。懂不，割肉，割得让大家都心疼。不要怕地方经济受损失，地方经济是什么，是裹在地方官身上的衣服，你脱掉他几件，扔掉他几件，又能咋样？难道老百姓马上就吃不上饭了，难道GDP瞬间就掉下来了？都不会嘛。有时候，为了斗争，该让经济滑坡就得滑坡，该让百姓受罪就得受罪，这怪得了谁？要怪只能怪斗争太复杂。说穿了，这里面还是牵扯到利益关系，你把投资商都拿捏到你手上，其他人干瞪眼，不给你找事还能干什么？"

一语点醒梦中人，沈新宇茅塞顿开。他就怕上上下下这一查，这些老板受不了，走的走逃的逃，丢下一个烂摊子，他不好收拾。现在他恍然大悟，应该出现一个烂摊子，这摊子不是他沈新宇搞烂的，是因为上面要查，是因为卢少波不支持，才忽然从辉煌走向萧条的。

高，实在是高。沈新宇差点要给那人作揖了。人家之所以能在重要部委稳稳地坐着，可以不来下面镀金就青云直上，确实是因为人家比他高明啊。

那些日子还没爆出这些照片，有关他跟女人的事，还没人提及。所以，这方面沈新宇没多讲，特意给那人安排了一场丰富多彩的节目，狠狠地款待了一下人家。第二天，那人揉着两个黑眼圈，乐滋滋地说，都说粤州是天堂，这次我算是实际体验了，怪不得你们都不在京城待，非要到下面来，下面好啊，真好！

好个头！

现在沈新宇觉得，下面一点也不好。天堂里有鬼，有噩梦。

也是听了那人的话，沈新宇开始断一些关系，疏一些人和事。跟姜华仁就是这样，上面最终把目光盯在白石湾，不就是看他跟姜华仁走得近嘛，那好，我现在不近了，疏离，让姜华仁去找别人。华仁那几个项目，他也不管了，包括白石湾项目，中间出现多次变故，他都装不知道，下面汇报上来，他说，向卢书记汇报，让卢书记定夺。皮球轻轻一踢，过去了。卢少波就算能耐再大，能把白石湾这几个项目搞定？做梦去吧，不让白石湾淹死困死，就算命大。

可现在，沈新宇不能不找姜华仁了，这一堆照片可是定时炸弹啊！娘的，怎么就能中计呢？当时只图快活，哪料到他们下这黑手？得让姜华仁来，这事必须让他出面去摆平！

沈新宇跟姜华仁见面是在晚上，两人约在一家离市区较远的会所。沈新宇最近比较谨慎，跟人见面都不在市区，也不在领导们常去的地方，找僻静处。反正粤州这地方，到处是高档会所，到处是新鲜。沈新宇到的时候，姜华仁已开好包房在等他。还好，姜华仁一个人来了，没学以往带一堆女人。

"区长好啊，有些日子没见了。"姜华仁说。

"天天见也没意思。"沈新宇把外衣脱下来，递给姜华仁。以往这些事都是陪同而来的美女们做的，既然没有美女，那就只有姜华仁代劳了。姜华仁接过衣服，认真而又小心地挂好，不过从他的动作里，还是看出一种不习惯，甚至一种厌恶。姜华仁总觉得，自己早已过了鞍前马后侍候别人的年代，但很多时候，这种事还是不得不做。这就让他有种不平，有时甚至很恼火，凭什么啊，难道他姜华仁钱不比他们多，地位不及他们高，创造的社会财富不比他们多？凭什么还要让他像跟班和婢女一样向这些人大献殷勤？沈新宇这身份的人倒也罢了，至少还能为自己办点事，姜华仁最不能接受的，就是给那些乳臭未干、还不及他儿子大的小公务员当杂役。他一度认为自己从容地完成了从奴隶到将军的转变，也可以人五人六地活一把了，没想到这个梦是假的。

"干不下去了。"姜华仁屁股一落座，就发牢骚。

沈新宇没接茬儿。姜华仁这点牢骚他当然清楚，他没来天塘前，姜华仁过的什么日子，他清楚；他来了天塘后，姜华仁又过的什么日子，他更清楚。人就是要时不时地接受点教训，否则，是不知你好的。

"他们到底要干什么，想搞垮企业，还是想清理门户？"姜华仁用了"清理门户"这个词，让沈新宇心头忍不住一震，感觉姜华仁拿根尖锐的针，扎在了他心上。

"凡事都有波折，也算正常吧，不折腾不进步，大约就是这道理。"沈新宇勉强应付一句。

"可这样折腾会出人命的，我们活不安稳，谁也甭想活安稳。"姜华仁到底还只是一个搞企业的，政治方面的确弱智。沈新宇忽然就想起温启刚来，要是换了温启刚，此时此刻就不会这么说话。唉，沈新宇现在有些后悔，当初不该那么任性而又坚决地拒绝温启刚，毕竟他也是一方人物啊，兴许关键时刻，比姜华仁还管点用。沈新宇记起一句话来，这个世界上，你不可低估的人物有两类：一类是京城里穿梭在各会所、各大院里的纨绔子弟。这类人平时个个不着调，满嘴跑火车，但个别时候，他们办出的事会惊掉你的眼珠。还有一类就是纵横在商场上的那些知名大腕，所谓的风云人物。平日看着他们都很低调，但他们涉的水、认识的关系、背后网罗到的人物，以及私下里给他们提供信息、通风报信的那些关系，足以让你感叹世界之大、奇迹之多。沈新宇也是在拒绝温启刚后才对好力奇这家企业有了更多的了解，都怪他太无知、太自大，竟把这样一家超级企业给拒之门外了。

算了，现在不是后悔的时候，得抓紧跟姜华仁说事，可怎么开口呢？有些事做起来很爽，很痛快，但出了问题解决起来，就不是那样了，嘴都难以张开。

姜华仁显然不急，发了一通牢骚，让服务员上菜。菜点得不多，两个人，点多了也是浪费，但精。两道主菜全是大补型的，非常有特色。这也是姜华仁的特色之一，姜华仁喜欢这一口，每顿饭尤其是晚饭，必要点大补类的，什么东西对男人有用就挑什么。日子久了，沈新宇竟也让他带着好上了这一口，几天不补一下，就感觉整个人都缺精神。

两人边吃边谈，姜华仁又说了一堆花花绿绿的事，无非就是天塘区还有市里哪个领导又搞了哪里的女人，谁把谁的窝给撬了。沈新宇以前听这些，很有味，也爱搜集些花花绿绿的新闻，但今天，他显然不在状态。不过姜华仁说这些，倒是给了他机会，他正好接过话头说："女人这东西，不玩不可能，但玩太多就不是你玩人家，而是人家玩你，所以，适可而止，适可而止啊。"

姜华仁停下筷子，纳闷地盯住沈新宇："区长怎么发起这样的感慨来，莫非对女人腻味了？"

沈新宇呵呵一笑："腻味倒未必，只是最近世界不太平，离女人还是远点吧，没听说女人都是祸水吗？"

"那要看对谁，对我姜大炮来说，女人从来就不是祸水，是灭火器，是加油站，缺了别的行，缺了女人，我活着都少味。"

"不能比啊，你姜老板活得潇洒，天不管地不管的，可我们就不同了。"沈新宇长长地叹了一声。

姜华仁想不明白似地看着他："怎么，区长遇到什么事了吗？"

"没，没。"沈新宇赶忙摇头，就算出天大的事，也不能让姜华仁看出是出事，他故作镇定地道，"最近身体有些不舒服，可能工作劳累吧，不想碰女人。对了，说到这里，突然记起件事来，你想个法子，让那个阿馨离开粤州，随便去什么地方，她缠得我有些烦，我想清净一段日子。"

"这个啊……"姜华仁正要夹菜的手突然顿住，半天不说话。

"怎么，有难度？"

"这有什么难度，一句话的事，让她离开她就离开，甭说离开，就是让她死，不也是区长您吭一声的事？"

"别，用不着这样吓她，离开就行。"

"好，我马上去办，是暂时离开呢，还是让她永远不在粤州出现？"

沈新宇犹豫了一阵，像是极不情愿似地说："永久吧。"

姜华仁的目光动了动，脸上也闪出几团暗黑的表情来，不过他借助大笑，把这些全掩去了。

阿馨的事谈完，沈新宇又说："最近风头有点不大对，有人可能陷害我。你耳朵长长点，眼睛也放亮点，方方面面的消息多听着点。"

"不会吧，有人敢对区长大人玩阴的？"

"什么大人小人的，我现在怕是真被小人盯上了。"沈新宇颇有些沮丧，他希望姜华仁能主动猜到照片的事，并替他想出办法。姜华仁却始终不往这话题上说，只是一边打哈哈恭维他，一边说些听上去很豪迈但听了毫无实质意义的话。算了，最后沈新宇也死了心，照片的事，姜华仁到现在也不提，说明他还不知道。不知道好，难道传播得全世界都知道就对他有利吗？

沈新宇刚想改变主意，姜华仁又说："放心吧区长，不管发生什么事，我姜华仁都会第一个站出来。天塘这点事难不住你我的，区长大人只管放宽心，稳稳当当往上升，市长、省长，能升多快升多快，我姜华仁也好跟着您沾光啊，哈哈。"说完，姜华仁又猛灌一口。

有了这番表白，沈新宇心里顿时舒坦起来。是啊，有什么事呢，不就是几张照片吗，难道能难住他沈新宇？

沈新宇通过一顿饭，把心头之患给彻底消除了，令他激动了好些日子。没有阿馨的纠缠，他感觉身体各部位都轻松了。正好这段日子发生了一件有趣的事，一家企业的员工将卢少波等人围堵了。这家企业被查出排污有严重问题，区委联合工作组责令其停产整顿。老板是温州人，跟省里多个部门的领导都保持着密切关系，风传发改委主任跟他还是连襟关系，云里雾里，谁也弄不清到底是真还是假。总之，企业关停的第二天就发生了群体上访事件，五百多号员工到区委门前上访，被劝回。第二天，卢少波带着相关部门的负责人和区委工作组深入该企业做职工工作，结果老板背后鼓动，工人们在几个班组长的带领下掀翻了卢少波的车子，将工作组成员关进办公大楼不让出来。沈新宇闻知消息，心中暗笑，等着吧，好戏在后头呢。这算啥，才一家企业，如果保税区和高新开发区五十多家企业联起手来闹，那才叫好看。

沈新宇相信，卢少波这棋是下不长的，自己给自己下套。他索性请了假，回了趟北京。妻子柳真不在，家里冷冷清清的。沈新宇给柳真打电话，柳真没接，连打几遍，那边突然挂了。沈新宇觉得有一丝不妙，赶忙试探着给柳真发了条短信，说自己回来了，就在家。沈新宇抱着手机，左等右等，柳真就是不回短信。他终于耐不住了，将电话打到柳真的单位，柳真的同事告诉他，柳真不在，几天前就请了假。沈新宇忙问柳真到底有什么事，怎么会请假。对方轻声一笑道，对不起，这些我也不知道。

沈新宇一屁股瘫在沙发上，各种想法都有，莫非照片已到了柳真手里，不会啊？要是柳真果真看到那照片，不得疯掉？他在家里坐卧不宁地候了一夜，柳真没回来。第二天一早，他又急着给柳真打电话，电话居然关了机。不祥之兆涌来，沈新宇再也不敢候下去。这趟回来，他就是想稳住柳真，抢在柳真尚不知情前，让柳真带他到处走动走动。多年的经验告诉沈新宇，这种走动非常有用。感情不是突然建立起来的，尤其是在他们所处的这个特殊圈子，你得经常去拜门，经常带着笑脸讨人家的好。人家或许对你不热情，或许还会拒而不见，但没关系，只要你去了，只要人家知道你心里有他，特殊时候，他们会出来关照你的。这个圈子有很多隐秘的规矩，沈新宇一开始都不知道，是妻子柳真一点点教会他的。比如，这个圈子最忌讳你在出事时突然找上门去，或者你在拜访时打出别人的牌。这个圈子的每一家、每一个人都是牌，他们期望被高看，被仰视，不喜欢你用别的牌来压他们，更不喜欢你奉旨来讨招、讨保护。这个圈子的交流就跟你养花一样，平时得惦着，用心培育，苦心经营，也许一天两天没有回报，但最终绝不会让你没有收获。这个圈子的关照也不是人们想象的那样，直接给予你，它是很朦胧、很隐形的，是以接纳的方式。当它张开双臂将你揽入怀中，让你成为这个庞大圈子的一员后，你就自然而然会得到很多照顾，用不着哪个人专门打招呼，自然就会有人为你铺平道路，让你走，因为你是他们中的一员，你的成功就是他们的成功。这种感觉很美妙，沈新宇已经深深喜欢上了这个圈子，喜欢上了这种感觉。每次到北京，他都把走动当成头等大事，认认真真去完成。这次同样是。可是，柳真找不到，他就不能单独去走。沈新宇现在还不是这个圈子的一员，只能说踩进去了一只脚，这个圈子只认柳真，不认他。圈子给他的阳光和恩泽，其实是给柳真的，或者说是给柳家的。说穿了，他只是借光而已。要知道，一个跟这个圈子压根无关的人，想借助别的关系融入这个圈子，哪怕是婚姻，也是很难的，几乎不可能。

说穿了，这个圈子流着同样一股血。沈新宇身上没那种血，他的血在这个圈子看来，比较低级。

一股寒意袭来，沈新宇突然有种被甩开、被抛弃的感觉。他怕极了，缩着身子窝在沙发里，不知道接下来命运会拿怎样的石头砸他。他在心里一遍遍祈祷，那些照片千万别落入柳真的手里，就算要砸他，也不能在这时候！

思来想去，沈新宇想去看看老丈人，先从那边透透风。结果不巧得很，岳母说老丈人陪副总理去欧洲出访了。沈新宇听了有点泄气，家里只有岳母，沈新宇不想过去了。不过，听了这消息，他心里又涌出一层激动，证明老爷子实力不凡哪，仍然如此活跃。这就好，只要稳住婚姻，他还是有救的，就让卢少波他们折腾去吧。

沈新宇抓起电话，正要再打给柳真，电话响了，一看，是生活秘书王悦打来的，王悦说："区长，乔老板找您，说有急事，要您速回。"

"你是说乔四？"沈新宇一惊，说话的声音也变了。

"是他，找过您几次了，我说区长去了北京，他不信，非要让我给您打电话。"

"他人呢？"

"刚走，好像带着情绪。"

"没说什么事？"

"没说，样子看上去很急。"

"最近情况怎么样，没什么异常吧？"沈新宇问起了别的。

"其他倒没有，不过白石湾好像有点问题，我分析乔老板找您也是为白石湾这边的事。"王悦说。

"白石湾？白石湾能有什么事？"沈新宇的心狂跳起来。

"区长，您还是回来吧，我怕来晚了情况会复杂。"

"行，我知道了，有事随时给我电话。"沈新宇草草结束了跟王秘的通话，怕王秘在电话里再说出什么不愉快的事来。电话合上后，沈新宇的心就乱了，白石湾，白石湾啊！他本想给乔建军打个电话，又一想，这电话不能打。

沈新宇跟乔四的关系，说复杂也复杂，说简单，还真就简单。外界可能把他们二人的关系传得很邪乎，其实没那么多传奇。这个世界上一半的传奇都是人编造出来的，剩下的一半都掺了水分。真正的传奇，你永远听不到。沈新宇跟姓乔的并不是太熟，他们本质上不是一路人。沈新宇初到天塘区时，对乔建军是排斥的，即便是到了现在，两人的关系也很微妙。这跟他的性格有关，沈新宇喜欢标新立异，不喜欢跟在别人屁股后面跑。别人认为重要的关系，他往往摇头，故意不去接近；别人不看在眼里的，他倒乐意去培养、去发展。打破别人的，建立自己的，这是沈新宇从政初期就有的哲学思想，到现在，这思想已成了指导他工作的一个法宝，更是丢不得弃不开。不走别人的旧路，不念别人念过的经，凡事一定要自己开创局面。其实，这思想不只是沈新宇一个人有，它早已是仕途的普遍哲学。放眼望去，哪里不是这样？主要领导一换，所有的思路和发展模式都跟着换，队伍也要跟着换。前任视作重点的工程和产业，到了新一任领导手上，全成了过期不候。新领导有新领导的施政纲领，新领导有新领导的提法与布局。于是，我们就能看到遍布各地的半拉工程、烂尾工程。

沈新宇火速回到天塘，乔建军在等他。刚见面，乔建军便说："出大事了。"

"慌什么？"沈新宇不太友好地瞪了乔建军一眼。对这个别人称作乔四的年轻人，沈新宇目前除了厌恶，好像再也找不到其他感觉。沈新宇刚来天塘时，有人跟他介绍过乔四，说在天塘做官，不搞好跟乔四的关系，是万万不行的。当时人们在"乔四"的后面还多加了一个"爷"字，称他乔四爷。沈新宇问："这爷很老吗？"跟他说话的人道："不老，三十多岁，还不到四十呢。"

"哦，这爷年轻。"沈新宇调侃道。

"不是年轻不年轻的问题，叫他爷，是人家有爷的分量。"

"爷的分量？"沈新宇越发不解。后来他才明白，这个"爷"就是霸的意思。沈新宇也是怪脾气，没了解清楚乔四前，执意不跟乔四见面。身边的人不断暗示他，应该跟乔四见见了，再不见，怕说不过去。沈新宇很纳闷，问："他是组织部长还是黑社会老大. 怎么不见他就说不过去呢？"身边的人无奈地笑笑，说都不是，他就是乔四，一个企业家。"他有什么企业？"沈新宇问。身边的人就跟沈新宇详细介绍，介绍着介绍着，突然愣住了，沈新宇根本没听，而是在一页纸上不断地写着"乔四"两个字。

"说，继续说，把他所有的丰功伟绩都讲出来。"

身边的人就哑巴了。其实，关于乔四的生意，沈新宇是仔细打听了一番的。尽管那时许多问题他还没想明白，但仅就乔四的天海集团来讲，沈新宇认为那根本不叫企业。那是一只缸，特大型的，啥都能装，有多少装多少，但是只有进没有出，就这么简单。后来他对乔四的了解多了些，多少改变了一点看法，至少不那么抵触了。乔四大约也觉得他这个空降领导跟原来那些地方官不一样，主动找上门来，两人吃了饭喝了酒，海阔天空谈了不少，但没一句是往地方上谈的。再后来，沈新宇知道乔四的天海集团是干什么的了，心里多少有些不安。这么说吧，沈新宇觉得，天海集团其实不能说是乔四的，乔四在那里等于是看家护院的，天海必须得有一个人站出来，说这是他的，跟别人没关系。于是，别人就让乔四站出来，乔四也乐意站出来。至于天海到底是谁的，沈新宇搞不清楚，很多人都搞不清楚，有时候怕连乔四也搞不清楚。乔四能搞清楚的，就是天海看上哪个项目，他就得去拿哪个项目，项目的原主人就得乖乖地让给他这个项目。比如姜华仁，天海看上白石湾的两个项目，姜华仁就得顺从地吐出来，还不能叫屈。如此这般，天海的名字就越来越响，响到大家都怕乔四，都拿他当神。而沈新宇了解到的真实情况是，天海的确有神，不止一尊，多啊，但这神不是乔四，是那些从不公开露面的人。这么说吧，天海不是谁的，是一伙人的，这伙人或许互相都不认识，但都在一根链条上，他们共同组织了一个天海。这家公司什么也不生产，只生产黑幕，靠黑幕和权力去掠夺，去占有，然后分红。这些藏在背后的人才是爷。他们共同撑着天海，共同为天海制造各种神秘气氛，将天海传得神乎其神，然后利用这种神秘再去完成下一个单。周而复始，永无止境……

　　沈新宇惊出一身冷汗。这种游戏方式他在京城的时候就知道，都是一些有神秘背景的人在玩，组建各种公司，然后打各种旗号。他也见过其中一些人，看似没有来头，细一究，深啊。没背景的人根本入不了这一行，也不敢乱打别人的旗号玩这个，那会丢命的，会死得很惨。像他沈新宇这样背景的人，都离那一行很远很远。可乔四让他在天塘又见识了这些。沈新宇已经无意去琢磨乔四到底是谁，管他是谁呢，沈新宇给自己定下一个规矩，事关天海的事，不论大小，能离多远离多远，不主张、不赞成、不参与，更不反对。但对这个乔四，他还得理，但也仅仅是理一下。

乔四强行从姜华仁手中掠走两个项目，姜华仁跟他诉过苦，咬牙切齿地诉。沈新宇听了，只给了姜华仁一句："无能为力啊，以后这边的事，不要跟我提。"姜华仁也算是讲信用的人，打那以后，果真再没提过。直到林若真来到粤州，白石湾的两个项目被重新提起，沈新宇才被迫又搅了进去。不过内心里，他对这个乔四，只有恨，没别的。

见乔四慌慌张张，沈新宇有那么一丝快乐，但他没表现到脸上，而是装作同情地问："到底什么事，你乔四爷可从不这样的。"

乔四唉了一声，坐下道："有人把天海告了。"

"敢告你乔四爷，吃了豹子胆了？"沈新宇故意说得很夸张，边说边看乔四那张脸，乔四脸上一层黑，眉宇间还是青的。青好，什么时候乔四的眉宇青过啊，他可经常是眉飞色舞的。

"福建那家企业。"乔四垂头丧气道。

"哦——"沈新宇装作恍然大悟的样子，一边摆弄桌上的一只铜蛤蟆，一边抓起电话，故意往外拨了号。电话通了后，沈新宇故意对着电话里的人问了一大串事，然后开始发火，骂对方不讲效率，拖拖拉拉，这么长时间这点事都办不好。

"我一再强调，不要当老爷，要下去，要深入基层，帮群众解决问题。你们倒好，整天坐在办公室里，老爷作风就是不改。这样下去，我看你们迟早要玩完！"骂完，沈新宇把电话一扔，装作很生气的样子，坐在那里生闷气。

乔四话刚开了头，就被沈新宇的电话打断，坐在那里直尴尬。尴尬了一会儿，乔四突然明白，沈新宇这电话是故意打给他听的，遂心里一冷，站起身道："区长这么忙，我看还是不打扰了。"

"别，别，就一件事，这帮人，时间久了不训，他会给你当爷，训训他就舒服了。接着说，福建企业怎么了？"

"还能怎么？林小姐不是把项目又卖给他们了吗，现在他们知道了，这项目根本就是假的，不干了，到处告状。"

"这事啊，那就让他们告呗，你还怕他们？再说了，项目是人家林小姐卖的，不是你乔四爷卖的。坐坐坐，我让秘书泡茶，咱俩好好喝壶茶。"

"这一壶就够我乔某人喝的了，区长你是装还是故意的啊？"乔四因为心急，说话不那么客气了。

"我装什么，我有什么可装的？"沈新宇也不客气起来。两人眼看要较劲，乔四话一软道："这事大发了，知不知道，福建人到什么地方告状？"

"到中南海，还是到最高人民法院？再说他们告什么，巧取豪夺还是坑蒙拐骗？"

"唉！"乔四见沈新宇不往正调上靠，一屁股坐下。这事显然难住了乔四，不然，依乔四以往的脾气，可能就摔门而去了。

"说说吧，到底是怎么回事？"沈新宇感觉戏演得差不多了，便坐到乔四对面，认真起来。

"还能怎么着，都怪姜老板，还有香港的林小姐，这次可让他们坑了。"

"跟他们有什么关系？"

乔四长叹一声，跟沈新宇大约讲了一番白石湾项目的前因后果。无非就是这两个项目原本是有大好前景的，就因"白石湾"三个字太敏感，一直启动不了，姜华仁才将项目转手卖给林若真。林若真呢，一开始也是野心勃勃，想在白石湾大干一场，后来发现这些项目不但手续不全，而且一开始就有涉嫌圈钱的动因在里面，因为白石湾开发是一个系统工程，不是几个项目的事。比如基础设施的建设，三平一通谁来搞，国家和政府对该地区的规划等，拿到手的批文都是假的，真的到现在还没制定出来。说穿了，白石湾项目压根就是个概念，是有人提前打出来，当诱饵一样去放线钓鱼。姜华仁是上当者，林若真也是。好在林若真及时发现里面的陷阱，抢在有关方面对白石湾进行整顿前将项目出手，转卖给了福建力达集团。谁知人算不如天算，就在姜华仁和林若真暗暗高兴躲过一劫时，力达集团这边有了变故。谁也没想到，力达集团背景雄厚，关系更是复杂。人家不但是台资企业，内地关系也是密密麻麻。金蝉脱壳脱到力达集团身上，也活该他们倒霉。力达发现上当受骗，一没跟林若真反悔，二没跟地方政府报案，而是直接拿着一堆批文和企业转让手续，找到了上面。这下祸乱大了。眼下上面把此事当成了重案大案，已经责成省里成立专门调查组，彻查白石湾！

"这就叫强中自有强中手，聪明反被聪明误啊！"沈新宇听完，虽然心里惊得直擂鼓，嘴上还是不忘嘲讽一把。沈新宇倒不是怕查白石湾将他搅进去，他恰恰跟白石湾这些事不沾边，算是清白的。他是怕如此一查，会连带出其他风波。对领导来说，任何一场风波都有将你搅进去的可能，不能说哪件事跟你有关、哪件无关，事与事是会串联的，有时候倒起霉来，你连摔倒的原因都找不到。因此内心里，沈新宇一点也不敢轻视，连乔四都怕的事，他能不怕？

"说吧，让我做什么？"

"这种时候，还能请区长做什么？就是灭火。"

"怎么灭？"

"这个……"乔四犹豫了一下，看得出，办法他早已想好，只是不好意思直接说出来。沈新宇忍着心里的疑惑，鼓励道："大胆说吧，都这时候了，还有什么可瞒的。"

"是，是，区长说得对。"没想到，一向高傲自大、目中无人的乔四，竟对沈新宇有了感恩的态度。

"得有一个人站出来，替白石湾把这股风挡了。"

"你是让我？"沈新宇惊恐地瞪住乔四，眉宇间不可遏制地有了怒火。

"别，哪能让您区长大人背这黑锅，再说了，您也跟白石湾不沾边啊，是不是？"乔四站起来，脸上堆出一堆媚笑。

"那你的意思？"

乔四不说，沈新宇心里还只是愤慨，捞好处私分钱的时候没他，打着白石湾的旗号套取各种利益时也没他，出了事就轮到他擦屁股了。可等乔四把想法说出来，沈新宇就不敢发怒了，一股强烈的恐惧感袭来，沈新宇感觉快要被乔四说出的办法吓死了！

乔四居然要拿姜华仁当替罪羊，让华仁集团做祭品！

那天乔四说完就走了。他还转告了另一层意思，相关方面已达成共识，之所以找到沈新宇这里，是因为念着沈新宇跟姜华仁的关系，先跟沈新宇通报一声，希望沈新宇能保持清醒，不要只想着姜华仁，要有全局观念，要服从大局。

服从大局！连续几天，沈新宇都无法从这件事中透过气来。他知道，大的风浪要来了，卷走谁他不敢肯定，但姜华仁是彻底没救了。这是某些人善于玩的一种游戏，也是平息风波惯有的手段。某件事引起的风波过大，必须出面制止或处理，于是就高调处理、果断亮剑，先造出大的声势，将人们的目光从事件造成的负面影响转移到对事件的处理上。大家都以为要深挖，要查出真凶或幕后，但最终只会给你一个不伦不类的结果。找几个浮在面上的狠狠处置了，再冠冕堂皇一番，目的则是为了彻底压住此事，不让它再起波澜。这种情况下，那些被内定为背黑锅的人，几乎一个也跑不了，会被当作典型，处以重罚！

这叫牺牲极少数，保全一大批，或者叫牺牲该牺牲的，保全该保全的。

姜华仁冤啊！自打那天起，这个不平的声音就在沈新宇心里一直叫唤。但他只敢在心里叫，嘴上不敢发出任何声音。他相信乔四仅仅是个传话者，是前来给他敲警钟的人，能下得了如此决断的，绝不是乔四本人。果然，此后几天，沈新宇连着接到几个电话，有问候的，有关心的，也有婉转地敲打的。沈新宇知道，这件事他是怎么也不能干预的，就算姜华仁马上被带走，他也不能吱一声！

当然，沈新宇相信，姜华仁不会马上被带走，带走太快会露馅，会让别人看出破绽。这种事处理起来，一向的做法是先高调介入，然后慢慢冷却，就在大家对此事不大关心的时候，突然给出一个不痛不痒的结论。

说不清为什么，沈新宇忽然有一种做帮凶的悲哀。要知道，内心里，他是舍不得姜华仁出事的，别人出事他可以不吭不响，可姜华仁出事，他怎么也得……

但他什么也做不了，只能眼巴巴地看着那根无形的绳子一步步往姜华仁的脖子上套，他还不能告诉姜华仁，必须装作什么也不知道。基于内心的这种痛和不安，还有愧疚，沈新宇这段时间一直不敢跟姜华仁联系。姜华仁倒是找过他，但他谎称有事，让秘书推开了。这天沈新宇看到了《消费导报》，记者曹彬彬的这篇檄文立马让他起了一层汗。他们这是干什么，是得到指令了吗，已经开始动作了？

他慌忙把秘书王悦叫来，几个秘书中，沈新宇还是偏爱王悦的，年轻人有头脑，看问题也比其他秘书复杂，是历练出来的。

"最近的报纸怎么回事，怎么有点讨伐的味道？"

王悦一看沈新宇拿的是《消费导报》，脸暗了下来："我也注意到了，这家报纸嗅觉真怪，前几天就发过一篇，这篇跟出来，证明是有预谋的，是策划好的一次颠覆。"

"颠覆？"沈新宇不明白王悦用的这个词。

"报纸的用意很明显，就是要讨伐华仁，讨伐'劲妙'。我们用心培育企业、培育品牌，它们栽倒，不就是颠覆吗？"

"你这样说也在理，不过他们为什么讨伐'劲妙'呢？"沈新宇一头雾水，这些天他让华仁弄得头昏脑涨，根本理不出思路。

倒是王悦帮他解了惑。王悦说："我认真看了这篇文章，对这位记者也做了调查。我分析，这是企业之间的竞争，跟这边的那些事不沾边。"

"企业纠纷，你能肯定？"

王悦重重地点头，见沈新宇还疑惑，又说："这位姓曹的记者跟好力奇的温启刚是好友，关系非同一般，温启刚几次来粤州，都是他接待的。我估计这是他们合起来给华仁下的一盘棋，华仁的那些事没藏住，最终还是被他们发现了。"

"哪些事？"沈新宇又被自己的秘书吓了一跳，他跟姜华仁是熟，关系更是没的说，可华仁到底有什么事，他很少知道。

"应该是造假。"王悦说。

"造假？这很离谱吧，华仁造什么假，造谁的？"

"我不知道，但我敢肯定，华仁肯定在造假，这是这篇文章透出来的气息。"

沈新宇只好重新抓起报纸，又草草地看了一遍。不知他是嗅觉不灵还是脑子这几天真的不起作用，没看出这文章跟造假有什么关系，但又不好向王悦细问，只好说："行，我知道了，华仁怎么一劫连着一劫，姜华仁真的逃不过去了？"

"区长，说句不该说的，这家企业还有这对父子，你寄予的希望太大了。要我说，他们应该下地狱，而且越快越好。"

"你什么意思？"沈新宇瞪大双眼看着王悦，感觉平日不善言语的王悦今天不但话多，而且话里有其他捉摸不透的意思。王悦没往下说，默默站了一会儿，出去了。

沈新宇想来想去，还是放不下华仁。他心想，上次那事可以不跟姜华仁讲，但媒体发难必须给他提个醒。这家报纸来头不善，偏又是在这时候。他这样做，也是在替自己赎罪，赎同谋的罪。

沈新宇跟姜华仁约在一家不起眼的酒店见了面，没想到沈新宇把报纸的话题说完，还没多说这里面的利害，姜华仁便叫嚣了："姓曹的我饶不了他，我早知道他在盯我的梢，模特公司的事就是他在里面搅浑的。上次让阿馨取代王小山，本来是一件小事，结果是他从中搅局，四处放风。他跟王小山还有高高，关系不干净啊！"

"有这回事？"沈新宇吸了一口冷气，怎么哪件事都曲里拐弯地跟他扯上了关系？

"岂止这些，他把高高介绍给温启刚，我也是刚听说，高高有个姐在温启刚手下。"

"乱七八糟！"话音未落，屋子里爆出一声响，一看，居然是沈新宇把一只酒杯捏碎了。

姜华仁略一停顿："放心吧，就算他们不找上门来，我也要跟姓曹的清算这笔账。他以为他是谁，一个小小的记者，敢跟我斗，这次我让他跟报社吃不了兜着走！"

"不要激动，不要激动嘛，凡事要三思而后行。"沈新宇赶忙给姜华仁消火。不消还好，一消，姜华仁的火气越发大，大骂了一通这家报社，饭也不吃，扬言直接找他们老总去，沈新宇拦都拦不住。

疯了，这人是疯了。看着姜华仁愤而离去的背影，一种更大的不祥感冲沈新宇袭来。黑云压城城欲摧啊，这天塘区究竟会发生什么呢？正在发怔时，电话响了，一看是陌生号码，沈新宇没接。但是对方很快又打过来，显得很执着。沈新宇只好接起，对方是一个男人，说话的声音很有磁性："是沈新宇沈先生吗？"

在这个地盘上，从没人这样称呼他，伴随着一阵好奇，沈新宇嗯了一声："对，是我。"对方很快说："我是北京来的乔律师，受柳真教授委托，前来跟沈先生谈件事。"

"律师，什么事？"

"柳真教授委托我办理离婚案，我想尽快跟沈先生见面，法律文书我都带来了，具体事宜跟沈先生见面再谈。"

"滚！"

沈新宇几乎是拼着全身力气骂出这个"滚"字的，骂完，愤怒不已地将手机摔向墙壁。

离婚，她要跟我离婚？！柳真，你个混账王八蛋，要在这时候跟我离婚！

沈新宇狂叫一阵，顺手又砸了几样东西，他感到虚脱了，眼前一黑，栽倒在地上。

这时候，温启刚正在赶往粤州的路上。